太阳部落

梅卓 著

青海人民出版社

图书在版编目（CIP）数据

太阳部落 / 梅卓著 . -- 西宁：青海人民出版社，2023.4
ISBN 978-7-225-06435-2

Ⅰ.①太… Ⅱ.①梅… Ⅲ.①长篇小说－中国－当代 Ⅳ.①I247.5

中国版本图书馆 CIP 数据核字 (2022) 第 246568 号

选题策划	王绍玉
执行策划	梁建强
责任编辑	梁建强
责任校对	田梅秀
责任印制	刘 倩　卡杰当周
封面绘图	祁智岳
装帧设计	杨敬华　闫冬雨

太阳部落

梅卓　著

出 版 人	樊原成
出版发行	青海人民出版社有限责任公司
	西宁市五四西路71号 邮政编码：810023 电话：（0971）6143426（总编室）
发行热线	（0971）6143516 / 6137730
网　　址	http://www.qhrmcbs.com
印　　刷	陕西龙山海天艺术印务有限公司
经　　销	新华书店
开　　本	890 mm × 1240 mm　1/32
印　　张	14.25
字　　数	300千
版　　次	2023年4月第1版　2023年4月第1次印刷
书　　号	ISBN 978-7-225-06435-2
定　　价	68.00元

版权所有　侵权必究

梅卓，女，藏族。一级作家，中国作家协会全委会委员，青海省作家协会主席，国务院特殊津贴专家。主要作品有长篇小说《太阳部落》《月亮营地》《神授·魔岭记》，诗集《梅卓散文诗选》，小说集《人在高处》《麝香之爱》，散文集《藏地芬芳》《吉祥玉树》《走马安多》《乘愿而来》《玉树笔记》等。作品入选多种选集，部分作品翻译为多种文字。策划或主编百余种文学作品集。曾获全国百千万人才工程奖，全国文化名家暨四个一批拔尖人才，全国第十届庄重文文学奖，中国作家百丽小说奖，第五届、第十二届全国少数民族骏马奖等。

主要人物简表

索　　白：代扎部落千户。其妻耶喜。有二子，阿莽与才扎。有弟丹麻，出家衮巴寺。
嘉　　措：原千户之子。其妻桑丹卓玛。有二女，香萨与阿琼。
洛桑达吉：代扎部落下属亚浪仓人。其妻尕金，有二子，夏仲益西与森巴仁庆。
完德扎西：索白的管家。其妻措毛。有二女，卓弥与卓嘎。
扎西洛哲：索白手下田官。其妻万玛措。有一女雪玛。
丹增才巴：代扎部落下属松仁仓百长。
沃　　赛：沃赛部落头人。有一子嘎嘎。

目 录 contents

楔 子　　　　　　　　　　　　1

引 子　　　　　　　　　　　　2

第一章
　　一、我要天葬　　　　　　4
　　二、婚之约　　　　　　　15
　　三、情　史　　　　　　　22
　　四、太阳石戒指　　　　　32

第二章
　　一、青稞地　　　　　　　38
　　二、亚塞仓城堡　　　　　44
　　三、银链子　　　　　　　51
　　四、挨揍的白毡　　　　　59
　　五、越过贡尕河　　　　　65

第三章

　　一、幽　会　　　　　　　73

　　二、岩壁上的眼睛　　　　82

　　三、鹰骨笛　　　　　　　90

　　四、小佛堂　　　　　　　102

　　五、松仁仓的草　　　　　109

第四章

　　一、爱　侣　　　　　　　118

　　二、雪天气　　　　　　　128

　　三、阿卡奂　　　　　　　140

　　四、第三个夜　　　　　　148

第五章

　　一、亚塞仓嘛呢堂　　　　158

　　二、丝　线　　　　　　　170

　　三、凯沙尔镯子　　　　　178

　　四、情　人　　　　　　　187

　　五、蒙　面　　　　　　　193

　　六、午夜的困境　　　　　201

　　七、战神之箭　　　　　　206

第六章

一、俩女人　　　　　　　　　220

二、私生子　　　　　　　　　225

三、衮巴寺的转世灵童　　　　231

四、等待鸳王　　　　　　　　240

五、轮　回　　　　　　　　　249

第七章

一、四月吉祥　　　　　　　　257

二、红罂粟　　　　　　　　　265

三、柏木勺子　　　　　　　　273

四、小沙弥　　　　　　　　　281

第八章

一、千户的儿子　　　　　　　290

二、迷　羊　　　　　　　　　298

三、露珠形的蓝色玛瑙　　　　307

四、瓷　瓶　　　　　　　　　315

五、了却俗缘　　　　　　　　322

第九章

一、温柔的暗夜　　　　　　　329

二、风　马　　　　　　　338

　　三、情与债　　　　　　　347

　　四、孜孜桑杰　　　　　　354

　　五、密　修　　　　　　　363

　　六、杀　生　　　　　　　371

第十章

　　一、复　仇　　　　　　　381

　　二、噩　梦　　　　　　　396

　　三、阿妈君日神山　　　　404

　　四、拉伊情歌　　　　　　415

　　五、女儿心　　　　　　　420

　　六、抢　婚　　　　　　　425

　　七、劫　　　　　　　　　435

结　局

　　寻找香巴拉　　　　　　　444

楔　子

如果他活着，呵，是的，土地将开放。
如果他死了，呵，是的，坟墓将开放。

引 子

他们问他从哪里来。

他指指身后。

他们不懂他的语言,通过他的手指,认为他是从天上来。

于是,他们搭起担架,将这位上天派来的人抬回部落。

他便是藏族历史上的第一位赞普。

由此起,经过八百五十一年,由观音自在菩萨化身的松赞干布诞生。他于十岁即赞普位,他在位期间,曾与一位兄弟有隙,遂贬谪其弟前往安多地区,以示其威。其弟于某年夏天来到赤雪佳措碧湖之畔,发现这片广袤的土地上,水丰草美,天杰地灵,有诗为证:

此处蓝似帝青色光芒，恍如日融太空碧苍苍。

举目远眺四周无边际，其深难测入海乐洋洋。

于是便心生慈悲，在此娶妻，生有三子，一家人在黄河流域广牧牛羊，遍植庄稼，成为一方领袖。

赞普松赞干布年老之时，心系其弟，遥相召唤，但其弟留意甚坚。为表自己的悔意，赞普特赐封其弟为安多地区大如巴王，每年赏金万两。

大如巴王三子皆勇猛、善牧，后娶妻生子，各守一方，是安多历史上有名的三公子。大公子生七子五女，后代昌盛，皆有所依。二公子生九子三女，有文有武，世代官宦。三公子生三子三女，一子不幸早夭，余二子三女福满全门，惠及万代。

三公子的子女共二十六人，二十六人又生子二百八十六人，这二百八十六人各据一方，在赤雪佳措碧湖之畔，逐渐繁衍为二百八十六部落，其中有几个部族又分化为更小的部落，共为三百余部落。

本书中的代扎部落，就是这三百余部落之一。

你带着你的精神
我带着我的肉体

第一章

一、我要天葬

代扎部落坐落在黄河谷地中,酋长是一位老千户。千户为爵位名称,世袭而来。

代扎部落下属有四个小部落,亚塞仓、松仁仓、亚浪仓和恰姜仓。代扎部落东邻严家庄,西邻沃赛部落。

代扎与沃赛常常为草山等纠纷而长年不睦。多年前,代扎千户为使两部落和睦相处、共同兴旺,特意把自己心爱的妹妹下嫁给沃赛部落头人。这样,两部落相安无事了几年,直到头人夫妻去世,部落大权传到弟弟手中,他把哥嫂留下的两个孤儿送还给代扎千户。至此,两部落的关系再次紧张起来。

这一年,是代扎部落横遭鼠疫的一年,草场荒芜,土地干枯。在亚塞仓千户城堡内，上下早已乱成一团。千户夫人一时焦急，得了一种怪病，不能进水，不能进食，后来居然因为一个喷嚏就断了气，狠心撇下丈夫和孩子，上了西天。

千户城堡内有三个男孩，嘉措是千户夫妻的独生儿子，另外两个男孩是千户的外甥：索白与丹麻。这两个孩子从小寄养在千户城堡里，因为失去了父母，所以千户夫妻对他俩特别关照。

索白是三个孩子之长，已经二十四岁了，他是千户处理大小事情的得力助手。他跟随千户多年，对政务有着特殊的兴趣。千户对索白也非常信任，一些简单的事情就常常由他独立完成了。索白在千户城堡内上上下下大事小事处理得体，千户对索白情有独钟，下人们对索白充满敬畏，所以索白在千户城堡里的实际地位绝不亚于嘉措。

丹麻是老二，今年十九岁，他小时候出家进入衮巴寺当小完德（沙弥），已有十年了。藏族人家里每个家庭都有一个男孩必须出家入寺，献身佛祖。当年千户打算把年龄最大的索白送入寺院，可是索白听到消息后忽然病了，不能动弹，千户可怜他，只好送丹麻入寺。丹麻临走时表情漠然，九岁的他身穿布衣，背着一只简单的包裹，深深地看了一眼哥哥后，便头也未回地离开了千户城堡。

嘉措是千户府上真正的少爷。他比丹麻小两岁，是父母亲的宠儿。嘉措从八岁开始，就疯狂地喜欢上了骑马，他在马背上翻上翻下，从没有厌倦的时候。除此之外，他对任何事情都没有兴趣，甚至对父亲的议事大厅与偌大一份家产，对母亲的雕花小楼以及那些围在身边的漂亮女仆们，他都没有兴趣。

城堡里出事的那天，丹麻正在遥远的拉萨。而嘉措刚好带着一个小男仆，又到距城堡几十公里外的冬季牧场上骑马去了。只有索白在大院里东游西走，六神无主。

在这个城堡中，只有他感觉到了某种潜在的东西正在离这座大院越来越近，离他越来越近。他知道这座城堡的非常时刻就要到来了。果然没过多久，就听到后院的小楼上沸沸扬扬起来。

夫人已生病多时，许多喇嘛医生都对她的病摇头表示无可奈何，只有千户对他的夫人保持着一种独有的情感，他相信她会好起来的，他相信她还会像从前那样，同他一起起床，一起到户外去骑马，或者一起站在小楼上，看他们的儿子嘉措在马背上表演各种各样的骑术。

那是些美好的往事，从她走进千户城堡的第一天开始，他就陷入了与她的缠绵。她的身体敏感好动，当他触到她时，她就立刻变得温顺而滑润，那娇嫩的粉红色的身体显得柔若无骨。她的魅力与温存正是他年轻的身体所需要的，为了证明他雄性的力量，他在她的身上用尽了他的全部热情和力量，然后再一点点地向她索取。她总是给予的，她的明眸与亮齿，总是在说，我这就来，好的，我这就来。

他长久地、温情地吻她。他知道她会热情地回报他，她的敏感的身体会随着他的抚摸而悸动，他是能感受到这一点的。当他感受到这一点时，就更加卖力地讨好她。她也立刻懂得了她丈夫的用意，她不会太长久地辜负他的深情，她的动情的姿态与迷离的眼神总能让他感受到最大的愉悦。

他是愉悦的,他的愉悦会很快传达给他的伴侣,那热浪便一次次扑向她心底里那最隐蔽的、最柔弱的地方。她会因此而呻吟起来,因此而把自己百般掩护的、内心深处回避的部分完整地、美好地献给对方。

她是他最好的伴侣。他们互相了解,互相尊崇,他们的激情总会一下子就点燃起来。每当她说不的时候,她知道他还想要,她的身体使他永远也无法厌倦,她给他的感觉永远都新鲜而迷人。

现在,就是这样一具曾经美丽绝伦、曾经给过他无限愉悦的女人身体,就这么静静地、毫无生机地躺在清晨的雾霭里……

她不能再像从前那样敏捷了,她的粉红色的身体变得黯淡无光,她的激情消逝了。当他贴近她时,她那双明亮的眼睛不再渴望他的身体,而那纤纤腰肢,也不能再向他倾诉温柔了。

那些美好的往事,是老千户再也无法重新体验到的美好往事。正当他沉浸在这些美好往事里不能自拔的时候,忽而就觉得天塌下来了,因为昏迷不醒的夫人忽然说了一句奇怪的话。

在这之前,她已有很多天不能说话、不能进食了。此时,她张着那双曾经美丽无双的眼睛,对她的丈夫说了句什么。老千户没有听清楚,他俯身下去,把耳朵贴在她的面颊上。

她说:"小心……"

他惊骇地看着她,不明白她的意思。他说:"你说什么?"

她说:"小心……"

他点点头，安抚式地握住她的手，但他的内心里仍不明白她在说什么。

就在这时，她忽然打了一个喷嚏，声音很大，连千户也吓了一跳。他吓了一跳，然后赶紧看夫人的表情。夫人半张着嘴巴，已没有呼吸了。

夫人一死，千户蓦然发现自己的胡须已经变得雪白雪白，他把管家叫到跟前说："我也要死了。"

管家是个老头儿，他有一口非常洁白的牙齿。他除了说"是"或者说"不"之外，从不说别的话。这时，他听到千户说自己要死了，他便不知该说什么，不能说是，也不能说不，他那张情况不明的脸涨得通红通红，他匆忙去告诉索白。

正在院中乱走的索白及时赶到，他看到他的舅舅怀抱着舅母，舅母已魂归西天，而舅舅的胡须雪白雪白。索白与管家使足了力气也不能使他们分开。

索白听到舅舅说："我也要死了。"

管家急忙离开这是非之地，他不愿意听到索白说什么，因为他相信索白会说句什么的。索白说了句什么，正在下楼的管家没有听清楚，但他听见千户忽而爆发出一阵惊心动魄的狂笑，那笑声足以使这座雕花小楼倒塌。

那以后的几天里，千户城堡内绝无人声，人们照例吃饭、睡觉，但不再高声谈笑了。夫人的尸体停放在前院的一座小屋里，千户守在她身边，没有人能够忍心打搅他的伤感。

她的身体已经冰凉，而他的胡须雪白雪白。

她就此而消逝了，她就此而离开他，不再感受与他同在的快乐了，上天收回了她，上天也同时收回了他留在尘世的理由。

管家已派人到冬季牧场去请嘉措少爷了。管家带给少爷的口信是：速回速回速回。他知道嘉措不一定能够理解他焦急的心情，但他这样做完全是对主人保持忠诚，他为了使嘉措终有一天明白他的苦心，他只能说：速回速回速回。

千户似乎也只在等待着他儿子的归来了，但是嘉措却迟迟不归，迟迟不归的还有他那匹漂亮的牝马。千户有点不耐烦了，他对守在身边的索白说："我要天葬。"

索白看着舅舅低垂下去的眼睛，说："我遵照您的意思。"

千户说："这就好，这就好。"

索白看看千户舅舅左手食指上那枚硕大的太阳石戒指，恭敬地弯着身子。

千户说："这就好，这就好。"

他也看着自己手上那枚戒指，那是千户权力的象征，是亚塞仓城堡的钥匙，是代扎部落千户之王的王冠。

戒指在昏暗的室内闪烁着颗粒状的神秘的灿灿金色。

千户看看自己手上的戒指，然后再看看窗外。

他看看窗外，院子里女仆们在悄无声息地走来走去，没有客人来访，也没有嘉措要归来的任何预兆，他叹口气，然后仍是说："我要天葬。"

索白也在注意着窗外的动静，他知道又到了午睡的时间。千户城堡里的人们都有午睡的习惯，人们要照例去睡一会儿，但是自从夫人的身体变得冰凉后,千户不再午睡了,他一个人醒在那漫长、炎热而枯燥无味的中午。

整座城堡都睡着了,角楼上的家丁,马棚里的马夫,厨房里的厨娘,都在打着甜甜的盹儿,只有千户醒在午睡的时间里。

千户醒着,他的眼睛一刻也没有离开他的夫人,她冰凉地躺在他的怀里。屋内,除了那枚戒指的光泽外,一切都陷入了深深的昏暗之中,没有任何声响。当屋外的微弱的光线透过木格窗射到千户的脸上时,他的表情在慢慢地同夫人保持着一致。

那是一种昏暗的颜色,当人们慢慢地松开紧紧攥了一生的双手时,脸上的颜色就是这样一种昏暗。

千户面带昏暗,他把自己手上的那枚太阳石戒指捋下来。这枚戒指是他在十八岁的时候戴上去的,那时他的父亲也是这样捋下来,这很费劲,因为这个戒指一戴就是几十年,它几乎长到肉里去了。戒指捋下来时,千户看到自己的手指血糊糊的,那是长年没有取下戒指的缘故。他看到血迹,就立刻想到自己父亲手指上的血。那年,当他从濒死的父亲手中接过这枚粘带着父亲的血的戒指时,他曾答应父亲他要亲手把这枚戒指交给自己的骨肉,就像父亲交给自己时一样。

这枚太阳石戒指就是这样一代一代地传接下来的。它非金非银、非玉非石,但却具备着金银的光泽、玉石的品质,它仿佛就是一代一代的千户的鲜血凝化而成,透明中蕴含着深奥,光泽中蕴含着神秘。

就这样,它在黑暗中闪烁着神秘的太阳般的灿灿金色,它的光芒照耀着亚塞仓城堡。几百年来，它以光芒的变幻来预示代扎部落的兴衰。当它的光芒变成灿灿金色时，代扎部落风调雨顺，人畜兴旺；当这种光芒变得黯淡、变得浑浊时，灾难就要临头了。

此时此刻，老千户从手指上捋下来这枚太阳石戒指，它那夺人心魄的灿灿金色正在黯淡下去。他看着戒指，想着儿子嘉措。

可是嘉措他还没有来。

千户对他的女人说：

"唉，我们的儿子咋还不回来哩，我快等不及啦！"

女人闭着眼睛，她不能再说是或者说不，但是千户已经听到了她的回答。

他点点头，看着她。他的伴侣躺在昏暗里，颊上的红晕变成了苍白。他点点头，明白她刚才说了什么。抱着妻子的男人把那枚太阳石戒指捋下来，却没有儿子可以替他戴上，他举着戒指茫然地四顾左右，不知道应该把它放在什么地方。

千户举着那枚象征着无上权力的太阳石戒指，一个人醒在这漫长、炎热而枯燥无味的中午。

醒着的还有索白，索白那双眼睛机警而沉着，这种眼睛不会因为别人的睡着而睡着的。

这样一双眼睛转向天空时，天空正是湛蓝一片，再转向千户醒着的那座小屋时，忽然发现那座小屋也睡着了。

索白立刻奔向那座小屋。

奔跑着的索白大喊起来。

索白的声音顿时充满了这座幽深幽深的城堡。午睡着的人们都醒来了,他们本来是不该在这样的时间里醒来的。

千户死了。

嘉措的马在院外嘶鸣。他刚刚回到家,就成了孤儿。

就在七天前,他骑上他父亲最喜爱的那匹青色的牝马,在院中转了一遭,然后对在楼上看着他的父亲和母亲说,他要到冬季牧场上住上几天,为的是要尽情骑马。母亲起初不答应,后来父亲说,你记着要早些回来。嘉措急忙点点头,父亲也点点头,示意他可以离去。这样,母亲也只好跟着点点头,她从不与丈夫唱对台戏。对丈夫来说,她是世界上最好的妻子;对儿子来说,她也是世界上最好的母亲。

七天前,他是饱尝着父母溺爱的独生儿子;七天后,他成了孤儿。

母亲先离他而去,接着父亲也追随她去了。

嘉措一直到多年以后,仍然不能理解他们为什么选择这种方式同他离别。他只有十七岁,十七岁的少年只懂得骑马游戏的快乐,当他转过他欢乐的面庞,忽然发现属于他的一切都变了模样。

他是被管家急急唤回的,他不知道家里出了什么事,但他座下的马却感到了一种危险,它嗥叫,继而飞奔起来。

管家在门口迎接他,管家见到他后只说了一句话,他说:"您太慢了……"

管家说过这句话,便转身离去。嘉措立刻凭着一种直观的、下意识的感觉,独自进了小屋,他在那里看到刚刚咽气的父亲和早已冰凉的母亲。

嘉措想到父母应该有什么话留给他的,他即刻去找管家。此时的管家,正靠在自己小屋里的一根柱子上,他快死了。嘉措说:"管家,我父母亲说什么了没有?"

管家说:"小心……"

管家忽而不说话了,嘉措细看,他已经死去了。

嘉措唯有痛哭。

索白安抚痛哭的表弟,然后果断地开始料理千户夫妇的丧事。

城堡里整天都有喇嘛在念经做法事。沉沉的鼓号击碎了哭泣着的心。嘉措在痛哭,没有人知道他到底有多伤心。

索白在众人面前起誓将遵守他许下的诺言,他的舅舅需要天葬。他的舅母自然也需要天葬。

她一直徘徊不去,不正是在等他的到来吗?

人们围在山脚下。山上有一座小小的平台,那就是天葬台。

天葬师是一位男性,他手持器具,早已等待多时。他要在天葬之前,先为自己的行为向上天请求宽恕。他本是一名不愿意见血的普通的男人,但在他刚刚成年时,就由于一些机缘,手里就接受了这些器具,成了一名具有某种神秘色彩的、与草原之子鹰鹫能够沟通的天葬师。

千户夫妇的尸体被送上去。管家的尸体也被送上去。

身着法衣的喇嘛们嗡嗡地诵经，他们把最富吉祥与赞美的语言带到了天葬台。

他们说：平安。平安。平安。

平安，你这劳累的男人。

平安，你这辛苦的女人。

平安，你们这些幸福的男人和女人……

这是代扎最大的一次天葬仪式，暗红色的袈裟铺满了整座山岗。那是一个金色的黎明，部落里成百上千的人都伏在山岗下，他们把低下去的头抬起来，看见成群结队的鹰鹫迎面而来。那些黑色的、褐色的和灰色的鹰鹫，不发出一声鸣叫，它们静静地盘旋而下，那巨大的翅膀扇起代扎土地上的浮草与尘土，迷乱了人们惊恐的眼睛。

人们哀唱着平安。在浮草与尘土中，人们哀唱着平安。

天葬师伸出左臂，这只手臂紧靠着心脏，他伸出左臂，仿佛伸出了他的心脏，他用一种敬畏的声音呼唤起来。

成群的鹰鹫之后，那昏暗的天边，出现了一只硕大的黑影。

那是群鹫之王。

它缓缓地来，在群鹫之后，它保持着一种至高无上的尊严，它的缄默使它具有与众不同的高贵，它滑翔而来，雍容的姿态别具风采。

鹫王轻轻地落到天葬师伸出的左臂上。

天葬师喁喁低语。

他请求它，把这三个苦难的男人女人交还上天。他请求它，使这三人的肉体寂灭，以便他们的灵魂得以飞升。

他们的灵魂是属于上天的，这灵魂需要七七四十九天的时间，才能慢慢离开它暂时寄存的肉体，飞升，或者再次寻找另一个栖息的地方。

他们的肉体从灵魂中而来，现在就让他们的肉体再回到灵魂中去。

天葬师把落在他左臂的鹫王放到平台上……

静静地等候着的大群鹰鹫一拥而上……

从没有人见过代扎出现过这么多的鹰鹫，这些黑色的、褐色的或灰色的生灵，一次又一次地俯冲下来，覆盖了代扎的河流与山岗，这是代扎历史上最为壮观的一次天葬。

二、婚之约

一个星期后，省府里派了一位官员来代扎吊唁死者，官员的身后是一支护送卫队。

官员的到来使代扎部落的丧礼变成了欢迎仪式。在索白的倡议下，代扎部落所属的几个小部落的首领都向那位官员敬献了哈达，而索白也代表表弟嘉措，以代扎部落首领以及亚塞仓城堡主人的身份向官员敬献了哈达。因为嘉措实在不能出门迎接客人，他仍然沉浸在巨大的悲痛之中。

这样，索白就认识了那位卫队长朵义才。索白第一眼见到他时，就知道他是一个好财之徒，好财之徒的眼睛是非常特别的，朵义才就具有这样的眼睛。

索白不惜血本，将这位朵义才队长打翻在地。

这样，索白就有了一次同那位傲气十足的官员单独接触、面对面地直接交谈的机会。官员喜欢这样的交谈，有了第一次这样的机会，官员同样希望有第二次和第三次，索白也同样毫不吝啬地给予，最后皆大欢喜。

心满意足的官员回到省府，没过多长时间，省府里按照惯例颁发了代扎部落新千户的封位书。这位官员再次光临代扎。

千户是世袭的爵位，多少年来，千户这个名分从未离开过亚塞仓城堡里居住着的这个家庭。如今，千户的独生儿子仍在为父亲的去世而痛哭，人们理所当然认为新千户爵位的获得者非嘉措莫属。结果那封位书上的新千户名字却大大出乎人们意料，当那名字从官员的口中轻轻地落入听者的耳中时，在场的人无不为之震惊。

官员那张肥厚的嘴唇说："由于索白对代扎部落的团结和强大做出的努力，现将千户爵位封给索白……"

人们惊恐了！

惊恐的人们纷纷向后退去，仿佛面临着一个危机四伏的深渊。人们说，代扎部落快结束了，千户封位竟然传到了异姓人的手里，那不就是快要结束的征兆吗？

这时，人们议论的中心人物索白站了起来。他站起来，像一位酋长那样站起来，他举起他的右手，像已经死去的老千户那样

把右手放在左胸上,他说:

"我并不是异姓人,我虽然生在沃赛部落,但我是在这里长大的,是老千户像父亲一样把我抚养成人。如果说我曾经是孤儿的话,那么我现在不是了,我有一位伟大的父亲,他就是老千户!"

在场的人们纷纷说:

"他属于沃赛!"

"他想把代扎交到沃赛手中去吗?"

没有一个人愿意把代扎交给沃赛。

于是索白又说:

"当年,老千户把最心爱的妹妹下嫁给沃赛部落的头人,可是头人与妻子都先后不幸地死去,部落大权落到头人弟弟手中,就是现在的那个沃赛百户。他居然对他哥哥与嫂嫂的两个孩子不管不顾,以致我与丹麻露宿荒山,食不果腹,要不是被好心的舅舅收留,我与丹麻可能早已死在狼群里了。沃赛这样对待代扎千户妹妹的后代,代扎部落与沃赛部落誓不两立,我与沃赛更是誓不两立,我怎么会把代扎带到沃赛部落去呢?如今,沃赛头人虽是我亲叔叔,但他对老千户犯下的滔天之罪,我作为代扎部落的新千户,绝不会袖手旁观!"

没有一个人响应他的举动,只有一个声音在说:

"你要怎样?"

索白朝那个方向望去,那是个年轻的、牙齿雪白的青年,身材瘦削,面目清秀。索白认得他,他是老管家的儿子,刚刚新婚的完德扎西。

索白说:"你是完德扎西?"

完德扎西小心地说:"是。"

索白立刻说:"那好,你就是我的新管家。"

完德扎西惊讶地呆在那里。但是众人这次倒是没有表现出多少惊讶,他们认为千户的儿子虽然不再是千户,但是管家的儿子肯定仍然是管家。

这样,新千户与新管家站在了众人的对面,人们不得不承认了这个事实。但他们更感兴趣的是,索白声称的要向沃赛部落发起一场战争。

此时的沃赛部落,正在举办一次盛大的婚礼——沃赛头人正在迎娶一位康巴女子。沃赛部落内张灯结彩,大家围成一个圈跳着欢乐的舞蹈,没有人注意到索白的到来。

索白把他那把腰刀插在了沃赛喜筵的长桌上。

沃赛笑道:"索白,我的侄儿,你来的正好,今天是我的好日子,为你的叔叔祝福吧,为你的新婶婶祝福吧。"

坐在高座上的新人抬起头来,那是一位绝色的美人儿,在高处放射着冷艳的光芒。

索白情不自禁地鞠了一躬。

新夫人朝索白微微颔首。那张绝色的面孔朝亚塞仓千户致意之后,便转向了她新婚的丈夫,那是一双无怨的眼睛。

沃赛望着佳人,满面春风,他说:"索白,我的侄儿,你现在正是春风得意、功成名就的时候。代扎千户,嚓,这个位置对你或许很合适,乱世造英雄嘛。亚塞仓不再是你寄人篱下的地方了,你成了真正的主人,真是可喜可贺。现在的问题只有一个,那就是看你是否有福气坐得稳这把交椅了。"

索白挺着笔直的腰板,对他的叔叔说:"坐得稳坐不稳,实在与你无关。"

沃赛朗声大笑,说:"年轻人,坐得稳是你的福气,坐不稳可就是你的灾难了!"

索白说:"我非常清楚我的目的,我不是来讨教的。"

沃赛说:"以后的日子长得很,你现在的问题是如何巩固你的地盘的时候,而不是报什么私仇。我的侄儿,你是千户了,这种问题难道还不懂么?"

索白终于笑道:"这句话我是可以接受的,你知道你说什么了吗?你从头到尾,都在说一个词,那就是你老了你老了你老了,你不能再东征西战了,我真高兴,我这趟不算白来。"

沃赛笑而不答。

索白说:"你已经认输了,我的沃赛叔叔,你知道我从小就喜欢收集纪念品,这次我可以得到什么纪念品吗?"

"你不要太得意。"索白千户的叔叔沃赛百户说,"太得意就容易忘形,一忘形就容易露出破绽。"

年轻的索白怒道:"真正得意忘形的应该是你。你为了得到百户官位,对我父亲做了什么?"

沃赛说:"你为了千户官位做了什么,我比你清楚。年轻人,我为我哥哥有你这样一个儿子而感到难过。"

话说到此,已没有回旋的余地了。顿时,两人剑拔弩张,大有不分高下誓不罢休的意思。这时候,新夫人开口了。她坐在高位,面庞如一朵刚刚绽放的雪莲花,她围坐在白色与淡蓝的哈达中,俨然一位公正的贵妇。

她说:"我看你们不要忘了自己的身份,大家都在看你们的脸色行事。如果你们动粗,那么下面这些人的女人明天就会成为寡妇,这可不是吉祥的日子里应该发生的事。"

沃赛与索白抬起脸,朝向这位颇具威仪的新夫人。

新夫人说:"我从遥远的康地嫁到这里,并没有产生离开了家乡的念头,因为我知道天下藏族是一家。这么简单的道理,女人都懂得,我想你们男人更是应该懂得的。"

新夫人看了看她的丈夫,再看一眼丈夫的侄子,说:

"现在,我想当着众人的面,把我的妹妹许配给索白千户。你们应该明白,从今往后,沃赛与代扎,理当亲如一家,不再是仇人了。"

沃赛与索白,一起惊呆了。

他们面面相觑,然后又一起把呆滞的目光投向新夫人。沃赛没想到新夫人会如此轻易地把自己最心爱的小妹妹许配给仇家。索白以为自己的耳朵出了问题,他不相信一件纠缠了这么多年的干戈,会因为一位康地女人的介入而轻描淡写地结束。

但是这位康地来的女人似乎已拿定了主意,她坚持要把这件复杂的事情用最简单的也是最有效的办法来解决。新夫人朝后厅叫了一声。

一位女子走了出来。

新夫人说:"这是我的妹妹。索白,我把她的终身托付给你。无论何时,你都要善待她!"

女子低垂着头,仿佛不知道自己已经是他人妇,她不看她的姐姐,也不看她未来的丈夫,她就那样低垂着头,没有人能够看清那有着姣好身材的女子有着什么样的容貌。

索白偷觑了一眼姑娘,发现她对自己的终身似乎一点都不在意,好像根本就无所谓。她的这种漠不关心的态度,使索白不免有些奇怪,他看看新夫人,再看看沃赛,一句话也说不出来。

沃赛急说:"夫人,你……"

新夫人道:"老爷,今天是我的大喜日子,也是我妹妹的大喜日子,这不是两全其美吗?索白千户是您的侄子,也将是我的妹夫。我们把妹妹托付给他,相信他不会辜负您的盛情的,他会记得您的恩德,会报答您的。是吗,索白千户?"

索白机械地点点头,他看看面前这位高高在上的夫人,立刻知道自己的翅膀还没有长硬。

沃赛说:"我的夫人,沃赛部落因为你的到来而感到荣耀,我会记着今天的,你让我们保持住了男人的尊严。"

这时,新夫人走向她的妹妹,她拥抱了她的妹妹。她说:"你跟着我到这么远的地方来,现在你有自己的家了,妹妹,你高兴吧!"

沃赛说:"索白,如果你不想留在这里的话,你可以带着你的新娘离开了。"

索白在带着女子回代扎的路上，竟暗自笑起来，他这次到沃赛部落，好像并不是兴师动众地去问罪，而是专门去讨要这个女子的。他看着他的新妇，心里有些惶惑。

三、情　史

亚塞仓城堡热闹起来，这是老千户去世后，这座幽深的宅子里第一次飘浮起朗朗笑声。这场婚礼，使代扎的人们有了一次享受欢乐的理由，也使代扎与沃赛两个部落的矛盾暂时得以缓解。

索白穿着新人的衣服，胸前佩着哈达编织成的吉祥结，左手的无名指上戴起了那枚硕大的太阳石戒指。这枚戒指造型别致，做工精巧，质地昂贵，这是千户权力的象征。老千户临走时把它从自己的手指上捋下来，它是他从这个世界上告别时最后看了一眼的唯一东西。

索白戴着太阳石戒指，以新千户的身份，向代扎最大的寺院衮巴寺施舍财物。衮巴寺长年受代扎千户的供养，索白上任后也不例外。他知道衮巴寺是远近闻名的大寺院，如果在衮巴寺享有权威，那么方圆几百里的地方都会传扬他显赫的声名。

索白向寺院供奉财物，向穷人施舍食品，他的铺张热闹的婚礼，弄醒了一直沉浸在悲伤之中的嘉措。

嘉措从悲伤中惊醒，发现他身边的一切都今非昔比，父亲母亲的音容笑貌仍然在眼前晃动，他们疼爱的呼唤仍然在耳畔响起，但是一切都不同了，他们真实的身体已经不在他的身边了。

父母亲带走了本来属于他的一切，土地，城堡，甚至家园。

嘉措从悲伤中惊醒，发现他的家园已经不再是他的家园了。

他看到父亲的太阳石戒指移到了表兄索白的手指上，便知道父亲的城堡、土地和所有的权利也同样移到了索白的手心里。

惊醒了的嘉措顿时便明白自己已经一无所有。

嘉措用手背揩去眼泪，同时揩去了他在千户城堡里承欢父母膝下的十多年的生活，揩去了优越与自尊。

就在这个晴天，就在索白大办婚礼的喧噪声中，已经一无所有的嘉措两袖清风，潇洒地离开了千户城堡。

索白没有看到嘉措的离去，他害怕很多年前丹麻离去时的那种表情会在嘉措的眼中重新浮现，他知道那不是他应该看到的，这种离别会消磨斗志，这是他最不情愿看到的事情。

就在嘉措离去的时候，远走拉萨的丹麻回来了。

他一进入城堡，就立刻惊呆了，他的鼻孔里嗅到了不同往常的气味。

他特意从拉萨带给舅舅与舅母的印度檀香，随着鼻孔里传来的那种气味，从手里滑落，在亚塞仓千户城堡的院子里撒了一地。

惊愕的丹麻抬起头。

通常，每当他来看望他的舅舅与舅母的时候，城堡上空都缭绕着淡淡的紫色云雾，那是他所看到和感觉到的舅舅的身体，舅舅就像那淡淡的紫色云雾一样，护佑着整座城堡的安危。

可是这次却改变了。丹麻惊愕地抬起头，看见城堡上空缭绕着的空气里，再没有那熟悉的淡淡的紫色云雾，他立刻明白舅舅已经不在人世了。出家多年的丹麻学会了不为生生死死哭泣，没有哭泣的丹麻在后院的小楼上找到了索白。

此时的索白，正在把全部精力放在新娘身上，他看着他的新娘，他的新娘却不看着他。

索白问："你叫什么名字？"

女子低头回答："我没有名字。"

索白又一次惊讶了，这么优雅的女子，竟然没有名字。

新郎说："那好，你就叫耶喜吧。"

被叫作耶喜的女子抬起头来，那是一张艳丽却冷漠的脸。

索白一下子就心软了，他轻柔地说："你真的没有名字吗？"

新娘说："我有，老爷，我叫耶喜。"

耶喜说着，背转身去，把脸朝向了窗外。

站在门口的丹麻一眼看见了那张艳丽却冷漠的脸，他像是被蜇了一下，身不由己地停在那里。这时索白回头看到了他的弟弟。

索白说："你回来了？"

丹麻说："这是谁？"

索白说："这是我的妻子，也将是这座亚塞仓城堡的千户夫人。"

耶喜抬起头来，刚好和丹麻打了个照面。两人直视着对方，却不能说一句话。

丹麻看也不看哥哥,他直视着耶喜,半天才说:"你们这些有罪的人!"

丹麻说完,就疾速地转身离去。

索白笑了,他高声唤完德扎西。完德扎西进门,向千户问好,再向夫人问好。索白说:"我还要出去招呼我的客人,你就在这里听夫人使唤。"

索白出门后,耶喜没有转过身来。完德扎西站在她的背后,紧张地看着她的辫子。她的辫子由二十来根小辫子组成,黑亮黑亮的,一起束在一个辫套里。辫套是早上一位妇女替她戴上的,表明她已经不是姑娘身份了,她成了一位新媳妇,她的辫套上的珊瑚珠子正在背后熠熠闪烁。

完德扎西看了一会儿夫人的辫子,然后便尴尬起来。他的尴尬无以言表,他不能走开,也不能说一些无聊的闲话,他不能在她没有允许之前,做任何事情。

他那样垂手站着,那样子活脱脱是他父亲的再版。他父亲就是习惯于这样垂手站着,仿佛永远都在等候吩咐。现在,儿子和当年的父亲一样,垂手站在主人的阴影里,等待着那不可知的一切。

这样静默着,他想,夫人真能沉默,以后的日子还长着啦,她会不会一直这样呢?姑娘家出嫁总是要沉默的,但是不能这样一句话也不说啊……

他这样胡思乱想的时候,就忽然听到夫人说:"你出去吧。"

完德扎西慌了,他慢慢地说:"夫人,有什么事就请吩咐,我在这里侍候。"

夫人终于转过身来。她转过身,蓦地看见了完德扎西的脸。她看到他的脸后表情非常吃惊,她腰间佩戴着的银琏子瑟瑟作响。完德扎西看到夫人抽搐般地倒在椅子上。

他慌忙去扶,只听她喝道:

"你别碰我!"

听到夫人的这句话后,完德扎西真想跳到门外去。他羞涩极了,没有人用这种口吻对待过他,他把双手重新垂下去,不知道下一步该做什么。

夫人跌坐在椅子上,她仍然一动不动地看着完德扎西的脸。她忽然柔声细语地说:"你过来。"

完德扎西稍稍朝前挪了一步。

"你叫什么名字?"

夫人问她管家的名字,然后问他的家乡和年龄。完德扎西小心地一一作答,他不知道夫人在想什么,总不能刚认识就和自己过不去吧。

夫人目不转睛地看着他。

"你近一些。"夫人说。

完德扎西不能再近了,他气喘吁吁,看着夫人的新靴子,不敢抬起眼睛正视她。

夫人说:"你来扶我吧!"

完德扎西彻底失望了,他对他未来的生活开始充满了恐惧,他忽而明白这种管家的角色是多么可笑,他一点也不了解索白,更谈不上了解夫人,那么他怎么开始他的管家生涯呢?他懊悔了,他懊悔自己竟在不知不觉间走上了父亲的老路。

夫人说:"你来扶我吧!"

完德扎西去扶跌在椅子上的夫人。夫人站起来,突然半倚在他的胸前!

完德扎西结结巴巴地说:"夫人……我看您太累了……您要躺一会儿吗?"

夫人朝床塌前走去,完德扎西只好跟着她。那架宽大的雕花木床是千户府上的特殊东西,代扎的所有人家中都是那种土砌起来的土炕。

完德扎西暗自惊讶不已,他把这解释作她太累了,但是这种解释连他自己都不信。

他呲着雪白的牙齿,他不明白出现了什么问题,他想他不能再这样滑稽地待下去,这简直太愚蠢了!

完德扎西想等夫人一坐到床上,马上就溜之大吉,可是夫人站在床边,没有要坐下去的意思。完德扎西暗暗向佛祖祈祷,天,让她坐下吧!

他抬起头,正好看清对方那张艳丽无比的脸。那张脸上泪痕满面,泪痕满面的那张脸离他那么近,近得足以使他忘却呼吸,忘却自己。

他嗫嚅道:"夫人!"

夫人朝他偎过来,她吻了他的面颊,她的泪痕濡湿了他的脸庞。他听到她轻轻说:"真抱歉……"

他被她清香的气味和凄楚而又迷离的眼神搞得失去了主张，他糊里糊涂地说："夫人……"

夫人打断他，她轻轻地说："我知道的……真抱歉……我知道的……我没有办法……"

完德扎西安静下来，他喃喃地说道："会好起来的，夫人……"

"别叫我夫人。"她说，"以后叫我卓嘎。完德，记住我的名字叫卓嘎！"

他连忙说："是，卓嘎夫人。"

她的脸上浮出笑容。这是她自从进入亚塞仓城堡后露出的第一抹微笑。完德扎西也微微地笑了。

完德扎西轻轻地扶着夫人，只听见夫人说："完德啦，你喜欢我吗？"

完德扎西轻叹道："呵，是的！"

夫人泪流满面，她说："你能带我走吗？"

完德扎西说："什么？"

她说："离开代扎，我们离开代扎，你带我上哪儿，我就跟你上哪儿。"

完德扎西噤若寒蝉。

夫人听到了他内心的声音，她叹着气，说："也好，我们就这样也好，你不要抛下我。"

夫人再次去吻他的面庞，他忍不住紧紧地拥抱了她。这是她新婚的第一天，可是第一个拥抱她的人，却不是她的千户丈夫。

夫人说："这里，到这里来！"

这是个不可思议的时刻，完德扎西不由自主地靠近了她。

"我把自己给你了，你来取吧，现在是你最后的机会。来，你拿去吧，我愿意你是我的第一人！"

他不能，但是他体内的男性欲望已经毫无余地地苏醒了，他抱住眼前的这位绝色的妇人，把热唇紧紧地贴在她渴望着的唇上。

他被她的神态深深地迷惑住了，他痴迷于她的伤感，痴迷于她的淡淡的相依相托之中，她是那么地迷人，她的身体紧紧地贴向他，使他毫无退却的余地，他只有向前，把自己无私地献出。

他是个男子，他需要她，他需要这样的女子来鼓励自己的身体，他从她迷乱的眼睛里看到了自己冲动的影子，这影子不顾一切，直向对方播射着灼人的火焰，那火焰的热情使他与她撞击在了一起，分不出彼此。

雕花木床从下面把他们托举起来，仿佛一株升向天空的高高的树梢，两只哑然许久的小鸟，正在上面迎着火焰的热情，鸣唱出动情的歌谣。

"你是我的第一人！"

夫人喃喃低语道。

完德扎西点点头，他把她推向高空，把金色的光辉点缀上她迷人的翅膀的边缘，她飘然于这伤感而又浪漫的气氛中，献出爱，然后再接受爱。

她说他是她的第一人，同时她也知道自己不是他的第一人，但是她不能再顾及这一点了，在她毫无准备的情况下，他那张与众不同的脸庞便豁然出现在她的面前，他一下子就使她失去了理智，她义无反顾地把自己献给了他。

当阳光透过木格窗的时候，她已经成为一名妇人了。

这位妇人躺在他缠绵而多情的怀里，她蜜粉色的身体呈现出特别的韵味，这使她冷却下来的伴侣有些不太自然，但是他已经不能离开她了，她呈现出的特别的韵味使他如醉如痴，如梦如幻。

他说："你怎么会对我这样……"

热烈地蜷在他怀里的妇人说："你不喜欢我么？"

她轻柔的语言似乎是一种迷幻剂，她的嘴唇刚刚吐出这句话的时候，他又再次紧紧地拥抱了她。

他的热情既使她惊讶又使她兴奋，她不停地贴近他，以换取他的呻吟，她从他的呻吟中，了解到了他的欢悦，她为他的欢悦而感到了深深的满足。

在这亚塞仓城堡的后院里，夫人与她的管家相依相偎，正在度过她新婚的第一天。而千户城堡的前院内，新郎索白正忙着应酬客人。

等索白忙乱了一天回到后院时，看到他的夫人坐在镜前梳理着她的素素长发，她早已去掉了头上的妆饰，但脸上的红晕却代替了几个时辰前的苍白。

索白甚至看也没看站在一边的完德扎西，他对他的管家吩咐道："你去沃赛部落一趟，把夫人和我的礼品送过去。"

"是！"

完德扎西答应着，他知道到了他离开的时间了，他没有理由再留在这里，他看到喝得半醉的索白千户朝他的夫人走去，他不能再拖延了，他向门口退去，临出门时偷眼看看夫人，只见她目不转睛地盯着镜子，对他的离去毫不在意。

他蓦地有些气恼，继而对自己刚才的行为懊悔不已。他年轻气盛，不怕索白发现，也不怕夫人反目，但他怕自己懊悔，一旦懊悔，那么一切有意义的东西就立刻变得毫无价值了。

完德扎西遵照索白千户的吩咐，把一褡裢礼物送到沃赛百户府上，有绸缎、布匹和精制的日用饰品。

沃赛百户的管家清点完礼物后，完德扎西要求见沃赛夫人。管家带他到后院的小楼前，把他引见给夫人。

沃赛夫人一见到完德扎西，也是一脸的惊讶与狐疑。她接受了他的问候，然后又请他回去后向索白妹夫和妹妹致意。末了她问："你是哪儿人？"

完德扎西回答了她。她又问："你在康地有什么亲人吗？"

"没有。"他肯定地说。

沃赛夫人怔怔地说："要不是你亲口告诉我，我真不敢相信我自己的眼睛。"

完德扎西不知道她在说什么，他连忙从怀中取出一样东西交给夫人，这是他要求面见夫人的原因，他说这是千户夫人让他亲手转交给她的。

那方丝帕里包着的是一枚金制护身符，圆形的，一面雕着两只交叉着的金刚，交叉点上是一颗红红的珊瑚。另一面雕着十相自在，这是印度梵文，由十个字母组成，每个字母用不同的颜色来区别，十相自在的意思是：命自在，心自在，资具自在，业自在，解自在，受生自在，愿自在，智自在，神力自在，法自在。

沃赛夫人一看到护身符，好半天没有作声。后来她说："我一眼见到你，就知道我妹妹为什么要你亲自来送这样东西了，可怜的姑娘，她终于死心了。"

完德扎西看着夫人，心想这姐妹俩虽然长相如此接近，一样白皙的皮肤，一样艳丽雅致的脸庞，但是性情却是大不相同，姐姐柔中带刚，而妹妹却那么柔弱无依……

夫人说："你长得太像我认识的一个人了。"

"什么？"完德扎西懵懂地问。

"一个出色的青年会让年轻姑娘心有所仪，可是这种事往往不会有很好的结局，就像我们老家的那个青年，他不幸死了，而我妹妹却仍然不愿意忘记他。"

夫人继续说："这是那个青年送给妹妹的礼物，现在妹妹让你来把它交给我，她不再需要它了，我真高兴……"

完德扎西露出雪白的牙齿，他的内心里慢慢地被一种情绪溶解着，他开始对那个有着迷离眼神的女子怜惜起来。

四、太阳石戒指

索白站到新娘的身后。

她仍然在梳理她那长长的黑发，既不理会完德扎西的离去，也不理会索白的到来。

索白朝镜子里看去，他惊讶地发现仅仅半天工夫，新娘就完全变了一个人。她的身上隐隐地透出一种特别的韵味，他不能一下子就说出这是为什么，但是他明显地感觉到她变了，她虽然冷冷地转过身去，脊背僵硬，但是她的眼睛里暗暗地藏着一丝微笑，她能藏起那抹笑意，但是她不能藏起她那截从衣领里露出来的蜜粉色的皮肤。

那里原本是苍白的，可是现在呈现在索白眼前的，却是一种神秘的、带着淡淡光泽的蜜粉色，他看不出有任何痕迹，也猜不出其中的原因。

索白张着鼻孔深深地嗅着新娘头发里飘出来的馨香，那馨香飘进他的鼻孔，飘进他的鼻腔，然后再从鼻腔流传到口腔里，他的舌苔上即刻感觉到了一种别样的味道。

这种味道是他从来没有嗅到过的，这种特殊的味道使他感到非常惊奇。

夜色降临。夜色在亚塞仓城堡的上空徘徊，黯淡的云团过往的缝隙间，星辉遍布了天空。

耶喜顺从地躺在新婚的床上，她蜜粉色的身体呈现出从没有过的安详。她并没有在等待她的新郎，她只是准备在暖暖的夜色中享受睡眠。

新郎索白靠上前去，他不能确定他的新娘会对他持有什么样的态度，他想起自己十八岁时，舅母身边的一位女仆常常对他眉目传情,她是个年轻的寡妇,她对索白有求必应,他在她去背水的河边堵住她,他没想到她会突然紧紧地拥抱住他,她的两只手里仿佛握着两团火焰,他的被拥抱着的后腰被点燃了,他们相拥着滚在河岸上,他成了她的俘虏。

他没想到那只是他某种生命方式的开始,他日渐瘦削,而她日渐丰满,他厌恶她,惧怕她,可是却又离不开她,他疯狂地一次次占有她,可是内心里却充满空虚和恐惧,每次完毕后他都不敢看她的眼睛,因为他知道她对他毫不在乎。

后来,她突然失踪了。亚塞仓城堡里的人到处找她,只有索白一个人坐在她常常背水的河岸上,他看着一只木勺漂在水面上,向河的下游漂去,那是她的勺子,她曾用这只勺子爱怜地拍打过他的光脊背。

他不知道自己怎么了。从那以后,他对女性持有一种非常奇怪的恐惧心理。现在,他面对他明媒正娶的新娘时,这种恐惧重新占据了他的心灵。

当他走向顺从地躺在床上的新娘时,新娘闭着眼睛,她身上的那种特殊的韵味再次扑向他的鼻腔,她的蜜粉色的皮肤使他的眼睛不能承受,他忽然明白过来。

他惊问道:"你给谁了?"

索白忽然明白过来她已经把应该给他的东西给了别的男子了,他想知道那人是谁,但是他的新娘不肯告诉他。

新娘闭着眼睛,仿佛已经睡着了。

他把手伸向她,徒劳地开始寻找答案。

他想起那个女仆,她总是释放出令他迷惑的光雾,他情不自禁地掉下去,正好落在她布置好的陷阱里,每当此时,她就会散发出一种特殊的韵味,同耶喜一样,那韵味慢慢飘进他的鼻腔,使他迷醉。

索白内心空虚地面对耶喜,仿佛她的身后站着沃赛头人,那个令自己无可奈何的叔叔,她是他投向自己的一枚暗器吗?

她蜜粉色的身体在他面前展开了,他的躯体从恐惧中挣脱,有两团火焰慢慢从后腰上燃起,并且迅速地点燃全身。他知道自己的空虚暂时消失了,代之而来的是对他陌生新娘的渴望。

他的鼻腔里充满了那种特殊的味道,他不能拒绝这种气味,他身上的所有毛孔都在刹那间张开了眼睛,去吞吸那依附在她皮肤上的魔力。

睡着的新娘侧过脸去,他把她的手臂轻轻地放在自己的后腰上,她的魔力传染给了她的丈夫,丈夫在她那种不是拥抱的拥抱中,感觉到一阵阵冲天而来的晕眩。

忽然就有一样生硬的东西硌疼了自己的手指,他低头一看,那是他左手手指上戴着的那枚太阳石戒指。

每当这只戒指硌疼他的手指,他总会想起嘉措,他的表弟,老千户的独生儿子,亚塞仓城堡的小主人,这枚戒指若戴在他的手上,那么硌疼他时,他是否会想到我?

嘉措漫无目的地到处游走。自从他看到父母亲冰凉的身体后,他就一直都在感受着一种疼痛,开始的时候,他只是觉得四肢疼痛，但他找不出疼痛的准确地方，他只是感到疼痛，这种疼痛令他食不下咽，夜不能眠。

渐渐地，他感到了那疼痛来自胸部。

四肢的痛感没有消失，但是接踵而来的是胸闷，咳嗽，皮肤干裂，这种疼痛折磨着这个十七岁的少年，他在毫无防备的情况下，陷入了深深的痛苦之中。

直到最后，他才明白，他最疼痛的地方，是心脏。

他疼痛，是因为他的心脏一下子容纳了另外两颗心脏，父亲的、母亲的和自己的心一起在他的胸膛里跳动，这是他十七岁的身体难以承受得住的，因此他感到疼痛。他在感受疼痛的同时，感受到了自己的无能、无力。

他两袖空空，满脑子里也空荡无物，而脸上则刻着深深的疼痛。

他就这样游走在代扎的大大小小的山岗上。没有一个家庭对他表示欢迎，也没有一个医生能医治他的疼痛。

终于有一天，代扎部落属下的恰姜仓村里的一位老汉把他接到了自己的家里。

恰姜仓和亚塞仓隔着一条山谷，清澈的贡尕河从亚塞仓方向奔流而来，向南弯过亚浪仓山，再向东经过了恰姜仓。

欢迎嘉措的这个家庭就在恰姜仓高高的河岸上，这是个平整清洁的院子，到处都洋溢着富裕的气氛，但这富裕里却隐含着一种衰败，嘉措发现院子里没有女主人。

老汉嘟嘟囔囔地说："我实在看不下去了！这年头，还有什么正义可言!"

满怀着疼痛的嘉措被老汉收留了,他把这憔悴的少年待为上宾,让他住在正房里,而把自己的被褥搬到了厢房。

为老汉搬被褥的是一位漂亮姑娘,她的大眼睛里含着羞涩,迈着细碎的步子走进来,又走出去。老汉把她称作桑丹卓玛,她是他的宝贝女儿。

这是很多天来,嘉措睡得最踏实的一个夜晚。

但是后半夜时,他被一种奇怪的声音惊醒了,这是一种抑制的悲号声。他走出房门,看到厢房的廊下蹲着老汉,蹲着的老汉正在哭泣。

嘉措走过去,他不知道怎么才能安慰老汉。自己心中的那种疼痛渐渐地升起来了,那被疼痛折磨着的躯体蹲下来,他一手捂着胸膛,另一手去扶老汉的肩膀。

老汉涕泣道:"我唯一放心不下的,就是我的小桑丹,她是个好姑娘,只不过命不好,就像你,你是个好小伙子,可是你没有运气。"

嘉措无力地点点头,这正是他弄不明白的地方。

老汉忽然抬头看着他,泪痕还在那张脸上闪烁。

他说:"你愿意娶她为妻吗?"

嘉措看着那张泪痕满面的脸,心中的疼痛溢出了胸膛,他捂着疼痛的那个地方,再次点了点头。

城堡四周
是翻动着阳光的白杨树叶

第二章

一、青稞地

桑丹卓玛的手飞快地挥动着镰刀,青稞们倒伏下去,一片片地,被扎起垛来,立在地头。她机械地低着眼睛,仿佛在躲避来自地头那端几乎听不见的割麦声,但那声音通过土地、麦子、镰刀、手臂,早已清晰地传入了她的心房。她一边躲避,一边又在极力地感受那声音的持续、停顿、轻微的喘息,甚至感受到了麦茬的汁液在镰刀下的无声断流。

快中午时,桑丹卓玛一伸手,割去了那最后一道及腰高的青稞屏障。洛桑达吉手持镰刀,站在离她很近的地方。

她看着他身后捆着的青稞,而他则看着她的脸。

"你好。"他终于说。

她笑一笑，仿佛不知该如何回答。

于是他又说：

"瞧，太阳出来了！"

她便矜持地抬眼看看太阳，太阳已普照了一个早晨，可她的确刚刚才发觉，太阳正暖洋洋地把美丽的光芒洒在洛桑达吉年轻的睫毛上。他在这种光芒中显得体魄健壮，富有朝气和无穷的激情。

她的眼睛证实了洛桑达吉的太阳的确明媚地存在着，就使劲点了点头，说道：

"谢谢你……"

"不用谢……你们人少……不要说这些傻话。"

洛桑达吉一听到谢字就非常紧张，他极不自然地扭开衬衣的领子，那纯白洁净的领口已湿了一片。

桑丹卓玛的眼泪就流了下来。

两人这样面对面地站在太阳底下，一边是汗流浃背，一边是泪如雨下。

桑丹卓玛从饮泣到失声痛哭，最后索性放下捂着鼻子的袖子放声大哭起来。洛桑达吉一次又一次地将硬领口往脖子后面推。

哭了个够的桑丹卓玛听到有人在喊洛桑达吉的名字，洛桑达吉答应了一声。

桑丹卓玛说：

"是她给你送午饭来了吧？"

"不会。"

洛桑达吉一边说，一边迅速地将一条皱巴巴的手巾塞到桑丹卓玛的怀里，走了。

桑丹卓玛的泪眼看着洛桑达吉离去，她想用手巾把眼泪擦掉，可是抬起的手却将手巾放在了唇上。

这块留着异域芳香的手巾，是不是在那位走街串巷的小贩的毛驴车上买的呢？小贩经常站在洛桑达吉的庄廓门前喊个不停。这时，洛桑达吉的妻子尕金就会在众目睽睽之下，大声唤他进屋，买他的手巾和丝线，还会和他说笑，使敏感的邻里不得不侧目而视。

桑丹卓玛每次想到洛桑达吉，就会立刻联想到尕金，很多时候觉得想到尕金比洛桑达吉还要多，她对此毫无办法，这次又不例外，一条小小的手巾，使她烦恼顿生。

桑丹卓玛怏怏地回到家中，发现女儿香萨被一个陌生的男子抱在怀里逗笑。她大吃一惊，扑过去将香萨抢了回来：

"你是谁？"

那男子笑的时候，有一口非常美观的牙齿，不怀好意的人一般不会拥有这种牙齿的。男子笑着说：

"我是索白千户的仆人，我叫完德扎西，我们夫人听说你梳辫子梳得好，特意让我来请你，明天一早去好吗？夫人等你。"

他一边说，一边将双手垂在袍边，好像是在等盼咐："夫人在亚塞仓城堡里等你。"

桑丹卓玛说：

"我知道了。"

"那好,就这样,我回去交差了。"

完德扎西将怀里揣着的一块小奶酪放到香萨的嘴里,又露露雪白的牙齿,告辞走了。

一大早,桑丹卓玛就收拾停当,然后打开炕柜,取出一把红木细梳。梳子的质地非常精良,流线形的梳身,细腻的梳齿,用来梳理藏族女人的素素长发再合适不过了。桑丹卓玛一手拿梳子,一手拿出一条淡蓝色的哈达仔细包住它,放进怀里。

骑上马,母女俩在清香的晨霭里,从处在凹地的恰姜仓出发,走上山坡,绕过亚浪山,走在通往亚塞仓的小路上。

一派秋野。

一派丰腴而甜美的秋之原野。

她捂着梳子,缓缓地走。梳子是很多年前,父亲送给母亲的定情礼物,母亲曾用它打扮过多少美丽的女人啊!母亲的梳头绝技曾名噪四方,如今,母亲的梳子连同梳头绝技都留给女儿了。同母亲一样,她常常被这个人或那个人请去梳头,她梳过多少新娘的头发已记不清了,但是新娘或木讷,或羞涩,或哭泣的粉脸是难以忘怀的。她也曾是新娘,但她的头发,却是自己梳的,用的也是这把红木细梳。

马儿喷着响鼻,它的四蹄已被露水打湿了,它轻盈地替换着步子,保持着平衡的高贵与尊严。

这匹马曾有一位雄性伴侣,伴侣的名字叫作雪狮。那一年,桑丹卓玛的丈夫嘉措,在一次赛马会上相中了它,他一下子就相中了在赛马会上一举夺冠的雪狮，然后用二十张上等水獭皮把名扬天下的雪狮据为己有。

他第一次跨上去的时候，雪狮立刻四蹄张扬，给新主人来了个下马威。那以后，嘉措愈加疯狂地爱上了它，经常不厌其烦地翻上翻下，对它百般照拂，企图和它建立一种家庭氛围中的兄弟关系。雪狮是懂得感情的，它渐渐冷静下来，默认了这一事实，它对主人最好的回报是，不论主人在任何地方烂醉如泥，它都能神不知鬼不觉地把他驮回家交给女主人。

女主人对烂醉如泥的丈夫常常报以无奈的一笑，她的无奈在于她不懂丈夫何至于如此。在她看来，天空依然是蔚蓝的，而蔚蓝只属于看得见蔚蓝的人，她是其中之一，他曾经是，但现在不是了，或许他看到了另一片天空，那片天空，对她来说却是十分虚妄的，甚至有些可笑。

嘉措到底还是走了。那天天气很好，他一早就牵出雪狮。晨光中，雪狮洁白透亮的身体变成了温柔而灿烂的金色，如同梦幻中某位王子落难时留在观者瞳仁里的剪影。

嘉措吹着口哨，故作轻松地给它紧紧地系上肚带。雪狮昂扬而立，长啸一声，卷曲的金色的长鬃纷纷扬扬，露出它雄性的结实的后颈。

这时，嘉措同他的护身盒一起跨上了雪狮。他为他今后的漫漫长途只准备了两样东西，雪狮和护身盒，生命和保卫生命者。

雪狮再啸，随即绝望地走出了院门。牛犊般大小的黑色牧羊犬，低唉着跟了几步。晴朗的天空下，雪狮的胸铃哀哀不绝，灵巧的四蹄踏着冰封的大地，笃实而沉重。就这样，嘉措离开了代扎。

那一年，小香萨只有两岁。

只有两岁的小香萨对那一年的记忆却是超常的，她知道她有一位英俊高大的父亲，不论怎样，他都是独一无二的，当他打猎时，当他和朋友们谈笑时，当他用胡子茬来逗她时，甚至当他和母亲大吵大闹时，他都是独一无二的父亲。

父亲的伴侣雪狮，也是她的伴侣，雪狮只属于她同她的父亲。因此，她绝对禁止雪狮同牝马的交往，每当雪狮归巢，她便坚守在它的身边，不许它去亲近它的女伴，每个午后，她都倦睡在雪狮的脚下。

由于她的坚守，雪狮同那匹牝马饱尝了相思之苦。它们只能以目传情，以歌代思，聊慰衷怀，但它们绝没有半点抗议的表示，它们只是耐心地等待着，或许它们没想到最后等来的竟然是分离，但结果就是结果，当雪狮的咳声哀哀不去的时候，牝马的前蹄到底渗出了血来。

如今，四岁的香萨就骑在这匹失去爱侣的牝马的背上，她抚摸牝马的鬃毛，仿佛在抚摸心中怀念着的雪狮。她看见牝马的两只尖尖的小耳朵转向前，又转向后，茫然无助的样子，便即刻感到悔意在烧灼她握着鬃毛的双手。

香萨放开两掌，对从后面抱着她的母亲说："阿爸什么时候回来？"

桑丹卓玛紧紧抱着女儿，她盯住女儿头顶的两涡发旋，吃不准那里面到底藏了些什么。

女儿在鞍子上扭来扭去，等待着母亲的回答。

二、亚塞仓城堡

桑丹卓玛沉湎于往事的时候，香萨已经看到了亚塞仓村庄。亚塞仓的特征，就是那座方圆百里独一无二的城堡——索白千户的庄园。

城堡四周是层层叠叠的白杨，整齐、挺拔，在风中翻动阳光的树叶发出沙沙的低语，衬托出一种古老、神秘、森严的气氛。

远远地，母女俩就下了马。

完德扎西在门口迎候，他接过缰绳，连说请。桑丹卓玛牵着香萨，刚刚跨进门槛，就被几只大黑狗的低哞吓住了，幸好它们是拴着的，不然就会一声不响地扑上来把人撕个粉碎。

一进高墙，桑丹就有一种说不出的奇怪感觉。她觉得身上湿漉漉的，挨着衣服非常难受。但香萨漂亮的大眼睛里却充满了好奇，她的目光停留在那些精致的雕梁画栋上，久久不肯离开。

千户庄园有四个大院组成，前院有大厅、经堂、佛堂，西侧院是畜栏、草房，东侧院是仆人们住的地方。后院有一幢两层小楼，楼上是主人的卧室，楼下是小客厅，西厢房有小佛堂，东厢房是客房。

庄园的四墙角上都有高高的角楼，留着四方形的瞭望孔，仿佛是一只只逼视的眼睛。桑丹卓玛穿过这些黑色的注视，跨上七级台阶，绕过大厅，走进后院门。

院子非常开阔，楼前的平地上种着一些野菊、太阳梅，色彩很艳，映衬着小楼的门楣，门楣上雕着五彩的莲花和行云流水，气象万千。六根大立柱，高擎着一只只啸傲的雄狮，狮口里的珠子正射出夺目的金光……

香萨跟着母亲走上松木楼梯。

楼上的一墙木格窗全是开着的，徐徐升起的朝暾正沐浴着坐在窗前的秀发飘飘的女人。她听到响声，缓缓地转过身，她说："我等你好久了。"

桑丹卓玛是第一次见到这位千户夫人。夫人的脸色异常苍白，身体很瘦，披着一块绿缎披肩，一件镶边的绿绒夹袍长可及地，没有扎腰带，腹部明显地隆起着。她那么坐在窗前，披散着头发，全身上下没有一件饰物，纤纤十指上也没有戒指。她凉凉的目光看着桑丹卓玛，再下移到香萨的身上。

桑丹卓玛微微屈下膝，说：

"夫人吉祥！"

然后将怀里的梳子取出，两手捧过哈达，献给了坐着的美丽的夫人。

夫人终于站起来，她接过哈达，却转而挂在了香萨的脖子上，桑丹卓玛吃惊地看着她。

她说："我叫耶喜。"

"我知道的，夫人，我叫桑丹卓玛，这是我的女儿香萨。香萨，快说夫人吉祥。"

耶喜说：

"不要为难孩子，这孩子真漂亮。不过，我要生个女儿，一定会比她更漂亮。"

"夫人说哪里话，女儿有哪样好？夫人命贵，一定会生个小千户的。"

桑丹卓玛小心翼翼地把香萨拉到身后。

耶喜听到这话面无表情，她沉默地注视了一会儿窗外，然后说："不对，还是女儿好，我说的一定不会错，你以后会明白的。"

"或许是吧。"

"不要再说了，还是梳头吧！"

耶喜说着转过身，把一头黑油油的头发亮到桑丹卓玛的眼前："用我自己的梳子，编好辫子束在一起就行了，我不戴辫套。"

夫人的梳子是一把镀金的银梳，梳子上镶着一对鸳鸯，鸳鸯的眼睛是红宝石做的，背面是藏文扎西德勒，意思是吉祥如意。

"夫人，"桑丹卓玛手握这把工艺品，固执地说，"夫人的银梳很漂亮，但是梳齿的距离太大了，头发梳不光的。"

"看来只好听你的。"

"这把红木细梳虽然简陋，但是很干净。"

"没关系，我听人听惯了。"

红木细梳的梳齿轻轻地埋进了黑发中，桑丹卓玛的工作开始了。当她的梳子走遍了每一根黑发时，她的心情渐渐轻松起来，仿佛是在梳理一位普通姑娘的头发，发质那么柔软，那么漆黑，长短如一，没有散乱的乳发，尤其是在分发时，发根的皮肤白洁细腻，一下子就让桑丹卓玛发出由衷的赞叹：

"夫人，您的头发真黑呀！"

通过窗前那面镜子，桑丹卓玛碰到了夫人淡淡的目光。

耶喜淡淡地说：

"我知道。"

她说"我知道"时，声音里有一种散漫，好像言不由衷，又好像漫不经心。

桑丹卓玛将梳子浸了清水，开始抿那一缕缕已分好的头发，她准备编小辫子了。

"夫人，您不戴辫套的话，头顶留一条辫子吗？底下的辫子要不要编到耳朵旁边？如果不戴耳环的话……"

她抬起眼睛，询问镜子里的夫人。这时夫人却在定定地看着别处，夫人的眼睛里竟有些忧伤。桑丹卓玛急忙一回头，蓦然看到完德扎西神不知鬼不觉地垂手站在后面。

"夫人。"

只听见完德扎西轻声说：

"夫人，老爷那边会议散了，要吃饭。老爷请您准备一下，一会儿过去敬酒。"

耶喜仿佛没有听清他的话，她并不转身，只是从镜中久久地看着他：

"什么？"

完德扎西又轻声重复了一遍。

"我知道了。"

"那么我下去回禀老爷。"

耶喜仍是目不转睛地看着他,末了才说:

"你下去吧。"

桑丹卓玛飞快地编着辫子,耶喜突然说:"你慢慢地编,多陪我一会儿,反正一早也没事。"

"夫人,"桑丹卓玛说,"我的地里还没割完呢。"

"待会儿我叫人帮你,你也要帮我。"

耶喜慢悠悠地说完,就低下眼睛。她看见自己镶边的袖口有一根冒出来的线头,就开始神情专注地揪扯线头,裂口张开了,很快,袖子的镶边就被拆下来,露出绿绒的本色,她轻叹一口气:"这下好看多了。"

说着,她把镶边扔到地上,准备拆另一只袖口,忽然她抬起眼睛柔声道:

"完德啦,什么事?"

桑丹卓玛吓了一跳,她没有听见完德扎西的再次到来,她从镜中看到完德扎西依然像刚才那样垂手于两侧,静默着,还没有来得及回答女主人的提问,耶喜又补了一句:

"你瞧,这下好看多了。"

她举着刚刚拆掉镶边的袖子给他看。完德扎西怔怔地看着她,他看到了两只手,一只在镜子外边,一只在镜子里边。她的手和手腕都露了出来,雪白雪白的,仿佛没有血液流过,而手的姿势就像一只在晨光里正欲展翅高飞的鸽子……忽而鸽子又回到肥大的袖口内,她正色道:

"什么事?"

"老爷请夫人过去。"

"怎么这么快?我不去了,你去告诉他。"

"夫人,我怎么回禀呢?"

"就说我不去。"

完德扎西正欲下楼,耶喜又唤住他:"要不就说我不舒服……随便你怎么说吧。"

桑丹卓玛已编好最后一根辫子,她把二十来根粗细均匀的辫子拢到一起,用一根墨绿色的绸带扎住,辫子一直到耶喜纤弱的腰上,颇具婀娜之姿。

耶喜站起来,在镜子前转了转,脸上的表情说不上满意,也说不上不满意。桑丹卓玛第一次感到很尴尬,她是听惯女人们夸赞的,而此时,她却未听到她想要听到的那句话。

耶喜突然说:

"本来应该是你坐在这,由我来为你梳头的,可是现在全颠倒了,我坐在你该坐的位置上,你不生我的气吗?"

桑丹卓玛吃惊地看着她,想不到她会以这么直截了当的方式提出彼此都在回避的话题。她仔细地把梳子上的一根长发去掉,然后说:

"我没想过……"

耶喜便神经质地大笑起来。

随着她的大笑,楼梯震响起来,一阵靴子杂沓的声音传来,索白千户出现在楼梯口,他面带恼色,一上楼就以极不满意的口气责怪道：

"怎么回事？等你半天了……啧，原来你这里有客人。"

他看见桑丹卓玛屈膝道了吉祥后，气色迅速平和了：

"你是哪个村的？我怎么没有见过你？"

"老爷，我是恰姜仓村的，名叫桑丹卓玛。"

"唔，听说过，原来就是你。"他审视着面前这位高挑健康的女人。"多大了？"

桑丹卓玛低头看着他的羚羊皮靴，双手叠在袍前，说：

"我属马，今年二十六了。"

"呵，属马，比我们耶喜大一岁，耶喜是属羊的，对不对？"他回头看看耶喜。

耶喜不看他也不说话。

他接着说：

"好了，既然你们有女人要说的话，那边就不用去了。桑丹卓玛，以后有什么事，就说一声，闲下来，就多走动走动，我们好歹还是亲戚。"

桑丹卓玛说："多谢老爷，我们就母女两个人，不会有什么事的。"

"先别这么说，不走不走的路还要走三趟呢。"索白说着深看她一眼，走了。

桑丹卓玛被看得心头一惊，这位留着两撇小胡子的高大男人，很健壮的腰身上系着一块朱红的崭新腰带，深秋的天气里，却只穿着一件团寿的单绸衣，没有镶边，也没有饰物，只是左手的食指上，显眼地戴着一颗极其名贵的太阳石戒指。他甩着挂在腰间的右袖，一摆一摆地走了。

耶喜的声音忽地有些抖瑟：

"阿姐桑丹！"

桑丹卓玛愕然……

耶喜抖瑟道：

"阿姐桑丹，帮我拆掉辫子好吗？"

被突然称作阿姐的桑丹卓玛不知所措，只好机械地去摘刚刚系上去的情趣盎然的绿色绸带……

三、银链子

夕阳栖在山巅，亚浪仓沉浸在橘红色的夕照之中。几处炊烟，召唤着各自的家人。

洛桑达吉穿着短袄，镰刀别在后腰带上，早早就打发掉两个帮工，自己朝家中走去。

他的头发乱蓬蓬的，因为日晒，在夕阳下有些苍黄，脸色发黑，但眼睛的黑白两色却格外分明。他走在田间，黑白分明的眼睛看着两侧的庄稼。

今年春，种子一落地，天就开始旱了。六月里一两次零星雨雪，简直顶不了一点渴。八月后，本该有太阳大晒几天，却又是连绵的阴雨，把庄稼人的兴头打得湿湿的。九月一到高原，天即刻就凉了，豌豆荚已被几场暴雨打成青黑色，既不饱满，又不够数量，麦子与青稞稍稍好些，只是颜色难已变成纯熟的金黄了。

洛桑达吉走在这种青不青、黄不黄的庄稼地里，疲劳不堪。到自家院门时，却不忙着走进去，他犹犹豫豫，左看右看，似乎在尽力拖延进门的时间。很快，他找到了拖延的最佳方式：掂起铁锹，往门旁捂肥的水洼里添土。添够了土，又走进对面的草房，夹一胳膊干草，这才跺跺脚，进了院门。

门板后挂着的铜铃清脆地敲打着门板，洛桑达吉被敲打声搞得神情紧张。院中空无一人。院门厅两侧是羊栏与骡栏，每当傍晚，就有二百只羊与四匹骡子在这里憩息。院子里铺着大青石，正房四间，东厢房三间，东厢房北邻空地里，搭着干柴棚子，垒着一墙干牛粪饼，当备用燃料。干柴棚子与骡栏之间有一截矮墙，隔出一角厕所。

洛桑达吉用脚踢踢门板，门板上挂着的铁链子重重地甩下来。他踩在松土上，心烦意乱地看看两根细柱子后面的骡槽，把草料均匀地铺到那里面。

他在松土上走来走去，朝里墙留有小洞的地方望望院内，院内仍是空无一人，但能看见厨房的窗口正在冒着热气。他对着那冒出来的热气叹一口气，然后回头望望用干柴架在木梁上的顶棚。他的目光顺着木梁走到骡栏的东头，东头有一扇小门开着，里面堆满了粗粗细细的干柴。他走过去抓起一把铁锹，低下头，把已经很松软的土又松了一遍。

他终于喘着粗气走到院中间，一声"阿爸"把他吓了一跳。

原来是尕金的小儿子森巴仁庆，他像是从地上的石缝里滋滋而出的小蛇，鬼头鬼脑地站在阴影里朝继父摇头摆尾。洛桑达吉做了个举手的姿势，森巴仁庆就作出很害怕的样子抱头鼠窜了。

其实森巴仁庆知道这个被他称作"阿爸"的人根本不可能打到他，因为只要他一举手，母亲就会尖声呼叫，不用几秒钟，他早已是威风扫地。森巴仁庆可是母亲的心尖子，这个三岁乳儿，成熟得能博得任何人的欢心，当然，洛桑达吉除外。

森巴仁庆长得又黑又胖，大家都叫他小黑蛋，但他的脸被母亲洗得干干净净的时候，又有点眉清目秀，有些像他的母亲，甚至他不小心露出的小狡猾，都像他的母亲。

他似乎在潜意识里就不喜欢这个父亲，这种不喜欢竟也能得到母亲的纵容，或许母亲爱儿子胜过爱丈夫，爱血亲胜过爱缘分，或许母亲从一开始就认为丈夫天生就是个次要人物，而儿子却是个天才，或者说，即将成为天才。

森巴仁庆用种种小狡猾来折磨他的继父，在母亲的默许和庇护下，他以失去亲生父亲的小可怜特有的八字眉和倒吊眼，赢得了邻里无限的同情。

他享受同情，犹如享受各种到口的美味。他知道，这种同情，很快会变成铁砂弹，射向那个伪装成父亲的人。

说真的，洛桑达吉对他的爱心已被他的小阴谋击得粉碎。在洛桑达吉的眼里，森巴仁庆，这个与自己没有丝毫血缘关系的小黑蛋，虽然与自己毫不相干，但却有权利生活在他的生活之中，像个小幽灵，时常令人苦不堪言。

苦不堪言的洛桑达吉在房檐下愣怔着。此时，夕阳的余晖从西厢房后洒进来，刚好将洛桑达吉驱逐到房檐宽大的阴影下。这阴影，犹如行踪诡谲的森巴仁庆神不知鬼不觉地在他的脚下布置了一条阴阳分界线，正巧和门柱间悬挂着的铁丝组合在一起，好似一个正在聚拢的陷阱。

他慢吞吞地取下镰刀靠在柱脚上，又慢吞吞地解下腰带，一举手挂上铁丝，铁丝弯下一些，与阴阳线分离了，于是他满意地跺跺脚，进了正房。

正房坐北朝南，西边开一扇门，进门的一间其实只能算个过厅，放着一溜矮柜，矮柜上方是一面镜子。过厅与第二间由两根松木立柱隔开，南面靠墙是面偌大的热炕，炕中有镏金描银的方型小炕桌，热炕对面的墙上靠着一只桌柜，桌柜有两个抽屉，两扇柜门，式样古朴，拉手全是铜环，铜环的相接处有点花纹，颇是妩媚。

第二间与第三间亦是由两根柱子隔开，柱子上挂着几串颜色不同的佛珠。第三间是厨房，靠窗两口大铁锅架在灶膛上，靠墙是一面古色古香的松木碗架，上半部是敞式的，架边镂着花纹，六条隔板上放满了各式各样的碗。下半部是封闭的，里面放着面粉。第四间也是厨房，置一方极大的案板，还有一些干柴、干草与粪饼等燃料。

洛桑达吉脱鞋上炕，宽了宽夹袄，在炕前盘腿坐好。尕金一阵叮呤脆响，端过来一碗清茶：

"我说是谁呢，门铃响过半天了，怎么这会儿才进屋？"

洛桑达吉看看她腰带上系着的银链子，便嘘嘘地开始喝茶。

银链子响着，尕金又端过来一盘切成梯形的馍馍，她一边使劲让银链子发出巨响，一边说：

"你没见到阿妈和夏仲益西吗？"

"没有。"

"那怪了，夏仲益西非要去接你，阿妈就跟着去了，没碰到？"

洛桑达吉吹开茶叶，像是摇了摇头。

尕金说的夏仲益西是她的大儿子，今年六岁了，小眼睛，小鼻子，貌不惊人，但相对而言，他比他弟弟森巴仁庆要稍稍多得一点洛桑达吉的疼爱。

这种疼爱是由于尕金偏爱小儿子的缘故。再说，夏仲益西对他的继父有一点实在的感情，或者说，他有点崇拜自己的继父。

洛桑达吉听到夏仲益西去接他，心头微微颤了一下，这个家竟然还有一个人在牵挂着自己，他情不自禁地朝打开的木格窗外看了一眼正对着的大院门，他似乎在盼望这个孩子的归来，虽然他不能确定他对这个孩子的感情是否已到了相互牵挂的地步，但此时此刻，真的，他有点儿牵挂那个孩子了。

他把探出去的身子缩回到原来的位置，不动声色地继续喝茶。他在盼望着那个瘦瘦的男孩子，但绝没有同样盼望那个陪他出去的老女人。

尕金一直在说着什么，银链子在炕桌与厨房之间来回地闪烁，她趿拉着一双洛桑达吉的布鞋，与显眼的银链子极不相称，但她从不在乎这些,她只在乎耳环、项饰、腰链、辫套、镯子等有价值的东西,而脚上的鞋,简直不值一提,谁会注意别人的鞋子呢?

但是洛桑达吉却在注意穿在别人脚上的自己的鞋子,并且迅速地作出了反应:他决定今后不再享用这双鞋了,尽管这是一双自己劳动所得换来的鞋。

好了,现在,鞋就归她了,反正什么都是她的,这座庄廓,庄廓里的老母亲,两个儿子,马、牛和羊,还有伏在炕上睡大觉的懒猫。

反正一切本就是她的,自己不过是个不小心闯进来的、寄人篱下的外人而已。

他有些愤愤然,忽地,把碗里的剩茶泼到地上,懒猫立刻在潜意识的驱动下逃到了女主人的长袍后面。

尕金站在炕边,她是个非常聪明的女人,虽然她不知这个比她小五岁的丈夫此时的糟糕心境完全由她脚上的鞋子引起,但她却明白,男人需要的,非女人莫属。

于是,她高擎起茶壶,恭恭敬敬地将空碗添满,嘴里的唠叨也就此打住。

她站在那里,像是忽然发现了他一样一动不动地看着他,而他则抬眼看着房梁,看着房梁最中间的一根柱子上包着的一方织绵缎,织绵缎上挂着红,垂一束被熏黑的橘黄流苏。这是盖房屋时挂上去的,用来镇邪驱鬼,图图吉利。洛桑达吉直着眼,仿佛看出了什么名堂。

尕金终于在这种对抗中首先软下来，她正准备放下做主妇的架子来讨好丈夫时，院门的挂铃被门板撞响了，她立刻挺直腰板，像是见到了从天而降的救兵。

尕金的母亲阿多携着外孙子夏仲益西回来了。夏仲益西的手里有一株酸白刺果枝，墨绿色的叶子间点缀着黄黄的小颗粒，诱人地晶莹。他细长的眼睛首先落到了西厢房的门廊柱下，他看到那一弯镰刀后立即举着酸白刺果枝冲进了正房。

阿多一只手放在怀里，她看着正房敞开的木格窗问：

"他回来了？"

尕金说：

"早回来了，你快进去吃饭吧。"

阿多说：

"我就知道他会早收工的，这个懒东西，庄稼烂在地里他就高兴了。"

她一边说，一边从怀里抓出一把极青绿、极饱满的豌豆荚塞到女儿的怀里：

"你自己吃。我在地里挑的，简直没点好的，都瘪了，比不上去年……你自己吃。"

她再三强调要女儿自己吃，尕金就笑了：

"阿妈，声小点儿，他会听见的，听见又没个完。这豆子留给小黑蛋吃。"

"我这儿还有留给他吃的，这把你自己吃。"

阿多固执地继续说：

"怕啥？你就是心好，才叫人家欺负。"

"谁也没欺负我，阿妈，别这样说，他才不敢欺负我呢。"

"他敢！"

母女俩嘀咕一阵，进了屋。

洛桑达吉起身让让，阿多就十分艰难地上了炕，义不容辞地坐在首位。

夏仲益西早就偎在洛桑达吉的脚边了，他将一颗又一颗白刺果塞到父亲薄薄的嘴唇里，笑嘻嘻地看着父亲被酸得失去了做父亲的尊严。

阿多耐着性子看着父子俩，她从不当面批判他。这时，她终于将右手从怀里取出，去解开缠在头上的头帕。

早年，她的浓密的头发编成小辫子之后很长时间没有重新梳理，头发互相缠死，再也无法分开，只好全部剪去。如今，她稀疏的发茬已经雪白雪白了。

她重新结好头帕，说：

"我们去接你了。"

她似乎不表达没接到他的愤怒就无法罢休。

洛桑达吉说；

"尕金刚才对我说了，阿妈，今天我早了点。"

他因为真实地拥抱着夏仲益西，所以显得心平气和，有个孩子，多好哇，可惜的是，自己永远也不会有亲生的孩子了。

尕金一边说着什么，一边端上来一个大托盘，里面有五碗面条，面条是新麦子做的，有油炝的葱花、羊肉块、青头萝卜片，还有几块洋芋疙瘩，非常诱惑人的嗅觉。

洛桑达吉的嗅觉一恢复，顿时觉得饥肠辘辘，他的贪婪，完完全全扫去了他刚才正襟危坐的庄严效果。

阿多却不急，她问女儿：

"尕及各里呢？"

她说的尕及各里，指她的宝贝小外孙森巴仁庆。

尕金才发觉森巴仁庆无影无踪了很久，于是她跑到院门口，朝东边喊一声"小黑蛋"，又朝西边喊一声"小黑蛋"，不一会儿，双眼亮晶晶的小黑蛋就黑乎乎地出现了，他胸前的银制护身符上沾满了泥巴。

他上了炕，阿多把他拉过去亲了一会儿，尕金又把他拉过去亲了一会儿，就好像一支接力棒，前一个递给下一个，可是到了洛桑达吉的手里，接力棒就停止了，他并不去亲这个小东西，而是把一块羊肉夹到夏仲益西的碗里。

夏仲益西目瞪口呆地看着弟弟被亲了又亲，然后眨巴着细长的眼睛，把那块羊肉吞了进去。

四、挨揍的白毡

阿多十七岁的时候，嫁给了亚浪仓的有钱汉多杰，多杰比妻子大十岁。不知何时，他同东科镇的羊毛贩子攀上了交情，于是年年将亚浪仓所有人家的羊毛集结起来拉到东科镇，从中捞了不少好处，应该说他占尽了天时地利，可是不久他却抛下怀胎八月的新娘子与偌大一份家财，跑到东科镇做了羊毛贩子的拜把子兄弟。

剩下孤独的阿多，养育了唯一的女儿尕金。生活虽是宽裕，但她的内心却充满了对男人的痛恨，她恨那个名叫多杰的曾做过她几天丈夫的高大男人，由此而痛恨多杰用过的所有东西。

每天清晨，她上过乔玛，高唱一段经文，对神佛尽尽义务之后，便从门背后拖出一条白毡，把它立在门廊柱上，用一根不粗不细的皮鞭，开始了漫长而结实的鞭打。她一边鞭打那条白毡，一边努力地回忆所有最恶毒的语言来咒骂它。

这条白毡是她和多杰的新婚用品。

很显然，她从一开始的痛恨之后，竟渐渐爱上了这种鞭打，她在痛快淋漓的鞭打过程中得到了不少的安慰。她仔仔细细地鞭打每个角落，仿佛是在驱逐攀在毛毡上的蛀虫。她一边心痛地看着毛丝在皮鞭下一根根地脱落，一边就高兴起来，到最后，她挥动着皮鞭，达到了快乐无加的地步，因为她只是在鞭打白毡，这举动似乎已跟那个名叫多杰的家伙毫不相干了。

尕金站在母亲身边，感受着母亲的快乐无加，每感受一点，她似乎就长高了一点。当母亲挥动皮鞭已没有从前那么得心应手的时候，尕金已长成了大姑娘。

尕金眉清目秀，但颧骨略略高了一点，大概是她在母胎时吸收的养料中仇恨的成分过高，所以在她表现生气状的时候，面目有些凶狠，但是这些特征并不妨碍那些多情的小伙子没昼没夜地为她唱拉伊情歌。

她对婚姻的选择自然有她的道理,她认为母亲的失败是因为父亲太有钱,有钱人就是自由人,他的来去可以不受任何限制,但没钱的人就不行了,没钱的人就等于没有一切,没有一切就等于没有尊严,没有尊严,那么谁会看重你呢?没有钱的人,唯有听凭有钱人的安排,才不致失去一切,所以,没钱的人,就没有自由。

尕金养尊处优,身上佩满了饰物,她把这些金银珠宝看得很重,她认为是这些东西给了她自由,给了她选择的权利。

所以,她毫不犹豫地选择了长工多丹本。

多丹本的确是个穷光蛋,尕金以这种选择来进一步证明自己是个自由人,她将父母亲的某种关系,在她自己的身上来了个大颠倒,这样,她觉得自己的婚姻会万无一失。

阿多习惯于母女两个人的生活,她对于上门女婿的到来非常不满。很长一段时间,她不再去鞭打那条白毡,因为失去了鞭打的快乐,她常常长吁短叹,坐在廊柱下晒太阳时,也表现得无精打采。在这段时间,她又养成了另一种习惯,就是将右手塞进怀里,攥得紧紧的,仿佛攥着一条虚无的鞭子。

但是她再也没有鞭打的动作了,只是坐在那里晒太阳,似乎在回忆着过去的好时光。

多丹本却是个快乐的穷光蛋,他根本就没有想到该去注意一下老太太的脸色,他觉得凡是老太太,要不然就是坐在太阳底下,要不然就是去嚼舌根,相较而言,坐在太阳底下倒更合乎他的理想,所以他觉得阿多整天坐在太阳底下长吁短叹是合乎情理的事,根本就和他无干。

于是多丹本仍然快快乐乐地去放羊、放牛、遛马,干一切他乐意干的活。当他回家时,发现窈窕的尕金为他的到来换了新衣时,便惊喜地去扯断系在她腰间的银链子。

他毫不掩饰他的需要,他的每一个粗鲁的动作里都带着天然的成分,他明目张胆地爱好女人的身体,同时又自自然然地坦露自己的需要。

记不清扯断了多少根银链子,尕金终于生育了一个儿子,他们花费了很多钱财,请喇嘛,烧茶,献哈达,布施酥油与银元,放逐生灵。

于是,儿子从喇嘛那里得到了一个奇怪的名字:夏仲益西。两口子谁也不知道这个名字到底是什么意思,他们叩头再三,请喇嘛告知,喇嘛只是笑而不答。

有了夏仲益西,满足的多丹本忽然意识到,他的使命完成了,他的快乐的生活里加入了很多松懈。每当日头高照,他才怏怏而起,既不穿毡衣,也不戴帽子,只是哼着他惯于哼唱的两句歌子,忽啦啦把羊群赶上山坡。

这时的阿多一手抱着夏仲益西,一手攥在怀里,她的鞭打的欲望已有些死灰复燃、重新抬头之势,但她看一眼心爱的女儿,便硬绷绷忍了回去。

心爱的女儿做完家务之后,总要拿起绣针,缝制一些辫套。她是绣花的能手,举行结婚大礼的辫套、伴娘的辫套、家常的辫套、居丧的辫套,她都能拿得起来,作品真是独一无二,因为她不以此为生,所以往往能独出心裁、别具匠心,缝制出真正的艺术品,她的手艺也因此而名扬代扎。

尕金在缝制辫套时非常投入,常常忘记了身边的一切,忘记了夏仲益西,忘记了阿妈,连同笑哈哈的多丹本,甚至忘记了自己关于有钱与无钱的重要见解。

但是她无法忽略羊圈里羊群的数量,每当多丹本晚牧而归的时候,羊群中就会少一只最肥大、最敦厚、最惹人怜爱的母羊,而被马驮回的多丹本,却醉得不省人事。

尕金起初不懂,但很快就懂了,懂了的尕金立即废止了多丹本的牧羊权,将这份权利移交给新雇工洛桑达吉。

她绞尽脑汁,把多丹本从炕上翻到地上,又从地上翻到炕上,想看出这个人的究竟,这个人正耽于醉乡,乐不思归。

她只好把自己的婚姻从头到尾想一遍,她估计是哪个环节出了点儿问题,但一时半会儿还理不出个头绪。

尕金掰着指头回忆着一年又一年,终于回忆到生养夏仲益西的那一年。那一年,她认为是多丹本表现得最好的一年,因为他正在接近她所设计的理想之中。

最初的见解是不会错的,尕金根本就无法使自己怀疑到这一点,开始既然不会错,那么,以后肯定会好起来。

尕金忽地有了主意,她笑了,并且甜蜜地扯断了自己腰带上的银链子。

尕金终于如愿以偿,她怀上了第二个儿子:森巴仁庆。

这之前，尕金与多丹本在夏仲益西的问题上出现了严重的分歧。尕金常常逼迫夏仲益西做出在父母之间最爱其一的选择，小夏仲益西便不知所措地将小指头指向紧张地喘着粗气的母亲，于是尕金满意了，但是多丹本却大光其火，他鄙夷这种做法，大声地痛斥尕金想把一切据为己有。尕金当然想据为己有，到后来她同洛桑达吉生活在一起的时候，也没有丝毫改变，但洛桑达吉却不光火，因为他根本就无法参与进去。

尕金怀孕其间，没有酒喝的多丹本表现得反复无常，羊只倒是没有再见少，但是家里贵重一点的器物却在一件件地不翼而飞。

于是尕金一狠心，将所有金银饰物包括银链子一类的东西全部都藏到妈妈的被褥底下，妈妈阿多则整日坐在被褥上，警觉地把手揣在怀里。

于是，多丹本搜寻的目光便常常会意想不到地碰到阿多回避的目光，两人无奈地对视良久，对视的焦点从对方的眼睛终于移到对方的耳朵上时，多丹本就失踪了。

尕金大哭起来。

挺着大肚子的尕金大哭不止，她哭过后，揣一条绣花手巾，跑到松仁仓百户丹增才巴的庄廓。

胖墩墩的丹增才巴听完后把她扶坐到炕上，说：

"别哭了，小美人，我判你们离婚，你高兴吗？让那个叫什么多丹本的家伙举起两手，永远地从你的家滚蛋！"

被称作小美人的尕金停止了哭泣，她没想到哭诉的结果刚好跟自己的意愿相反，但她听到耳畔一声声甜腻的称呼后，虚荣心就渐渐占了上风，好歹，那是离婚，不是离弃，何况，肚里的孩子可以会因此而有一位高贵的父亲也未尝可知。

五、越过贡尕河

丹增才巴果然判尕金与多丹本离了婚，尕金先是忿忿地高兴，过不了一会儿便懊悔起来。

阿多一看见女儿哭就受不了，她殷殷劝道："怕啥？这种人本不该来我家。老天有眼，让他走了，这不是很好吗？还留了两个孩子……"

一说到孩子，尕金就发觉自己冷淡夏仲益西已有多时了，这个有着细长眼睛的小男孩，有着一种虚无缥缈的气质，你想到他，他就出现了；你忘记了他，他就一下子便不存在了。

这或许是做母亲的通病，母亲总是把关注的目光从第一个孩子的身上移到第二个孩子的身上，再移到第三个孩子的身上，以此类推，最小的孩子是最得宠的，其他的孩子总是被母亲或多或少地忽略了。

失宠的夏仲益西走出雕花的大门，默默地跟在长工洛桑达吉的身后，去很远的山坡上放羊。在那里，他认识了亚塞仓的雪玛。

四岁的雪玛是扎西洛哲与万玛措的孩子，她小小年纪，就可以统领五十只羊组成的羊群,雪玛常常骑在头羊的背上,一声呼哨,羊群便集聚一处,再一声呼哨,羊群便四散开来。

雪玛又快乐又威武的样子颇使夏仲益西倾慕,他毫不犹豫地成为她统领的羊群中的一员,开始在蓝天白云与灿烂阳光下尽情嬉戏,而洛桑达吉,头下枕一块青石,开始呜呜咽咽吹他那一管形状奇特的鹰骨笛。

悠扬的笛声,充满了这方自由的、无拘无束的世外桃源。

从此,夏仲益西一远离母亲的目光,就会立刻陷入巨大的快乐之中。

尕金则在无法排解的怅惘中,等待着她的第二个孩子的出生。偶尔,她还去一两次丹增才巴的庄廓,每当走过拉嘎的深沟边缘时,她就立刻回想起丹增才巴附在她耳边的甜蜜称呼,这时她就会加快步伐,越过流淌的贡尕河,身轻如飞。

或许她是在渴望什么,但她不能明确地说出她到底是在渴望什么。

或许她渴望的是那一声"小美人"的称呼,这种称呼使她在失落中暂时得以解脱,从而重新生出一点自信。

或许她渴望的是那座庄廓的肃穆与威严,以自己的容貌和财富,匹配这种权威才恰到好处。

或许她渴望的就是丹增才巴百户大人吧?他是这一切的象征,权利、名誉、土地、财富,凡是她所爱,必为丹增才巴所拥有,她爱权利、名誉、土地、财富,也就理应爱上集中这一切的载体。

丹增才巴呼唤小美人，每当夫人华热德吉不在时，尕金总是应邀而来，戴着自己精心制作的辫套，她把珊瑚珠串在辫套上，走路时发出沙沙的诱人声响，珊瑚的红润，恰如她妩媚的小嘴。

她妩媚地斜靠在热炕上，丹增才巴为了给她助兴，就要唤来艺人为她演唱一段《格萨尔》。艺人向百户道了吉祥，然后看着尕金，丹增才巴就说：

"这是我老婆。"

艺人便煞有介事地向歪在炕上的尕金道个吉祥，尕金顿时心花怒放，她第一次接受别人的礼敬，立刻就大胆地幻想起今后的无数次，她殷殷地希望这不是最后一次，于是，她就拿出做夫人的架子，懒洋洋地点点头，把双手叠到腹部，像是受惯了礼敬并对此毫不在乎似地，示意艺人可以开唱，丹增才巴则惬意地欣赏着她的表演。

于是，艺人就按主人挑中的一段唱了起来：

这凤舞莺歌的同瓦地，
这弥香荡彩的花花岭，
长眼圆眼的都在注视，
长耳圆耳的都在倾听。

心里话，时候到了总要说，
称心事，时机到了自然成。
我从远方来，

羽翼沾着路途的风尘，
给你带来心醉的佳音。

尕金伸伸懒腰，与丹增才巴眉来眼去一番，她认为这段唱文，完完全全是献给她的。

"仙女呀——"，艺人一声出色的道白，连接了几个高难度的舞蹈动作：

你令人倾倒的形象，
随着我的脚步将走向华贵，
你得到的是身为王后的高位，
你将登上松石宝座，
给拉如王子做继母，
给辛巴众臣做主母，
给霍尔江山做主妇，
在瞻仰与崇拜的目光中，
显示你至高的权利吧！

艺人渐入佳境，他手敲响板，靴底用劲地跺着松木地板，以富有节奏的优美清唱，讲述着那个千古流传的故事：

英雄勇武的白帐王，
威名如雷四方颂扬。

他的牛羊如蓝天的白云，

他的骒马如碧海的波浪，

面对纳贡称臣的万邦，

他是一轮闪射光芒的太阳。

幸福的地方虽然多，

难找霍尔这样的天堂。

兴旺的国家虽然多，

怎有霍尔这样的兵强马壮。

你这金花似的美人呵，

正好与白帐大王匹配成双！

……

艺人唱到此只好打住，因为丹增才巴与尕金早已满意得哈哈大笑，乐不可支的丹增才巴拿出银元赏给艺人，爱财的尕金则立刻滋滋地吸进许多凉气。

从他们暧昧的笑声听来，他们仿佛已经领会了歌中每一句唱词的微妙之处，那浪漫的行板，那波荡的节奏，那热烈的情感，尕金以全身心的投入，感受着歌中如梦如幻的美景，是呵，她就是那金花似的美人，正好与白帐大王匹配成双……白帐大王这时伸出了温柔的手，去抚摸那张充满了遐想的甜蜜的面庞。

这时，就听到院门的铜铃一响，白帐大王的妻子回来了。

华热德吉在村口听到不少风言风语，她急匆匆地往回赶，既兴奋又担心，兴奋的是她即将目睹一幅早有耳闻的景象，担心的是害怕这幅景象真的成为事实。她左思右想，唉声叹气，不知该说怎样的话该有怎样的动作，才不失百户夫人的优雅与高贵，又能把那人打入十八层地狱永不翻身而后快，她加紧步伐，几乎是急不可待地冲进了紧闭着门的厢房。

她一头冲入房内，顿时满脸的失望。她所目睹到的完全出乎自己的意料，这位企图寻找到快感的女人一脚在门槛里，一脚在门槛外，目瞪口呆。

厢房三间，中间为过厅，一侧是卧室，另一侧是乔康——佛堂，只见尕金艰难地跪在一块羔皮垫子上，面朝佛祖，正在垂头痛哭。丹增才巴则在卧室的炕上正襟危坐，满脸恼怒之色。

丹增才巴一见妻子，仿佛见了救星一样一跃而起，他说："你来得正好，你来得正好！"

华热德吉这下真不知发生了什么，她目不斜视地走到炕边，坐下。

夫妻俩同时以冷峻的目光俯视着垂首痛哭的尕金，丹增才巴怅然道：

"唉唉，这个女人，可怜见的，丈夫欺负她不说，还要抛弃她，留下个半大小孩，帮不上什么忙，还遭村里人看不起……"

尕金停止哭泣，吃惊地看着他。

丹增才巴满脸同情，他说：

"村里不管谁有难，我这个做百户的，自然应该管。就在刚才，这个可怜的女人还哭哭啼啼地请求上天把她收回去呢，真是罪过,但是除此之外又有什么好办法呢?"

尕金大张着嘴,想说什么却一句也说不出来。

丹增才巴仿佛忽然计上心来:

"对了,我说华热德吉啦,你不是每天都在想着积点德做点善事吗?这不,救人一命,胜造七级浮屠,你不妨把这个可怜女人认作干妹子,一来村里人看你的面子不会再欺负她,二来嘛,你也会因为行善而得到好报的。"

两个女人互相端详,继而面面相觑。

丹增才巴说:"怎么,尕金,你不愿意有个好心帮助你的姐姐吗?"

尕金在百户大人的敦促下,毫无选择的余地,她重整衣衫,上前屈膝,道了一声带着啼泣又带着深情的吉祥,她说:

"夫人吉祥!夫人如果能接纳我这个干妹子,真是我前世修来的宏福!"

她不由分说地就拜了下去:"阿姐华热德吉吉祥!阿哥丹增才巴吉祥!"

她低下头,低下满腹羞愤,她深怀不平,却又无法排解,她知道,这,就是丹增才巴的权利。她在短暂的快乐之中都快忘记的贫富原则,此时,油然从心底升起,她想,这就是对她遗忘的真正报复。

老天的惩罚,命中注定。

于是,绝对相信命运的尕金仍然要对命运做最后一次反抗,她忿忿地将丹增才巴唤作哥哥,不啻是对他的一次暗示与警告。

华热德吉早已在尕金的跪拜前失去了原则,她高举着下巴,承担了妹妹行给姐姐的大礼。她的内心充满了对尕金的敌意,但在异性与同性之间,她毫不犹豫地选择了后者。她高傲地认为选择后者就意味着选择了自己,于是,她立刻抹去脸上流露出的敌意,起身扶起泪流满面的尕金。

她说:

"妹妹……"

尕金闻言即放声悲哭。

丹增才巴则向后一仰,哈哈大笑起来。

那一夜,尕金在承受精神痛苦的同时,承受了肉体上的痛苦。她坐在灶膛前,觉得自己就像个弃儿,被远远地抛出了曾经浪漫想象过的未来,丹增才巴,以及丹增才巴的百户生活,是那么令人失望。

她想到她的被弃是丹增才巴一手所致,便不由得悲愤不已。在悲愤中,她未满月的孩子在腹中开始蠢蠢欲动,她痛苦万状,却不吱声,她以这种痛苦的方式来惩罚自己的一时大意,因为大意她未能守住早已分分明明的生活走向,她勇敢地承受着。

黎明时分,她躺在炕灰中,生下了早产儿森巴仁庆。

这次生产全然不同于上次,由于早产导致的大出血,她的子宫受到了巨大的损害,她再也不能生孩子了。这份隐痛,就像是一块无法愈合的伤疤,在阿多与尕金母女之间默默地封守了起来。

施爱与被爱

此时

上天使他们成为出色的一对

第三章

一、幽会

天色很阴。桑丹卓玛一早起来，走进乔康。

乔康是专门用来供佛的房间。人们每天起床后第一件事就是上供。桑丹卓玛也不例外，她从木筒中取出一壶静水，然后将七只黄铜盏子一一拭净，摆成一排，添满净水。

她的嘴里念叨着绿度母的名号。

桑丹卓玛的乔康里主供的是绿度母。绘有绿度母的唐卡挂在供桌的上方，再上方的唐卡上绘的是前世、此世、来世三世佛，下面悬着几条敬献的白绸哈达，两边是绘有莲花生大师与宗喀巴大师的唐卡。

度母是女神，是救苦救难观世音菩萨的化身，共有二十一相。藏经上说，如果平日里净心供奉绿度母的话，就能摆脱八种恐惧，八种恐惧是：狮难，象难，火难，蛇难，水难，牢狱难，贼难，非人难，因此又叫她救八难度母。

桑丹卓玛双手合什，敬畏地仰望着这一尊存在于织锦当中的绿度母。

绿度母身呈绿色，双手持莲，样子欲起还坐，颇有动感，她身披锦衣，彩带当风，赤足于莲上，莲瓣粉嫩如初生。而她清纯的双眼，是美的永恒源泉，更是善的最高境界。

或丝帛或金绣的唐卡，是上等供品，有的用金粉银箔直接画上去，有的将绸缎剪成一定的形状后拼贴而成，这种挂画须五彩织锦缎垫裱，才能称其为唐卡。

唐卡的内容一般都与佛教有关，诸如佛祖释迦牟尼的生平、宗喀巴大师的业绩，四方诸神的功德、各位金刚的法术，等等。还有一类是与政事有关的，比如吐蕃几代赞普及王妃的画像，对民族及历史有过重大贡献的仁人志士，等等。

桑丹卓玛将几枝松柏叶子点燃在铁锹上，吹去明火，浓烟顿时熏熏而起。她一边念念有词，一边手持铁锹，走遍每一个房间、每一个角落，走遍羊圈、骡栏、牛栏、草房、院子。那倦倦的柏香，就飘荡在了这座庄廊的上空，有些忧悒，有些伤感。柏香有驱鬼避邪、敬天敬地的意思，因为有了这个意思，柏香就显得格外地浓郁，格外地庄重，甚至格外地神秘了。

桑丹卓玛手持铁锹，站在院子当中。她蓦地感到怅怅然，若有所失。

天空一片阴霾,就要下雨了。她咀嚼这份怅然,咀嚼到最后竟咀嚼出了酸酸的寂寞,非常非常的寂寞。

应该干点什么,手中干点什么的时候,就不会寂寞了,可是干什么好呢?有什么可以补充这巨大的空洞呢?这洞口,正在扩张,它吞噬了一切从前赖以生存的东西,并且分泌出酸酸的寂寞,来腐蚀这一个个简单的日子。

在这片狭小的天空旋转,旋转到头,也不会有什么得以排遣的结果。桑丹卓玛忽而就对手中的铁锹感到厌倦起来,然后就开始厌倦这座小小的天空。

于是她扔下铁锹,拿起一把镰刀,往西山奔去。

一身热汗使她有了一些快意,她觉得暂时扔下了一个包袱,暂时甩开了那久久不去的寂寞,暂时的,可以得到一点宽慰了。

她闲闲地走,闲闲地割一些草,等爬到亚浪山头时,已在不知不觉间背了一大捆草。

雨意氤氲,盘绕于头顶,桑丹卓玛靠在草捆上揩汗。一扭头,她看见了洛桑达吉,在亚浪山南面碧色莹莹的草坡上,洛桑达吉正在遛马!

桑丹卓玛的心一下子就噙到了嘴里,怎么会这么巧……怎么会这么巧……

远远地,她问候那个影子一般的人——

你好吗?你怎么样?你在做什么?

你做你必须做的事,我也在做我必须做的事,可这必须做的事,到底有什么要紧?——

雨来了,起初一点一点地来,过不了一会儿,便大片大片地来了。

那人仍在那里走来走去,没有离开的意思,也没有抬头的意思。

桑丹卓玛心灰意冷,她擦一把脸上的雨珠,把满腹的委屈吞进肚里,一使劲,背上草捆,朝山后跑去。

就在这时,坡下的洛桑达吉意外地抬起了头,他抬起头就看见朝山后跑的桑丹卓玛,桑丹卓玛飘逸的紫红腰带正无声地扬起,仿佛一只扬起的手,挥动,徘徊,久久不去……洛桑达吉看到了扬起的腰带,就如同看到了一只手的召唤。

桑丹卓玛朝山下跑,跑到山凹里,山凹里流淌着一条河水,河水的名字叫作玛冬玛,因此这弯山凹也叫玛冬玛沟。玛冬玛河流淌下去,在转弯处形成了一座天然的湖泊——玛冬玛湖。

玛冬玛河的北侧岸是一条长长的林带,有松、柏、白杨。此刻,林子里充满了激情,树们感受着雨,诉说着即将告别雨季的寂寞。

桑丹卓玛在跑,雨已把草捆彻底打湿了,桑丹卓玛觉得自己背的简直就是一筒高过头顶的水,她脚下一滑,就跌倒在了河里。

桑丹卓玛坐在水中,四周的河水溅起了一片片欢乐的水花,呼啸着跃上她的脸庞。

林子后面有一个隐秘的山洞。

桑丹卓玛找到了那山洞，她一头扎进去，面朝岩壁，用力地擦去流到两腮的冷冷的泪。

为什么而来？她双目环顾，四壁上长满了母亲的眼睛，母亲说，你哭吧，你哭吧。

每当落寞，她就来哭一场，对着满壁的眼睛，对着母亲，对着自己想象出的母爱。如果母亲还在的话，如果漂亮的母亲还在的话，如果会梳辫子会唱酒曲的母亲还在的话……

母亲说，你哭吧，你哭吧。

她坐在洞中的青石上，却哭不出来。

这时洞口的光一下子被遮去，进来的是洛桑达吉。

他湿漉漉地看着桑丹卓玛。

后来他环视山洞的目光就落在了草捆上。

"背少一点不行么？"

他对着草捆说。

他看她不答，又说：

"我不知这儿有这么个山洞。"

桑丹卓玛仍沉默不语。

洛桑达吉便无法接下去，他想倒不如像那一天一样，她对着他号啕一番，这样，两个苦人儿才能得到一丝安宁。

洛桑达吉一直认为，自己是个无关大局的次要人物，他一直默守着这份次要，直到遇到桑丹卓玛，以及桑丹卓玛的半是忧伤半是热烈的目光，他觉出自己正在日益高大，正在日益成为一名真正的男子，一个懂得女人的男子。

从此，他黑黑的眸子，开始追逐这个遥远、飘忽而又心爱的影子，就像蛾子至死都在追逐着光芒。他执着，却又充满了怯懦。

他在慢慢地接近她，他在一点一点地了解她。

就像那天他遇到她时她大哭了一场，他当时不懂，经过这长久的思念之后，他觉得他懂了，可是这次她却不哭，他又为她的不哭而懵懂。

他们僵持地看着彼此的袍子，似乎连对视一下的勇气都没有。洛桑达吉手心沁出一层汗来，于是他仿佛是自言自语地说："我看看马还在不在。"

他一边说一边走到洞口朝外张望了一下，不知他张望到了什么，桑丹卓玛已是心软了，她起身走到洛桑达吉的背后。

"马拴到哪儿了？"

她站了半天后说。

"这里看不见，不过不会不在的。"洛桑达吉感觉到了她的气息后结结巴巴地说。

他不敢回过头来，他害怕桑丹卓玛直视的眼光，他害怕自己会支持不住，更害怕他转过身后桑丹卓玛会离他更远。他保持着这种张望的姿势，很累，但又很幸福地呼吸着她的气息。

桑丹卓玛以敏感的女人情怀感觉到了这一点，她的心中升起一股怜惜之情，她情不自禁地将手放在洛桑达吉腰后的那只空袖上，她拍拍那上面的雨水，继而握紧了它。

洛桑达吉颤抖不已。

桑丹卓玛轻轻地靠在他的肩上，她说：

"洛桑啦……"

洛桑达吉艰难地扭过头，正好看见桑丹卓玛衣领下露出的一截粉嫩的脖子，他抖抖索索地搂住这个女人，将热唇放到他看见的地方。

他呻吟道：

"桑丹啦，我的仙女……"

这对互相等待已久的有情人，终于紧紧地拥抱了。

洞外，是缠绵的雨，是雨的眷眷私语，是抒情歌曲最后那声悠悠的尾音……

而雨外的世界，早已不存在了。

他们不再考虑应该说些什么好，只是拥抱，只是将自己的双唇，印在对方所有能印到的地方。

在桑丹卓玛紧紧环绕的双臂中，洛桑达吉仍在颤抖，他不敢相信这是真的。这阵巨大的幸福击中了他，使他站立不稳，他所拥抱的，不再是梦中那个时而出现、时而遁去的影子，而是眼前这位心脏正在剧烈跳动着的、系着紫红色腰带、自己日思夜想的、真实的桑丹卓玛——这个仙女，被他捉到了，拥抱了，亲吻了。

桑丹卓玛感受着他的颤抖，他愈是颤抖，她就愈是抱紧他，她的手从他的后领里滑下去，触摸到了他年轻、光滑的脊背，也触摸到了那上面的细密的汗珠。

她替他慢慢地擦，热气蒸腾了所有的汗雾，汗雾浸蚀了洞中的氧气，他们结结巴巴的话语，化作了粗重的喘息。

他的手解开了她的腰带，那美丽的洁净的女性胴体，犹如掩藏在季节深处的花朵，豁然开放在他的眼前，他被深深地吸引了，他二十八岁的身体从没有如此激动过。

她的皮肤白洁细腻，散放着淡淡的玉质的光芒，她柔软如水的双臂紧紧地环绕着他的脖子，缠绵的星眸游移在爱侣的身上，丰满湿润的红唇半开半闭，白似珍珠的牙齿轻轻地咬着舌尖，红晕涂上她的双颊，那对薄薄的耳垂软滑如缎，流线形的颈子从耳根延伸下来，一直到她毫无防备地伸开的腋窝，都自然而然地流露出对他的欲望。

你不是最初……

但你是最好……

他疯狂地亲吻她软滑如缎的皮肤，他疯狂的亲吻击中了她渴望着的身体，她扭动起来，她的呻吟从心底深处那最隐密的地方飘了出来……

这是她从没有体验过的，她对肉体的经验停留在很多年前，这么多年过去了，她的身体仿佛经过了一次很长很长的睡眠，刚刚苏醒过来，苏醒过来的身体才发现自己因为睡眠的恢复而变得敏感而冲动。

她挺起身子，热烈地接纳了他。

他迎接了她扬起的青春火焰，慢慢地接近着她，她原本是那么遥不可及，敏感的身体掩藏在宽大的衣衫下面，生机勃勃的欲望被深深的哀伤所湮没，他看不到她包裹着的另一面，看不到她的身体所能引起的无所顾忌的冲动。

现在，她明亮的眼睛里闪耀着火焰，那激荡着的浓黑长发映衬出她潮红的面庞，那么光芒四射，动人心魄，她那如潮水一样的激情一次次托起他，把他托到潮头的高处。

他在高处晕眩，迷醉，流连忘返，他呻吟的声音是她的名字，这名字是他欢乐的源泉。

他从高处忽悠悠地落下，紧闭着的心灵一下子就敞开了大门，露出最单纯、最真实的一面。他把这当作礼物，奉献给温顺地躺在怀里的爱人，这是他身体内最脆弱的地方，最容易被攻破的地方，现在他把它献给她，他真正是她的人了。

"我的好人呐！"

桑丹卓玛伸出舌尖，她让她爱人的耳朵听到来自她心灵深处的呼唤。

柔情似水，他们紧紧拥抱。眼睛看着对方，那朦胧的睫毛下的阴影，迟迟不肯映照出渺茫的未来，而此时，上天使他们成为出色的一对，施爱与被爱，被爱与施爱，她紧随他的引导，努力地抗拒着分离的到来。

他们漂浮于幸福之上，你就是那黑暗中的光芒，你就是那破云驱雾的光芒……她知道他正在帮助她，他们正在互相弥补，在弥补苍白的生命，在补充赖以生存的水……

二、岩壁上的眼睛

世界原就是一片混沌。

清晰的现实，早已离得远而又远，最初的恐惧，也已成为记忆中毫无意义的点缀。

夜来的时候，雨便住了。

雨收住最后一滴湿润而温柔的汗息，一轮弯弯的红月亮，就立刻升起在高山之巅。代扎，这一片喧噪了一天的土地，此刻已沉沉入梦。

醒着的，只有这高山、树林、岩洞，还有哗哗而去的玛冬玛河。

还有私语。还有四臂环绕的缠绵。

月光倾泻在雨痕未去的树叶上，树叶顿时射出奇妙的光芒，它们翻动着，以不同的角度，反射出不同的色彩，淡淡的，朦胧的，仿佛在以一种特殊的语言，表达着它们的缱绻之情。

月光描绘出洞口的轮廓，洞口是个大半圆，周围有十分规则的放射条纹状的岩石，恰似一座紫黑色的法轮，旋转，旋转，旋转以至于模糊了轮内的轮辐。

洛桑达吉与桑丹卓玛相拥而坐，沉默地望着洞外变幻莫测的景色。

她忽然说：

"刚才有一双眼睛在看着你呢！"

她看看岩壁。

他惊骇地看着她,沿着她的目光看着岩壁,那里什么也没有。

"咳!"

他吐出一个字,算是回答。

"咳什么。"

她认真地说。

"你怎么不搂着我的腰啦?"

洛桑达吉觉出自己的失态,便重新搂紧了她。

"亲亲这儿。"

她指着自己的脖子。

他低下头去亲她,他的胡茬扎得她痛痛的,她不吱声,她欣赏他的专心致志。

他说:

"你怎么会知道这个山洞的?"

桑丹卓玛把唇伸到他的头发里,他的头发柔软而卷曲,散发着湿漉漉的芳香。她说:

"我的母亲在这里嘛。你来之前,她的眼睛里有两颗泪,你来了,我高兴了,她的眼泪就没有了。"

"傻丫头,又说疯话了。"

"刚才她告诉我,说你这个人还不错。"

"这句话我高兴听,后来呢?"

"后来……"

桑丹卓玛凄然道:

"后来她就病了,生的病不容易好,村里待不下去,就来到这座山洞。我每天给她送饭,那时我还小,十来岁吧。"

"桑丹!"

桑丹卓玛仍然说:

"那时我还小,每天给她送饭,又不敢让村里人知道,这种病是不会再好的,她自己也清楚。那时,我们有个邻居,得的也是这种病,他被人倒拖着出了村子,再也没有回来。"

洛桑达吉企图用唇去堵住她的话,但她坚持要说下去:

"那人的妈妈整天都在哭,一直等她哭瞎了眼睛,儿子还是没有回来,她就离开村子,拄着一根拐杖,去找儿子了。"

远远的天边,一位衣衫褴褛的老人正在抚地痛哭,她唯一的儿子,曾经年轻英俊、声音洪亮的儿子,此时,就躺在那片暗夜之中,没有头发,没有感觉,身上布满了凝血的黑洞。

洛桑达吉吻着女人,轻轻地说:

"有些病是可以治好的,只是需要时间。"

"是呵。"

桑丹卓玛说:

"有些病是需要时间,可是大家不肯等呵。好了,他走了,他的妈妈也走了,按道理这事应该完了,可是没完呵,大家又拿眼睛盯着我母亲了。"

"是传染病?"

"他们说既然是邻居,那就肯定传染上了,一道墙是隔不断病魔的,病魔总是溜着墙根走,串过一家,再串下一家。"

洛桑达吉的背上滑动着凉意,他看看岩壁,不敢确定那里是否真的什么也没有。

桑丹卓玛偎在洛桑达吉的怀里,她说:

"我父亲也没有办法,他有钱,所以我母亲不至于被人倒拖出村子,可是我母亲怎么能再待下去呢?她只好带了一张羊皮垫子,来到这里。"

桑丹卓玛环顾洞内,双眼朦胧。

"她来到这里,就开始掉头发,一大把一大把地。其实她没病,我现在才明白,她什么病也没有,只是一到这,才开始生病的。她掉头发,还不许我碰她。从前她的头发好黑呵,我最爱看她梳头时的样子,很漂亮,父亲也说她很漂亮,可是后来父亲不再说她很漂亮了。他整天躲在屋子里唉声叹气。每天到傍晚,我才能出村去看她,免得被人发现。"

桑丹卓玛目不转睛地看着那一面墙壁:

"有一天,我去送饭,篮子里装了她最爱吃的葱油饼,可是她一看见葱油饼就哭了,她问我的父亲在做什么,我说他什么也不做,不出门也不说话。她问葱油饼是谁做的,我说是父亲做的。她说她一看就知道是他的手艺。她哭了一会,但却不碰那些正在冒热气的油饼,后来她就让我不要再去送饭,只是,她要我传话给我的父亲,她说她有话要对他说。"

桑丹卓玛用手指着洞内的一块青石板说:

"我把油饼放在那上面,回家告诉我的父亲,他不吱声,不说去,也不说不去。那天晚上,我被一种奇怪的声音惊醒,那声音来自屋檐下,来自屋檐下的抱头盘膝的父亲,他在哭,他的哭声抑制而又悲惨,我不敢去劝慰他,但是,他终究没有去看望我的母亲,我一直不明白他为什么不去,有什么理由阻止他去看望自己的妻子,我不明白,所以只好去问母亲,我做了很好看的葱油饼带给她,可是她不在洞里,我就等她,一直等到天亮,她再也没有回来。"

桑丹卓玛静静地看着洛桑,她忽然莞尔笑道:

"我母亲再也没有回来,不过她把眼睛留在了这里,隔几天我就要来看看的。"

洛桑达吉抬眼望望岩壁,他终于看见了一双眼睛,一双妇人的眼睛,一双很美、很善的眼睛。

他吁一口气,说:

"我到底看见她了。"

桑丹卓玛目不转睛地看着他,突然说:

"我认识你,多好呵!"

洛桑达吉笑了起来,无论这个女人说什么,做什么,他都喜欢,他甚至喜欢她对自己的伤害。因为这样的女人,一生中只能遇到一个,如果遇到第二个,那肯定是在下一辈子的轮回之中,而第二个也肯定是第一个的转世……

这就是命。

你可以不相信世上明摆着的一切,但无论如何,你得相信命。

洛桑达吉就信。

他相信她带来的真实，那暖暖的风，那暖暖的依偎，那暖暖的、稍稍有点感伤的情怀……

于是他说：

"你能跟我在一起，多好呵！"

"那倒也不一定。"

她又说。

"是吗？你还有话没说完吗？"洛桑达吉笑着去咬她的耳朵，她的耳朵薄薄的，几近透明。

"我明白了，我妈妈的耳朵就是残的，我一直以为是戴耳环戴的，现在看来有点问题。"

"是吗？是吗？"

他不管，仍是咬。

"那没办法，他们好歹是夫妻呀！"

他不再咬她的耳朵，而是目不斜视地看着她的双手。

那双眼睛在岩壁上闪烁。

"他收留了一个流浪儿。"

桑丹卓玛亦是目不斜视。

"我是说，我的父亲到后来收留了嘉措，那时嘉措正是无处可去的时候，我父亲说，我必须和嘉措结婚，否则嘉措他不愿意待在我们家里。"

洛桑达吉一本正经地说：

"呵，他就这样求的婚！"

"他并没有求婚呀。"

桑丹卓玛说：

"我父亲说，这是正义战胜邪恶的唯一途径，嘉措他倒是听从了我父亲的安排，我们结了婚。不过嘉措他常常不肯待在家里，他老是出门，一去就是十来天，我父亲也不知道他去了哪里。"

洛桑达吉说："他喝酒吗？"

桑丹卓玛摇摇头，说：

"那会儿他不喝酒，只是我父亲去世后，他才拼命地喝起酒来。我父亲还在的时候，正碰上抓丁，也不知怎么搞的，名单上有嘉措的名字，嘉措说什么也不愿意去。其实，我父亲也不乐意让他去，父亲说，少一个人，家就不是家了，何况已经少过一个人呢。那时，我正怀着小香萨，父亲不愿意孩子生下来就没有爸爸。抓丁，哪次抓丁有回来的呢？"

"后来呢？"

洛桑达吉问。

"后来，父亲变卖了所有的家财，这些财富把嘉措的名字从名单上抹掉了，可是父亲从那时起就一病不起，他临去世时，给我女儿起了个名字，这个名字曾经是我母亲的名字，我知道他是为了到她那儿后对她有个交待。"

他觑一眼岩壁，然后重新偎紧她：

"后来呢？"

桑丹卓玛即刻感觉到他的温柔，于是她亦温柔地说："该回去了。"

"那么起来吧,走吧。"

"好的,就走,就走。"

"再不走就有人追你来了。"

他不答,只是痴痴地望着她,月光照在他端端正正的脸上,满是清纯,满是满足。他不再说什么,只是搂着她的后腰,朝山下走。

"我的草……"

她突然说。

"不要了,明天我替你割一大捆!"

明天吗?她笑笑,不过她为这句话高兴起来。

"再见。"

她对岩洞说:

"明天见。"

雨后的林子里非常软滑,树叶腐蚀在泥土中,一阵阵木质的清香扑鼻而来,月光斑驳,将树林伪装成一个前途未卜的迷宫。

两人慢慢走在这个虚幻而又深刻的迷宫中,关注的目光停留在对方的脸上,久久难以离去。树林里充满了盎然生机,静静的林子,顿时就有了许多夜行的惊鸟,惊鸟的翅下扇起阵阵清脆的折枝声。这时,两人看到了那一面碧莹莹的湖水。

玛冬玛湖,清凌凌的玛冬玛,波光柔柔的玛冬玛,情意撩人的玛冬玛。

桑丹卓玛洗掉沾在袍子上的泥土,她洗完袍边,就朝水里走,越走越远,她将袍子围在腰上,继续走,她真真切切地感觉到玛冬玛的湖水了，这水，能彻底清洁所有的污浊，清洁那来自远古的风尘仆仆的心灵。

身边环绕着的，是洛桑达吉的眼睛吗？

洛桑达吉真的就环绕在她的身边了，在静谧中，在水中，他附在她的耳畔悄声说了句什么，她的脸上浮现出羞红，她的躯体却不由自主地靠近他。

他被她迷人的姿态彻底俘虏了，那种虚幻而又清晰的欲望，重新扇动着翅膀，鼓励起他们的身体，两人的热唇重新紧紧地贴在一起，他们找寻对方那扑朔迷离的眼神，找寻那湿湿的散发着暖意的爱。

三、鹰骨笛

又是一个黄昏。

洛桑达吉仍坐在屋檐下，眯着眼睛，他已晒了一天的太阳了，这会儿仿佛是在晒夕阳。他的手刚支起下巴，尕金就迅速地走到他身边，把一簸箕青豆荚倒在地上，她紧盯他一眼，好像监督了一番他的思想，然后蹲下来开始漫不经心地挑拣，她把饱满的豆荚放回簸箕里，把发黑的或是干瘪的一扔，就扔到了洛桑达吉的脚下。

他暗暗懊丧起来，尕金的敏感，使他无处躲藏，每当她发觉他若有所思的时候，她都会义不容辞地守在他身边，好让他无法忽视她的存在，他为此付出了所有的记忆和想象力。

尕金监督似的目光，使洛桑达吉从地上反弹起来，他弹起来，在院中乱走了一遭，好像一只困兽，既不知所措，又无处发泄。

一抬头，他看见了屋后立着的经幡。

他便踏上扶梯。扶梯架在畜栏边上，他走上畜栏顶，朝院墙外望了一眼，看见森巴仁庆正在欺负夏仲益西，前者一下又一下地把结实的小拳头抵到后者的胸上，后者毫无回敬的意思。洛桑达吉咳嗽一声，森巴仁庆抬头，发现了高高在上的继父，立刻抱头鼠窜了。

远处传来妇女呼唤小儿的声音，孩子们则在打碾台上排队唱歌，乐不思归。

后墙正中立着一杆高高的经幡，幡顶是金色和银色的日月同辉，杆上包裹着白、蓝、红三色经文旌旗，在风中舒展有致。

洛桑达吉采了一朵金红色的野菊，他站在经幡下，想把这朵花系在幡顶的某个部位。这时，他听到院中的尕金说：

"洛桑啦，小心。"

他低头一看，其实他明明知道她不会注视自己，但他仍抱有某种企望，果然不出他所料，她正在一心一意地择豆荚，似乎认为他上了房就已是万事大吉，他又一次感到绝望了。

就像那一次，她嘱他到县城里买几尺缎子，她要缝一件新袍子，她埋怨说自从和他结婚他就根本想不到为她添一件新衣，他认为埋怨得有理，便去了镇上，回来时却遭到了意外的袭击，他的坐骑被一块从某个角落飞来的石块击中了腿部,它一个趔趄就扑到一个坑下,洛桑达吉连吭都没来得及吭一声,就抱着那几尺缎子,从马上飘飞而下。

等他回到家中时,尕金就大叫起来,她抱着弄脏了的缎子,心疼地大喊大叫,然后把马拉过来拉过去地检查伤势,然后就开始数落丈夫,她一点也没有想到首先应该安慰的是丈夫,这使他极度绝望。

他靠在后墙上。

村里升起了一层又一层的炊烟,浓浓的,是粪料烟,淡淡的,是草料烟。远方的山峦渐渐朦胧,而坡下的贡尕河,正发出缥缈的流水声。

他极力把颈项伸向恰姜仓方向,当他的眼前展现出那被山垭口挡去的恰姜仓美景时,禁不住热泪盈眶。这之前,他从来没有想过"福"这个字眼,就在此时,他把自己概括为有"福"的人,有福气,这在男子的一生中,多么要紧,有福气并且又很年轻,多么要紧。

洛桑达吉悄悄滑下扶梯,只听见大门叮当一声,他已把马牵出去了。

专心致志的尕金回过神来,顿时恼不可言,她追到大门口大呼:"回来回来……"

洛桑达吉的马已经跑远了。

尕金恨恨地想,这是洛桑第一次不听话,有了第一次,就会有第二次,这是为什么?她遍索枯肠,终于想到在她耳边溜来溜去的流言蜚语。

那天，她对他说：

"我对你这么好，你可别没良心。"

洛桑达吉定定地看着她，她看到他的脸上满是大惑不解，便认定他是在装洋蒜，顿时怒火中烧，她歇斯底里地用自己单薄的身躯，去撞击另一副同样单薄的身躯：

"说！"

她怒吼道。

一向温柔敦厚的洛桑达吉此时此刻竟然毫无妥协之意：

"我没什么好说！"

尕金便疑惑起来，她觉得自己应该哭一声才对，于是她便放声大哭，一边哭，一边诉说自己的种种好处。末了，她说：

"洛桑，要不然，你把她叫来咱们一起过嘛！"

洛桑达吉早已被哭声搞得失去了主张，他说：

"这不可能，你不要乱想。"

他把她扶坐到炕沿上。

尕金止住了哭泣，她用手指甲在木炕沿上划了许多横条竖条，仿佛羞涩起来，她说：

"我的大孩子……"

大孩子虽然比她小好几岁，但早已长大成人，长大成人的男子对这种称呼一开始会感到力不从心，可洛桑达吉被这样称呼惯了，他习惯了这种称呼背后的所有照顾，他只须蹲在某处想想心事，所有的日子，就会很快消磨过去的，何况，他已浑浑噩噩地消磨了这么久……

尕金不开心的时候就会说：

"洛桑，你猜我今天看见谁了？不知道？桑丹卓玛嘛，我看见她穿了一件很漂亮的袍子。"

洛桑达吉躲开她针尖似聚光的注视，说：

"你的袍子够多了，是不是还想缝一件？"

尕金便羞涩地说：

"你这个当男人的，就是不注意老婆。"

洛桑达吉这才发现她穿了一件新袍子，式样很别致，他便神情恍惚地看着她，最终，他难逃她的天罗地网。

尕金一想到神情恍惚的丈夫，就很甜蜜地回到房檐下继续择豆荚，她甜蜜地说：

"这个没良心的……"

多丹本离家出走后，尕金不得不把家中男人应干的活都依靠在洛桑达吉的身上。

洛桑达吉，这个瘦削、高挑、沉默寡言而又稚气未脱的年轻人，总是不作一声就把一切安排得妥妥当当，然后，他就会蹲在某个角落，或者坐在屋顶上，捧着那管形状奇特的鹰骨笛，吹一些情调伤感的小曲儿，有时候他一支曲子也不吹，有时候他又一气吹个大半夜还不肯罢休。

那一夜，坐在屋顶上的洛桑达吉盘着腿，看着飘散的淡淡的云，看着泛着蓝光的点点星辰，直到那一轮清凉的月儿，凄凄惶惶地栖在亚浪山的肩头,周围升起浅紫色、深紫色、紫红色云雾的时候,他从怀中取出笛子,面对着月亮,轻轻地吹起来。

他吹着,声音呜呜咽咽,抑抑扬扬,并且悠悠地、悒悒地飘进了屋内尕金的耳朵里。

那一夜,伴着洛桑达吉这忧伤的笛声,尕金生下了森巴仁庆。森巴仁庆初来人世时见到的第一抹光亮,是来自炉膛内那堆行将熄尽的火焰余辉,当这抹余辉照亮他没有棱角、面目模糊的脸庞时,他便立刻大哭起来。

昏迷的尕金,下意识地感觉到孤独的内心深处穿过了一阵轻微的暖流,那暖流,正是来自她头顶上那管鹰骨笛的几个笛孔,那几个笛孔,流水般,倾诉着温柔。

对着月亮,洛桑达吉正在倾诉温柔,但他分明听到脚下那声力透人心的啼哭,那声啼哭是陌生的,虽然听得出是发自婴儿的喉管,但那声啼哭声里所包含的真切的抗拒感和威胁感却使人觉得毛骨悚然。

洛桑达吉犹犹豫豫地放下笛子,企图辨明传来哭声的方向,很快他就明白了。明白了的洛桑达吉恐怖万分,他匆忙爬下扶梯,嗓门里咕噜有声。

他似乎想喊醒熟睡的村庄,但声音最终只在喉管里打一个旋涡又转回到肚子里,于是他只好悄声来到尕金的身边,一碗冷水,使昏迷的尕金恢复了神志。

森巴仁庆以及他从母体里带出的所有东西,都由阿多精心收拾,她口念咒语,将浸透了血渍的炉灰扔到门外,以示驱除了不祥。洛桑达吉则听凭阿多安排干这干那，他根本就没有意识到，那炉灰对他的将来意味着什么，对他的血缘意味着什么。

每天，洛桑达吉在牧归的时候，都会带回一满筐牛粪。他把这些干牛粪都倒进尕金的炕洞里，使尕金和小东西度过了一个个温暖的长夜。

有一夜，他终于闲下来，便怀揣着笛子，走上木梯，但是他的笛声刚刚从笛孔里蜿蜒而出的时候，森巴仁庆突然就从沉睡中大哭起来。

他大哭，哭声引来左邻右舍的狗们的兴趣，吠声四起，继而野外的狼嗥亦隐隐可闻，这种混合的步调一致的声音，扰乱了千年万年的静谧。

毛骨悚然的洛桑达吉，从此便对森巴仁庆有几分不可言传的疑惑与戒备，他不再拥有那笛子了，也不再拥有笛子所包含的一切意义了。

对此，尕金似乎感到十分不安，她度过了一个又一个温暖的长夜后，就知道洛桑达吉的重要了，她隐隐地感觉到洛桑达吉失去笛子就意味着她将失去他，意味着这个家庭将失去一个能挑重担的男人。

他会去哪儿呢？他会去找姑娘的，这毫无疑问，他已到了该找姑娘的年龄了。

怎么样才能让他丢掉这个或许还没有萌发的念头呢？

于是，这个产后在洛桑达吉的照顾下逐渐恢复的尕金，便陡然焕发起青春来，她穿上漂亮的袍子，并在颊上涂了淡淡的胭脂,她像小姑娘一样在院中走来走去一番,然后对牧归的洛桑达吉说:"今天煮了羊肉啦,给你留着羊肋巴和胸叉,快去吃吧。"

洛桑达吉惊讶地走到锅台边,果然有羊肉的香味,他深深地吸了一口气。

尕金说:

"看把你累的!"

洛桑达吉便红了脸,他第一次发现尕金的周身散发着暖洋洋的气息。他非常舒心地坐在灶台边,尕金已将羊肉捞了一大盘。

他连忙说:

"太多了……"

"吃吧。"尕金说:

"今天还有酒呢。"

"我不喝酒……"

"喝一点不要紧的,解解乏,暖暖身子,来!"

"阿姐尕金!"

他突然叫了一声。

"哎!"

尕金含情脉脉地望了他一眼,她撇开原则,接受了这种称呼,她说:

"洛桑达吉啦,我要感谢你这么多天来对我的帮助,这一碗,我先敬你!"

洛桑达吉惶恐地去捧酒碗,却捧到了捧着酒碗的尕金的双手,这双手非常柔软,非常暖和,使他吃惊不小。

有生以来,他第一次如此近地面对一个年轻的女人,女人微笑着,却不忙把手拿开,洛桑达吉抖抖的手指,将酒向空中弹了三次,敬天,敬地,敬神,然后一饮而尽。这醇而又醇的琼浆玉浆,通过尕金温暖的手,倒进了小酒碗中,坐立不安的洛桑达吉,已是微微地醉了。

在尕金"洛桑啦吃吧""洛桑啦喝吧"的乐曲一般美妙的声音中,洛桑达吉狼吞虎咽,这之前,他似乎从没有吃过如此香甜的羊肉,没有喝过这么醇厚的美酒。

尕金看到酒红从这张年轻而黝黑的脸上漫到后颈上时,她说:"洛桑啦,你年纪也不小了,该有个女人了。"

洛桑达吉没有听出其中的玄妙,他口齿不清地说:

"女人么?"

"是呵,我给你做个媒人好不好?"

"阿姐尕金,不要讲笑话,谁会喜欢我?上无片瓦,下无寸土……"

"那不要紧,要紧的是有一个喜欢你,你没有房,她有房,你没有地,她有地。"

洛桑达吉瞪大了眼睛。

"是谁?"

他终于鼓起勇气问了一声。

"名字我先不能告诉你,不过她是我们本村的,心眼好,什么也不缺,房子啦,地啦,畜牲啦,不缺吃,不缺穿,如果你上门当女婿,多享福呵!"

尕金十分神往地描绘了一番未来，忽而她又叹道："唉，只怕你不肯。"

洛桑达吉稀里糊涂地看着她，说：

"到底是谁？"

"只怕是你不肯，我也不知道你到底肯不肯。"

她毫无把握的样子使他惊奇不已。

洛桑达吉低下头，将村里的姑娘们排成队，然后从头到尾想了一遍，这个不可能，那个也不可能，最后他醺醺然道："阿姐尕金，听凭你安排……"

"你当真吗？那好，她么，个子这么高。"

尕金十分得意地比划着自己的苗条身材：

"腰身细细的，脸么……"

洛桑笑道：

"像阿姐你么？"

尕金喜上眉梢：

"你当真吗？"

洛桑达吉带着十二分的醉意，忘乎所以地点点头。

这时，尕金的象牙镯子突然扑地一声，掉进了灶膛边上的冷灰里，她不拾，等着洛桑达吉拾，洛桑达吉就真地低下头去拾，恍恍惚惚地递给她。

尕金说：

"你替我戴嘛！"

洛桑达吉就举着镯子，朝她撮起的手套去，套了好几次都套不进去，于是他索性抓住她的手……

这时，尕金已紧紧地捉住他的双臂，朝他偎过来，她那张涂了胭脂的面庞接近了他的面庞，她去吻他的脸，吻他的胡茬，神志不清的洛桑达吉毫无余地地搂住了怀中的女人，心中的一片苍白，被女人的温情淡淡地覆盖住了。

灶膛里的火，静静地寂灭为灰。

第二天一大早，洛桑达吉被一阵胜似一阵的口渴惊醒过来，他发现怀中蜷睡着尕金，简直不敢相信自己的眼睛，他难以转动僵硬的脑子使自己清醒一点，他想，肯定是他搞错了，要不然，就是她搞错了。

她终于醒来，并且安详地对他说：

"你就是我两个儿子的父亲了。"

洛桑达吉大怒道：

"这不可能！"

尕金便抑扬顿挫地哭了起来。

"你昨晚答应我当真的，怎么过了一夜就变卦了？"

她嘤嘤有致地哭诉道：

"全村人都知道你昨晚睡在我的炕上，你还不承认，你这个没良心的……"

洛桑达吉被哭声搞得心烦意乱，他觉得最解燃眉之急的，应该是一碗冷水。

于是他一跃而起，走到锅台上找水，他揭开锅盖一看，一大锅羊肉没有捞出来，在锅里过了一夜的羊肉已泛出红红的血色，他静默地站在那里,看着那血色,仿佛是在看着自己血红但不牢靠的舌头。

这样,他就不得不接受了在他看来已成为结论的事实,只过了一个迷蒙的夜,他便是两个孩子的父亲了。

他甚至想不到懊悔,因为反过来覆过去都是一样的,尕金千方百计地使他相信女人都是一样的,而男人应该有一个女人,当然还应该有很多很多孩子,因此,他只好静下来等待属于自己的骨血,每过一年,孩子还未等来时,他都要恍然大悟一次,恍然大悟之后,就麻木了。

尕金剥着豆荚,得意洋洋地哼着小曲儿,阿多走过来说:"你别高兴得太早,依我看,男人都一样……"

她把恶毒的话咽了回去,痛心地看着女儿,又将卑视的目光投向门外。

是呵,这么晚了,遛马的洛桑达吉也该回来了,他怎么还不回来呢?自己既然已经耗费力气捉住了他,现在就不能简简单单地放他跑掉。

尕金急急忙忙回到屋里,将崭新的白毡换到炕上,她仿佛觉出某种危险正在悄悄地溜进自己的院门,她立时呸呸呸地朝那个方向唾了三口唾沫。

然后她把自己打扮得干干净净,换上新袍子,系上银链子,颊上涂了淡淡的胭脂,就像从前一样。炉火映红了她的脸庞,她在等待丈夫的归来。

四、小佛堂

入秋的月，清粼粼地挂在东天。已是深夜了，千户庄廓里的前后院都还亮着灯。

已成为衮巴寺管家的丹麻喇嘛跟着完德扎西朝院内走，他一边走一边问："索白千户在哪间房？"

完德扎西说："老爷在佛堂里。"

丹麻喇嘛又问："夫人不在吗？"

"夫人在后院。"完德扎西小心地答道。

"那好，我进去了，没有吩咐，你和旁人都不要进来。"

丹麻喇嘛说着就跨过了佛堂的门槛，随手关上了门。完德扎西停在门前，对着门板说了声是，然后转身走下台阶，绕过经堂，在黑黝黝的后院门前犹豫了一会儿，就悄无声息地进去了。

索白此时坐在佛堂一角的卡垫上，身边放着一只鼻烟壶，似乎在思考什么。当他看见丹麻喇嘛深夜来到亚塞仓城堡，便一脸惊异地站起来，说道："是丹麻喇嘛呀，请进，怎么，你一个人么？"

丹麻喇嘛说："我一人来的，打搅索白千户的静思佛心啦！"

索白说："一个人就好，你应该常来的，亚塞仓城堡永远都是你喝茶的最好地方。"

索白说着话，随即拿出一条橘黄色的丝质哈达献给喇嘛，丹麻喇嘛也从袖筒里抽出一条月白色的丝质哈达献给索白。

丹麻喇嘛戴一副水晶眼镜，暗红色的袈裟裹在肩上，瘦削的双臂露在寒冷的空气里，泛着青灰色的光芒。

他常常一个人闭关坐经，到了乐此不疲的地步。所谓闭关，就是身在斗室，每日一食，坐以待旦，这期间不思俗务，不思饮食，完全从日常起居生活中解脱，放弃正常阳光的物质性光芒的照射，全身心地遨游于经卷佛文之中，以静关照心，以无关照有，从而达到一般常人所无法达到的境界。

这种境界，何须阳光，真正的温暖来自内心的觉悟，犹如春风拂面，徐徐而来，款款心怀，由此永远。

丹麻喇嘛由于长期闭关，视力已不能接受白昼刺眼的阳光照射，因此便戴起了这副在他看来非常奢侈的水晶石眼镜，显得有些书卷气。他看见索白，那眼神给人的感觉不是看着亲生哥哥，而只是在看着一位千户施主而已。

索白请弟弟坐下后，亲自为他端上一碗酥油茶。他心里明白，丹麻从来都是无事不登三宝殿，自从舅舅去世，嘉措出走，索白成为亚塞仓城堡真正的主人之后，丹麻便对他另眼相看起来，那种目光里所包含的无法描绘的冷峻常常使索白无处藏身。

索白坐到丹麻对面的卡垫上，下意识地摸到放在一边的鼻烟壶，那是一只雕着四瑞和睦图的玛瑙鼻烟壶，索白顺手打开壶塞，把淡灰色的鼻烟粉倒在大拇指的指甲盖上，用指关节抵住右鼻孔，一吸气，那些淡灰色的烟粉全都吸进左鼻孔里，索白打了几个喷嚏，一缕缕青烟顿时弥漫在昏暗的佛堂里了。

丹麻喇嘛冷眼看着哥哥，一直到弥漫而起的青烟使两人的身影朦胧起来，才说："想不到索白千户竟然在佛堂里吸烟，这种有悖佛理的事情要不是我亲眼所见，真不敢让我们这些佛门中人相信。"

索白抵在鼻孔上的手指一抖，鼻烟一下子全撒在他的袍子上。他放下鼻烟壶，一边拍打袍子，一边说："是呀，这样真不好，多谢你提醒。不过，我也是没办法，我的精力没有从前那么好了，现在对我来说最好的休息办法就是吸两口，部落里让我操心的事情太多了。"

"你也有这么糊涂的时候么？"

索白仔仔细细地拍打袍子，他接着弟弟的话头说："一时糊涂，一时糊涂。"

丹麻喇嘛说："我看你就是糊涂了，你借口部落里事情太多，根本不关心衮巴寺的前程。"

索白惊道："这话从何说起？"

丹麻喇嘛说："自从衮巴寺活佛圆寂，到现在已经整整两年了，衮巴寺里所有的僧人都在潜心祈祷活佛的灵魂早日转世，好再为代扎的人民弘扬佛法，以后代扎草原才能人畜两旺，永无灾难。"

"那是当然。"索白说，"我每个月都向寺里布施大批酥油和青稞，还定期在寺里熬茶，也是诚心诚意希望活佛的灵魂早日转世呵！"

丹麻喇嘛坐在哥哥的对面，他看着青烟缭绕着的那张面孔，心想，你怎么还不明白呢？你还要等到几时呢？

丹麻喇嘛叹一口气，脸上冷峻的表情缓和下来，他说："索白千户，现在你不必向我表示什么，我实在不懂你为什么对寺里的事情那么漠不关心，今天下午我派一个沙弥到亚塞仓城堡请你去一趟衮巴寺，可你竟然推脱政务繁忙而未到来，所以我只好再跑一趟。"

索白说："下午我真的在开会，这不能说明我就不关心寺院。我刚才还在想明天一早就去衮巴寺拜见你呢。"

"你不必再去，我们明天开始要举行一次祈祷大法会，十五天才结束。"

索白不解地望着弟弟。这寒冷的秋夜里，丹麻仍然一身单衣，水晶石眼镜在昏暗的佛堂里闪着两片晶莹的光点。他面前摆着的那碗酥油茶已经凉了，还不见他喝一口。

丹麻说："我今晚来，是想告知你一件事情，前世活佛圆寂后，我们照着他的模样塑了一尊镀金塑像，高有一尺，昨日请经师祈祷开光后，敬献在供桌上，当时是我和经师亲手把塑像供上去的，坐北朝南，供得很端正，可是今天早晨我们在经堂早祷的时候，却奇怪地发现活佛的塑像不再坐北朝南，而是坐东朝西！"

索白大吃一惊，他对弟弟的话常常怀有疑惑，这次也不例外，他面有疑色地看着丹麻，说："这怎么可能呢，这不太可能嘛！"

丹麻义正词严道："正是如此，经师说，这是最好的兆头，我们衮巴寺活佛的转世灵童快要出现了，活佛坐东朝西，正说明灵童将在西面转世，这是活佛在向我们这些蒙昧的人们指明正确的方向，对于代扎，这是一件值得庆幸的大吉之事。"

索白激动地站起来，连说："好好好！"话间未落，复又沉沉地坐到卡垫上，他喃喃道："什么？西面？代扎的西面不是沃赛部落么？"

丹麻喇嘛欣然答道："正是！正是！我们明天就开始集体祈祷。早日寻找到活佛的转世灵童，是衮巴寺里所有僧众的最大心愿！"

索白忧虑地说："衮巴寺里坐上一位沃赛部落的灵童，代扎的人们会怎么想？前几世活佛可都是代扎人呢！再说，亚塞仓千户城堡世世代代都是衮巴寺最大的施主，如果活佛是代扎人，亚塞仓城堡必然会在活佛坐床的大典上奉献最精美的供品！"

丹麻喇嘛大怒道："索白，我明白你的意思，但是衮巴寺不会任你摆布，活佛的灵魂会选择自己的暂寄之躯，这跟施主无关！"

丹麻喇嘛说完，大踏步地往外走，索白追到佛堂门口，低声说："丹麻，我看你气色不好，闭关修行也要多注意自己的身体啊……"

丹麻喇嘛冷冰冰地答道："我的身体已经奉献给了佛祖，学习佛的教诲，正是我毕生追求的最大心愿，你不关心寺院，玷污圣洁的佛堂，罪不可恕，我今天回去后马上要再次闭关，为你的不悟，请求佛祖的宽恕。"

索白无言地坐回到卡垫上，一个人吸了一会儿鼻烟，那只玛瑙鼻烟壶很快就空了，他把空壶揣进怀里，一挺身，站了起来。

这座小佛堂坐西朝东，整面北墙上靠着一排供桌，供桌上方有一座座金质或银质的佛龛，正中是佛祖释迦牟尼的尊位，两边是文殊和普贤，还有宗喀巴大师、四臂观音、莲花生大师、怖畏金刚。西墙和北墙上挂满了金绣织品，藏语叫唐卡，唐卡上有无量寿、无量光、药师王、密集金刚、空行母、度母、妙音天女等尊位，色彩艳丽浓暗，各放光芒。

供桌上摆满了乔玛。所谓乔玛，就是供品，有各式各样的干果、藏式点心，有青稞和四瑞和睦图组成的斗供。七盏净水中，漂浮着秋天的纯净的黄菊，散发着生命的芳香。

净水前，有一炷檀香，已燃尽了，索白换了一炷。

这种檀香，是丹麻从拉萨带回的，据说是印度货，那次丹麻是去朝圣的，一个人，走了三个月……这个兄弟，他的内心里到底在想些什么？

他同丹麻兄弟俩从小寄养在舅舅家中，舅舅有一个独生儿子，就是嘉措，三个男孩在千户庄园里的锦衣绸乡里长大，舅舅心疼这两个失去父母的孩子，所以对他俩特别关照。

按照乡俗，这三个男孩中必须要有一个男孩去寺里当小完德（沙弥），学习佛经，过出家人的清苦生活。索白是三个孩子中最大的，当索白知道自己就是那一个时，他立刻就病了，病得很厉害，舅舅请了最好的喇嘛医生给他看病，也没看出个所以然来，舅舅只好让老二丹麻进了寺院。

丹麻一走，索白的病马上就好了。

索白记得丹麻临走时的模样，丹麻虽然年幼，但他对哥哥的痛心一瞥，使索白终生难忘，或许兄弟二人的根本矛盾就产生在那一瞥中，或许这矛盾来自骨髓、来自灵魂、来自前一世的世世相传中。

舅母不久就去世了，舅舅也随之而去，那时千户大院里无人走动，更无人谈笑。舅舅去世时，丹麻远在拉萨，而嘉措只知道痛哭，只有索白像个男子汉一样料理了所有的家事。当千户官位的世袭封书下来时，那上面的名字是索白，而不是嘉措。

嘉措两袖空空，潇洒地走出了千户庄园。

丹麻对他不再以哥哥相称。

他的周围顿时布满了风言风语的陷阱……

但是他居然挺到了现在，连自己也难以相信。

索白想着这个比自己小几岁的弟弟，努力想多唤起一些有关他的记忆，可是从记忆里突然出现并且迅速充塞了他的大脑的，却是那位他一直难以忘怀的年轻女人，她就那么突然出现了，并且美丽轻盈地在黑暗中微笑。

丹麻喇嘛到来之前，他就在想着她，这会儿，他刚要为弟弟的事烦恼时，她又来了。

不知她从哪里来，就像是天意，天意使他得到了封位，而天意也使嘉措得到了仙女。是的，上天不会将两样好东西赐给同一个人的。可是，嘉措，这个傻瓜，他竟然放弃了自己身边唯一有价值的东西而远走他乡。好了，现在，上天让这位仙女降临到他的土地上（天意居然也有改变的时候！），他将给她以滋养、以润泽，他将使她受伤的情怀渐渐平复，他将带给她人间最纯的、草原最烈的，或许是那芳香的花草，或许是雪巅的灵芝，也可能是那太阳、那月亮、那星辰……凡是能配得上她的，他都会给予她，这代扎，能找出第二位这样的女子吗？不可能了。

——你从哪里来？伸出你的右手，让我看看你的掌纹，我马上就会知道你来自何方，我就会知道你的心，你那颗神仙寂寞的心……给我——

"我的心早给您了，老爷！"

"万玛措！你怎么会在这里？！"

"老爷，看见您这边的灯亮着，我就过来了，您是在等我吗？我知道的。"

庄园里年轻的厨娘万玛措窈窕地出现在千户大人的面前，她紧攀着她那双好看的眼睛说道："啊喷，您可是第一次吸这么多的烟呀，让我闻闻！"

五、松仁仓的草

第二天一早，松仁仓的丹增才巴百户就登上了千户老爷的大门，他面目苍黄，来不及给索白献上哈达就气咻咻地说：

"千户老爷，请您给我做主！"

索白正在听完德扎西报账，他看一眼这位愁眉苦脸的手下，完德扎西就立刻退下。

索白正色道：

"你又闯什么祸了?"

丹增才巴说:

"哎呀老爷,可不能冤枉我,您一定得给我做主,反正这草场说来也是您的。"

"你是不是想给我增加点收入?"

"沃赛部落的那个头人才不会这样想呢,他倒是打算和您平分秋色呢!"

索白紧紧地叭嗒了一下嘴巴,每逢他知道有人在打自己的算盘,他就会不自觉地叭嗒一下。

他叭嗒一下,然后说:

"到底怎么回事?"

"是这样。"丹增才巴说,"沃赛头人不知从哪儿弄到一张假地契,硬说是松仁仓背后那片草场是属于他们的,他们说地契是从政府手中买的,还花了一大笔钱呢!"

"疯话,地契我们早就买了,而且每年不是还要交钱吗?免得政府跟我们找麻烦,他们是什么时候买的?编谎也不能这么没卡码!"

丹增才巴说:

"我的话还没说完呢!庄民们在那儿放牧,碰上沃赛的人,两边为了抢那片草场,已经打了半天了。沃赛头人知道得快,他很快就派了一支枪队来对付,庄民们死伤惨重。我知道后赶紧跑来报告。老爷,您可得替我们做主呀!"

索白大怒:

"都打起来了,你不到草场去,在这儿说什么?"

索白满脸青色,连叫完德扎西,完德扎西应声而出,索白吩咐道:

"赶快给我备马,召集枪手,去松仁仓!"

"那么我呢,老爷?"松仁仓百户问,他似乎对自己的土地已经不抱什么希望了。

索白仿佛没有听见,他自顾自地冲出门去找他的马。他虽然对丹增才巴没有信心,但是,对土地,对草场,无论何时,都怀有坚定的信心。他知道,他这样冲出门去,是要沃赛那狗东西把吃进去的原封不动地吐出来。

代扎部落与沃赛部落已经有十多年不曾交战了,尽管沃赛头人是索白的亲叔叔,但是真正让两部落和平共处的,不是这种亲缘关系,而是沃赛夫人,她的明智使她把自己的妹妹耶喜许给了索白,这样,长年不睦的两部落才算是有了一段稳定的时光,可是现在,那沃赛老贼不顾他们曾经许下的诺言,竟擅自洗掠了代扎部落的地盘!

索白带人冲到松仁仓时,沃赛的手下早已不知去向,但见松仁仓草场上人仰马翻,血迹斑斑,妇人们围在尸体旁号哭不止。一见千户来临,她们立刻齐齐跪下。她们除了满怀的仇恨,除了复仇的强烈欲望,再也没有剩下什么。

一双双决绝的眼睛瞪着他——众人之父、千户之王,那些眼睛里写满了请求:让我去!让我去!

这众人之父,一下子被点燃了,但是他明白一个道理,擒敌先擒王,他要想办法除掉沃赛头人,沃赛不在,那么沃赛部落也就名存实亡了。

他知道他该怎么做。

这样，索白就沉下突突而勃的冲动，他等待血迹污染的黄昏渐渐从人们的记忆里变淡，他等待一个晴朗的天空，他等待沃赛放下武器的时候。

这一天，就这样来了。索白带着二十几个枪手，守候在山垭口，他们准备阻击沃赛头人。

太阳艳艳，暖洋洋地照在冰冷的枪口上。山下那条羊肠小道，一直通向这一带最大的寺庙——衮巴寺，今天是衮巴寺坐经的最后一天，也是沃赛头人放布施、熬茶的固定日。午后，沃赛头人一定会带着家眷，带着一大堆拖拖拉拉的运布施的家丁，经过这座山垭口，去衮巴寺听经。

去寺院的人，是不会带武器的。

午后，远处响起了马蹄声，沃赛一行锦衣绸带、华冠丽服而来。沃赛的马走在前列，那是一匹黑色的高头大马，四蹄踝上一圈白色，马鞍是银子打制而成的，在阳光下正闪烁着熠熠光彩。跟他并肩走着的是一匹纯白色马，看不清骑在马上的人是什么人。后面跟着一群女眷，其中一匹马上是一位妇人抱着孩子，大约是沃赛的妻子与儿子。

妇人们的嬉笑声隐约可闻。

艳艳太阳下，急不可耐的枪口一起对准了最前列的两匹马。被激情捂热的枪管，反射出冷冷的光芒。

索白俯视一会儿队伍的前列，又俯视一会儿队伍的殿后，他说："好，都在这儿了！"

在他一侧的完德扎西愁眉苦脸地说：

"是呵。"

"完德扎西，你跟我这么多年了，也该知道我的脾气。"

完德扎西不出声。

索白断然道：

"准备！"

二十多个黑色死亡之洞毫不犹豫地瞄准了山下那些快乐走动着的生灵。

忽然完德扎西惊叫起来。

索白怒道："你这蠢才！"

"老爷，您快看，白马上是丹麻喇嘛！"

索白一看，顿时惊呆了，他看清了白马，也看清了白马上的丹麻——自己的亲兄弟，他一下子搞不清是怎么回事，只是不迭地说：

"快放下枪，你们这些笨蛋！"

索白握枪的手中攥出一把冷汗，他痴痴地说："那个笨蛋，他怎么会和沃赛在一起……"

山下的白马上，丹麻一袭袈裟，正在同沃赛头人谈笑，快走出山垭口时，丹麻微微抬起头，好像很不经意地朝山上看了一眼，他的视线穿过草丛、穿过石林，恰巧停留在索白藏身的地方，他仿佛看见了那些对着他的枪口，那些枪口正无声地反射着光芒,丹麻以喇嘛的身份,在危险面前保持着尊严,或许他对这种危险早已成竹在胸。

晴朗的阳光下,丹麻喇嘛朝山上仰起脸,面对亲兄弟的枪口,他的嘴角挂起了一丝冷笑。

山上的索白,听见了兄弟的笑声。

二十多名枪手搓着双手,那上面涌动着无处可泄的愤怒,他们看看索白,又看看完德扎西,于是完德扎西就说:

"老爷?"

刚刚听到兄弟那声奇怪的笑声后,索白极感颓然,他把枪收回怀里,又拿出来看,看完之后便说:

"快!抄近路赶在他们前面到寺院,等他们进去后包围起来,再见机行事!"

完德扎西大惊道:

"寺院怎么能动手?"

索白根本不听,完德扎西又说:

"那好,我们去,您就不必去了,老爷,在这等好消息吧,万一出什么事,您也好对庄民们有个交待。"

索白静下来,他看一眼完德扎西,默认了。

完德扎西一声呼啸,众人踏镫而去。

黄昏时,二十多名枪手已神不知鬼不觉地围在寺院大经堂的围墙下。诵经仪式还没有结束,沃赛的家人围坐在廊檐下,唯独沃赛坐在经堂里面,身边仍是丹麻喇嘛。

经堂里坐满了高僧大德,他们正在向威严的佛祖献上完美无缺的颂歌。

完德扎西听到了颂歌，他被颂歌吸引了，他入迷地听了一会儿，然后决绝地对自己说：

"这是天意！"

说完他便跪在寺院门口，三个重重的响头，向神佛谢了罪过，然后一挥手，示意枪手们无声而退。

枪手们回到亚塞仓时，发现千户不在庄园，一个家丁告诉完德扎西，千户派人来通知他们立刻到山垭口去。

二十多名枪手重新云集于山垭口，发现索白仍在那里，他仿佛早已预感到了完德扎西的不成功，所以对他们的退出丝毫也不感到惊讶。

完德扎西上前叩道：

"老爷！"

不等他说完，索白千户便摆摆手，他不需要他的任何解释，事情的经过，他完全能想象得出来，因为他太了解完德扎西了，他甚至能想象得到完德扎西叩三个响头时的敬畏心情。

完德扎西看到千户摆动的手，顿时感到十分委屈。那只手上的太阳石戒指，在傍晚的山巅间显得那么神秘莫测，硕大的、神秘的太阳石戒指在晚风中摆动，使即将到来的这个暗夜哑然成谜。

沉默中，夜就来了。

索白终于说：

"沃赛这个老贼，我实在难以咽下这口窝囊气！"

完德扎西小心翼翼地说：

"老爷，依我看，沃赛再大的胆子也不敢跟您做对呀，只怕是有人捣鬼，要不然就是有人撑腰……"

"别乱猜，谁会支撑他的腰。"

索白说：

"我要让他知道我的厉害，要不然他的劲头大得冲天哩！"

完德扎西说：

"我觉得地契的事，就特别奇怪，还有，沃赛头人哪来那么多武器呢？"

索白一心想着沃赛。

"他不给我面子，我怎么可能给他面子！"

完德扎西便说：

"也好！"

夜来了，这个无月之夜，群山进入紫色氤氲之中，远方的云霭，也因沉沉夜之降临，而慢慢模糊了。

索白吆喝众枪手排成二排，在山垭口散开埋伏，他知道沃赛和家人在佛经诵完之后，会按原路返回，而丹麻身为出家人，是不可能到沃赛部落过夜的，因此，索白断定丹麻不会与沃赛同路，而这正是他要伏击沃赛的最佳时刻。

山下那条黑黝黝的小路，让索白看得眼冒金星。这个老贼，此次必死无疑，从今往后，有谁胆敢侵人土地，掠人草场，这就是最好的下场。

暗夜之中，路的尽头响起了索白盼望已久的马蹄声。索白立即吩咐众人："别乱开枪，要打排子枪，对准那副银鞍子，其他的马不用管！"

山下依然黑黝黝的，只能听见马蹄声疾扬而来，似乎有很多的马匹冲向了小路，声势浩大，和白天的静谧全然不同。马群在夜色的掩护下，沸沸扬扬，夸张地奔跑在笃实的土地上。

索白尽管被这种声势搞得有些糊涂，但他坚决不改初衷。他朝山下张望，企图首先辨认出那匹佩着银鞍子的黑色骏马。

果然，那副银鞍子出现了，银鞍子在黑夜里正闪烁着夺人心魄的光芒，它随着马匹的跃动而呈弧线型前进，简直就是在诱惑枪手们扣动板机的手指。

索白笑了，这个傻瓜，只知道佩着银鞍子装腔做势，故作高贵，却不料这正是黑夜给他的最好礼物。

索白举起他那只戴着太阳石戒指的手，然后猛地从空中砍下来。

排子枪顿时响成了一片。

枪声过后，小路上死寂沉沉，好像根本就没有马群经过这里。索白带人冲下去看，山路上，只有一匹老马奄奄待毙，它的身上佩着沃赛乘马的银鞍子，身后驾着一辆四轮马车，马车的后面连着另外两辆四轮马车，这就是造成马群效果的器具。

索白放眼四望，路上空无一人。

我敦请的神呵
我敦请您的力量
授给我们火

第四章

一、爱　侣

玛冬玛湖上飘着小雨。

桑丹卓玛总是寻找种种理由，来到这风光旖旎的玛冬玛湖畔，割一捆草，抑或拣一筐牛粪，双脚总是不自觉地走向玛冬玛湖畔北岸的那座山洞。

玛冬玛，对外人来说，或许只是个传说中的世界，而对于自己，却是个真实的存在，那稀薄的空气，高寒的风向，湖边湿漉漉的脚印，还有那爱，都真实地存在过。

绵绵的秋雨，把树林妆扮成水晶宫殿，这一棵松，是一顶层层叠叠的佛塔；那一株白杨，是守卫宫殿的水晶卫士。

桑丹卓玛淋着雨，朝山洞走，她绕过玛冬玛细雨氤氲的湖面。湖水墨蓝，深不可知，在氤氲中可以感觉到裸鲤的跃动。森林停止了夏日的喧噪，在秋雨里，静静地沐浴着北去的风。

她觉得背后有一双眼睛。

那双眼睛灼着她的背。她急忙回过头来看，什么也没有。其实，她只是这样希望来着，希望那双灼热的眼睛，就像那个雨天一样，一直追随着她走进山洞。那个由此而蒸腾出稠情浓意的傍晚，如今，依然那么真切。

桑丹卓玛进了洞，坐在上次坐过的地方，把光脚伸出来，放在靴子上面，她想着上次这个样子的时候，洛桑达吉，这个她日思夜想的男子就出现了。

……落了雨了，洛桑啦，雨珠垂直而落，这轻轻扬扬的精灵，仿佛你那不可知的心怀，那么飘忽，那么难以预测。这里虽还留有你的气息，可我却不知你是否会来，你会来吗？什么时候，你会来？什么时候，我才能重新感知你真实的心怀？……

洛桑达吉果然进来了，他猫着腰时就一眼看见了她，他满脸惊喜，一把抱住了她，去亲她的耳朵，他急切地说：

"想不到你也在这里，真好！"

他的到来使她吃惊不小，她把手放在他的腰上，恍然觉得自己仿佛在昨夜的梦里。梦里，他抱着一尊佛像，很精致。她想要它，可是他不肯，于是她就这样把手放在他的腰上求他，但他依然无动于衷，可她是多么想得到它呵。她伸出手，想触摸一下那尊精美的佛像，就在这时，梦中的洛桑达吉和佛像一同消失了，她茫然四顾，荒野苍苍。

洛桑达吉久久地注视着怀中这个年轻的女人，她现在又属于自己了，这个漂亮女人，他有责任去拥抱她，使她温暖而安全。

他说：

"我们就像是约好了一样，这就是缘分，你信不信？"

她温顺地把唇贴在他的耳根，那里热乎乎的，她嗯了一声。

他执着地看着她的双眼，他的眼神里储满了思念，她对着那储满了思念的眼神点点头。于是，洛桑达吉的双臂更加有力地环抱着桑丹卓玛，他的眼神那么痴热，嘴唇那么柔软，气息那么仓促，她的身体是他永不厌倦的问候地。

"不！"

桑丹卓玛刚喘上来一口气，但伴随着这口气一起冲出来的这个字，把她自己也吓了一跳，她没想到自己会拒绝这个日思夜念的深爱着的人。

洛桑达吉根本听不到她在说什么，他坚持自己的要求。

他说：

"来，把你的手放在这儿。"

她不再说话，只是柔顺地把手放在他的后颈上，从他的后背慢慢滑下去，滑下去，抱着她的人，背上已渗出细密的汗珠。他就像一团火，急躁，热烈，来不及使他的爱侣同自己一起感觉火焰之上无比美妙的蜃景。

他就像一团火，从冰冷到温暖，到最后的燃烧，那燃烧着的蓝幽幽的火苗，燎烤着火烫的肌肤，燎烤着双手颤抖的指尖。

她看着他的被晒黑的脖子，感觉到他的热情正在迅速消退。

他看不到自己的盲目，但看到了对方怪异的眼神，他问：

"你怎么了？"

"唔，我么？"

"你的身上这么凉，以前没这么凉过。"

桑丹卓玛懊丧地说：

"我也不知道。"

"是吗？"

洛桑达吉坐到一边去，声音里带着一丝不满。

桑丹卓玛一动也不动，她的身上凉透了，简直无法暖和过来。她看着四周，这四四方方犹如人凿的山洞，此时是那么陌生。

洛桑达吉重新偎过来，他轻轻地握住她的手，满脸歉意。

于是她说：

"洛桑啦，我的耳朵痒，给我掏掏。"

洛桑达吉立刻高兴地找到一根小木棍，他为她给他的台阶而满心欢喜，他们靠近洞口，掏起耳朵来。洛桑达吉笑道：

"怪不得痒，好多呢！"

桑丹卓玛接过木棍，说：

"我也给你掏掏。"

"我不痒。"

"那是，有人给你掏嘛。"

桑丹卓玛又懊丧起来。

洛桑达吉呆呆地看着她：

"你今天怎么了？"

这时，掏耳朵用的那根木棍突然一下子就折断了，桑丹卓玛认为这是个不祥之兆，立即朝洞外呸呸呸唾了三口唾沫。

两人坐在黑黝黝的山洞里，外面是秋雨瑟瑟，洞中是无限的沉默。

他终于说：

"我这几天常常来这里看看的。"

桑丹卓玛明白了，她也是常常来，可见是时间上错过了，可是她不想说出她也和他一样怀念着那个夜晚。

他继续说：

"只是昨天没来，昨天我被叫去看守松仁仓草场了。沃赛部落的人来占草场，他们带着枪，说那片草场是应该属于沃赛部落的。我们这边只有短刀，人又少，两边没说几句话，就打了起来。"

洛桑达吉的目光从桑丹卓玛的手移到洞外，他看着洞外的一枝旁溢出的白桦树梢，说：

"我的刀还没来得及抽出来，就被一个家伙拉下了马。我的头撞到地上，晕晕的。他看也不看我一眼，就把我的马抢去了，我昏昏沉沉地待在一个凹坑里。"

她捉到他的手，他感觉到她手上的汗濡湿了自己。他说：

"附近很多妇女听到叫喊声，就都赶来帮忙。她们拣石头，专砸那些人的马腿。我的身边也放着石头，我拼命扔出去，也不知道砸中了没有。"

桑丹卓玛不知何时已伏在洛桑达吉的肩头，她弱弱地说：

"我好像也听到了。"

"你当时在哪儿？"

"我在山凹里割草。"

洛桑达吉怪怪地看着她：

"你没想着过去看看吗？"

"我？"桑丹卓玛说，"我割草来着。"

洛桑达吉一眼看到了她的内心，她在颤抖，他不忍再看，便低下头说：

"其实，我也很害怕，可是，当时顾不了许多了，也来不及考虑别的，只一心想着把抢我马的那个家伙打下马来，再来个肉搏，看看到底谁是个厉害角色。我恨死了他，他不能把我辛辛苦苦养大的马，就那么简单地据为己有。"

"是上次你牵到洞口的那匹马么？"

桑丹卓玛问。

洛桑达吉点点头，桑丹卓玛便明白那是他的心爱之物，他愈咬牙切齿，她就愈感到内疚，仿佛那是她的错。是的，她怎么就没想到帮帮他呢？对他来说，或许她站在旁边就足够了。

他说：

"我们这边武器不够，又有很多是妇女，可他们那边全是年轻男人，有武器，满脸的不怕死，根本不是来草场放牧，就好像是为了打架才来的。等到有人赶来帮助我们的时候，我们这边的人已死伤得差不多了。他们那帮人很快就跑了，他们骑着快马，带走了很多战利品，有女人们的项链，有男人们的短刀，还有我的那匹马。"

"天！"

她喃喃地说。

她的确听到了山那边的呼啸，可是那一刻，她想到的只是女儿香萨。她在时断时续的呼啸声中，寻找到正在同几个孩子玩游戏的女儿，她把女儿带回家后，就大大地松了一口气。

很小的时候，她就厌倦和痛恨那种呼啸，她只想尽量避开。在自家房门之内，她才觉得她们母女是安全的。但她绝没有想到洛桑达吉，或者说，她没有想到洛桑达吉会出现在呼啸的是是非非之中，并且差点为此送掉性命！

她后怕地又说了声：

"天！"

他说：

"什么？"

"我很害怕！"

她终于老老实实地说。

他紧紧地环抱着她，温柔地说：

"是的，我也很害怕，我害怕我一下子就死了，再也见不到你了。我没有你，我该怎么办呢？我的灵魂不会安宁的。"

她紧紧拥着他，不能讲一句话。

他说：

"我的日子刚刚好起来,我不想这么早就死掉。现在这样,我们在一起,多好!"

她说:

"我也是这么想的,我不愿意你出什么事,真的。"

他看着她的眼睛,知道她说的是真话。

可是他不满足,一心想知道得更多,于是他说道:

"如果我一下子就死掉的话,那也是没有办法的事,生死由命么,我只是想知道如果我伤着了怎么办?比方胳膊没了,要不腿没了,或者更糟,眼睛瞎了……"

她恐慌地望着他,张着嘴说不出话。

他也莫名其妙地恐慌起来,他被她的表情吓住了,好像他精心描绘的正是现实,他不得不悲惨地离开她,或者她不得不悲惨地离开他。

她依然恐慌地望着他。

他说这话的目的正好与结果相反,他以为她会表白她对自己不变的衷情,或者会说那不可能,可是他错了,她的表情那么惊恐,他怎么也不知道她到底在想些什么。

他只好自己说:

"那不会的。"

她紧绷的面孔这才舒缓下来,她严肃地说:

"我不在意你说什么,但是以后不要再说这种话。人说过的话总是要灵验的,你就像是在吃咒,上天有眼,有耳,会看到,也会听到!"

"好了，我们不说这些。"

洛桑达吉不自然地扭着腰板，尽管他委屈地接受了她的责备，但他已了解到她的想法，了解到她的善良，了解到她对自己的看重，就为这一点，也有足够的快乐使他忘情了。

他们沉默了一会，她忽而问道：

"那些死人要天葬吗？"

他说：

"我想是吧。"

"只不过，"她又说，"我很怕天葬台，就一个人，身上没有衣服，躺在那里，再没有人去关心他，也没有人去问候他，他一定比任何时候都要寂寞。他的灵魂要七七四十九天才能离开他的身体，这么长的时间，他不会感到痛苦吗？"

"会很快离开的，他的灵魂获得了自由。"

他说。

桑丹卓玛说：

"我可不要这种自由！"

"我也不要。"

洛桑达吉笑着说。

她看着他的脸，自己也笑了起来：

"为什么？"

"你不要的东西，我也只好不要了。"

"那么我的头发你要不要呢？"

她说。

"要的！要的！"

他去亲她的头发，那柔软的、浓黑的头发，是他此生获得的至宝。

她被他的热情感动了，他抱着的身体被一种异样的情绪淹没了，他俯到她的耳畔，轻轻说：

"刚才是我不好，再给我一次好吗？我喜欢你高兴的样子……就这样……就这样……"

他俯身下去，亲吻她光滑如缎的身体。

雨停了。雨过去后的月亮把最清洁的银辉给了这对相亲相爱的男子和女子。

他使她波动，他使她寂寞的心灵重新散发出迷人而动情的光彩，她终于坦露开她那神秘的欲望，对她的爱侣，对她自己。

她愈来愈动情的波动传达给了他，他立刻明白了，于是他把自己的迷乱完整地、美妙地献给了她，他说：

"呵，就这样……我知道的……我喜欢你这样……"

因为死亡，那虚妄而又切实地存在着的、有时会突然来临的死亡，使彼此疏远了的生者重新懂得了活着的意义。他们正在努力地接近对方，因为死亡，他们一下子就超越了许多障碍而接近了对方，面孔接近了对方的面孔，心灵接近了对方的心灵。

他的热情，深深地感动了她，她喃喃道：

"这样活着，多好呵！"

二、雪天气

雪依然飘着,这场冬雪,姗姗而来,覆盖了代扎的高山深谷,茫茫一片。蜿蜒的山间小路上,一前一后两匹坐骑朝南驰去。

蹄声甚急,在空旷的山野中,显得非常寂寥。马上是索白千户与仆人完德扎西,索白随着马儿的起伏而有些颠簸之态,与一脸焦灼的索白不同,紧随其后的完德扎西则有些心事忡忡。

几个时辰后,他们穿过山区,来到较平坦的严家庄,马蹄慢了下来。索白立刻注意到,严家庄四周的土地黝黑而松软,显然是已被翻过了一遍,庄内路面平整,家家门前干净利落,有一两家的庄廓墙上开着门洞,似乎是小商店之类,几个老头老太太端坐其中,以茫然的目光远看着他们。

索白虽是裘衣绸带,但也不免周身发冷。这些老人稳稳当当地坐在这里,是在等待儿子和儿子的战利品吗?

索白冰凉的手紧攥着缰绳,他想起前段日子代扎发生的一系列事情。

有一次,庄民扎西洛哲正在草滩上遛马,可不知从哪里飞来两块石头,正巧砸在马的后腿上,马立刻被打得站立不稳,直向后坐去。马可是金贵的东西呵,他紧张地急忙追去看,一群小孩一哄而散,他看清那些是严家庄的孩子。

他一直追去,直到抓住其中的一个,那孩子结结巴巴地说:这草滩是严家庄的草滩,不许外人的马在这里吃草。扎西洛哲一怒之下,打了那孩子一个巴掌,那孩子便大哭,他说他也不知道草滩到底是谁的，但严二爷说这草滩是严家庄的，那肯定就是严家庄的，二爷说我们不能叫人欺负……

几百年来，这草滩都是属于代扎的，这点是不容一个成年人置疑的，所以扎西洛哲并没有把这事放在心上，他只是急急忙忙请人给马治伤，对藏族来说，马才是最重要的，谁在意孩子们的闲言碎语呢？

可那以后就怪了，别说是扎西洛哲的马，就是庄子上别人的马都是死活不肯去那片草滩，即使被强拉去，它们也不肯低下头吃草，只一味烦躁地嘶鸣、扬蹄，搞得大家愁眉不展。

严家庄的小孩经常与代扎的小孩斗架，然后就有一个秘密从斗败者的舌苔上不胫而走：那片草滩早已被施过剧毒！严家庄的马吃不到，你们的马也休想吃到！

马是通灵的，它的灵性就在人意识不到的地方。

事情就接连不断地发生了，水地里的麦子，金黄金黄的秋天的麦子，劳作者望眼欲穿的麦子，就在收割鼓声敲响的前一夜，无缘无故地从真实的土地上消失了，只剩下一些干枯的麦茬……

川地里的豌豆苗被马践踏得狼藉一片……

有的骡子被打坏了腿，有的牦牛被割去了尾巴，三五成群的羊只不见了……

山里的界碑挪动了位置。收获后，河上的水磨就莫名其妙地不转了……

水磨可是千户的私有财产，千户可以使水磨下的河水倒流，却无法让水磨正常运转，这足以令人怒火中烧。就在这时，一件更恼人的事发生了。

当人们还未从辛苦一年得来的收获喜悦中清醒时,就惊讶地发现,严家庄的庄民们正大张旗鼓地从四面八方赶来,他们吆喝耕牛,正大光明且理直气壮地开始翻地,翻那一片片属于代扎的土地!

满头大汗的忙于工作的人说,县府重新划分了土地界线。

"难道你们真的不知道吗?"那人问道。语气里惊奇地满怀着对弱小者的同情。

索白听说后拍得红木桌子叭叭响,他不相信这是真的,如果真有其事,也该和他千户通通气再说,这明明是欺负人,这明明是让人下不了台……

村民们奔走相告,这明明是不让人活了!

索白深感不满,他需要到县府讲讲清楚,更需要以县府的公正裁决来解决这一事端。一忍再忍,一让再让,总不是办法。何况,或许严家庄的人搞错了也不一定,如果是这样,那么他就大有理由要求他们的赔偿了。

去县府得路过严家庄,当他同完德扎西看到严家庄通往县镇的平整道路时,不由得倒吸了一口冷气。这条道路的平坦与直接,仿佛某种排斥异己的默契,足以令人望而却步。

真是冤家路窄,他们迎面碰上了严家庄的头面人物——严二爷。干瘪精瘦、四肢短小的严二爷早就下马抱拳,他乐呵呵地说:"呵,是索白千户,有缘有缘!"

索白也下了马，他说："原来是严二爷。"

"到了村口，还有不去坐坐的道理吗？走！"严二爷目光炯炯，留客甚切。

"改天改天！"

"我忘了介绍一下。"

严二爷忽又笑道："这位是镇上的保安司令严总兵，我们家亲戚。"

严二爷身边是一位五大三粗的年轻人，他正捻着一脸黑须，颇有风度地看着远方。

索白说："我还得到县城去办点事情，你们慢慢谈，下次有机会，再去拜访。"

严二爷笑道："去县城？呵，要是见到我大侄子，请代问个好，就说二爷我身体还好，不用他那么远地叨念。"

"二爷的大侄子是……"

"你进城不就是要见县长吗？县长就是我大侄子嘛，你能不认识？"

索白张大了嘴巴："原来如此！"

"他新近刚刚上任，还颁布了一条土地界定的新方案，真是少年得志呵，不简单，不简单！"

严总兵的视线终于从天空下移，最后下移到严二爷紫羔皮坎肩的第二粒纽扣上，他说："全是您教育有方！"

索白与完德扎西重新骑着马，走上一面下坡，下坡拐个弯，又是上坡，坡上稀稀拉拉地长着一些枯草。对面不远的山坡上，是一个村庄，一眼看见的便是他们的寺庙，颇具规模，庄子一带，环绕着丰饶的土地和草山。

索白长叹一声。

完德扎西便说："晚上不知能不能回代扎？"

索白说："土地新界定的事搞不清楚，叫我回去怎么交待？哼，不知这新县长是何许人。"

"跟严二爷染上，还会有什么好人？"

索白看看完德扎西，不说什么。

对面的山坡上有人在唱花儿：

东门里射箭西门里出——

箭落着黄旗上了——

一今里想你睡梦里哭——

夜长着盼不到亮了——

……

索白面目朦胧，他说："我觉得不太对头。"

"什么？"

"没什么，只是这儿有点难受。"索白指指自己的胸口。"你不难受吗？"

"不。"完德扎西说。

索白静默了一会，突然又说："赶明儿让耶喜送几样首饰给你女人，女人有了首饰才会高兴做女人的。"

完德扎西听到索白莫名其妙地提到千户夫人，自然吃了一惊，他木讷地答道："谢谢老爷。"他本来还想说一声也谢谢夫人，但一下子未说出口。随后，他便安下心来，千户老爷心血来潮的时候，你想赶也赶不上，他永远都在前列，永远不可捉摸，你看到的，永远都是他留在身后的似有似无的秘密。

或许每个人都可以有秘密的，千户可以有，那么别人也可以有的，那么自己也可以有的。一种秘密可以公开，但另一种秘密就未必能得到允许而公开，它只能是远看有近看无，它只能是似是而非，它只能是一个写意与写实的奇怪混合体。

当你被秘密填塞，你就有口难言。

那支花儿仍在唱：

奈何的浮桥上过来了——
手拿了阴阳的扇了——
想你的模样成鬼了——
吃不成阳世的饭了——
……

午后昏沉的阳光中，索白与完德扎西无言地面对着缭绕于沧桑歌谣中的茫茫群山。

县衙门设在东科镇南一条僻静的街上，街两边有几棵枯树，树杈上有一两窝黑色的鸦巢。鸦巢虽多,却听不见乌鸦的鼓噪,或许乌鸦们正在别处分食着鹞鹰残留下的腐肉。

索白与完德扎西穿过一群乞丐,耳旁是哀哀不去的乞求,完德扎西布施了几文钱后说:

"老爷,我真不明白,县城有什么好?代扎可从没有人出门要过饭。"

"哼哼,说得好听,我们这不是要饭是什么?"

索白粗暴地打断了他的话。

完德扎西顿时无话可说。他一路上都非常谨慎,不停地舔那雪白的牙齿,唯恐说出什么不合时宜的话来。

索白的粗暴常常令完德扎西不可思议,他对耶喜夫人也粗暴吗?她是哭泣过的,她的哭泣让自己深深地自卑,自己是没有力量与索白相抗衡的,他对待女人是什么态度?耶喜那柔软的身体会拒绝吗?他的冷峻的面孔变得温情的时候,声音是否依然粗暴?

一想到耶喜,完德扎西就闭上了眼睛。

她身上的幽香扑面而来,蜜粉色的皮肤泛起淡淡的光泽,她的黑发使他满心疼爱,而热烈的芳唇使他如醉如痴。

他一闭上眼睛,那伤感而美丽的身体就贴近了自己,他的耳畔响起她轻轻的呼吸,抑制在内心深处的情绪便流水一样倾泻而出,他仿佛听到她来自遥远的声音,那声音温馨而悠长,她对他说,这里,到这里来……

不知从何时起,完德扎西的内心里对索白充满了畏惧。索白刚刚任命他做管家时,他还对那座亚塞仓千户城堡满不在乎,他甚至毫无畏惧地同耶喜夫人在一起,分享了索白的新婚。那时,他不明白耶喜夫人为什么不选择索白而选择了自己,他没有给自己思考的机会就迎接了耶喜的情感,他愉快地跟随她,沉醉于她的美貌与肉体。

慢慢地,他开始畏惧了,他一次两次地寻找理由不去接近夫人,他不知道自己畏惧什么,只觉得已经陷进了一个不可自拔的陷阱里了,他可怜自己,更可怜夫人,可是这没用,他已经被畏惧所吞噬,不知道明天会不会还像往常一样。

对索白来说,完德扎西是个好侍从,他从不固执己见,也不自作聪明,更不妄自尊大,他就像个影子,始终都在主人的身后,绝不会走到主人的前面去,他在主人的阴影里悄无声息,就像他的父亲一样,他的父亲在老千户的阴影里悄无声息了一生。

到了衙门,索白说:

"整理一下我后面的腰带。"

完德扎西站在阴影里,轻手轻脚地干完他的工作,然后牵着马,等在衙门口,索白气宇轩昂地走了进去。

索白气宇轩昂地进了县衙门,早已有人进去通报了,索白在客厅里等。

等来的不是县长,而是镇上警署署长朵义才,两人笑呵呵地捉住对方的手,摇个不停。

"索白千户,今天有空了吗?"

"哎呀呀,想不到是你,你不是在西宁城吗?怎么会到东科镇来?"

朵义才眨着诡谲的眼睛说：

"曲线调动嘛，你老兄不要装不懂。对了，我们有好多年没有见面了吧？"

"是呵，自从上次在亚塞仓城堡一别，已有好多年了，看来你既升了官，也发了财，要是我早知你调到这里来，一定要来拜访你的。"

"不要那么客气，我们哥俩，谁跟谁呀！"朵义才快乐地直眨眼睛，他这个习惯是穿上戎装后养成的，只要一瞄准，眼睛就眨个不停，自己毫无办法。

索白亦是快乐起来，他想起朵义才给自己讲的一个故事：朵义才刚穿上戎装的时候，在一次瞄准练习中，眼睛因为进了尘土而眨了眨，教官认为他不认真，便食指直抵朵义才的鼻子，吼道：

"你再眨！你再眨！"

教官的意思是你胆敢再眨我就给你点颜色看看，可是本来已不再眨眼睛的朵义才由于过分紧张，竟真的眨了起来，而且教官越凶，他眨得越急，教官在痛斥了一顿后，最终只好放弃对这个他认为先天不足的学员的管教。

说真的，教官也实在是个毫无预感的人，因为不久后的一次战斗中，这个学员就有权利对他指手画脚了。或许眨眼睛是一种传染病，因为眨着眼睛的朵义才训过教官后，教官亦是情不自禁地眨起眼睛来了。

这个直眨着眼睛的快乐汉子说：

"你今天怎么有空来县上？"

索白连忙把土地新界定的事情告诉他，然后说："如果这事没什么问题，我不会亏待你的！"

索白说完，淡淡一笑。那一年，朵义才还是省府一名小小军官，名不见经传，跟随着一名官员来到东科镇。官员是来给代扎部落颁布千户世袭封位书的，索白在千户大院里盛情款待了官员一行。就在那时，他认识了朵义才，一见面，索白就明白朵义才的为人了，于是他不惜重资，打通了朵义才的关节，使自己得以在官员面前有一个说话的机会。

这个机会很顺利地来了，索白要到了自己想要的东西。几天后，千户世袭封位书宣布，千户封位传给了索白，而不是人所共知的老千户之子嘉措。

索白淡淡一笑，朵义才立刻心领神会，他清楚索白是他取之不尽的财源，于是他故作惊奇道：

"你不早说，今天不凑巧呀，他新上任不久，贺喜的筵席真是吃也吃不完，今天好像又是东科镇商会会长作东，只怕是你见不到他。"

"那怎么办好？这事这么急，我不能空手回去，没法给我的乡亲们交待。"

朵义才见状，便说：

"你不要着急，你的事就是我的事嘛。要不然你等一会，我进去看看情况，能插上嘴，就说一声。"

"那太好了!"

"我和他还沾点亲戚关系哩,可这家伙和那帮地痞打得火热,却和我不吭不哈的,真让人摸不着头脑。"

朵义才一边说一边往里走。

"不过,我也是快走的人,犯不着和他过不去……"

索白坐在长椅上等。

好歹,自己还了解朵义才,了解他的喜好与乐趣,从这方面看,他是靠得住的,而那个叫什么严海青的县长,却是那么陌生,那么神秘莫测,那么难以捉摸,自己既不知道他的喜好与乐趣,也不知道他的长相与心肠。

不一会儿朵义才出来,他咬牙切齿道:

"这个东西真不识抬举,总有一天我会给他点颜色。"

"怎么?"

索白急问。

"他说今天没空,改天亲自到代扎去拜访你呀!"

朵义才挺着胸脯,戎装上的金属扣闪闪夺目:

"至于那个土地新界定么……"

索白说:

"你跟他讲了?"

"他说文件都已传下去了嘛,他还说恐怕是你们没有一个识汉字的人,才没有弄懂文件的意思……"

索白的脑中一片苍白……

不识汉字吗?

的确不识汉字。

那么识汉字意味着什么？

索白坐在自己的经堂里，看着满壁的经卷。

严二爷之流所以能横行霸道，正是因为县府里有人以能使用汉字的方式为理由，为他撑腰，为他长脸，为他光宗耀祖，为他杜撰所谓的新文件……

说到省府，索白想到他的一位远房亲戚，他的名字叫索旺多杰，年轻时，是衮巴寺的一名喇嘛，他功法上乘，德行圆满，更重要的是，他懂一点汉文，因此，他被选中成为省府的藏务秘书，又是省上蒙藏学校的藏文教师。有一次索白去拜望他时，他曾提议索白在代扎办个小学校，他忧心忡忡地说蒙藏学校名义上虽是个民族学校，但实际上没有多少藏族学生，因为藏族学生没有来源，各个地方无法推荐稍有基础的学生入校。他说进入这个蒙藏学校学习，是藏族孩子走上社会的唯一途径。

当索白的鼻烟吸完时，天已蒙蒙亮了，就在东天泛起一片朝霞时，他做出了一项开辟新纪元的重要决定：在代扎办校！教藏族人的孩子学习汉文，掌握一些科学知识。

如果说那时索白还没有意识到索旺多杰的教诲的话，那么就在这个朝霞满天的清晨，他意识到了自己此生不可推却的责任。

孩子们会回归的，总有一天，他们会以自豪的情怀更加热烈地投入代扎的怀抱——这将是索白努力达到的目标。他们懂得冷静，懂得对方，懂得分析，他们不会受了欺负还不知道，他们不会遇到狡诈而不知应对，到那时，他们应该拥有足够的智慧面对一切。

三、阿卡夋

桑丹卓玛腕上挎一只小包裹,从恰姜仓庄子里出来,朝北走,走过一段上坡路,拐个弯,就能看见亚浪仓庄子的全貌了。

桑丹卓玛走进亚浪仓才暗自吃了一惊,她本是要绕道走的,可不知怎的却进了庄子,她犹犹豫豫地想返回原路。这时,她看见前面不远的一座庄廊的高墙上,站着一个女人。

女人是尕金,洛桑达吉的妻子。她站在自家的庄廊墙上,穿着漂亮的衣服,头上顶一块红色头帕,正高高在上地凝视着桑丹卓玛。

桑丹卓玛想一走了之,可她在尕金的凝视中竟感到无处藏身,她茫然地站在那里,就像是被尕金的目力所钉住,一点儿也动弹不得。

尕金说:"呀!"

她说一声"呀",意思算是虽然首先打了一个招呼,但又不失她站在高处的身份。

"呀"的话音从门厅上方穿过丛生的野花,滑过墙上的青苔,轻轻地落到木质的门槛上时,门槛像是被啄了一下,旋即,一只大狗,便从那门槛上一跃而出,摇摆着肥大的臀部,目不斜视地朝主人"呀"了一声的方向从容走来。

桑丹卓玛顿时乱了方寸。

但那大狗却不着急,它优雅地落坐于主人与来客之间一块奇怪的石头上,从它目光炯炯的眼神中,既看不出保护的意味,也看不出攻击的意味，但它的狡猾就在于它那两只小心谨慎地抵在地上的握起来的前爪，随时都可以支撑起全身的重量，扑向它需要捕获的猎物。

桑丹卓玛感觉到这种危险，但她很快就对这种危险视而不见。她看到的是尕金在俯视她的同时，手中摆弄着一支辫套。

"那狗已老了。"

尕金似乎认定了要搭讪一番，她说：

"留在家里一点用处也没有。"

桑丹卓玛抱紧包裹，一声不吭。

尕金凝视着对方的脸，想在那上面找出一半句答话，她很快就失望了，于是她又说：

"你来我家吗？"

"不。"桑丹卓玛急忙说，"我只是路过这里。"

尕金笑着说：

"我以为你会进来坐坐。"

桑丹卓玛说：

"不了，下次吧。"

尕金笑起来，她知道没有下次，她一边笑，一边就从梯子上爬下来，等她的高度和桑丹卓玛的高度平等了之后，大狗便哧哧哧地回到门里。

尕金仍笑道：

"那么你去哪里？"

"我去找阿卡癸。"桑丹卓玛用下巴指指亚浪仓北面的一座山坡，阿卡癸的庄廓就在那里。

"好好的，又要去布施吗？"

尕金紧盯一眼桑丹卓玛手中的包裹，她由她的经验断定那方方正正的包裹里是一些酥油和砖茶，或许还有别的值钱的东西，于是她说：

"我就不经常去布施，所以我的钱比你的多呀！"

桑丹卓玛对尕金的玩笑没有反应。

尕金便扬扬手中的辫套，说：

"怎么样？新缝的，赛马会就要到了，代扎不会有第二支这样的辫套吧？"

那支辫套上镶满了红色的珊瑚和绿色的松石，扣子是用小银元代替的，既别致又精巧，桑丹卓玛就说："嗬！"

桑丹卓玛说完一声"嗬"，就满怀同情地看着尕金。她想，这女人已是老了。看到这女人老了，她的恻隐之心便在勃勃而动。

尕金忽然说：

"真不容易！"

"什么？"桑丹卓玛立即警觉地问。

"我说你带个孩子真不容易。"

"是呀。"

桑丹卓玛的防线被一下子就击垮了，她愁眉苦脸地说：

"我的孩子病了，我得去找阿卡癸。"

"香萨吗？"

"嗯，她昨晚在羊圈里睡着了，我把她抱到炕上，一早醒来却发现她的嘴歪了，我想一定是着了什么脏东西，所以想找阿卡癿念念咒，驱驱邪气。"

"姑娘家，嘴歪了怎么办？"

尕金立刻跟着唉声叹气起来。

"问她，她自己又说不清楚，真急死我了！"

尕金的脸上显得比桑丹卓玛还要焦急，她把辫套往怀里一塞，要陪她一块去找阿卡癿，桑丹卓玛也不拒绝，她的忧伤似乎正需要有人来分担，于是，两个女人相伴朝村外走。

阿卡癿是藏传佛教宁玛派的喇嘛，宁玛派的喇嘛中也有可以居于家中，娶妻生子，留发蓄须，平日参加劳动，也可以脱产专门从事宗教活动。

丹麻喇嘛则不同，丹麻喇嘛属于格鲁派。格鲁派的僧人必须出家在寺院生活，必须断绝俗世的一切，诸如娶妻、置办田产等都是不允许的，格鲁派寺规严格，等级分明。代扎地方，两种教派长期并存，相安无事，百姓每逢婚丧嫁娶，都无一例外地邀请两派念经，以求吉祥，对两派的僧人也是一视同仁，毫无分别。

尕金唉声叹气地抬头看看天，一边在怀里揣摸了半天，最后摸出一只绣着奇花异草的香包，她说：

"把这个给香萨戴上，这里面有柏枝叶子，能避邪的。"

其实这只香包是尕金准备送给丹增才巴百户女儿的，她想为自己儿子将来的求婚铺平道路。可不知怎的，她忽然异想天开，一下子就把她埋头绣了五天的珍贵东西拿了出来。

"里面还有点碎金子，你没听说女佩金男佩银吗？女孩子佩上金子才能避邪，也显得出高贵呀！"

尕金不知是在炫耀她的精工匠心，还是在炫耀她的财富，不管怎样，桑丹卓玛在接过香包之后，立刻就对尕金起了点好感，她觉得拉着自己胳膊的这个女人，比刚才年轻了许多，也亲切了许多，她谢了一声。

尕金唉声叹气地说：

"桑丹卓玛，你真是不容易，一个女人家，带着孩子，不像我，虽然也有孩子，可还有个老母亲，好歹还有个男人，外面的活是不用我操心的，他什么事都弄得妥妥当当，没个男人，怎么行呢？我看你应该再找一个。"

桑丹卓玛面无表情。

她觉得刚才那点淡淡的好感一下子就烟消云散了，继之而来的是一些力量。她觉得她的身体里有了一些力量，这力量足以促使她的手从尕金的背后一甩，那只精美得无与伦比的香包，划了一个优美的弧线，无声地钻进了路边的枯草丛中。

洛桑达吉怎么和这个女人同床共枕的呢？谁在左侧谁在右侧？谁会提出需要？他要她吗？他是否会爱抚她？他对自己说过的话，是否还会对她说起？

自顾自唉声叹气的尕金对此毫无察觉，她忽地抬起手臂，把正在胡思乱想的桑丹卓玛吓了一跳，只见尕金抬起手臂指着前面说："喏，到了。"

前面不远，看得到阿卡奂的庄廓。

庄廓像一只褐色的巨大但却苍老了的鸟，静静地伏在山坡上。

两个女人在门板上乱拍一气,就进去了。院正中有一根高矗的经幡杆,杆顶上攀着一只奇怪的猴子,它正手搭凉篷,做高瞻远瞩状,一看有人来,就嗖地一声掠过高空,直直地飘落在二人面前,一手怒指着来客的鼻子,顿时,一声凄厉的、极其惊人的、超出它发音器官数倍的、具有高分贝效能的尖叫,由它大张着的没有牙齿的口腔中发出,令人毛骨悚然。

一位老太太应声而出。

猴子一见主人,立刻毕恭毕敬地缩起脖子,尾巴抵地呈三足鼎立状,双手则合什于胸前,满脸的愤怒化为乌有,换上的是一种幸福欢乐的表情。

老太太说:"呀!"

尕金抢前问了声好,她问尊敬的阿卡奂在不在家。

阿卡奂的妻子说:

"不在呀,他一早念了经就出去了。"

桑丹卓玛恭敬地问:"念经吗?"

"说起来真是倒霉。"

老太太愁苦地说:

"我的小儿子前几天从外面玩回家后,就开始掉头发,头发都掉光了,也不知碰了什么脏东西,阿卡奂为这才念的经。"

尕金问:"阿卡奂去了哪里?"

"他去了亚塞仓嘛呢堂。"

桑丹卓到桑丹卓玛忧心忡忡,她小心翼翼地问:

"阿妮啦(阿姨意),您的儿子病好了么?"

阿卡奂的妻子愁云密布：

"不见好。"

桑丹卓玛怅然若失，她稀里糊涂地被尕金拉出来，离开阿卡奂的家，往亚塞仓嘛呢堂走。

尕金说：

"看她多可怜呵，大儿子瞒着父亲一天到晚在外面赌钱，小儿子又得了这种脏病，真是祸不单行呢，一切都是命中注定！"

桑丹卓玛说："我倒没听说。"

"听丹增才巴百户说，阿卡奂的大儿子经常去玩骰子，输了不少钱，那当然嘛，丹增才巴老爷总是赢家。"

尕金冒冒失失地说：

"他，哦，我是听阿姐华热德吉说的。"

华热德吉是百户夫人，尕金拜的干姐姐。

桑丹卓玛听到此，第一次冲着尕金笑了笑，尕金有些气急败坏，她说：

"对了，我们既然成了好朋友，那么把你的香萨给我的夏仲益西怎么样？"

桑丹卓玛说："她才四岁，太小了。"

"给我们家做媳妇你怕会饿着她吗？"

尕金自恃有钱，故意讥道。

桑丹卓玛说：

"这怎么说呢，耶喜夫人也想要我的女儿给她的阿莽做媳妇呢！"

"她已经提过亲了？"

尕金又恼怒又惊讶，想不到千户夫人会认桑丹卓玛为亲家。她转而笑道：

"真想不到，可怜的夫人，原来她想亲上加亲呢！"

桑丹卓玛怒从心起，她站在路中间，想发一通火，但尕金笑嘻嘻的，她认为自己击中了对方的要害，她得意非凡，认定这女人翻不了身，便满不在乎地大咧咧笑着。

就在这时，她们忽然看见了索白千户正在朝这里走来，两个女人急忙屈膝道了吉祥，尕金抬脸偷觑一眼索白，再偷觑一眼桑丹卓玛，当她看到两人的关系不像村人风传的那么亲密时，不免有些失望。

索白问："你们这是上哪儿去？"

"去亚塞仓您的嘛呢堂呵。"

妩媚地笑着的尕金立刻回答道：

"去找阿卡奂。"

"阿卡奂？"索白说：

"他刚走，你们没碰到？"

尕金说没有，桑丹卓玛一直低着头不吱声，索白朝她瞥了一眼，说：

"你们有要紧事吗？"

索白朝桑丹卓玛投去的一瞥最终没有躲过尕金的眼睛，她心想，呵，这就对了，无风不起浪嘛，看她那故作冷漠的样子，天生就要撑了丈夫，去勾别的男人的魂儿哩，他肯定早已上过她的热炕头啦,那双眼睛里的劲儿可足得很呢,男人嘛,就是喜欢老婆以外的女人,要不然他怎么会天天晚上都往她那里跑?真是要命哩!"

尕金切齿地笑着,她听到索白问话,立刻就抢先把来意描绘了一番,末了她说:

"香萨真是可怜,女孩子家,嘴歪了怎么办?何况她那么漂亮,长得满脸福相,就像她阿妈一样……"

索白莫名其妙地看着她。

桑丹卓玛终于叹道:

"今天真是倒霉!"

四、第三个夜

索白告别桑丹卓玛和尕金,便调转头,回到自己的庄园。

他不知自己怎么一下子就改变了主意,他本来是去追刚刚离去的阿卡奂的,可是他无意间碰到了桑丹卓玛。桑丹卓玛清纯高洁地站在他面前,使他暗自汗颜不已,他觉得如果桑丹卓玛一旦得知他同阿卡奂商量的事情后,她就永远也不会理会自己了,她会看不起他,她会认为他运用的不是一个男子应该运用的手段,那么他努力的结果是为了什么呢?

索白心灰意冷地回到庄园。前院大经堂里那个昏暗的角落是属于他的,他坐在角落里,从怀中摸出鼻烟壶,指甲盖上倒一点淡灰色的烟粉,吸进鼻孔里去,他要面对自己的时候,首先要吸进一鼻子烟粉。

鼻烟壶是玛瑙玉质的,半透明,有几条不清晰的黑色花纹,上面雕着四瑞和睦图:一头大象的背上是一只猴子,猴子的背上是一只兔子,兔子的背上是一只松鸡。据说,在这个世界的某个角落,这四种动物生活在同一个地方,它们相亲相爱,从不互相攻击,这就是藏族人对和平的理解,对和平与平等生活的向往与描摹。

和平,这本是人类生存的最基本的环境之一,但是,对人类如此金贵的东西,就这样被人本身简单地破坏了。沃赛,这个老东西,他偷了你的牛羊,捣毁了你的水磨,好,这些都不要紧,要紧的是他杀了你的人,抢了你的土地,他虚张声势,欺负邻里,让你不得安宁。显然,再忍下去是不可能的,唯一的出路,就是反抗,就是斗争。

但是斗争是可以用某些策略来避免的,首先应该避免的,就是流血。

索白想到这一点,就有些激动,他朝屋外喊道:

"完德扎西,完德扎西。"

完德扎西老半天也没有出来,索白只好走出大经堂,朝后院走。他又喊了两声,只见完德扎西慌慌张张地从后院内往这边跑。

索白狐疑地问:"你怎么耽搁这么久?"

完德扎西说:

"刚才阿莽少爷哭个没完,耶喜夫人说她一点办法都没有,让我抱着转了一会儿。"

"保姆呢?"

"保姆今天回她自己的家了,好像她的母亲生病了,当下回不来。"

"唔。"索白说:"唔,你抱抱也好,让夫人歇歇,好歹她是你的主子。"

"是的老爷。"完德扎西低着眉毛说。

索白看着他:

"阿莽少爷这么哭闹,是不是生什么病了?"

"不大看得出来。"

完德扎西含混地说。

"我老是觉着这个孩子身体不太好,等他大一点,就送他到寺院里去,当个小沙弥,让他献身佛祖,那样的话他的寿命或许会长一些。"

"是的,老爷!"完德扎西呆呆地说。

索白又道:"我要见阿卡奂,你现在去请他来,最好不要让别人看见。"

完德扎西鞠过躬,说声"是"就出去了。

索白看着他的背影,又看看后院的大门,便调头回到前院经堂里。

黄昏又至,索白坐在暗暗的经堂里等待阿卡奂。他一想到即将发生的事,就立刻不寒而栗,他念起六字真言,像是在祈求佛祖的饶恕。

释迦佛双目微睁,静静地坐于莲花座上。

索白的眼睛盯着佛像垂在膝上的手掌,忽然想知道那上面的掌纹。他不知这尊镀金铜像到底会具有什么样的掌纹,但这只手的手背朝外,他看不到它的掌面,这只手掌朝向内侧,轻轻地放在膝上,仿佛没有任何分量,可又具有某种足以克刚的内力。它转向内侧,使你无法真切地感知他的内心,但他的手却那么简单又那么神秘地放在膝上,仿佛在说,来吧,来吧,我会让你得到解脱,我会让你得到安宁。

索白惊恐起来,他立刻走出经堂,走进会客厅去,他觉得在神圣的经堂里与阿卡矣密谋,简单就是犯罪。

阿卡矣进门时没有发出一点声响,把索白吓了一跳。索白对完德扎西挥挥手,完德扎西就低着头出去了。索白把帘子放下来,把门关好,这才请阿卡矣坐下。

阿卡矣一脸白须,头上结着辫子,辫子用一只象牙箍子盘在头顶上,然后再层层叠叠地缠上紫色绸布,把整个头部都包了起来,耳朵的上半部包在紫绸头帕里,下半部露出来,戴着两只又大又圆的银耳环,垂在双肩上。

他一身紫红长衫,胸前挂着一串白色嘛呢珠,手上没有饰物,足蹬一双氆氇镶边的黑色毡靴。阿卡矣坐在一块卡垫上,双目炯炯地望着索白。

索白亲自端过来一碗酥油茶,说:

"尊敬的阿卡矣,请您先用茶。"

阿卡央双手接过，却不急着饮用，他说："千户大人，您让我来，是想请我品尝您今年的新茶吗？"

索白看着阿卡央的白眉毛，故作轻松道：

"难道不是吗？"

阿卡央立刻严肃地说：

"千户大人，依我看，您这是在回避现实，您可千万不要动摇信心，信心一旦动摇，那么您的江山也就完了，这只不过是迟早的事。"

索白呵呵地笑着，他看见桑丹卓玛的眼睛正在朝着自己的身上打量，那眼神里甚至含有自己的成分，他正在通过她的眼睛观照着自己的内心。

阿卡央成竹在胸。一眼看清别人的心思，是阿卡央的专长。

索白说："阿卡央说的有道理，我们不能再回避了。我们代扎部落，现在正是要渡过难关的时候。沃赛想占据我们的草场，杀了我们的人，这还只是个开始，他实际上要我们整个部落哩！我作为千户，要首先考虑部落的安危。我们已经吃过一次亏了，松仁仓的那些女人们失去了丈夫和儿子，孩子们失去了父亲，我不能让他们的鲜血白白流掉。所以我想请阿卡央为代扎部落的百姓们祈请保护神的保护，还要祈请战神保佑我们的战士能顺利地赶到沃赛部落，把沃赛头人的庄园夷为平地！"

阿卡央庄严地说："请保护神保护部落，请战神保佑胜利，是我义不容辞的责任！"

索白接着说："这是一场正义的战争，我们部落的敌人，就是沃赛！"

于是，两人翻出一本历书，挑中了一个日子。

这一天，索白的家丁们在一个山凹间修建了一所石堡，石堡呈三角状，完全由石块砌成，一侧石墙开了一个小小的洞口，供人出入，另一侧留有一个拳头大小的空隙。这个空隙，掩藏在苍松翠柏之间，直直地对准了山下的沃赛部落。

三角石堡被涂上了沉沉的黑色，平顶房檐则以白色勾勒而出，在山坡上，这所石堡呈现出无与伦比的神秘气氛。

阿卡夬在索白千户的陪同下来到山上。这之前，他已斋戒三日，并在敬过神佛的净水中沐浴过了。他容光焕发，气势昂扬，紫色的头帕，紫红色的长衫，黑色的毡靴，还有脸上的白须、颈上的白色念珠，使他具有了一种超凡脱俗的气质。

与阿卡夬相比，索白则显得精神恍惚，目光疲惫。他站在阿卡夬的身边，被对方的光芒淹没掉了。他在这种光芒映照下，忧心忡忡地仰视着阿卡夬，他似乎已经没有力量对此进行辩驳了。

索白看见了那所石堡，石堡在山坡上以三角形的方式存在着，索白一向对三角形不以为然，他认为三角形是一种不稳定的、难以维持的形式，但这正是阿卡夬所需要的最简捷、最直接、最有效的形式。

索白说："尊敬的阿卡夬，三角石堡看上去修得好极了，是不是？"

阿卡夬对索白似是而非的问题非常恼火，他纠正道：

"这是最有效的。"

"这将是最有效的。"

索白立刻说道。

阿卡凫手里握着一只檀香木碗，碗里盛着净水，净水在强烈的日照下正散发着袅袅的轻烟。

他不满地问道：

"我的千户老爷，您刚才都说了些什么呀？"

索白恍恍惚惚地说："我们将不用武器，我们将看不到血，这真是一件好事。"

阿卡凫说：

"您这么犹犹豫豫，会误大事的，这可不能简简单单地打发掉就算完事。我看，您今天说出这种话来乃是天意，上天是不许我们随便进行神圣的仪式的，这是天意！"

阿卡凫无可奈何地将净水泼到脚下，然后低下腰，拣起一根枯草。

索白仿佛解脱了一般，立刻轻松起来，他觉得那所丑陋的三角形的石堡立在山坡上与自己毫不相干。

阿卡凫说：

"武器到了懦夫的手里就会变成摆设，但在勇士手里，就是枯草也会变成武器。"

那根枯草在阿卡凫的手里慢慢变直，然后挺挺地指向那所石堡，阿卡凫一声断喝，枯草就像是一支飞出去的箭，以迅疾的速度飞向黑色石堡……

顿时，石堡嘭的一声，瞬息之间着起了熊熊大火。不一会儿，石堡就像是一间草屋一样轰然而塌。

索白目瞪口呆地看着那所黑色三角石堡化为乌有，再目瞪口呆地看着阿卡奂。

"明日再修！"

阿卡奂丢下这句话，然后便飘然而去。

第二日，在索白的亲自督促下，家丁们重新挥汗如雨，在那片废墟上，慢慢地立起一座与昨天一模一样的黑色三角形石堡，这时，柏香飘散，附近的杨树上缭绕着袅袅的暖意，家丁们躬身退下山去。

着一身紫红长衫的阿卡奂来了。

阿卡奂一手捧着盛净水的檀香木碗，一手捧着一抟糌粑，当他看见石堡后，忽然就啼泣起来。

他一边啼泣，一边就跪在了哔叭作响的柏香火堆旁。

燃着的柏枝飘起浓香。

他的啼泣幽怨伤感而意味深长，仿佛在向最敬爱的人倾诉着委屈，他倾诉无奈与力不从心，然后就伸出求助的手，伸向火焰的高处，伸向万里晴空。

索白独自立于一旁，手足无措。

阿卡奂的手里捧着一块糌粑，糌粑呈人形，他把这块呈人形的糌粑抛向火焰的青色光芒中，他啼泣道：

"我敦请的，我的最高的神呵，您护佑我的双眼，使我不受他的蒙蔽。"

他幽怨的啼泣声中渐渐充满了神奇的力量,他愤怒的双手忽然指向火中的糌粑:

"您护佑我的身体,使我不受他的侵犯,我敦请的神呵,我敦请您的力量,授给我们火,授给我们以足够的火,让他在火中灭亡,让他的灵魂在火中灭亡!"

火中的糌粑渐渐缩小,阿卡奂的眼睛直视着火焰的高处,他向那虚空倾诉道:

"我的神,我将告诉您,那人的名字,叫作沃赛!"

火焰小了下来,阿卡奂缓缓站起,他走向黑色的石堡,在石堡的门前停下,然后开始缓缓地宽衣解带,他先解下头上的紫色绸布头帕,再褪去衣服,褪下靴子,最后身上只剩下一件白绸长褂,没有腰带,光着脚,走进了那座狭小的石堡。

索白立刻上前,遵照阿卡奂事先的安排,用石块堵住了洞口。

他的一举一动,都是严格地按照阿卡奂的吩咐去做的,但他的内心里充满了恐惧,他忽然无法理解自己为何选择了这种方式,内心的恐惧与空虚使他不停地颤抖起来。

索白下山时,发现自己双腿踉跄,身不由己。

完德扎西早已按照索白的吩咐,派了一支精明强干的枪队去袭击沃赛头人的庄园。枪手们在接受过阿卡奂的祝福后,个个精神抖擞,激情昂扬,他们深信胜利将属于代扎。

索白在自己的小佛堂内度过了漫长的三天三夜。

三天三夜的每个时刻，他都在想象阿卡夐在石堡里的情景。那所石堡狭窄得只能容下一个人，无法蹲下来，更无法躺下，索白简直难以想象得出阿卡夐会有什么样的举动。

他是如何敦请神灵的呢？他是如何动用咒语的呢？他是如何将那神授的火力，通过意念的力量，射向那个遥远的仇人的呢？

索白在恐惧与侥幸得逞的双重意味之间等待着，等待着第三个夜的到来。

夜终于来了，索白带着两个家丁，举着火把，来到山上，从山上望去，沃赛部落寂然无声，索白即刻感到有些蹊跷，他在洞口外悄声呼唤着阿卡夐。

里面没有任何声响，更听不到阿卡夐的回答。索白连忙吩咐家丁们扒开封在石堡洞口的石块。

索白高举着火把，朝石堡里望去。

只见阿卡夐直直地靠在石墙上，双目紧闭，鼻息微微……

此时此刻，枪手们已经从沃赛部落的地界上撤回。这些人曾带着充分的信心和满腔的子弹离开代扎，归来时却两手空空，所有的子弹都射了出去，却未能带来胜利的消息。他们叹息着说：沃赛的防守太严密了……

不期而遇的陨星带来天意

第五章

一、亚塞仓嘛呢堂

直到来年的春天,索白千户都在为建立学校的事情而寻求有关方面的支援。代扎各庄的头面人物曾多次被请进千户庄园,松仁仓的丹增才巴百长、亚浪仓的才让太百长、恰姜仓的仁青加族长、衮巴寺的丹麻喇嘛,以及索白的政务总管珠康多巴、秘书衮藏却加等,一一列坐于索白的大厅内。

索白独坐首位,庄严如身后那一尊镀金佛像。他开宗明义,说明了要办小学校的重要性,然后说:

"请诸位来,就是想听听你们的意见,出出点子。"

大家听了索白的建议都不吭气,只是嘘嘘地喝茶,而目光全投向丹麻喇嘛。

丹麻戴一副水晶石眼镜，暗红的袈裟裹在肩上，瘦削的双臂露在寒冷的空气里，泛着青灰色的光芒。

他常常一个人闭关坐经，到了乐此不疲的地步。所谓闭关，就是身在斗室，每日一食，坐以待旦，这期间不思俗务，不思饮食，完全从日常起居中解脱，放弃正常阳光物质性光芒的照射，而遨游于经卷佛文之中，以静关照心，以无关照有，从而达到一般常人所无法达到的最高境界。

这种境界，何须阳光，真正的温暖来自内心的觉悟，犹如春风拂面，徐徐而来，款款心怀，由此永远。

丹麻喇嘛由于长期闭关，视力已不能接受白昼的刺眼的阳光照射，因此便戴起了这副在他看来非常奢侈的水晶石眼镜，显得有些书卷气。他看着索白，那眼神给人的感觉不是在看着亲生哥哥，而只是在看着一位千户而已。

丹麻终于开口说：

"说了半天，我还不知道小学校需要开设什么课程，你们知道吗？"

大家支支吾吾地说不知道。

索白便说：

"开设的课程有藏文、汉文、数学、历史，还有自然。"

丹麻说：

"为什么要学一些乱七八糟的？"

丹增才巴立刻接口道：

"是啊，丹麻喇嘛说的有理，学好藏文就行了。"

气氛立刻活跃起来，大家七嘴八舌地反对着同一项建议，但索白只是静静地等待着，他知道面前这些人骨子里的想法，他需要他们把反对的意见都陈述出来，他在等待着一个恰当的时机，以便据理力争。

才让太清了半天的嗓子，他露出两颗包金的长门牙，仿佛一只胖老鼠，他说：

"啧，孩子们学了这些，就会像那些严家庄的小孩一样！"

仁青加说：

"村里老人要骂死我们的……"

众人肃然。

珠康多巴与衮藏却加一直不言语，他俩知道这事主人修拿定了主意，自己不便当面反对，但两人心里一千个不愿意，只好向在座的其他人使劲使眼色，鼓动他们提出各式各样的反对意见。

才让太又说：

"老爷办学校其实是一件好事嘛，以后代扎草原人畜兴旺，全托老爷您的宏福呀，您会有好报的呀！至于其他的课么，能免的就免了吧。"

"对对对。"

丹增才巴接着说：

"其实咱们藏文里什么没有啊，声明、医方明、工巧明、因明、内明，应有尽有，为什么要学汉人的数学地理呢？"

他说的声明是指语言学、文学、音韵学等；医方明是指医疗学和药物学；工巧明是指各种工艺学，如绘画、雕塑、建筑、天文、历法等；因明是指逻辑学；内明是指佛学。

才让太细声细语道：

"办学校，可不是一天两天的事，没房子当教室，没教师，没经费，如果办两天办不下去了，那大麻烦就来了。"

索白这时开口了，他说：

"房子暂时没有，可以先在亚塞仓嘛呢堂上课，以后再想办法，经费可以向省府要一点，不够的话，可以到各个寺院募化一些，大家每户均摊一些，作为学校的基金，以后的发展就比较稳定，教师的问题也可以马上解决，亚浪仓的赤钦南卡年纪比较大，脾气也好，让他教藏文，其他教师得从外面请。"

索白话未说完，丹麻已是一跃而起，他忿然道：

"索白，你不能把嘛呢堂当作孩子游戏的场所，玷污圣洁，罪不可赦。何况，赤钦南卡，他懂什么叫藏文！"

他说完，大步朝外走，索白追到院门口，低声说：

"丹麻，我看你气色不好，闭关习经也要多注意自己的身体么……"

丹麻冷冰冰地说：

"我的身体已奉献了佛祖，学习佛的教诲，正是我毕生最大的乐事。你不关心佛教，尽搞些没名堂的事，我回去后马上要再次闭关，为你的不悟而赎罪！"

索白看着兄弟的离去，非常伤感，他本来已预知丹麻会反对他的建议，可是没有想到会搞到如此地步，他慢慢回到自己的位子上，说：

"你们还有什么意见?"

仁青加刚要说什么,索白立即坚决地制止了他。他对这种耗费口舌已经厌倦了,或许是因为丹麻的离去,或许是因为自己已下了决心,他说:

"好了,不必再费口舌了,有这些争辩的精力,还不如抓紧时间去各个庄子里募些钱,登记你们各个庄子里所有八岁以上孩子的名单,送来!"

丹增才巴委屈地说:

"既然老爷定了,那么我们只好照办了。"

索白勉强笑道:

"算你聪明!"

索白将情况报告给省府的索旺多杰,这时的索旺多杰已调任为省府蒙藏文化教育促进会的督教,正好是管教育的,他知道此事后非常高兴,因为这将是青海牧区第一所自办学校,孩子们以受教育的方式启蒙,未来才能充满希望。于是他便积极地帮助索白向省府主管部门申请教师、经费等。索白则一身风尘,向附近的各大寺院募化木材。

曾任东科镇警署署长的朵义才,现任省府主席在香房街的公馆的警备大队长,正是春风得意之时。索白及时献上很多财物,使朵义才的记忆里凸现出当年在东科镇那位县长让自己下不了台的情景。为了表示未忘旧情,朵义才特意向他源源不断的财源推荐了一名汉文教师,姓章,名子文,字清斋,乐都人氏,父亲还是前清的秀才。

　　章子文来到代扎的那天,亚塞仓正是热闹非凡的时刻。孩子们排成长队,激动不安,喧闹不已,等他们看清被完德扎西从省城里接来的汉族老师时,立刻羞涩起来。

　　索白一见清清秀秀又很年轻的章子文,立刻就有些喜欢他。他捉住年轻人的手,大声地宣布:"孩子们,欢迎你们的校长!"

　　孩子们便好奇地大呼小叫一番,他们一同走出阳光,走进了临时教室嘛呢堂。

　　亚塞仓嘛呢堂是索白千户的家庙,矗在一块突出的山坡上,琉璃斗顶,朱砂壁墙,悬垂着蓝色镶边的白色经幢。七级台阶,四根门柱,威严气派,双开门上护佑着四大天王。进了门后,红木地板,彩绘斗拱,四壁是精绣的绸缎唐卡,正中是左手持如意金刚杵、右手执头盖骨碗、怀抱胜利幢的莲花生大师。大师两侧的佛像大小不一,难以计数。

　　这些五光十色的画像与雕塑足以令一位外乡人瞠目结舌。索白捉着这位外乡人的手,得意扬扬地介绍着他的家庙里主供的佛像:"这位莲花生大师是藏传佛教宁玛派的始祖,他出生在邬仗那,后来到西藏传教,协助赤松德赞法王建立了第一座寺院——桑耶寺。"

　　章子文呆呆地看着佛像,他惊奇地发现莲花生的小胡子有着别样的风采。这位先生双手抱在胸前,十分地恭敬,却不贸然说话。

　　孩子们坐在地板上,前面放着矮脚桌子,第一课是索白把每个学生介绍给章子文。学生的家长们则站在院子里叽叽喳喳。这天就像是节日，人们像是在赶集会一样聚在这里，久久不肯走开，这是代扎的一种新开始。但是站在院中的很多人面孔哀哀，甚至有些痛心疾首，仿佛眼睁睁地看着自己的孩子走失了。

其实孩子们对这一切都抱着强烈的好奇心，他们每人都捧着一块抹着一层酥油的木板，这块木板是用来做练习的，他们瞪大眼睛，看着前方。

前方是章子文、索白和其他教师。

过了不久，索白就听说朵义才有功，省府主席赏给他二十多亩荒地，这块荒地恰巧就在代扎附近的山上，他便急忙找到朵义才。朵义才眨着小眼睛说：

"我早就知道你会来，反正那块荒地我留着也没用，给你算了，图个交情嘛。"

于是那块荒地成了学校的公有财产，索白把它租出去，每年收取一些租息，作为学校的基金。这样，学生的课本，笔墨纸张和其他的学习用品就不用发愁了。他还将一部分钱给教师作生活补贴，很得教师们的信赖。

只要一高兴，索白就要请章子文吃饭。章子文坐在索白的屋子里，开始很别扭，后来就惯了，他的衣着由原来的棉长衫加上现在的羊皮短袄，不伦不类的，看上去倒也十分地别致，他正在努力学习藏语。

索白要夫人下楼来敬酒，耶喜破例下了一次楼。她豢养的一只纯白小猫喵地一声窜到她前面，来到章子文的面前。

章子文一抬头，恰好与耶喜打了个照面，他心头一颤：好个精致的人儿！尤其是那一对含愁带怨的眼睛，似一泓幽深的静潭，任你千叩万扰，也不会使它皱起一圈涟漪——

那真是一潭静水吗？真的不会有微澜吗？

他胡思乱想，却找不出一句适当的话来问候一声，这时，那只小白猫恶狠狠地在他的腿上咬了一口，他立刻来了灵感，用刚刚学来的半通不通的藏语说："夫人，您的猫在我的腿上吃饭了！"

耶喜亦是呆呆地望着眼前这位从天而降的文绉绉的陌生人，当她弄懂他的意思是猫咬了他的腿后，便满怀怜惜地笑了起来。

索白本来极为担心耶喜会让他的客人下不了台，当他发现耶喜的笑容之后，便顿生恻隐之心，这个女人，很久没有这样笑过了，于是他也跟着哈哈地笑，他开心的是耶喜给了他一点面子，而并非章子文的语言错误，他认为学习语言如果不出错，那实在也太没意思了。

章子文也笑起来，他想一定是自己说错了，不过他还没弄懂错在哪里，他只是觉得千户夫人的笑容非常动人，他为这笑有些失魂落魄。

"章先生，"索白笑着介绍道，"这是章子文先生。"

耶喜举起酒碗，喃喃地说："可怜见的！"

章子文听成"心痛的"，他不解其意地望着她。

他以为这是一种称呼，不过这种称呼似乎很少听见，但眼前这个女人轻轻地道出这句话，从语音的节奏和音调上来看，是非常好听的。

索白则吃惊地看着自己的妻子。

这时，索白的公子阿莽出现在众人面前，随着他一同进屋的是一声惊雷般的巨响。这个四岁男孩，给大家带来了这一年的第一场春雨。

阿莽穿一身织锦夹袄，头上梳着一支黄茑茑的小辫子，辫头裹在一只象牙箍子中，脚上是一双翻毛的褐色藏式靴子，这身打扮使他颇具康巴小子之姿。

这是他母亲的精心之作，这位怀旧的母亲，企图以康巴人的打扮来证明儿子的血统。她要让自己对故乡康区的刻骨怀念，深深地置于儿子的心灵之中，她想重新唤起那来自遥远年代的少女的记忆，她想再次点燃那片朦胧的光点。

阿莽叫了一声母亲，又叫了一声父亲，然后就对着屋檐沉思起来。那里正有大滴的雨珠沿着雕花圆木的尽头，舒展而有序地滴落下来。

耶喜走过去，扶住儿子的肩膀，同他一道站在屋檐下观雨。

章子文半侧着身对索白说：

"公子想必是位好学之士，小小年纪，就懂得隔窗聆教，将来的前途一定不可估量。"

索白不明白章子文想说什么，问道："先生说的隔窗聆教是什么意思？"

章子文说：

"我每天在嘛呢堂上课，您的公子就站在门外听，等我课讲完的时候，我想和他说说话，他却早已跑得没有踪影了。"

章子文顿一顿，又说：

"千户大人，我看公子虽然年幼，但却早慧，不妨同那些大孩子一起去上上课，一来可解小儿的寂寞，二来也可学到一点知识，将来您的事业不愁没人助您一臂之力了。"

索白听了长叹一声，说："我也是对这孩子寄了很大的希望的，可是阿莽身体一直不大好，和别的孩子比，他特别虚弱，连头发都长不黑。"

两人说着，一同朝门外看，只见阿莽在母亲的帮助下，已经脱去了全部衣服，他光溜溜地站到屋檐底下去，刚好淋着雨，湿湿的雨水一下子就把瘦骨嶙峋的阿莽浇了个透心凉，他大张着嘴巴，无声地朝母亲笑。

耶喜替儿子把那根被雨水黏在肩上的黄莺莺的小辫子摆放到背后去。

章子文大叫道："小心，那么弱的身体，要着凉的！"

索白慢悠悠地说："没关系，别扫了他的兴。刚才说到哪儿了？对了，阿莽可以到嘛呢堂去上课，不过，从他的身体着想，等他大一点，我想送他到衮巴寺院去，为佛祖献身，或许他的寿命会长一点。"

章子文又不懂了，他惊讶地看着这位父亲。

这时，完德扎西躬身进入客厅，他向索白行个礼，再向夫人行个礼，然后说："老爷，外院里来客人了，要见您。"

"什么人？"索白有些扫兴，他看也不看完德扎西，拉得长长的语音里充满了厌倦。

完德扎西一下子就明白了主人的心思，他小心翼翼地说："县府派来两位官爷。"

章子文顿时紧张起来，耶喜则看着丈夫的脸色，索白的脸色真是难看极了，他举着这样一张难看的脸色说道："嗨！我就知道没好事。"

耶喜说："别嗨了，嗨嗨有什么用？完德，你说说看，他们到底会有什么事？"

千户夫人朝向完德扎西，像一株走动着的雍容华贵、光彩照人的水晶树。

完德扎西不动声色，他只是把头更低下去，他低着头禀道："依小人看，他们是想在严家庄和县城之间修一条公路，我听说，他们只派一排兵士担任必要的技术工作，所有主要的修路人员都从代扎的各村里挑选。"

索白一听，立刻怒发冲冠："嗨嗨！我就知道！"

耶喜看一眼索白，再看一眼完德扎西，她说：

"这下又要耽误老爷的春耕了，怎么办才好？章先生，您有好主意吗？"

章子文没料到耶喜夫人会突然向他发问，他结结巴巴地说："春耕当然不能耽误，公路什么时候修都是可以的，干吗非要在春天修？"

耶喜莞尔一笑："我也不懂。"

完德扎西迅速抬起头来，迅速地瞥了一眼章子文先生。章子文正将一双白净纤细的手伸向火炭盆，那双手在淡蓝色的火苗上翻烤着。

当耶喜的笑脸转向完德扎西时，完德扎西又立刻低下头去，他觉得自己有义务解释这一点："他们说一到春天土地就会开冻，刚好是修公路的时候。"

索白咬着牙，但看得出，他已不得不接受这一事实。他忽而像是明白过来，急忙说："对了，如果全是我的人在那里为他们修公路，总不能一点报酬都没有吧，如果有报酬，我也好对村民们有个交代，那也就罢了。"

"这点不太清楚。"完德扎西说。

索白怪道："不太清楚？这是什么意思？"

"我是说，"完德扎西吐字非常艰难，"他们没提报酬的事。不过，他们另外还有一件事要通报您知道。"

索白不耐烦地说："快说！"

"他们说那一排兵士的吃住是个问题，如果能安排在千户庄园里，那么县长老爷就放心了。他们说县长带话给您，在修路期间请老爷您多多关照。"

耶喜不紧不慢地说："原来好事还在后头呢！"

索白恼怒地难发一语，末了，他一蹦子跳起来，声称要去问问清楚，便去见那两位县里来的官爷了。

二、丝　线

桑丹卓玛牵着香萨走到千户庄园的门前时，碰到保姆抱着四岁的阿莽往回走。阿莽圆圆的眼睛，直盯着香萨手中的一只叮当作响的铜风铃。保姆蹲下来，示意香萨把风铃送给阿莽少爷。

香萨不肯。桑丹卓玛只好强拿过去塞到阿莽的怀里。阿莽高兴地吱吱吱地叫起来。桑丹卓玛说："这个送给他，阿妈再给你找一个。"

香萨听也不听，她冲过去，朝着吱吱叫的那张笑脸就是一记清亮的巴掌。

香萨还要打，阿莽连忙懂事地将风铃扔到地上。

保姆吓得要死，她痴痴地说："打坏了没有？打坏了没有？"她去摸那张小小的滚烫的脸，阿莽不再吱吱叫了，他羞愧地看着香萨。

香萨握着风铃，满面傲气，她母亲不得不象征性地拍拍她的背，以示警告。

这时，索白千户静悄悄地站在门口，他朗声笑道："哈，我的小伙子被一个小姑娘欺负了，真没出息呵！"

保姆连忙鞠躬，抱着阿莽就进了门。香萨便如凯旋一般朝前走去。桑丹卓玛低着头，不知是走还是留。

索白走到她面前，好半天才说："今晚给我开门，好不好？快点点头。"

桑丹卓玛低声说道："老爷，您不必再送东西来的，我和香萨吃得饱穿得暖就行了,不能白白让您破费。您再这样送东西给我,我是不会再收的。"

索白说:"我不是讲这个,东西拿去送给你只是我的一点心意罢了,收不收是你的事,我不在乎这个,我只是想知道,你真的不愿意给我开门吗?"

桑丹卓玛说:"我不能。"

"那我就等,我等了这么久,不在乎再等一个晚上。"

"别再来了,就算我求您,您天天晚上在我的门口转,村里人的唾沫要把我淹死了。"

"原来你也知道我在等你。"索白稳稳地笑道:"你开了门,别人就没什么好说的了。"

"哪有那么简单?"桑丹卓玛烦恼地说。

"简单得很,只要你假装忘了挂大门上的铁链子,我会让你懂的!"索白声调轻柔温软,"就是你真的不喜欢我,我也会让你喜欢上我的。"

桑丹卓玛低着头,无以对答。

索白接着说:"我知道你有一点点喜欢我,当然只是一点点,不过这一点点对我来说已经足够了,你还年轻,我有办法让你一点点喜欢上我!"

"我都老了!"桑丹卓玛忽地颓然到了极致。

她一点也不了解索白,她甚至有点怕他,但他的出现无疑已经让她心烦意乱,她蓦地想到,自己爱洛桑达吉,尽管精疲力尽也不能停止这种情感,但她却无法爱上索白,因为她明白洛桑达吉一无所有，自己才是他的一切，而索白的世界应有尽有，自己不过是他的一部分而已，他不能如她想象中那样爱惜自己。或许她不能爱他的唯一理由，就是因为他拥有一切。

索白说：

"我不在乎，你一天不开门，我就一天等在你门口，我等你一辈子，一点也不在乎，我认定了……"

他伸出手，那只戴着太阳石宝石戒指的手，像是要去抚摸她的脸，可是他的手停在半空中，他听见她说："我有丈夫，您也有妻子……"

这句话在他听来是那么虚弱，显得毫无意义。

他烦躁地把手缩回来。

他说："我知道，但这根本就不是问题的关键，你我是亲戚，理应常来常往，但是你总避着我，一点机会都不肯给我，其实，这是不给你自己机会罢了。我还是我，我现在怎么待你，以后依然不会改变，只是希望你也不要亏待自己，你还这么年轻。"

桑丹卓玛不敢再听下去，她转身疾步走了。

索白在后面痴痴地望着，他望见她纤细的腰肢在风中摇摆不定，他一眼便看出那正是她的脆弱所在，他知道了她的脆弱，心里就更加痛惜她，男子的怜香惜玉的本质顿时占据了他所有的思想。你是从天上来的神仙，你这个小傻瓜。他就这样痛惜地看着她，直到她转下山弯，不见了，才回头进院门。

院门后站着万玛措——千户庄园的颇有几分姿色的厨娘。

她阴沉沉地说："我的千户老爷，你的话我都听见了。"

"是你！"索白非常意外，"我告诉过你了，我的事不用你瞎操心。"

万玛措突然哭声道："你不能这样对我！"

索白镇静下来，他说："你知道最好，如果你不愿意承认这一点，那你就不必再在庄园里待下去了。"

索白一脸怒相，但又毫无办法地站在那里，这时的索白——刚刚发现那个远去女人的脆弱，他正在为那个脆弱的背影而叹息，可与此同时，却在无意间把自己最脆弱的部分暴露给了他的厨娘，他甚至来不及掩饰，他为自己的暴露而异常恼怒。

万玛措说："好，你既然说得出口，我立刻就走，你不要后悔！"她一边说一边哭道："你要遭报应的……"

"不要乱赌咒。"

索白有些急，他朝欲走的万玛措前进了一步。

"我知道你会后悔。"

万玛措忿忿地说："但我不给你机会！"

"就像个孩子。"索白对着跑开的万玛措说。

扎西洛哲正是春风得意的时候，前段时间他刚刚被提升为索白千户的田官，真是占尽了风光。他常常站在田埂上，指挥人家何时翻地，何时灌溉，何时除草，一会儿手搭凉篷看看是什么天气，一会儿掰着手指掐算是什么日子，他喜欢一见到千户就摘下帽子，低声道谢索白的恩德，当看到索白扬扬手示意不必谢的时候，就立刻到了乐不可支的地步。

他到三十老几的时候,才娶上又年轻又漂亮的万玛措,他认为万玛措是他虔心敬佛换来的结果,这是活在人世上得到的最好的报答,他迷恋地整天缠在她的腰带上,万玛措把腰带放长,他就神情恍惚,她把腰带放短,他就快乐无加。

他们以最快的速度生了个女儿,如母亲一般美丽的,如父亲一般快乐的,三位一体的满足,都要把小院子涨破了。后来有一次千户大人宴请宾客,万玛措被唤去临时帮厨,千户一口吃准了她的茶饭,万玛措更是愿意留在那个锦绣窝里当厨娘,于是三百六十天,三天两头的,两口子就照不上面了。

没有万玛措的日子里,扎西洛哲很是慌乱,他走进走出,不知干什么好,等劳累的万玛措回家一看,院子里乱七八糟的,便有些手足无措,为此,她常常夜不思归。

扎西洛哲怀念着温柔的妻子,他常常借故跑到千户庄园的院墙外侧耳倾听,偶尔能听得到万玛措的一两声莫名其妙的笑声,他立刻高兴得不得了,那一天,他就会鞣熟很多张羊皮,借此发泄自己的快乐。

慢慢地,鞣熟羊皮不足以表达自己的快乐心情。于是,他开始做家务,在代扎,男人做家务是要遭人嘲笑的,但是,他似乎顾不了许多了,他把小姑娘打发出去放羊,自己则背水、打草、烧火做饭,里里外外,纤尘不染。他甚至去上乔玛供品,敬佛礼拜,点灯燃香,供净水,拭灯盏,认认真真地去做,任村里的男人们站在门外笑掉大牙。

他一点儿也不在乎,他只在乎万玛措回来的时候高高兴兴的。果然，她回来的时候惊讶，快乐，她的复杂表情让扎西洛哲满腹痛爱，他的那双与身体比例相较而言放大了许多倍的大手，便颤颤巍巍地摸出一串炕柜上的钥匙，羞答答地递给她，那柜里藏着她最爱吃的奶酪点心。

起初她会多吃一点，后来她就不吃了。她吩咐他把点心拿给小姑娘吃，又吩咐他炕柜不必再上锁了。于是他又暗自烦恼起来，自然嘛，千户家里岂不是有更好吃的东西吗？他又开始绞尽脑汁，想用另一种法子讨她的欢心。可是，他用不着想法子让万玛措高兴，她已经变得非常快乐了。

她会拿一些意想不到的东西回家，开始是一些玛瑙珠子、银镯子、象牙耳坠子一类的小玩意。

再后来，她牵回一头小驴子。

再后来，在他不安的漫长等待中，她竟然给他带回来一个了不得的官位。

这是一个极致。

万玛措再也没带回过什么。

但是扎西洛哲已经十二分的满足，一边是娇妻，一边是令村人立耳侧目的田官，他穿梭于其中，其乐无穷。

由于他男人心理得到了满足，他竟没有注意到妻子新的变化。她虽然安静地坐在家中，但却是一副失魂落魄的样子，等他趾高气扬地回来，她立刻会机械地端上来一碗茶水。扎西洛哲举碗大饮一口——噗——地一声，全喷到地上，他吃了一惊，结结巴巴地说："为什么？"

"什么？"妻子说。

"你想毒死我？"

万玛措才反应过来，急忙去尝那碗茶，原来，她把碱面当成盐重重地撒在了茶壶里，她不自然地站在那里，找不出一个正当的理由来搪塞。

扎西洛哲高高地站在炕上，俯视着渺小的妻子，他重复了刚才说过的话，他不肯放过他先知式的预言。

当过千户厨娘的万玛措，在小小的田官面前还是有一点优越感，因此她对丈夫的话颇不以为然："别胡说八道！"

丈夫仍然很固执："你肯定想毒死我！"

"我闲得没事可干了吗？毒死你，我会有什么好处？"

万玛措听到丈夫肯定的语气，十分地没好气，通常在她没好气的时候，丈夫总会想方设法给她通融的余地。

可这次不灵了，扎西洛哲似乎认定了这一点，他恍然大悟道："原来你想毒死我！"

"你是不是看田看得脖子都扭了？"

万玛措收拾起他从她手里一把打落到地上的碗碴，扔到灶膛里。"真是个翻脑！"

扎西洛哲根本听不到她说的话，他只是按照自己的思路走下去，越走越豁然开朗，于是他分开紧皱在一起的两道眉毛，满脸的顿悟，他大叫道："你这个坏女人，你想毒死我，然后去干你想干的事，你嫌我碍事是不是？"

万玛措早已不耐烦和他说话："我最后说一遍，我要干我自己的事，用不着害死你我就干了。"

他则认真地说："你如果不毒死我，那这份家财还能落到你的手里吗？"

他双手一摊，指着空空如也的屋子。

万玛措气得无法，最后笑了，她哈哈大笑着朝屋外走去。

扎西洛哲则冲着她扭动的腰肢大吼：

"滚！滚得远远的！休想毒死我！"

万玛措坐在院子的门槛上，轻轻地哭起来，万般的哀怨，埋藏在心灵的深处。远方的云，慢慢地、慢慢地朝天边走，没有华丽的衣饰，没有归宿，到了明天，它们仍是走，真的没有停歇的角落吗？哪怕是一段树枝也好……

在她泪眼蒙眬的时候，就听到一阵怪怪的笑声，原来是那个小贩赶着毛驴车来卖东西了。

只听见他装模作样地说："啊啧啧，阿姐万玛措哭起来就更漂亮啦！"

万玛措立刻擦去泪水，她站起来，轻盈地走到车前挑拣东西，她问丝线的价钱，小贩告诉她，然后又说："这么漂亮的丝线，放在你的手里最合适，这一股天蓝色的，送给你好了。"

"你真大方！"万玛措说："你到底有多少钱？"

小贩说："有多少钱说不准，不过养你这么漂亮的女人还是绰绰有余。"

"真的吗？"

"当然了，我说话算数。"

"那好，我跟你走。"她简单快捷地发现了自己的道路。

其貌不扬的小贩先是大吃一惊，脑瓜一转，继而眉开眼笑，他说：" 扎西洛哲知道了要敲断我的腿的。"

"你怕他就不必带我走了。"

"哪里，我们真的走吗？"

"走吧！"

万玛措拍拍袍子上的土，头也未回，便跟着这个陌生人离开了代扎。

三、凯沙尔镯子

桑丹卓玛总是身不由己地朝山后走，等她跨过那条叫作玛冬玛的河流时，心里才恍然大悟：洛桑达吉，这个俊美的男人，他离开自己已经有一年了。

他去了凯沙尔。

他离开她的那一年开春，正碰上省府的保安团来代扎挑选壮丁。代扎的男人们都被唤到一个碾场上排好队，保安团的连长开始了他的无休无止的挑挑拣拣。洛桑达吉站在队伍中间，他用他那双特有的大眼睛茫然地看着挑挑拣拣的保安连长。那位吃醉酒的连长立刻注意到他面前的这双与众不同的眼睛，他认为这眼神不对，大约这种大眼睛不符合连长的审美情趣，连长认为这种眼睛的注视，无疑是对他的藐视，对连长的藐视无疑就等于是对省府主席的藐视，这种人不上战场谁上战场？

保安连长大手一挥，脸上那个慢性酒精中毒的红鼻子得意地翘到了天上——

自然，洛桑达吉被选中了，他在醉眼朦胧的连长面前窘得一句话也说不出来。

幸亏这个世界上有个尕金，幸亏这位尕金是洛桑达吉的妻子。当时，尕金正在家中的案板上大显身手，一团自家地里出产的白色面粉在她灵巧的双手间飞速地抟转着，不多会儿，一个很大的饼子就出现在那方硕大的案板上，随后，她拍拍手，粘在手上的面粉顿时满天飞扬，她准备把她的作品放进暖暖的灶灰里去。这时，她的小儿子森巴仁庆没头没脑地跑起来，他是来向母亲报告村前的碾场上发生的事的。他已经这样跑回来三趟了，第一趟报告被挑丁挑中的是某某的儿子，第二趟报告挑中的是某某的父亲，第三趟报告挑中的是某某的丈夫，每回尕金都撇着嘴爱听不听的。当儿子这样跑回来第四趟时，却带回一个惊人的消息：这个家庭的男主人正在被掳去！

尕金一惊，那团硕大的饼噗的一声就掉进了大铁锅里，那口大铁锅里是正在冒热气的开水，她顾不了许多，但心里一下子就来了主意。

古话说得好，有钱能使鬼推磨，尕金有的是钱，但男人只有一个。于是，双手粘满面粉的尕金站在原地犹豫了几分钟，她权衡一番丈夫与金钱之间的利弊，然后就扑向衣橱，扑向炕柜，这两处是女主人用来藏首饰和贵重物品的地方。

这样，那位长着红鼻子的连长便得到了一笔意想不到的财富，一只鞍形金戒指，一个镂花银手镯，一只镶满各色珠宝的镀银护身佛龛，一条红玛瑙项链，一条绿松石项链，还有一双嵌着猫眼石的镀金耳坠子。

尕金立即明白了他的意思，她叹着气，从自己的手腕上抹下来一只精美的象牙镯子，加在那堆珠宝之上。

那只象牙镯子就是当年洛桑达吉从灶灰里拾起的那只，这些年来，每当洛桑达吉表现得不如人意，她就会扬起这只镯子以示警告。现在这只镯子连同它包含的涵义就要离她而去了。

于是，得到财富的连长心满意足地说："唉唉，我也是迫不得已。当然，你们的心情我理解，不过，你们千万不要对别人讲。但是，问题还是存在的，所以，你的丈夫最好到外面避避风头，否则，出了事我可不负责任。"

他说到最后，仿佛真的有什么责任需要他担待似的，赶快卷起珠宝开溜了。

连长一开溜，尕金就立刻带着惊呆了的洛桑达吉回家，她把早就准备好的包裹放进他的怀里，然后让他离开代扎，去遥远的凯沙尔镇避避风头，那里有她的一位远房亲戚在做一点小生意。

尕金要他离开她，还要他一年后准时回到她的身边。

洛桑达吉懵懵懂懂地按妻子的要求对天发誓，然后就离开了自家的庄廓。

那会儿是黄昏，他走在亚浪仓村外的小路上，忽然就清醒了,他明白这一去就是一年,他明白了这一年意味着什么。忽然明白了的洛桑达吉就不走了,他坐下来,坐在即将返青的枯草丛中,等待着黑夜的降临。

在他漫长的期待中,黑夜来临了,他在黑夜的遮掩下,来到松仁仓村。

他要同桑丹卓玛道别,他不能不道别就离开她,一年时光,对他们来说,无疑太漫长了,他不知道自己在此期间能做什么。

他很快就找到了桑丹卓玛的家门,他正要向前走去,却发现有个影子在前面移动,他急忙停下,想等那影子走过去后再叩门。他等了很久,才明白那人也在桑丹卓玛的门前徘徊,只是那人比自己还有耐心,他忽然很想知道那人是谁,他趋向前,蓦然看清了那人,那人是代扎的千户索白老爷!

洛桑达吉忽而像是明白了什么,他在大惊之余连忙抽身回转,趁千户还没有发现他,他已走在去凯沙尔的路上。

桑丹卓玛很久以后才知道洛桑达吉已经走了,但她一直想不通他为什么会不告而别,她埋怨他,恨他,甚至愤怒,到最后,她陷入了深深的怀念,她怀念他,快要不能自拔了。

洛桑达吉走后,代扎出现了一位歌手,每到傍晚,每到天边出现第一抹夜雾,人们就会看到一位衣衫褴褛、肩披长发的年轻人,挎着一把三弦琴,出现在陡峭的山岗上,随着他的出现,一段忧郁动情的弹唱便开始了。

他的情人死了,他正在随她而去。

每到傍晚，桑丹卓玛就会放下手中的活计，侧耳聆听起来，她从一开始就喜欢上他的歌了，准确地说，她喜欢他唱歌的声音，他正在为他那位名叫卓玛的姑娘唱着绝望的情歌，那声音委婉、幽然，是那么容易商量，是那么容易拒绝，就像洛桑达吉，像他的善，像他的内心。

现在，她坐在这个山洞里，心里忽然就明白，这就是爱情。她忽然就相信这种爱情了，在她相信这种爱情之后，就开始想念洛桑达吉，想念他的声音，想念他的笑，想念他的身体，这种情感在别离后是如此地铭心刻骨，她的怀念几乎使她自己疯狂。

离别使洛桑达吉在她的心中变得完美无缺，使他具有某种超出常人的理想气质，使他比面对她时更令她陶醉，他是一种精神，能让她在苦闷的生活之中挺起腰板，他又是一面旗帜，当山风吹过，她的心灵会迅速地拥抱那一声为她而起的呼啸。

虽然她知道他正在远方吃饭、睡觉，过着正常人过的生活，但她却坚信他会在入眠之前，为她叹一口气，她相信他对自己的情感，就如同相信那歌者的稳定、持续、不留痕迹，但又天长地久的歌声。她相信他不会忽然就离她远去，不会忽然改变情感，尽管他看着别人的眼睛，倾听着别人的谈话，但他的内心，却离她越来越近，他不正是在她的身边吗？即使她老态龙钟，步履维艰，她也坚信他的深情。

桑丹卓玛坐在洞中，浮想联翩。洞外的天色慢慢暗了下来，这时，一位略略有些沙哑的男中音，就飘荡在了远远的山岗上，这是那位快要断肠了的歌手，他衣衫飘零，满目苍凉，他在唱：

卓玛，卓玛，

我的宝贝姑娘，

你的皮衣穿上了吗？

你在路上感到冷吗？

……

桑丹卓玛的双肩在抖瑟，泪水不由自主地落在脸颊上，她想，如果自己先死了，洛桑达吉会为她唱这么断肠的歌吗？如果……如果他先死了，那么她怎么才能活下去？她惊恐起来，连忙捂住了自己的嘴巴。

当月亮升起时，桑丹卓玛确信自己在没有洛桑达吉的前提下无法生活下去，因为如果没有他的话，她不知道自己整日劳作会有什么意义。

月亮就在桑丹卓玛的这种情绪中缓缓地升起了，它缓缓地升起，然后明亮了整个世界。

桑丹卓玛站起来，她抹掉脸颊上的泪水，准备下山去度过又一个清寂的夜。这时，她的泪眼中有一个黑影一闪，她惊呼一声："洛桑——"

这个名字从树梢间传递过去，悠悠地落在那人的耳中，那人站住，然后冲动地扑过来，那人扑过来拦腰抱住快要跌倒了的桑丹卓玛，那人的胡茬挂上了她的泪珠，他说："桑丹——"

洛桑达吉，她心中念念不忘的、她的梦、她的临睡前的叹息、她的醒来时一闪而过的红罂粟，这个男子，如今，就在眼前,就在她真实的怀里。

他们回到洞中,男子的手急急忙忙地放在女人的腰带上,他的唇走遍了他能走到的所有地方,他的张开的鼻孔尽情地呼吸着她的芳香,他的敏感的听觉捕捉到她的微弱的呻吟。

她呻吟道:"洛桑……"

她的想念已经无法表达,面对这个日思夜想的人,她除了紧紧相拥,已经不能再说什么了,她的双臂在传递着一个强有力的信息,这个信息,她的爱人已经感觉到了。

他不回答她,他用他的热吻迎接了她的呢喃。

他已经有整整一年没有触摸过她了,现在,她身体上散发出的特殊的气味使他迷醉而疯狂,她的光彩照人,她的柔弱温软,使这个从遥远的凯沙尔来的男子体会到一种别样的魔力,他不能再和她分离了,他要让那种彻骨的想念通过自己的身体,传达到对方的身体里去。

他迅速地接近了她,他使她感到自己的温柔,他使她感到自己不可或缺的女性存在,美发,美肤,美颜,还有声音,还有气味,还有天然的家园,还有青草的芬芳。

她呢喃道:

"来吧……我的好人呐……"

她悠悠的呻吟打动了他,他不能抗拒她的魔力,她已经献出了,他也要献出……

他使她放松,然后带她走向极致。

月亮的光芒变幻着夜色,它使夜色更神秘,更不可捉摸,并且更加美丽。

桑丹卓玛感觉到男子的疲倦，洛桑达吉是连夜跑来的，他有见到她的预感，果然他见到了他想要的，他满脸的幸福和满足，眯着亮晶晶的眼睛，看着他心爱的女人。

桑丹卓玛偎在他的身边，本来她想了一千遍一万遍的诘问，此时，却一句话也问不出来，你为什么不道别就走了？你为什么不道别就走了？

洛桑达吉终于开口道：

"本来我早就想来看你了，可是一回来就碰上严家庄那边在修路，我被抽上了。"

"你可以不去的，你们家有钱，交点现钱不就可以免了么？"桑丹卓玛故意不解道。

洛桑达吉不说话，因为是尕金坚持让他去的，她说他在凯沙尔的买卖不如她预想的好，她想让他在修路时把她曾经损失的钱财弥补一点，她说每个星期两块大洋呢，还不快去挣？

洛桑达吉看着桑丹卓玛，他说：

"据说每个星期给两块大洋的工钱，可是我干了两个星期，连一块也没见着。"

桑丹卓玛知道他家里并不缺两块大洋，便知道这准又是尕金的主意。她不再说这件事情了，只是痴痴地望着洛桑达吉，这个她如此着迷的男子，却不敢正视自己的情人。

洛桑达吉从怀里掏了半天，掏出一方手帕，手帕里包着一只翡翠镯子，他小心翼翼地替女人把镯子戴到手腕上，他说："这是在凯沙尔买的,我想你戴着准合适。"

桑丹卓玛看一眼镯子,说:"这么贵重的,买来浪费了。"

"嗨!"

洛桑达吉连忙表示不贵。其实这是他一年中省吃俭用下的大半工钱买的,他看到桑丹卓玛的腕子上晶莹剔透,便知道他的苦心没有白费。

她忽然说:"有一次我路过亚浪仓时,听到尕金正在和别人说话,我一听到她的声音,就立刻头痛得不得了。"

她说完,自己先笑了,她看他的表情,他的表情怪怪的,她不敢断定那表情说明什么问题,她连忙问:

"你生我的气了么?"

洛桑达吉摇摇头,默默把女人揽到了怀里。

桑丹卓玛说:"我出来老半天了,香萨一个人在家里,我有点不放心。"

她顿一顿,又说:"洛桑啦,你还从来没有去过我家呢,我看今晚你去我家里怎么样?你给我讲讲这一年的故事好不好?"

洛桑达吉有些紧张,他怕尕金会半夜三更地到处张扬,他说:"我看不去的好,万一嘉措回来怎么办?"

桑丹卓玛的心一下子酸楚无比,她苦笑道:"不去就不去,何必要找这个借口呢?"

她认为他也和自己一样,知道她的丈夫嘉措是不会回来的,所以他的话无疑使她懊恼万分,他使她想起了那个人,那个人走了很多年了,走了很多年的那人的名字的出现,使这一对相亲相爱的男女一下子远离开来。

四、情　人

两个月后，洛桑达吉随同男人们回到了代扎，他们用整整两个月的时间，修了一条严家庄通往县府的公路，却没有得到一块大洋的报酬。

洛桑达吉精疲力竭，他躺在炕上，不想说话也不想动弹。这两个月，使他的皮肤变得黑黝黝得没有一点光泽。尕金在一旁催促他去洗洗那一头乱蓬蓬的头发，可是洛桑达吉充耳不闻。

尕金殷勤地替丈夫端来净水，她偷看着他的脸色，不知道这个夜晚会怎么度过，她一向对丈夫的不冷不热颇不以为然，因为他再聪明也难逃她的法网。

尕金对自己的魅力非常自信，她看到洛桑达吉早早躺下，便赶忙匆匆收拾了屋子后，紧傍着他躺下了。

洛桑达吉已经睡着了，尕金轻轻地靠紧他，他是很容易就会醒的，她知道这一点，她知道自己把头偎在他的胸前，他就会立刻醒来。

尕金把头偎在丈夫的胸前。洛桑达吉忽然就醒了，他稀里糊涂地说："唔？"

尕金撒娇道："说说话嘛，走了那么长时间，回来就知道闷头睡觉，说说话再睡嘛！"

"什么?"洛桑达吉依然糊涂地说。

他还沉浸在刚才的梦里,他握着铁锹,把土一锹一锹地装进木筐,铁锹特别沉,他快要握不住了,他听到身边的人对他说了一句什么,他没有听清楚,便问了声:"什么?"

尕金把手伸进被窝,这样,洛桑达吉就彻底醒了,他醒来后感到身上凉嗖嗖的,便说:

"快睡吧,我太累了。"

尕金不肯,她的手坚定地伸向他,她可不是那种愿意自己的愿望落空的人。

他紧靠着墙角睡,不知道自己在躲避什么,当尕金的手无所顾忌地伸向他的腹部时,他彻底清醒了,他向后退去,但是他已经没有退去的余地了,他的身后是那堵温暖的灶墙。

她的手轻轻地抚摸他,他的冰凉的腹部潮热起来。不一会儿,她便感觉到了他的悸动,于是聪明的她明白,他已经不能无视她的温存了。

她的手持续地、坚定地抚摸他,他紧张而僵硬的腹部开始放松下来,继而平和并且柔软了,他从一开始的恶意抗拒后,竟然感到睡意全消,代之而来的是一种本能的悸动,他不知道她会怎样看待他,但他自己的羞愧和抗拒的勇气已经被这种悸动打垮了,她是桑丹吗……

她不是桑丹,她是尕金。尕金知道丈夫仍然需要自己的安抚,不管出现什么问题,这是重要的,对她如此,对他更是如此,他需要她,这点她比他自己还清楚。

洛桑达吉已经完全清醒了，但是他躺在那里不动，仿佛睡着了一样，这可逃不过尕金的眼睛，她对他实在是太熟悉了，她熟悉他的每一声呼吸与叹息，熟悉他的每一次欢喜与愉悦。

他知道她在努力，但是他不想动弹，他企图坚守到最后，他又说："睡了。"

可是她却听见他说，好的，好的，我这就来。

他的口气已不像刚才那么僵硬，这是她努力的结果，她的温存使他的注意力分散了，他的梦境也早已烟消云散。

尕金的手仍然在抚摸他，她就像一阵一阵漫上岸的潮水，直向他漫过来，他开始悸动，他的身体开始背叛自己，他不能再如此无视她的温存了，她的温存就像那热情的潮水，使他渐渐感觉到无比的温暖。

他的悸动，她立即就感受到了，她心领神会，她知道不再需要耐心了，她只是这样一步一步地使他恢复体力，他终究是个男子，他不会太长久地辜负她的热情。

他嘴里仍是说："不……"

可是他的身体已经不以他的意志为转移了，它热情地应答着对方俯下来的身体，那热情在火焰一下子就点燃了起来，他长长地呻吟了一声……

尕金潮红的嘴唇贴上来，她说：

"这样好么？你喜欢的，是吗？"

他不能说出片言只语，他的身体从遥远的地方尖声地呼啸着，冷冷地擦过他的耳膜，可是他一下子又听不到了，他的耳朵

尽力去捕捉那声呼啸时,听到尕金在继续说:

"这样好么?……"

那声尖利的呼啸在他不注意时又一次擦过他的耳膜,他的耳朵立起来,他不明白那是什么。

这时,尕金忽而低低地笑起来。

洛桑达吉一向讨厌她在做任何事时都不能专心致志,她总是身体在这儿,可是思想早已飞到了天边,他是不能改变她的,他只能被她所改变。

他盲目地问:"怎么?"

尕金说:"想起一件事,怪好笑的。"

索白的名字是洛桑达吉敏感的,那是他的直觉,但是他一直不能相信桑丹卓玛会做出言不由衷的事情。

他接着问:

"怎么?"

尕金的注意力在丈夫身上,她断断续续说道:

"索白老爷和恰姜仓的桑丹卓玛好上啦,他每天晚上都要跑到恰姜仓去过夜的,代扎都传遍了,索白和他的弟媳妇好上啦,上天在作怪啦,哼,白天还一个个像个人样,晚上……"

洛桑达吉脑子里轰的一声,就好像着了火,他不能自己地摇着头,像是要摇掉刚刚进入耳朵的那个惊人的消息,他那样拼命地摇着头,那刚刚燃烧起来的大火,便慢慢熄了,继之而来的是冰凉的寒意。

洛桑达吉一下子就跳下了炕。

尕金叫道："疯子，你干什么？"

"我渴……要点水……"

洛桑达吉咕哝着，却不由自主地找到一瓶烈酒，他抱着瓶子，低头出了正房，来到木柴棚子。他坐下来，扭开瓶盖，咕咕就是几大口。

不一会儿，洛桑达吉已醺然而醉。

他想那是真的，因为在他去凯沙尔之前，亲眼见到索白深夜在桑丹卓玛的庄廓门前，这么说来，这是真的，那么，是她一直在瞒着我吗？

洛桑达吉想知道个究竟，他不顾一切，冲进了黑暗，他要找到她问问清楚，他要她亲口告诉他，他才会对她死心。

深夜里，恰姜仓的桑丹卓玛家的院门被敲响了。

桑丹卓玛开了门，大吃一惊，她一眼看到酩酊大醉的洛桑达吉，他衣衫不整，面目憔悴，瞪着两只血红的眼睛。

她不知道他怎么了，就立刻小声责怪道："你深夜跑来做什么？这么大声音，怕代扎的人不知道么？"

洛桑达吉一生都没有发过这么大的脾气，而这次却疯狂了，他不容她解释，不给她任何机会，看她那堵着门口的样子，那个男人肯定在里面……

被嫉妒之火烧得面目全非的洛桑达吉怒吼道：

"你害怕我进去是不是？我偏要进，我就要看看白天像模像样的人到了晚上是什么样子……"

桑丹卓玛明白了，她看到他大声嚷嚷的样子，生起气来，她满腹的委屈化成了愤怒，她怒道："你这个呆子，还不快回去洗洗脑子，我看你喝酒喝傻了！"

洛桑达吉已经疯狂了，他不知道从哪来的那么大的声音，他吼道：

"你怕我给你丢丑么？我今天要让恰姜仓的人知道，我发誓，我不会再来找你的，我吃咒……"

桑丹卓玛顾不得羞耻，瞪着泪眼惊道：

"你说话可是当真？"

"当真！"

洛桑达吉说着，一转身，就离开了她的院门。她恼恨地立刻在他身后插上门，说：

"你不要再来了，你是个男人，说话算数……"

这是他有生以来第一次发火。这之前，他似乎并不具备暴躁的功能。他只是个瘦削、沉默、干活很卖力气的年轻雇工，被女主人相中，从而进入本不属于自己的生活里。年复一年，他更加沉默，更加瘦削，直到认识了桑丹卓玛。

桑丹卓玛成为他平淡生活中唯一的色彩，他被她迷住了，这才明白女子会使自己充满幻想，充满温情，他变得青春焕发，双目有神，人生不再是毫无意义的日子的延续，而是等待，等待那好梦的缓慢到来。

如今，他却发火了，面对他唯一钟爱的女人，面对他曾暗暗起誓将对她善待终生的女人，他怒不可遏，以为她背叛了自己，以为他最看重的人轻慢了自己。他的怒火那么不可救药，以至于脱口而出的咒誓一下子便打破了长期以来两人坚守的亲密的阵线，使爱人成为仇敌，成为难以启齿的奇怪记忆里的阴影。

他的转身离去，看似轻松自在，但在两人心中留下的，唯有创伤和疼痛，这是他的个性所致，注定他此刻转身离去，也注定他将来会追悔莫及。

桑丹卓玛在洛桑达吉的身后关上门。她曾经为这种隐秘的关系而忏悔，但当这种关系真的不复存在时，她又满心伤感。她错就错在认真地对待了一个醉汉的誓言，他们误会对方，同时又感到被误会的创痛。

心灵正在遭受灭顶的情感打击的桑丹卓玛，此刻看到了庄廓东面的天空中，升起了淡淡的泛着白色的黎明。

天要亮了。

她这样想，才发觉自己仍在无力地靠着院门站着。

她跑到正房门前，却开始呕吐不止，就在昨天，她知道她怀上洛桑达吉的孩子了，这本来是她急于一见到他就告诉他的。现在，她决心隐忍下来，两人的秘密，将埋藏在她一个人的心中，她不会告诉他，永远也不会。

五、蒙　面

在严家庄干活的民工干了两个月却没有拿到工钱，别说是每个星期两块大洋,就是连半块也没有见到。

庄民们群情激愤的责问也时不时地传到索白的耳中,他非常恼怒,但又无可奈何。那一排担任所谓技术工程的士兵们则住在索白宽敞的庄园里,过着花天酒地的生活。

索白把他们安排在客房里,供给他们一切吃喝和生活必需品,士兵们只安安静静地待了两天,等他们熟悉了周围的环境之后,立刻变着法子找起乐来。

他们对修筑公路没有丝毫兴趣,每天只派几个人去督促一下就算了事,他们最感兴趣的地方是千户大人的酒窖,起初他们还经常玩玩纸牌,后来干脆一心一意开始饮酒作乐了。

酒后男人的醉态,是清醒的女人所无法理解无法容忍的。这天,在楼上休息的千户夫人被一阵疯狂的叫喊声惊醒过来。当她得知那只是士兵们在酒酣后的一种宣泄时,顿时气愤已极,她怒气冲天地找到索白,把所有的忧怨一股脑儿倒给了做丈夫的千户,然后一甩手,就进了后山,那里有一座千户的护林员的小木屋,她决心住在那里,一直到士兵们离开。

本来就窝了一肚子火的索白,又被妻子抢白了一番,而且天气也不好,那心情可想而知。因此他在吃晚饭的时候就在考虑到哪里去散散心,晚餐过后,心里也有了数。

就像通常那样,索白在晚餐后总要去看看他的那匹健壮的牡马,他看过马,然后又牵着它到黑滩上遛遛,这时天色已经暗下来了,他骑着牡马,满怀着一腔烦躁,朝恰姜仓方向走去。

千户夫人一走,士兵们更加肆无忌惮,他们干脆把酒桌搬到院子里，他们喝酒，吃肉，讲下流故事，让最尖利的声音从喉咙里叫出，仿佛鬼哭狼嚎一般。

正在他们互相逗乐的时候，一位名叫甲甲的年轻女仆为他们端来一碗碗精制的烩面，大家的目光一下子就集中在甲甲的身上。

"阿罗，叫什么名字？"

"我叫甲甲。"甲甲端着空盘子说。

大家哄笑起来。其中有一个继续说："甲甲？这名字好听，唔，人长得也不错，肯定舞跳得也好，给大爷们跳个舞怎么样？"

红着脸的甲甲说："我不会跳舞。"

"不跳也行，那就唱支歌吧，'你拿上长枪我拿上矛——进深山——要吃个黄羊的肉哩——就唱这个。"

"我不会唱这个。"甲甲说。

那人说："让你唱歌是你的造化，大爷们有赏！"

甲甲快要哭了。这时，完德扎西过来赔笑道："兵爷们甭跟她一般见识，一个小丫头懂什么，我给兵爷们再叫几个能唱会跳的，准保你们喜欢。"

那人又说："原来是管家大人，你能另外叫几个那当然好，不过我们这些兵哥们都喜欢嫩点的。"甲甲赶快走了。

完德扎西叫了几个平时爱唱爱跳的妇女，她们在鼓声的伴奏下，缓缓地跳了起来。

完德扎西也在一边看，他老觉得心里不是个味。正在这时，

一位女仆悄悄贴近他的耳边说道:

"完德扎西大哥,夫人叫你牵条狗过去,那边林子里蛇多,她有些害怕,有条狗就安全多了。"

完德扎西紧张地说:"你牵过去不就得了?"

"可是夫人说……"

"好吧,好吧,我去就是了。这边你看着点,我总觉得不对劲,今天主人们都不在,要有个三长两短的,回头不好交待。"

完德扎西朝狗窝走去,一边还嘱咐道:"你看着点,我一会儿就回来。"

女仆答应着,却一头挤进早已围成一圈的人群,一心一意看歌舞去了。

主人不在,管家完德扎西又出了门,这下千户庄园四角的瞭望楼里的家丁们就解放了,他们早已听见后院里的歌声,于是急忙赶去一睹女人们的风采。

在艳服丽歌的女人面前,丢枪卸甲的士兵们早已失魂落魄了,他们高举着双手,梦魇般跟在妇人的身后,企图模仿出逼真的舞步,惹得妇人们掩齿而笑。

月亮还没有升起的时候,也就是千户及夫人、管家都相继离开庄园、而瞭望楼上的家丁们正在欣赏歌舞的时候,一伙蒙面人突然出现在代扎的土地上,他们无声地直奔亚塞仓而来,他们骑着一匹匹高头大马,迅速地抵近了亚塞仓城堡,在无人知晓的情况下,就像一道黑色的闪电,闪进了索白千户庄园的后院。

此时,庄园内正是一片张灯结彩歌狂舞乱的欢乐景象。为首的尕排长正一步一趋地跟在一位妇女的身后,他双眼紧盯着她纤纤细腰上挂着的一把精制腰刀。正当他一心想着怎样才能据为己有的时候,突然就听见当头一声断喝,震得他头昏眼花,醉梦大醒。

人们这才发现蒙面人的马队早已把后院围了个水泄不通。

醉梦大醒的士兵还没有反应过来就已经成了俘虏,他们一个个往妇女们的身后躲去,恨不得变成一棵树,或者就变成妇女辫套后的一颗可爱的玛瑙。

尕排长在听到当头一声断喝之后,就听到蒙面人在命令他把所有的武器交出来。或许尕排长没有看清楚对方手中的长枪,或许他看到了却不在乎,总之,他在下意识的驱动下,立刻就去摸腰后挎着的那只盒子枪,在他发现腰后空空如也的同时,蒙面人手中的长枪响了一声,一颗子弹刹那间就打开了尕排长那具懵懂未开的、装满了酒肉的胸膛。

刚刚响过一声的长枪在骚乱的人群中准确地找出了副排长,那人正是前面要求甲甲唱花儿的那位。

花儿排长早已面如土色,他看见尕排长的胸膛里正汩汩地流出黑色的液体,而使尕排长如此可笑地躺在众人面前的那支长枪,此时正无可辩驳地指着自己贵重的心口。

花儿排长听见了自己的心跳,与此同时,他听见自己用一种陌生的声音对部下说道:"快把武器交出去!"

几个士兵连忙跑去把步枪抱来,顿时,千户庄园里响起一阵扔枪卸弹的声音,在这种尴尬的声响中,自动交卸了武器的士兵纷纷朝后退去,他们没有一个人想成为尕排长的效仿者。

蒙面人中领首的下了马,他十分从容地检查了枪支和弹药,然后他仔仔细细地把它们捆绑在一匹空鞍的马背上。

收拾好了武器的那人重新跨上马背,他环眼四顾,然后一摆手,蒙面人的马队便已呼啸而去,其离去的速度正和他们的突然降临一样令人眼花缭乱。

庄园内早已大乱,家丁们手足无措地站在那里发呆。那位妇女的精美腰刀倒是仍然佩戴在身上。

尕排长的部下们在大梦方醒的花儿排长的带领下,连忙包好尕排长尚有余温的尸体,再到马厩找出自己的马,连滚带爬,逃回了县府。

蒙面人毫无阻拦地进了庄园又出了庄园,他们一路南下,在走到恰姜仓与亚塞仓的岔路口时,马队停了下来。

领首人的马犹犹豫豫地打了几个转,后来那人便向其他人吩咐了一些什么,然后独自离开了马队,其余的蒙面人继续朝南飞奔,很快离开了代扎。

那人的马却单独朝恰姜仓方向奔去。

在恰姜仓村口,蒙面人谨慎地把马拴在不大显眼的地方。然后,他蹚过恰姜仓河,走上一面缓坡,绕过一条白杨林带,再绕过一垛垛庄廓的后墙,就来到了桑丹卓玛的庄廓前。

蒙面人去掉了脸上的黑布,他附在桑丹卓玛的院墙前凝神谛听了一番,忽然看见前面一个人一闪而过,他立刻趋向前,看清了那人就是他刚刚离开的那座庄园的主人——索白。

他在黑暗中露了露雪白的牙齿，然后纵身一窜，就窜上了那垛高墙，再一跳，就跳进了院中。

这时，一条大黑狗一声不响地扑了上来，可是它凶神恶煞地扑上来后立刻改变了主意，它一下子就变得亲热起来，它亲热地打呼噜，对来人有一种说不尽的情义。

来人环视一遍院内，院内漆黑一片。他走向前，在正房的门板上敲了两下。

屋里的桑丹卓玛在他敲第二遍的时候问道："谁？"

他答："是我。"

桑丹卓玛立刻开了门，她惊呼道："嘉措！"

嘉措，她的丈夫，正站在门口笑眯眯地看着她！

她怎么带他进了屋她都不知道。

油灯已经燃起来了。他坐在炕上，有些不自在。她像对待每一位进屋的客人那样，先端上来一碗热腾腾的茯茶。

丈夫的突然到来与他的突然离去一样都不能使她过分地感到惊讶。她看到他的身后空无一物，就知道他还会再次离她而去。她不动声色，准备为夜归的丈夫做一顿晚饭。

嘉措却不急着吃饭，他让她坐在他的身边，深情地说："这几年苦了你了！"

桑丹卓玛说："说这些干什么，你看小香萨快要醒了。"

嘉措这才看到炕角蜷着的女儿，她毛蓬蓬的头发，睫毛低垂，一副香甜的样子。嘉措满心爱怜，他看一眼女儿，再看一眼妻子，又说："小香萨越长越漂亮了，就像你那时候。"

桑丹卓玛咽咽地说:"你怎么会记得我那时候?你可没好好看过我一眼。"

"桑丹!"嘉措用妻子的爱称称呼她,使她觉得十分别扭,他却一点也不觉得可笑,因为这个名字,他在异乡异地、在梦中、在心里都曾经无数次地呼唤过,如今,当他真实地面对她的时候,却觉得自己有些口拙,难以表达自己想要表达的情感。

他说:"桑丹,这么多年来,我一天都没有忘记过你,我知道我欠你的很多,好在我还有今天,我可以对你有所补偿。"

妻子似乎没有听懂丈夫的意思,她在看着他的耳朵发呆。

做丈夫的真心实意地说:"那时候我太年轻,不懂得珍惜和你在一起的生活,再说,你也知道我当时的处境,要不是你阿爸收留我,我恐怕早就被抬到天葬场去了。"

妻子说:"你不必谢他的,他可没想着要你谢他,如果他还在的话,这个家或许不至于变成这个样子。"

嘉措说:"我不但要谢他,更重要的是还要谢你,这些年,我懂得了很多道理,不管怎样,我再也不能把你留在这里了,以后,我们再也不会分开,我们让小香萨过得比现在好,穿好衣服,吃好东西,你高兴吗?"

桑丹卓玛焦躁地说:"我不懂……"

"没关系。"丈夫把油灯举起来,仔仔细细地看着妻子清秀、俊丽的面庞,说道:"我们把油灯灭了吧,慢慢说。"

桑丹卓玛轻微地点点头,侧过身去。

油灯灭了,丈夫说:"我这次来,是想带你去个地方。这些年,我一直都在那里,一切都非常好,就是缺你和孩子。"

"哪里?"

"香衮哇。"

桑丹卓玛大惊道:"那里不是土匪的老窝么?"

嘉措笑道:"你去了就知道好不好,我不想让你再在这里受苦了。"

"我不能去。"桑丹卓玛吞吞吐吐地说:"我怀了孩子。"

油灯又亮了。

嘉措沉默了好久,末了他说:"没关系,我会好好待这个孩子的。"

桑丹卓玛坚决地摇摇头。

嘉措又说:"孩子的父亲是谁?你能告诉我吗?"他见桑丹卓玛犹豫的样子,说:"是索白吗?"

桑丹卓玛又坚决地摇摇头。

第二天天未亮时,嘉措再次悄悄离开了代扎。

六、午夜的困境

月亮已升起老高。心情不好的索白骑着马在恰姜仓徘徊了一个前夜,他并没有去叩桑丹卓玛的门,只是觉得离她近一些后,烦躁的心情才会复归平静。

这样,回归宁静的索白心满意足地走在铺满了月光的山间小路上,他离开恰姜仓,是因为明天他还要再来。

索白回到亚塞仓庄园的时候,他的后院里早已闹得天翻地覆,到处都亮着灯,人声鼎沸,女仆们袍子上的银链子发出惊慌失措的响声,而家丁们站在瞭望楼的平台上,手里拿着长枪,却不知该瞄向哪里。

来监督公路进程的那一排士兵早已不见踪影,他们走得很匆忙,甚至没有来得及带走塞在床铺下的美女相片,那是他们休闲时的至宝。

索白一进院,就立刻明白了这里发生的一切。月光妩媚地照在千户惨白的脸上,他看见管家完德扎西朝自己跑来。

完德扎西是在千户之前几分钟赶到的,他一下子就明白他的预感已成为现实,他的惊慌不亚于任何一个人,他把这种惊慌写在脸上,然后把脸转向刚刚进院的索白。

索白问道:"夫人没事吧?"

完德扎西说:"夫人还在山上。"他把头向城堡后面的后山方向摆了摆,说道:"她没事。"

"那就好。"

索白一边说,一边朝自己的经堂走去:"你快去请阿卡奂来庄园,我就知道又是沃赛那个老东西搞的名堂。"

完德扎西结结巴巴地说:"老爷,我觉得不像是沃赛干的,他哪有这么大的胆子……"

索白不耐烦地说:"快去快回!"

完德扎西咽下他想说的话,回头吩咐一位女仆给老爷上茶,准备好招待阿卡奂的夜宵，然后快步出了院子，去请阿卡奂。

阿卡奂被请到千户庄园的时候，已经午夜了，城堡里的喧哗，早已被一片死寂所替代，空中弥漫着悲壮的气氛，而经堂里的油灯，也已微弱如豆。

阿卡奂无声地进入索白的小经堂，完德扎西忙着给他们上夜宵。索白起身相迎，连声说请。

阿卡奂朗朗笑了几声，对着索白无奈的面孔，表现出非常理解的神态，他说："千户有请，即便是半夜，我也是必到的。"

索白说："有劳你了。不瞒阿卡奂，我遇到了麻烦，不然不敢深夜打搅你。"

阿卡奂说："我看又是沃赛吧？"

索白与他相视一笑，两人均有些无奈。几年前，索白与沃赛部落的头人沃赛因为抢夺松仁仓草场的放牧权而打了一场不分胜负的战斗。那场械斗，最后虽然不了了之，但小规模的冲突一直没有停止，今天我的人被打伤了，明天他的人就会遭到报复，一直搞得不得安宁。

后来索白企图武装劫杀沃赛，可是因为自己的弟弟丹麻喇嘛的插手而未获成功，当时无奈至极的索白，听从了阿卡奂的劝告，决定以神秘的宗教意志的力量来争取这场斗争。

后来，出乎索白与阿卡奂的意料，他们没有成功，为此，索白一直耿耿于怀，他不知道到底是哪个环节出了问题，虽然阿卡奂还差点搭上自己的性命，也不能使索白聊以慰怀。

对于阿卡奂来说，那场敦请保护神的仪式的失败，是自己一生中最大的耻辱,他同索白一样,弄不清到底出了什么错,但他明白的一点是,他坚信沃赛的保护神胜过自己的保护神,他最终失败的根本原因就在这一点上。

索白之所以隐忍到这一天,是他相信上天最终会给自己一次报复的机会,但他没有想到沃赛会肆无忌惮地继续骚扰自己,所以他觉得实在没有必要傻等上天的给予,他要自己造就这种机会。

阿卡奂依然紫衣黑靴,但却没有了从前的傲气,因为那次失败,他饱尝了寂寞之苦。他在寂寞中苦思冥想,依然百思不得其解,因此他对索白的这次相邀,除了苦笑之外,就是缄默。

索白一见阿卡奂就开门见山道:"阿卡奂,沃赛那个老东西,他不但要抢我的草场,竟然还在我的庄园里抢了那帮士兵的枪支弹药!"

说起这件事,索白恨恨道:"我虽然讨厌这帮兵痞,巴不得他们早点滚回去,可我绝不需要沃赛来掺合。他们既然住在我的庄园里,出了这样的丑事,我还有什么面子好讲?沃赛无非是要栽我的赃,让我亏到底,但我不能这么便宜了他。"

阿卡奂看着索白。这对无话不谈的老朋友,几十年来,总是同甘共苦地站在一起,他们彼此了解至深,像亲兄弟一样分担着部落的责任。索白信任他胜过自己的家人,当灾难来临,阿卡奂始终是他最坚强最富有智慧的同伴,不管出现什么的危险,他们总会携起手来解决问题,脱离困境。

这样一对老朋友,如今又要一起面对新的困境了,他们从没有被困厄打倒过，但是胜利的喜悦总是姗姗来迟，那么缓慢的等待，使人的意志受到最大限度的考验。

当阿卡夬看到索白两眼中的仇恨时，心里一下子就明白了他想做什么。阿卡夬冷静地说："打起伏来总是会两败俱伤的，难道再没有更好的办法解决吗？"

索白说："还有什么办法？沃赛是代扎部落的敌人，这不是明摆着的吗？只要沃赛存在一天，代扎就不能安宁一天，我们总不能等着沃赛把我们的草场抢光，把人杀光，把代扎据为己有吧？我们只有先下手，才能保护代扎的人民和土地。"

阿卡夬被索白的精神所打动。索白是对的，人民流血牺牲，为的就是保卫自己的土地，他钦佩索白的胆略和勇气。

索白继续说："阿卡夬，请你敦请保护神保护代扎吧！请你敦请战神帮助我们的战士夺取这场战争的胜利吧！"

阿卡夬庄严地点点头，他要为自己的部落献上一份力量。

在代扎，在亚塞仓，在千户的城堡里，人们说话都细声细语，为的是不致打搅阿卡夬与索白的谈话。

在索白的骨子里，他只相信任何事都得靠自己的努力才会成功，他的血液里流淌着的就是这样的准则，他只相信自己的双手、自己的力量、自己的意志，而对于那些整天都在祈求上天帮助的人，他总是嗤之以鼻。

他正是靠这样的自信而建立起了他的这一片王国，如今，他却要举起他那双建立了王国的手，来祈求别人帮助他维护王国的尊严，这是他最无可奈何的举动。这位亚塞仓城堡的主人忽然就明白，自己有些老了。

索白老了！

他大吃一惊，一下子觉出自己力不从心的最终原因，就是他在老去！

"千户，您没事吧？"阿卡奂扶住气喘如牛的索白。索白立刻答道："没事没事！"

满天星辰，满天的星辰照耀着代扎。香火在星夜里闪着蓝色的光芒，轻烟升起，仿佛一个预兆，而浓淡相宜的远山峰峦，正沉入深深的睡眠之中。

七、战神之箭

阿卡奂在这个星夜里刚刚离开亚塞仓千户城堡，完德扎西就引着县府的保安大队的严总兵来到了自己的面前。严总兵的身后，是一排士兵，其中就有那位花儿排长。

索白是认识这位严总兵的。那一年，他带着完德扎西为了土地新界定的事去县府，路过严家庄时，第一次见到他，当时他站在严二爷的身后，样子就像一个影子。

严总兵坐在首位，他的鼻子是个歪鼻子，歪鼻子下面是一部大胡子，看不到嘴巴，因此他说话时，那声音仿佛来自很遥远的地方。

严总兵说："我们这次来府上，打搅打搅。"

索白心想，你们哪次来不是打搅打搅呢？他说："哪里哪里，欢迎还来不及呀！"

严总兵说："不必客气了。我这次来，是受县长大人的委托，他要我代他问候你，另外解决一下那次不幸的事件。"

索白立刻说："那次发生的事，的确是一件恶性事件，我深表遗憾，发生在我的家里，我难推责任，对尕排长的家属，我有一点小小的表示，希望你能代我转达。"

歪鼻子朝上茶的女仆打量一番，然后说："这就不必了。说到尕排长，县长经过深思熟虑，认为此事非同小可，一是尕排长为国殉职，鞠躬尽瘁，死而后已，要追加他奖章，二是人犯尚未捕获，且带走了大批武器，这事发生在你千户庄园里，你怎么对县长交代呢？"

不等索白回答，长着歪鼻子的严总兵突然问道："千户大人，那晚你在哪里？"

索白不假思索地说："我在遛我的马。"

歪鼻子继续追问："谁能证明你是在遛马呢？难道你的马会证明吗？"

索白说："晚了点，我的马已经死了。"

这时立在一旁沉默着的完德扎西突然小声说道："我能证明，那天我们老爷确实是在遛马。"

索白和歪鼻子同时把目光对准了完德扎西，他们注视着他的目光里的内容迥然不同。

歪鼻子仿佛发现了什么，急忙问道："那尕排长的后事怎么处理？"

索白说："我当然想过了，我们讲究个命价，人死了，再不能以命换命，佛祖要惩罚的。鉴于凶犯至今在逃，尕排长的命价先由我支付，你们给个价好了。"

"好，痛快！"严总兵欣喜若狂，他遮着嘴巴的大胡子猛烈地抖动起来：

"这话你已经说了，好，我就定个价，本来找到凶犯的话，会要他赔偿八十匹上好的军马，现在看在你多年对县府忠心不二的份上，给个五十匹，这件事就算过去了啦，怎么样？"

索白一惊，此人的心真是黑透了，摸摸都会嫌它凉！他呵呵笑道："好，这事就这么说定了。另外，我还对你有点小意思，请一定笑纳！"

这场交谈在欢声笑语中结束了。

子夜的时候，索白忽然被一阵敲门声惊醒，进来的是完德扎西，他神情慌乱地说：

"老爷，刚才我给客人们上夜宵，走到门外就听见他们说……说您是杀尕排长的主谋，说那晚您是故意离开庄园的，夫人也是借故离开的。"

完德扎西顿一顿，又说："他们说那场歌舞是您有意安排的，目的就是夺取他们的枪支。他们说您出去后又扮成蒙面人，再回来抢劫枪支，谁也想不到是您干的。"

索白说："那他们怎么知道是我干的？"

完德扎西急匆匆地说:"老爷怎么还开玩笑?那个歪鼻子说如果不是您干的,那您实在没有必要花费那么大的代价,他们认为您是在掩盖事实真相。"

索白说:"说得真好!"

第二天一早,索白找到严总兵,后者正对着大镜子耐心地梳理那部大胡子,索白沉痛地说:"我想了一个晚上,觉得实在不应该隐瞒你,县长对我恩重如山,我不能这样不负责任,现在我把事实真相全部都告诉你。"

严总兵一阵惊喜,他认为自己的猜测完全合情合理,不是索白干的,又会是谁干的呢?

索白说:"是沃赛!"

严总兵吃惊道:"怎么可能是沃赛呢?"

索白说:"有许多理由证明是沃赛干的。那一年他就谎称有县政府的地契,派了一队战士到代扎部落来,想占领松仁仓的一片草场,那片草场的地契我们早就买了,他哪会有什么地契呢?分明是找了个搪塞的借口,没有尊重县政府的规定不说,更严重的是打死了我们代扎的很多兄弟。不过还好,松仁仓的庄民虽然流了很多血,但是草场还是保住了。他这次又趁我不备,深夜袭击亚塞仓城堡,是想报仇哩!"

严总兵的大胡子抖了抖,他想起那次松仁仓草场事件,关于地契,其实无所谓真假,一块地的地契本应只有一份,可是县政府却把同一块草场的地契造了两份,一份卖给了索白,另一份卖给了沃赛,县政府从中赚了两笔。

当时索白与沃赛都不知内情,还都以为自己才是松仁仓草场的真正主人,于是互相打了个不亦乐乎。县政府又趁机指出代扎部落与沃赛部落都不遵守规矩,把本来就属于代扎的松仁仓草场收回,又造一份地契,再次卖给索白,这样,县政府就在一块地上赚了三笔钱。

严总兵嘟囔道:"沃赛?我得报告县府……"

索白说:"依我看,还不如你就带着你这批人马,现在和我联合起来,一起去袭击沃赛头人的庄园,抓住罪魁祸首,交给县府,再把他的部落搜查一遍,那些丢失的枪支还怕找不到?县府若能把杀死尕排长的凶犯绳之以法,这不全是你严总兵立的大功劳么?县政府还不得奖赏你么?"

严总兵热爱功劳,更热爱奖赏,他的歪鼻子上充满了激动的血色,那是他赞同对方时的一贯表达方式。

索白一眼看到那些血色,便也看到了他的内心。

最后,严总兵与索白达成一项协议,两人联合起来对付沃赛部落。后者肯定会负隅顽抗,那么士兵的武器是没有通融的余地的。其实索白心里十分明白县府对那片沃赛占据着的草地觊觎已久,但他为了彻底解决与沃赛的私仇,只好把那片最好的草场当作供养地,来使县府与他成为联手伙伴。

那片草地将成为县府的军马场,而沃赛的牛羊,都要归到索白的名下。

这就是索白与严总兵达成的协议。

这项协议使双方利益均占，使双方摩拳擦掌，也使双方进入同一个战壕。

大规模进攻开始之前，照例要请阿卡殳祈祷。

那座黑色三角石堡依然巍巍立于那面阴森森的山谷之中。它白色的镶边，犹如黑暗之中洞开的光明，令人稍稍得以松懈。光阴似箭。光阴从浓云密布的天空中挣扎出一线希望，这正是索白盼望多年的结果。

石堡在坡面上躺着，清洁，干净，黑白分明。身穿紫色长衫的阿卡殳出现了，他头上的头帕换成了一顶黑色帽子，帽子顶上是一只铜铸的十字金刚杵，帽檐伸出，缀着三寸长的黑色丝绸流苏，随着阿卡殳的走姿而飘逸波动。流苏遮住了阿卡殳那双智慧的眼睛，但他脸上庄严肃穆的神色却通过嘴角那种坚毅的线条而流露了出来。

他要保卫自己的部落，保卫被敌人野蛮践踏了的和平的土地，他要帮助战士们得到百倍的勇气和胆略，他要让胜利的旗帜高高地飘扬在代扎的上空。

这次阿卡殳之所以有如此大的把握，主要原因在于他邀请到了他的师傅。阿卡殳的师傅在这一带非常有名，他出道多年，很受大众的爱戴与推崇，阿卡殳是他的闭门弟子。阿卡殳拜师不久，这位师傅就进深山修道去了，谁也无法知道他的行踪。

索白也同阿卡殳一样有些无奈，因为他们谁都清楚，只要师傅一到,阿卡奂今后就不能再单独举行重大的法事了,这是师傅独特的规矩,敦请他一次,徒弟的功夫就会损耗一层。这是阿卡奂使出全部解数最大限度地帮助索白,也最大限度地帮助着代扎。

去敦请师傅的那天有风,阿卡奂说这是好天气。他净了身,沐了香浴,索白遵嘱也跟着净身,沐浴,吃了素斋,然后骑上马,带了几个家丁出发。

骑马骑到山坡下,马不能再上了。山中多林,坡又很陡峭,云遮雾罩。他们最终找到一块平地,阿卡奂示意家丁们在平地上铺上白色的卡垫,摆上供桌,供上供品。

阿卡奂长跪在卡垫边,他示意别人通通跪下,跪在他身后,索白紧跟着他跪下了。

阿卡奂燃起一种随身带的三棵香枝,口中念念有词。他把它们供在供桌上,香火从桌上浮起,浮起,一直浮向空中,再向山中伸去,那味道仿佛是檀香,又仿佛是麝香,掠过每个人的鼻孔,带着风,带着奇异的力量,带着阿卡奂特有的敦请语言,朝深山的尽头伸去……

不知过了多久,大家都感到疲倦了。突然就听到有人一脚踩在卡垫上,发出很重的声音。众人抬头看时,只见一位师傅,身穿破败不堪的暗红色衣裳,长发披肩,两臂过膝。

两臂过膝的师傅有一双火红色的眼睛,苍白的肤色,还有一部几近金色的卷曲长髯。

两臂过膝的师傅闭起眼睛,他的双眉之间有一团黑色的阴影,仿佛第三只眼。他闭着眼睛,而第三只眼睛却怒视着众人。

师傅一出现,阿卡奂便连拜三拜。师傅怒视道:

"你这孽种,才学了几天的功夫,就狂妄到如此地步,活了半生,难道不想保持一点法力吗?"

阿卡奂再拜。

他低声禀道:"感谢师傅的到来。"

索白也趋向前,拜了三拜。

索白说:"谢谢师傅的到来,我将竭诚为您的事业献上我微薄的力量。"

师傅站在白色的卡垫上,尘土满面。

阿卡奂低声禀道:

"那次作法前,我曾按照仪轨,进行了投掷、护摩、镇压的诛法,乃琼降神说,食肉王之子来到北方时,并不曾请示过鬼魅,如何取舍,很难预告。于是我就知道,如果师傅您不到来,那么谁也无法取得成功。"

尘土满面的师傅仍然不出声地望着弟子。

阿卡奂接着说:

"虽然您将取走我的功法,但是您永远都是我的师傅。我尊敬您犹如尊敬我的父母,依止您犹如依止我的护法,因为您功德在心,法力无边,我的心、口、意三品永远都为您而供奉。"

师傅立刻打断阿卡奂:

"衮巴寺已经到了危机时刻,四面埋伏着敌人。我的师傅多年前就曾预告过我,他说,为了圣教大事,一切活动都不应失去时机，否则你就会看到衮巴寺的大威德护法神的口中滴整整一天的鲜血，而吉祥天母的圣像准备飞出寺院，到时不得不奉上铁索子予以缚住。"

索白插嘴道：

"什么什么？"

阿卡奂扭头回答他：

"我的师傅说，他曾清晰地听到狂风大作，飞沙走石，他曾清晰地看到风隙中有一位长发垂直脚跟的女人背着许多人的尸体，骑着骡子在行走，他说时运已衰竭，无可逆转。"

索白说：

"无可逆转？"

索白听得神情恍惚，他不知道无可逆转是怎么回事。他恭敬地说：

"您的法名人人皆知，您的法力更是如日中天，如此大好时辰，您不想使自己更威名远扬吗？如果您肯答应我的请求，那么代扎的山山水水都是您最好的供养地。"

这时，突然的一只鹰掠过众人的头顶，发出巨大的声响，朝一面绝壁飞去。

师傅抬头看着它优美的飞翔姿态，说："它是我唯一的伴侣。索白，你懂吗？"

索白曾听到过这位师傅的一些传说，据说师傅在那一面峭壁上的一个山洞里修炼多年，谁也不知道他是怎样上去的，就在他得道的那一天，有人亲眼看见他是从那面峭壁上飞下山的。

如今，索白就站在这面峭壁下，峭壁之高、之险，使他难以想象师傅是以何种法力飞越而下的。

伟大的佛祖呵
众生是这样愚昧
精神空虚
让他们走上圣洁的道路
是何等艰巨
需要多深的智慧
需要多大的勇气
愿我们的行动赢来这一胜利
……

索白亲自带领一队人马向沃赛部落的方向奔去。与此同时，严总兵和手下已经迂回到沃赛部落左翼，准备与索白形成致命的包围圈。

沃赛头人很快察觉了越来越紧缩的危险，他披甲上阵，仓促应战，在通向自己部落的一条狭长地带中，与索白的人马遭遇后相持恶战了三天三夜，双方死伤惨重。

一直到那天黄昏，天空中突然出现一片乌云，紧接着一颗明亮的星辰从乌云正中飘坠而下，尾部带着一串绚烂的光芒，直直地坠入沃赛部落的正北方向。

一向看重天象的沃赛头人，似乎从这个不期而遇的陨星上看到了天意。如果说在这之前他还保持着最佳战斗状态的话，那么此时他忽然颓丧到了极致。

沃赛长叹一声，他说："我的命数尽啦！"

手下人不知他在说什么，只见他从埋伏的地方站了起来，神色坦然，毫无畏惧，似乎并不把生命当一回事。这个危险的动作把众人吓了一跳，要知道敌人的铁箭瞄准的正是沃赛头人呀！

沃赛头人从埋伏着的地方站了起来，这正是相持在不远处的索白苦苦等待的机会，他手中的铁箭经过风吹雨打的三天三夜，早已稳稳地搭好了箭镞，那弓绷得满满的，就好像是一个正在画圆的句号。

沃赛头人的手下匆匆地扑上前，欲把头人危险地暴露在敌人面前的身体摁下去，就在这时，索白手中的箭镞飞出了绷满的弓，刹那间飞到沃赛阵前，飞入自己的叔叔——沃赛头人的额头正中！

代扎部落的仇人应声倒下，顿时，沃赛部落的勇士们乱了阵脚，他们不知道那支箭镞何以如此准确地射入了头人的额上，在种种的猜疑与慌乱之中，头人的尸体被乱哄哄地抬下山去，送到他那焦急地等待战斗音讯的夫人身边。

索白阵中早已杀声遍野地展开了全面的进攻，就像最后的冲刺，雨点般的子弹与铁箭呼啸着，纷纷拥向前方，烟尘滚滚而去，仿佛向前推动的滔天大浪。战士们的呐喊声响彻山谷，战斗进入白热化，索白的锐气势不可挡……

战斗一直持续到第二天早上，不明沃赛部落情况的索白这才看清对方阵中，由于头人已不能叱咤风云、指挥若定，所以那些勇士们早已有些群龙无首、力不从心的疲惫。当索白千户当机立断挥手命令部下蜂拥而上的时候，沃赛部落的战士们开始张惶地退却了。

那边严总兵早已布置好战术，一看到索白顺利地攻上沃赛部落的山头，便立刻组织人马接应。严总兵的武器有三方中最精良的长短枪，再说沃赛部落抵抗得最厉害的是索白进攻的那条战线，所以严总兵几乎未失一马一卒就与索白同时进入了沃赛头人的庄园。

头人的妻子站在院子当中。

那是一位美妇。

是代扎千户夫人耶喜的姐姐。

她一身素黑，浓浓的长发上没有辫饰，她在为她的丈夫守灵。当她看到一群士兵像疯子一样准备冲向她丈夫的灵堂的时候，她大喝一声。

美妇大喝一声，众人才发现她高傲的身影是那么倔强，是那么不可屈服。

索白走上前，他说：

"我们又见面了，夫人，这种方式真不符合你的身份，不过我有什么办法呢？你丈夫犯下杀人劫枪的大罪，现在县府已派人来取赃货，你最好不要反抗，否则这些人会把你丈夫的过失算在你的头上。"

美妇逼视索白，她严正道：

"索白,当年你曾答应过与沃赛部落共存亡,我把最心爱的妹妹嫁给了你,可是想不到你这么快就违背诺言,把枪口对准了自己的同胞,算什么男人?今天沃赛部落血流成河,明天代扎部落就会充满灾难,一切全是你一手所为,这笔账会算到你的头上的,上天有眼,你终会得到报应!"

索白说:

"夫人,我一直尊崇你的德行,但这些话你应该说给你的丈夫听。快点交出你的儿子吧,父亲的罪责应该由儿子承担,你虽然勇气百倍,可是女人永远也替代不了男人。"

美妇长叹道:

"好,我去叫他,我那福相的儿子,他终会为他的父母和沃赛部落的人民雪恨!"

她一边走向灵堂,一边对跟上前的索白甩手相拒,索白诺诺退后。

索白与众人在院中等了很久,都等得不耐烦了。索白有些紧张,他怀疑其中有诈,急忙叫人进到灵堂。

他带头先进入,灵堂内灯光昏暗,沃赛的尸体停在那里,而他的妻子,那位美妇,则衣衫整齐地躺在她的丈夫身边,她早已断气了。

他们的儿子嘎嘎却不知去向。

沃赛部落最好的草场成了县府的一个军马场,那里每年都有膘肥体壮的骏马源源不断地送到县上。

索白也终于如愿以偿,沃赛成群的牛羊都成为索白的家畜。

但是到了第二年，他从沃赛手里得到的那批牛羊忽然染上了一种莫名其妙的传染病，全部都相继死去，无一能够幸免。这种传染病甚至累及索白自己原有的家畜，使他蒙受了不小的损失。

平安　你这红尘中的女人
平安　你这享受再生的女人

第六章

一、俩女人

一天，完德扎西又出现在桑丹卓玛的庄廓门前，刚好碰见桑丹卓玛牵着香萨准备出门，他笑笑，露出他那副非常特别的雪白牙齿。桑丹卓玛看到他的笑容和牙齿，就知道他这次又是为夫人的头发而来的。

她说："完德扎西大哥，进屋喝碗茶吧！"

完德扎西说："不了不了，改天吧。"他说着，将手放进怀里，掏出一块冰糖，递给香萨。

香萨已知道害羞了，但她没有拒绝这块晶莹透明的冰糖。

"唉唉。"完德扎西看着香萨把冰糖放进嘴后便叹道："时间过得真快呀，香萨都快成大姑娘了，我们也老了。我那两个小丫头，个子也长得特别快，她阿妈都来不及给她俩做鞋子了。"

"阿姐措毛好吧？"桑丹卓玛听别人夸自己的女儿，特别高兴，她顺口问道。

"好好。"他说。

"耶喜夫人好吧？"

"咳咳。"他干咳两声，含混地说："好好。"

桑丹卓玛不自然起来，她觉得自己有些莫名其妙，便想找个台阶下来，她说："完德扎西大哥，你来找我有事吗？"

"对了。"完德扎西立刻说："夫人让我来请你去为她梳头，她可能要在庄园里办一次晚会吧。"

桑丹卓玛说："我知道了，一会儿就过去。"

完德扎西垂下手，似乎要离开。

她忽而又想起什么来，说："完德扎西大哥，等等我，我们一块儿去好吗？"

"当然好。"完德扎西又轻松地笑了。

桑丹卓玛把六岁的香萨拴到炕前的柱子上，以免她到处乱跑而惹祸，小香萨具有一副男孩子的性格，她喜欢上树、上房，所有能去的地方都有她的影子，这使她的母亲经常处于一种担惊受怕的境地。所以，不管香萨如何哇哇叫以示抗议，做母亲的似乎都充耳不闻，她把绳子拴牢之后就头也不回地出了门。

两人骑了马，走了半个时辰，就到了亚塞仓城堡。

不出桑丹卓玛所料，俩人一走进千户大院的正门，就迎面遇见了千户索白。

她屈膝道了吉祥,完德扎西则垂手立于一侧,索白看一眼完德扎西,完德扎西一脸不解的样子,索白只好挥挥手,示意二人可以到后院的夫人那里去。

桑丹卓玛猜测索白是知道完德扎西去叫她的,要不然他也不会那么平白无故地站在院子当中走来走去。她暗自舒一口气,如果不是完德扎西解围,那她又不知该如何是好了。想到这里,她不禁朝完德扎西投去感激的一瞥。

桑丹卓玛为耶喜夫人梳头时,发现夫人很快活。她声调尖细地和桑丹卓玛讨论了很多发式后,要了一种康巴式少女发型。

桑丹卓玛说:"梳这种发型显得太不合适了吧?"

耶喜说:"我知道你的意思,怕别人笑话,是不是?我才不怕呢,再说,这种发型多好看呢,梳在我头上一定很合适。"

桑丹卓玛一向在梳头的问题上很自负,她固执地说:"这种发型不合夫人的身份。"

"身份?"耶喜啧道:"我才二十七岁,不是还算年轻吗?"

"夫人是很年轻,但戴上辫套就更漂亮,更气派,哪个女人不想戴世界上最贵重的辫套呢?"

耶喜夫人翘着鼻子,不愿意听,她啪地打开一个红漆箱子,叫道:"你看看,没有一个辫套适合我!"

桑丹卓玛一瞧,银锁、银牌、银盾,以及珊瑚、松石、银元、玛瑙、彩色玻璃珠子等,应有尽有。

她看着耶喜,耶喜忽而低声说道:"阿姐桑丹,我真的不爱这些。"

桑丹卓玛的心忽悠悠地悬起来，痛痛的，她不再强求这个刚刚快乐起来的小妇人。

桑丹卓玛让夫人坐在面前，在她的头顶旋出一涡头发，把一段黑色的丝绸加在头发里，编了下来，两边的耳朵前各留一绺头发，把耳朵半遮半掩起来。

她麻利地编着辫子，一边说："少爷还好吧？"

"你说阿莽吗？他很乖，也不哭也不闹，索白觉得他不健康，说孩子就像我一样，没精打采的，他还想要一个男孩，和他一样健康的，然后把阿莽送到寺院他叔叔丹麻喇嘛那里去。"

桑丹卓玛听她说丹麻喇嘛时声音怪怪的，于是她说："可怜的孩子！"

耶喜歪着头欣赏自己的头发，她说："可怜的阿莽，我怎么舍得他走？可是索白说这个孩子一出世，就让阿莽去寺院，可我觉得他还太小了……"

"夫人。"桑丹卓玛吃惊道："你又怀孩子了吗？"

"是呀。"耶喜的脸上立刻洋溢着青春的光彩，她快活地说："到冬天就出生了，索白说一定是个男孩，不过我倒希望是个漂亮女儿。"

桑丹卓玛说："那不简单么？请丹麻喇嘛摸摸脉，就知道是男是女了。"

耶喜突然不说话了，沉默了一会，她又说："我生阿莽的时候奶水不够，这次可千万别又没奶水，真让我担心。这个小坏蛋,折腾死我了。"她瞧着自己的肚子,一会儿自怨自艾,一会儿又喜上眉梢。

桑丹卓玛颇受感动,她说:"你已经做过一次妈妈了,还这么激动么?我就不。"

"什么?"

耶喜吓了一跳,她的目光在桑丹卓玛的身体上走了一遍。

"我的意思是说,我也怀了孩子了。"

桑丹卓玛说得非常艰难,但她说完后大松了一口气,仿佛卸下了一个大包袱。

"是吧?真不简单,是谁的孩子?"

桑丹卓玛忽然有些委屈,她摇摇头,真不知从何说起。

耶喜笑道:"我知道的,我也听到一些,没关系,我不在乎。"

桑丹卓玛莫名其妙地看着她。

耶喜又说:"你给他生个儿子,我给他生个女儿,这不是两全其美么?"

桑丹卓玛明白她搞错了,她连连说:"不是的,不是的……"

她爱着的那个人,可能不再爱她了,也许他早已忘却了她,也许他同她一样,把忧伤和失落深深地埋进了心里。

耶喜不容她再解释什么,她指着那个红漆箱子,说:"我知道你也不喜欢这些,但我不知道你喜欢什么。"

"我也不知道。"桑丹卓玛终于茫然地说。

两个女人互相观望着,竟观望出一丝又一丝细密的皱纹来。

二、私生子

快入冬时，耶喜夫人生了孩子，是个男孩。差不多的时间里，桑丹卓玛生了个女孩。

桑丹卓玛生孩子，在代扎成为众矢之的，恰姜仓的族长仁青加对此尤其深恶痛绝。桑丹卓玛竟然私自生孩子，这简直就是对他的侮辱，他不喜欢他属下的女人背离他的威严，尤其是漂亮女人。这无疑是无视他的存在，但是他存在着，并且对此深恶痛绝。

于是，在桑丹卓玛坐月子期间，仁青加命令几个年轻人到她家里拆走了她的锅台。

她不能自己做饭吃了，她抱着她的婴孩，坐在冰凉的炕上。香萨跑回来对她的母亲说："阿妈，院子里到处都是粪渣。"

母亲抬起苍白的面孔，说："什么？"

她的确没有想到乡邻们会以这种方式来表现对她的愤恨，无疑，他们恨她，把她当作粪土不如的东西。正在这时，仁青加族长带着一大帮人来了，他们进了她的院子后，看到满院狼藉，便用手掩着鼻子，仁青加要进屋子，立刻就有一个男人阻止了他，那人说："族长，别进去，那屋里比院子更脏！"

仁青加觉得有理，于是便站在院子中，隔着窗户对桑丹卓玛说："你这种女人，上天降生你就是为了让大家看到你的丑恶，你的可耻行为已经使我们恰姜仓颜面无光，现在没有一个人愿意和你同住在一个村子里，你自己说，是你搬走还是我们大家搬走？"

隔着窗户,桑丹卓玛在里面说:"不用您族长劳驾了,我自己会想办法的。"

仁青加气哼哼地说:"你当然有办法!不过大家都说了,如果你能把那个私生子扔掉,你还是恰姜仓的一员,要不然,别怪乡邻们对你不客气。"

桑丹卓玛说:"孩子是我的孩子,不关你们的事。"

仁青加大怒,他吼道:"惯的毛病!我还是不是族长了?我是族长就见不得你这种丑事!"

他指着他身边站着的几个年轻人,说:"你,还有你,给我进去,把她拉出来,让她立刻就从恰姜仓滚出去!"

大家正要闹哄哄地进去,只听见背后一个声音清清楚楚地说:"谁敢动手!"

回头一看,是索白千户。

仁青加立即趋上前,问候道:

"千户老爷吉祥!哎呀呀,您来的不是地方,您这么干净高贵的身子,怎么能到这种肮脏地方来,有事只管吩咐,走走走,到敝处坐坐,我怕您在这里身上不舒服……"

仁青加本来是极力地用这些话来讨好索白的,但是索白根本不听这些,他在门口已站了多时,他知道仁青加对桑丹卓玛说了什么,他厌恶地摆摆手,说:

"你们都滚,这里的事不用你们管。"

仁青加见不好说话,立刻识相地带人退了出去。

索白走到窗前,对窗内的桑丹卓玛说:

"桑丹……桑丹卓玛，我看，你先到亚塞仓城堡住几天怎么样？身子要紧，再说耶喜的奶水不够，请你帮帮她。"

窗里的桑丹卓玛没有吱声。

"我可以进来吗？"

"请吧，如果您不怕弄脏您的身子的话！"

索白进去，他站在桑丹卓玛冰凉的炕前，看到屋子里一片凄凉。他轻柔地问："这孩子的父亲是谁，告诉我好吗？"

桑丹卓玛已经有些慌了，她说："嘉措回来过几天的……"

索白笑了笑，他想起几个月前，嘉措深夜造访千户城堡，这位表弟对他的表兄说："我知道桑丹卓玛怀了你的孩子，你要善待她，不然我会报复你！"

索白对他说："这么多年来你打家劫舍，干了不少好事呀！"

嘉措说："我一直没有对代扎做什么，是因为我的妻子女儿还留在这里，你不必有恃无恐，只要桑丹卓玛在这里平安生活一天，我就不会对你做什么，我说话算话，也希望你像个男人一样对你的行为负责！"

嘉措认为这孩子是索白的，现在，桑丹卓玛又说这孩子是嘉措的孩子，到底是谁的，这看来只有做母亲的才知道。

索白知道问了也没用。他请桑丹卓玛去他家里暂住几天，其实也并非对嘉措遵守诺言，也不是自己与耶喜的孩子找不到奶妈，他只是想对桑丹卓玛做点什么，他认为她永远也不会对自己开口有所要求的。

他说："这女孩真漂亮，我喜欢女孩子，清爽得很。那么你同意到亚塞仓去住几天吗？我答应你，以后再也不会到你的门上转来转去的。你生这个孩子，我懂了很多。女人真是不简单，尤其你，你总是做你想做的，真好。那么，你同意了吗？我求你了，就算是你帮一次耶喜……"

桑丹卓玛无言地点点头，她的眼泪已经流干了。

耶喜生产后一直不能恢复体力，她单独待在一个房间里，炕上铺着灰，围坐在厚厚的绸缎羊毛被中，门上挂着一只簸箕，以暗示别人不得擅自进入。

桑丹卓玛把自己的孩子交给耶喜，然后抱起那个起名叫才扎的男婴为他喂奶。才扎虽然身材短小，但面目却有些凶狠。他常常凶狠着脸把桑丹卓玛咬得吱哇乱叫，这时耶喜夫人就会说："可怜见的！"

不知她心疼的是才扎，还是桑丹。

这期间香萨与阿莽却相处得相当融洽，阿莽对香萨极其崇拜，因为丢骰子或是翻墙上房香萨都发挥得淋漓尽致，阿莽总是要跟在她后面模仿，可是不一会儿就会栽一个跟头，甚至跟头不断，香萨认为这是他对自己佩服得五体投地的缘故，这时，她就会慷慨地扯下自己的一根头发，送给阿莽做个纪念。阿莽受宠若惊，于是又一连栽几个跟头。

耶喜夫人见了，感叹不止。

桑丹卓玛就说："看，阿莽栽个跟头，就会忘记前世的一件事，一直到忘记完了，他也就长大了。"

耶喜撇撇嘴,表示不信,桑丹卓玛的孩子在她的怀里表现得极不舒服,她紧蹙双眉,望着房檐上的彩色斗拱,一副若有所思的样子。

耶喜见了便笑道:"这么说阿琼正在回忆前世里的事情吧?"

阿琼是她怀里的女婴的名字。

两个女人相视一笑,便又把目光投向各自的怀中,阿琼在静观凝思,才扎则在大嚼大咽本不属于他的白色液体。

这时,一个女仆进来,她的手中捧着一只托盘,托盘上是一碗雪鸡虫草汤,她把碗递给夫人。

夫人说:"这是什么?"

女仆说:"这是完德扎西管家吩咐厨房做的,他跟着老爷去打猎了,这只雪鸡拿来的时候身上还热着呢!"

"这么说雪鸡是完德扎西打的吧?"耶喜问。

"不光雪鸡是他打的,连虫草也是他亲自挖的,才拿来不久,特别新鲜,您尝尝。"

夫人说:"好的,给桑丹也来一碗。"

桑丹卓玛连忙示意不要,但女仆早已诺诺退下。桑丹卓玛朝夫人笑笑。

耶喜立刻严肃地说:"你别笑。"说完,自己也笑了。

桑丹卓玛看出夫人的笑非常特别,她的心中不由得充满了对这个女人的怜惜,她说:"夫人喝了这么好的东西,身体很快就会恢复健康的。"

耶喜盯着那碗雪鸡虫草汤发呆道:"身体好有什么用,我怎么也比不上你舒服。"

"我哪有你舒服呵。"

桑丹卓玛笑了，自从怀了阿琼之后，她就很少能够笑出声来。

女仆已悄无声息地端来第二碗雪鸡虫草汤，耶喜一定要桑丹卓玛喝下去，她俩一块儿端起碗，把完德扎西奔跑了几个时辰的收获一扫而光。

桑丹卓玛用手帕抹抹嘴，而耶喜则用袖口一抹了事，她接着说："我没有你过得舒服，不过我可以借你的光嘛，用你的阿琼换我的才扎，这样，你的好福气就会沾一点给我的。"

桑丹卓玛故意恼道："别胡说八道。"

耶喜却一点也不生气，她的异想天开突如其来，忽而又说："既然你不肯把女儿换我的儿子，那么给我做儿媳也是好的。"

桑丹卓玛问："哪个给哪个？"

"香萨给阿莽嘛。"

"这怎么好一句话就说定了呢？我可吃过苦，不想这么一下子就把孩子的终身定了。"桑丹卓玛无奈地说。

"这倒也是，可女人们都不是这样的么？"

"以后的孩子那可不一定。"

耶喜说："不管怎么样，我们这么一说，说不定就是缘分，只怕是香萨和阿莽不用我们操心。"

"要是阿莽出了家，那你的操心就要落空了。"

两个女人说着话，一边就偏过头，静静地观望着窗外的香萨与阿莽，那两个孩子正在起劲地玩着。

三、衮巴寺的转世灵童

衮巴寺的僧众们在经师的带领下，日夜都在为活佛早日转世而祈祷。经师是一位德高望重的老喇嘛，虽然年事已高，但仍然不辞辛苦地守在大经堂里。经师的身边坐着的是衮巴寺的管家丹麻喇嘛，他们两人都是前世活佛的得意门生，现在，两位喇嘛正在众人的诵经声中，盼望得到神示，盼望着转世灵童的早日到来。

前世活佛的一尺高的镀金塑像端坐在经堂的供桌之上，塑像本是坐北朝南，可是第二天这尊佛像却自动转向西面，使经师与丹麻喇嘛又悲又喜，悲的是活佛已经圆寂，衮巴寺的僧众和各部落里的信徒们无日不在悲痛中度过，喜的是活佛塑像的自转向西，正是暗示了转世灵童将出现在西方。

那一晚，经师做一梦，梦见前世活佛对他歌曰：

灵童转世于西方，
利于佛教与衮巴，
左脚心是白海螺，
右脚心是红莲花。

这样，经师与丹麻喇嘛毫不怀疑地认为灵童已经转世于衮巴寺的西方。为求慎重，二位喇嘛又骑马走了几天，到大衮巴寺里，请大活佛打卦占卜，并请降神师降神传神谕。经过祈祷诵经后，大活佛打卦占卜，得出的结论与前并无二致："你们衮巴寺的活佛灵童将转世于西方！"

降神师降神后，依然传下内容相同的神谕：

衮巴寺的灵童，
已经转世西方，
应该委派高僧，
速向西面寻访。

由此，确定了寻访灵童的大致方向。经师与丹麻喇嘛还需要了解灵童的出生地和家庭的某些特征，二位喇嘛又一同来到一座圣湖湖畔，先净水沐浴之后，点燃柏枝，开始祈祷圣湖慈悲护持众生，祈祷圣湖幻化显影。

一天后，圣湖突然掀起了一阵波涛，波涛过后，湖面恢复了平静，变得光滑如缎，清明若镜，湖内渐渐显示出一幅幻景。二位喇嘛虔诚地伏在湖畔，看到那一幅幻景里，先出现的仿佛是一座岔路口，路口正中有一个留着小辫子的男孩……可是一眨眼的工夫，小男孩不见了，代之而出现的是一个院墙很高的庄廓，一位妇女抱着一个男孩站在门前，门前长着一棵叶片繁茂的白杨，白杨下面围着一圈小孩，孩子们中间的一个小男孩正张着嘴说着什么……

经师惊喜地说:"看到那个岔路口了么?"

丹麻喇嘛说:"看到了,不过,一共出现三个男孩,不知究竟是哪一个。"

经师说:"出现就好,依我看,我们应该立刻动身往西去,或许早已有结果了。"

丹麻喇嘛也说是。这样,经师和丹麻就带领着几个喇嘛朝西走,准备暗访代扎部落和沃赛部落。可是这支寻访队伍穿过整座代扎部落,都没有遇到类似圣湖幻景中的情况。一直走到代扎部落与沃赛部落的交叉路口时,眼前突然出现一个小男孩,头上留着一条小辫子,正在朝东走,与丹麻一行遇了个正着。丹麻心中一惊,原来这个小孩是索白千户的儿子阿莽。

经师早已激动不已。他一把捉住阿莽的手,问他去哪里。阿莽见到经师,微笑着说自己正要回家,并且恭敬地请经师与叔叔丹麻喇嘛到亚塞仓千户城堡里做客。

阿莽的手指向亚塞仓城堡的方向,可是在经师看来,那只手指着的地方正是衮巴寺,经师连忙说:"你先跟我们到衮巴寺去吧,改天我们再去亚塞仓城堡。"

阿莽说:"我得先回家,阿爸阿妈在等我。"

阿莽说完,就转身朝代扎方向走了。经师望着丹麻,不知该怎么办。丹麻说:"我们还是朝西走,不能忘记最初的征兆,活佛的灵童应该在西方。"

再往西走,就是沃赛部落的地界了。这时已是黄昏,家家户户的牛羊都已赶进了圈里，晚餐的炊烟也已袅袅升起，与代扎部落一山之隔的沃赛部落，正沉浸在劳作一天之后的休息当中。

经师与丹麻一行人走到村庄里，远远就能望见沃赛头人的高墙大院。拐个弯，眼前蓦然出现一棵挺拔的白杨，叶片繁茂，枝长根粗，树下有一堆小孩子，正跟着坐在中间的一个小男子学念六字真经。不远处，一座院墙很高的庄廓前，有一位妇女抱着一个孩子，那孩子努力地要从母亲怀中挣脱，他大约被树下的热闹场面吸引住了。

树下的男孩名叫才仁。妇女怀里的男孩名叫噶丹。

这两个男孩都与圣湖的兆示相像，所以经师与丹麻喇嘛把他俩带到了衮巴寺。第二天，索白一早就把阿莽送到寺里，这在丹麻的意料之中。这样，被寻访到的灵童一共是三位。

三位儿童要在衮巴寺生活七天，这七天里，他们的言谈举止都在经师与丹麻的仔细观察之中。阿莽比另外两个孩子大几个月，又因为丹麻是他的叔叔，所以他在寺院里行动自如，毫无拘束。他常常一个人跑到经堂里，把藏经阁上的那些经卷翻个遍。经师认为这是阿莽的灵异所在，这么小的孩子，怎么会对经卷感兴趣呢？丹麻则不然，他对自己的侄儿不置可否。

才仁的个头在三个孩子中最高，他身材颀长、腰背挺拔，两只耳朵又大又圆，从长相上看被认为最有可能是灵童，经师与丹麻喇嘛都很欣赏他。才仁生性谨慎，至衮巴寺后，举止得体，说话十分小心。

噶丹是年龄最小、个头最小的一个，但是他聪明伶俐，衮巴寺上上下下都喜欢他。他到寺院后，唯一的爱好就是独自坐在寺院门口的台阶上。

第七天，三个孩子一早被沙弥们服侍着净水沐浴，熏了香，然后穿上新衣，引到大殿上。

大殿正中，摆着一张卡垫，卡垫上置放着一些佛珠、手杖、经书、铃杵、小手鼓、檀香木碗等。卡垫两旁是经师、丹麻喇嘛和别的高僧们。

经师和颜悦色地说："孩子们，你们每个人都要进行一次特殊的选择，从阿莽开始。阿莽，你可以选择你最喜欢的东西，你要留心些，这是佛珠，这是经卷。"

阿莽被安排在最前面。这一点经师与丹麻喇嘛有过分歧，丹麻喇嘛对自己的侄儿有一种莫名其妙的感觉，他觉得阿莽不可能是灵童，所以先由阿莽来识别前世活佛的遗器似乎有些不合情理，但经师很执着，丹麻只好妥协。当他看到阿莽站到前面时，不由得担心起来。

阿莽站在前面，他一点也不畏惧这种场面。在家时，他不也常是众人的中心吗？他在这种场面依然自由自在，那双长得酷似母亲的美丽的大眼睛里流露着机敏善良的神气，后脑勺上的那条小辫子又让他平添一种脱俗不凡的气质。

置放在他面前的是四串佛珠和四盒经卷。佛珠有新有旧，有檀香木质、玉质和一般木质的。经卷则都是旧的，原本杏黄色的硬封皮都变成了褐色。

阿莽拿起一串佛珠，那是其中唯一一串一般木质的。这时经师与丹麻喇嘛都紧张地捏了一把汗——那串佛珠正是前世活佛最喜欢的，它是老千户的供奉品——可是阿莽却立即放下佛珠，一把抓起一卷经卷，他打开经卷，经卷中的纸张已经泛黄了……

经师与丹麻喇嘛互相递了个眼色，经师是惊喜，丹麻是惶惑，他们彼此深深地了解对方，知道那眼色意味着什么。正在这时，他们被眼前的情况吓呆了——

阿莽翻了一下选中的经卷，可是他忽然厌倦了，他把硬封皮扣上，放回原处，他说："我要回家！"

经师语无伦次地说："等一下，阿莽，等一下……"

可是阿莽已经不等了，他独自朝殿外走，丹麻喇嘛追上他，说："你等一下好么？明天我送你回家。"

阿莽看着他的叔叔，那双眼睛里有些笑意。丹麻看得一惊，那双眼睛分明是耶喜的眼睛，那个倔强而又美丽的康巴女子，她知道她儿子的未来么？

接下来是才仁。经师让才仁选择的是手杖和铃杵。四根手杖皆是镶金嵌玉的狮头杖，四只铃杵里有金质铃杵、银质铃杵、铜质铃杵和一只铁质十字金刚形铃杵。

才仁文质彬彬地朝经师与丹麻喇嘛鞠了一躬，这才开始选择，他的纤纤十指放在那些金属物上，一遍遍地翻看着。丹麻喇嘛说："才仁，你慢慢选，不要糊涂啦……"

经师朝那些手杖和铃杵轻轻地躬着身子，那里面有前世活佛的心爱之物。他紧张地看着才仁在那上面游移的手指，当他看到才仁的手终于落到那只铁质十字金刚形的铃杵上时，真是百感交集,他激动地看了丹麻一眼,丹麻也正在激动地回望着自己。

丹麻喇嘛看到了一切。他知道那种神秘的缘分正在接近这座殿堂,正在接近才仁的手,正在接近他们每个热情等待着的心灵,但这还不是最后的证明。他声调平静地说:"才仁,再看看,你不要一只手杖么?"

才仁拿起一只手杖,在手里握了一会儿,那狮头啸傲于大殿之上,口中所含的珍珠,仿佛含着一个永恒的秘密。手杖支在地板上,发出沉闷的回声。才仁抬头看看经师,然后坚决地把手杖放回原处。

他说:"丹麻喇嘛,我不要手杖。"

经师与丹麻喇嘛都松了一口气。的确,前世活佛不曾用过手杖,一直到他圆寂的那一天,这些手杖也仅仅是施主们好意奉上的摆设。

最后轮到噶丹。噶丹早已静静地站在卡垫前面,经师和丹麻喇嘛把小手鼓和檀香木碗指给他看。四只小手鼓是羊皮面的木漆红色小鼓,崭新的鼓背上绘着八瓣莲花,每只鼓的手柄上都缀着红色或黄色的丝绸带子,左右有两颗骨坠。四只檀香木碗皆是大小色调一致的已经旧了的寻常木碗,既没有银皮镶里,也没有银盘托底。

噶丹那双细长的眼睛只看了一眼,便垂下眼睑。丹麻喇嘛说:"怎么,噶丹,你不喜欢么?"

噶丹说:"我喜欢。这些东西让我想起很多事情。"

经师大惊道:"快说,噶丹,你想起什么?"

噶丹说:"我得保守秘密,经师,你不能让我说出这个秘密。现在我只能说这四只小手鼓,都是我最喜欢的。"

经师忍不住啼泣道:"这些小手鼓,都是前世活佛亲手做的呀,他曾说过不要散失手鼓,来日要交还于他的话,我一直记在心里,片刻不敢忘记,终于等到今天啦……"

丹麻立刻打断他:"经师,先不要这样说,我们还要看看噶丹要不要木碗呢!"

檀香木的特殊的香气吸引着噶丹,他抬起他那双细长的眼睛,朝木碗张望了许久。丹麻看看噶丹的神态自若的眼睛,心想,活佛的灵魂到底属于哪个孩子?阿莽、才仁与噶丹,三个孩子都是那么杰出,可是灵童只能有一个,那么,这位承接了活佛灵魂的灵童到底是谁?

噶丹的手伸向木碗……

经师与丹麻喇嘛均十分惊讶地看到噶丹的手不偏不倚地伸向前世活佛曾用过的那只木碗,然后再伸向另一只同样被活佛用过的陈旧的木碗……

檀香的幽幽香味冲天而来,几乎熏倒了两位喇嘛。

几天后,大衮巴寺的大活佛被请来,一只本巴瓶里装着三个糌粑团,三个糌粑团里分别有三张纸条,那上面写着阿莽、才仁和噶丹的名字。

大活佛净手熏香后静默片刻,开始诵经祈祷,大殿内一片诵经声,沉闷的螺号响起来,伴随着大活佛的祈祷,伴着东天悄然而来的黎明。

诵经祈祷完毕，大活佛向殿内的佛像敬献了七宝八吉祥和二水五受用。七宝是金宝、银宝、琉璃宝、贝螺宝、珊瑚宝、玛瑙宝、珍珠宝、玫瑰宝。八吉祥是法轮、海螺、白伞、胜利幢、莲花、宝瓶、金鱼和吉祥结。二水五受用是两种水和花、香、灯、茶、饭。

经过一系列严谨的仪轨后，大活佛才把手伸进装着糌粑团的本巴瓶中，拿出一团糌粑。糌粑被打开，露出里面的纸条，只见纸条上清清楚楚地写着噶丹两个字。

殿上殿下顿时一片唏嘘。衮巴寺的喇嘛们经过这么曲折而艰难的道路，终于有了自己的新活佛。

噶丹被大活佛剃度，披僧衣，取法名噶丹嘉措，授净土戒。当经师和丹麻喇嘛替小活佛穿僧靴时，意外地发现噶丹活佛的左脚心隐约地呈现出白海螺的纹路，而右脚心则呈现出红莲花的形状，不由得暗自叹服起前世活佛的功德。

噶丹嘉措活佛叩谢了大活佛，然后向大殿内的佛像敬献哈达和曼荼罗。经师与丹麻喇嘛抓起金黄色的吉祥青稞粒，撒向四方。这时，天空中豁然出现一道七色彩虹，仿佛一道圣光，直接通向尘世的彼岸。

当圣湖的泥土触及你的肌体
你将会进入梵天的天国
当圣湖的神水触及你的嘴唇
你将会步入梵天的天堂

从千百次生死轮回中解救

圣湖之水如粒粒珍珠闪烁光芒

四、等待鹫王

完德扎西守了一天的水磨后疲惫地回到家中。

就在前一天,心情欠佳的索白千户在后院门前找到完德扎西,他怒气冲冲道:"喊你半天,跑到哪里去了?"

"老爷有什么事吗?"

"本来是想让你清一清账目的,不过这样吧,明天你去守水磨,那里人又多又杂,我不放心。"

完德扎西露出雪白的牙齿,吃惊地呆在那里。

这会儿,完德扎西靠在自家的热炕上,心里充满了恐惧。让他去守水磨,无疑是对他的一种嘲弄,堂堂管家,上下左右处理得体,本来是不该被防备的,可是他曾经存过的侥幸心理,果然被揭破了,这虽然是迟早的事,但仍然像不可知的结果一样令他心惊肉跳,他原以为千户惩戒他时需要寻找一个合情合理的理由,因此他时刻提防着不被找到这样一个借口,可是他错了,千户的惩戒,根本不需要理由,他如果要惩戒,只要张口就行了,事情就是这么简单。

可是,他到底发现了什么?

完德扎西一想到这里就禁不住一个寒噤,他感觉到自己的谨小慎微,此时此刻是那么的可笑。

妻子措毛已经悄无声息地捧上一碗芬芳的奶茶,她温顺地看着丈夫,轻轻叹一口气。

她说:"累了吧。"

这是每当丈夫进门后她总要说的第一句话。

完德扎西也总是回答说:"不累。"

接着是一阵心照不宣的沉默。

完德扎西在这种沉默之中将一碗茶喝了下去,一种家庭的温暖感和放松感从舌尖流传到身体里、四肢里,最后流传到大脑中,顿时,他恢复了知觉。

恢复了知觉的完德扎西从炕上欠起身,混浊的眼睛散发着明亮、温良的光芒,他把这种目光投向左边,再投向右边,没有看到他想要看到的,于是,他温柔地问:"丫头们呢?"

"她们在前面碾场上耍着呢!"

丫头们是卓弥与卓嘎,两口子的两个宝贝女儿。措毛听到丈夫问起丫头们,便明白他恢复了知觉,明白他真的回到了自己的身边,她低下头,眼泪滴到了手腕上的玛瑙镯子上。

完德扎西似乎听到了这一声由液体和固体撞击出的轻盈而透明的声音,他痴痴地望着她的额上的发际处,那儿有几根颤抖着的乳发,夕阳从窗外射进来,照着它们,它们变幻角度,幻化出赤橙黄绿的层层光环,那么光彩夺目,又是那么温柔无依。

他说:"措毛!"

"嗯。"她说:"这烟熏得!"

镯子上的泪已被擦去，那地方因潮湿，暂时失去了玛瑙玉质特有的光泽。

"来。"完德扎西说："坐到这里来。"

措毛就靠着炕沿，挨着他的衣服。他碰碰她的手，说："以后不要这样。"

"什么也没有啊。"

"我是说，以后会慢慢好起来的。"

"是啊！"

完德扎西瞥了一眼妻子，他的眼睛在说，你最知道我的心。

措毛不再吱声，她盯着炕桌上走动的夕阳，夕阳犹犹豫豫的，走走停停，终于挪到炕角上。丈夫不在家时，她闷闷的，她觉得丈夫回家后她会好一点，可是现在丈夫就在她身后，她仍然有些说不出的慌乱。

措毛不由自主地又叹了口气。

完德扎西便故作轻松地笑道："你一叹气，声音就没有唱歌那么好听了。"

"你还记得我唱歌呀。"

"那当然。"

他看着她，他记得过去，在她快乐地唱歌的时候，他们的关系是那么稳定，他从没有怀疑过这种关系的虚假，可是现在，这条牢固的绳索变得松弛了，变得可有可无了，这当然不怪她，完全是自己的缘故，他明白他应该担负的责任，但是他的确已经无能为力了，他只能一厢情愿地幻想，一切都会好的，一切都会好起来的。

完德扎西握着妻子的手,轻轻地唱了起来:

我从遥远的地方来
脚下是陌生的土地
耳边是陌生的声音
没有一张熟悉的面孔
呵　我没有一个朋友
……

措毛冰凉的手被捂热了,她想起了那个最初的黄昏,他认识她时,她正在唱这首古老的歌谣,歌谣伤感、婉约,显示出一层似有似无的玉的质地,高洁、冷漠,富有光泽。

节奏则如敲击玉器的回旋,是那么动人肺腑,耐人寻味。完德扎西只是被感动的众多男子中的一个,但是他还没有来得及体会歌谣的精绝奥妙之处时,竟已经意外地拥有了她,她使大家迷醉,却使他疯狂了……

措毛说:

"你的记忆真好,你记得你唱给我的第一支拉伊吗?"

完德扎西立即从沉醉中清醒了,他腼腆起来,回想当年那阵陡起的勇气,真令今天的自己惊奇不已。

措毛于是就唱了起来:

阴山阳山山对山

山根里冒一股清泉

陪我的妹妹坐一天

喝一口凉水也喜欢

……

她的声音渐渐充满了欢乐，不知从何时起，她已经完全依偎在丈夫的怀中了。完德扎西不是粗鲁的男子，他轻柔地抚摸妻子的长辫子，一根一根地，仿佛在抚摸她含蓄的历史。

夫妻二人依偎在黄昏里，这个黄昏，突然割舍去这之前的满腹辛酸，和最初的那个黄昏完美地、甜蜜地重叠了，那次是一种崭新的开始，而这次同上次一样，也即将拉开一个崭新的帷幕，但是比上次更牢固、更有力、更长久，比上次更成熟、更坚定、更完美的新的轮回。

他们徘徊在希望的边缘上，力图进入最初的也是最高的境界。可是不巧，这种刚刚建立起来的默契被有力地打破了——千户夫人的女仆，像是刚好掌握了这个时间的奥秘似的，她恰到好处地站在院墙的阴影下，完德扎西一下子就像是丢了魂儿，就这样，那女仆用一声种尖利的呼唤叫走了他。

完德扎西从妻子的怀里挣脱，他机械地走出去同那女仆说话，女仆的神态既高傲又神秘，她说了两句什么，就头也不回地走了。完德扎西匆匆忙忙回来和妻子打招呼，说主人叫他有事，还说水磨也得照看。他结结巴巴地说完就走，临走又回头看了她一眼,那眼神里除了负疚和不安外,还充满了恐惧。

措毛对着回头看她一眼的丈夫点点头。她点了点头之后,茫茫然四顾,那声尖利的呼唤叫走了她的完德扎西,也叫走了她的影子,没有影子的人是什么?是鬼。鬼没有灵魂,没有希望,鬼深陷在痛苦中不能自拔,并且就此永无出头之日……

她点了点头,于是便明白自己又是孤身一人,她预感中的那种慌乱,重新占据了她的心头,他走了,带走了稳定的、持续的家庭氛围,剩下的,除了不安之外,就是恐惧。

她点了点头,于是便明白丈夫对自己撒了一个谎,因为他进了千户庄园,就不可能再出来照看水磨了,如果傍晚有人去磨面却无人照看的话,那么千户知道后,他又会怎样惩罚完德扎西呢?完德扎西——我的丈夫——我的丈夫吗——我的丈夫!

萎顿的措毛收拾好猎猎心事,强打精神出门,她决定替丈夫看守一夜的水磨。

远远的,她就听见了咿咿呀呀的木水车的声音,那声音好像一声接一声的抽泣,令她胆战心惊。

黑暗中一个黑影站在那里,措毛问了一声,黑影说:"哦,是措毛,完德扎西不来吗?"

她听出是扎西洛哲的声音,便说:

"他不来了。"声音咽咽的。

"我来磨点青稞,丫头饿得直哭。"

扎西洛哲一筹莫展的样子:"真没办法,我拿她真没办法,一天到晚烦死我了。"

"孩子还小呗,怪可怜的。"

"怪可怜的?"

扎西洛哲声音高了起来:"怎么没有人可怜我?我也没见谁可怜你。"

措毛被这话击中了,她忧怨的目光看看对峙着的、同样萎顿的身躯,觉得自己被抽干了骨髓,她用最后的力气叫喊道:"我可没什么让人可怜的!"

"哼哼。"

扎西洛哲在黑暗中哼哼了两声。

措毛的脸颊上挂着几颗冰冷的泪珠。这时,水车突然怪叫一声就不转了,仿佛给她未说出口的话打了一个过早的句号。

措毛立即扔下扎西洛哲,提起袍子往水边跑,她想如果水车坏了,那真是天塌下来了……

她蹲在水边,想看出个究竟。

水车顶天立地,像一具巨大的法轮,像一句暗示的结束,像一只神秘的刚刚展开的手掌——

措毛站在离水车很近的地方,她伸出头,想在车轮里找出不转的理由,就在这时,水车突然惊天动地地转了起来,它发出嘎嘎的怪叫,直向措毛逼去……

措毛本能地往后缩了缩,可是已经晚了,她的袍边夹进了水车,一阵冲天的吱嘎乱响后,措毛已是身首异处,连最后一声宿命的呼救声都没有来得及喊出来……

完德扎西一直不肯承认这是真的,他连说不不不,然后就搂住酒瓶不放,当他酩酊大醉时,就开始放声唱那支妻子唱过无数次的古老的歌谣:

我从遥远的地方来
脚下是陌生的土地
耳边是陌生的声音
没有一张熟悉的面孔
呵 我没有一个朋友
……

桑烟煨起来了。

女儿们伏在山下,措毛的身体被包裹好,由四名村人抬上山去,他们的身后,跟随着吹响了经号的喇嘛们。

号声惊动了鸦群,但它们朝相反的方向飞去。

千户为死者邀请的喇嘛们正在诵起平安经。

他们诵:平安。平安。平安。

女儿们伏在山下,她们不哭,只是眼望着土地,等待着那遥远而来的鹫王。

膝盖已是酸痛,手掌上满是尘土,却仍不见那鹫群,仍不见那鹫群之王。

人们面面相觑。

人们说,鹫王不来,鹫群也不来,这罪孽深重的女人,上天不愿意收回她的骨肉吗?

等了整整一天,仍然不见那鹫王。

人们只好架起木枝,点起火,把这特别的身体放在那木架之上。

有人为死去的措毛开了天眼,以便她忧伤的灵魂及时踏上轮回之路——如果她还有灵魂,那么灵魂定是那徘徊不去的挥手。

那份难舍,是滚滚而起的黑烟,是滚滚黑烟之上忍耐的舞蹈。

浓烟曼舞,喇嘛们在唱:

平安,你这红尘中的女人。

平安,你这本该了却的女人。

平安,你这享受再生的女人。

女儿们伏在地上,侧脸看见人们在洗手,洗过手的水泼到很远的地方,然后看见那群刚刚洗过手的人们在吃肉,吃着肉的人们面面相觑——

今天没有风,村中的炊烟直上蓝天,可是,可是那木支架上的黑烟,却不偏不倚、不屈不挠地直扑向东面的村庄……

五、轮　回

　　自从万玛措离开代扎后,扎西洛哲就结束了他的欢乐生活。他失去了妻子,从此便对那炙手可热的官位失去了兴趣,如果说村人们对万玛措的出走有些议论纷纷的话,那么对他的自动离职却表现出理解的沉默。

　　扎西洛哲充满了痛恨地追忆过去,追忆那个离他远去的女人。每时每刻,他都沉浸在这种仇恨里不能自拔,当他诅咒一遍时,就会因无处发泄而只好揪去一撮黑发,直到黑发揪光了,再长出来的,就只有白发了。

　　女儿长得酷肖妻子,起初她对父亲凶狠的目光毫无察觉,依然快乐地在他面前走来走去。扎西洛哲为了维护做父亲的尊严,忍耐了一次两次,可是到后来,他一看到女儿端茶送饭的姿态都犹如妻子的再生,不由得怒从心起,于是他第一次,捉住女儿,无缘无故地把她痛打了一顿。

　　有了第一次,就有了第二次、第三次的理由,不管什么时间,也不管什么场合,他会随便抓起一样东西,把它当作泄愤的工具,泄个痛快,是啊,没有痛,那有快呢?

　　女儿雪玛变得胆小如鼠,她就像是那抹沿着墙边走的炊烟,无声无息。

　　雪玛已到了爱美的年纪,她在父亲视力不到的地方,常常把自己打扮得花枝招展,没有新衣服,没有好首饰,这不要紧,只须一只装满了香草的荷包,挂在舒展婀娜的腰间,已是有了千种的风情了。

她包揽了家中所有的家务。当扎西洛哲坐在太阳底下,脸上布满了阴云地浮想联翩时,她已经神不知鬼不觉地做好了茶饭,上好了乔玛,背回来了水。她的娇小的身材不足以在案板上大显身手,她便在脚底下垫一块反向的大拓臼子,于是大小不一的饼子就进了灶膛。

雪玛赶着羊群上山,夏仲益西总会在山那边等待,他看着雪玛在头羊的背上,由一个小姑娘长成了大姑娘,他就腼腆起来。

雪玛虽是受尽了苦打,但是一离开小院子里枯坐的父亲,总会立刻重新感受到在自然空气里流连的快乐。

偶尔香萨也会跑上山来。于是,少男少女们赋予羊群以自由,赋予自己以忘却一切的歌唱。

他们歌唱,嬉戏,然后剜一簇又一簇鲜艳的鲜花,这一丛叫香阿拉东,那一丛叫扎果梅朵,还有拉玛日角、尖玛梅朵、角玛卡罗,还有阿交、尼鲁、阿伊鲁,还有那一团团毛茸茸、轻绵绵、一吹就散的阿就,被风飘起,飘向遥遥无垠的山峦……

这样一唱,就到黄昏了,香萨回家后能吃到可口的饭菜,夏仲益西回家也能吃到可口的饭菜,唯独雪玛得回去做饭给父亲吃,可是她一点也不在乎,只是在同小朋友们分别后,眼巴巴地盼着明天的到来。

雪玛背一捆草,她已将一丛嫩黄的野菊藏在草中,她的灵敏的大眼睛里含着笑意,她要把它们栽在门厅上方的墙上,尽管父亲看到了又可能会打她,但是,她真的不在乎。

就在扎西洛哲不肯去看田的同时，完德扎西也自动离开了在千户家里的职位，最初的一段日子是在酗酒之中度过的。每当酒醒，他都会自言自语地说："这不是真的，这不是真的。"于是，他又醉了。

他一直不能相信措毛真的已离他而去，但是有一点他非常明白，即使在醉中，他也不肯再向千户庄园的方向多看一眼，他知道是什么害了她，是什么害了自己，是什么使他们夫妻生离死别，但这又有什么用呢？已是太晚太晚了。

在他醉酒的时候，就朦朦胧胧听见女儿卓嘎和卓弥在小声地议论，那一天火葬时的情景，真怪，真怪呀，那天没有风，可是燃着阿妈的那团火、那团黑烟却向我们袭来，好像挟着一股强有力的力量，向我们袭来……

黑烟？

袭来的黑烟里有什么？

完德扎西雪白的牙齿已经变成了暗黄色，他一个寒禁，黄色的一颗牙齿就莫名其妙地脱落了下来，他从醉梦中惊醒——

黑烟里有什么？

他想像自己的妻子在浓浓黑烟中躺着，她的艾怨的灵魂使黑烟具有了某种魔力，并且使这种具有了魔力的黑烟，不偏不倚地向我们袭来……

是的，她一定有怨，她一定有怨！

他忽然明白了，他的妻子是怀着怨气离开这个世界的，三宝呵，心怀怨气的人是不能走出轮回的，你这可怜的女人，为什么走后又回来了?

完德扎西忽然意识到自己身负着一种责任,对妻子而言,他认为他有责任帮助走入歧途的妻子,这种帮助非常简单,其实就是惩罚自己。

完德扎西决定闭斋坐经。

唵嘛呢叭咪哄,每天不言不语,不餐不食,数小时数小时地盘腿而坐,心诵六字真经,闭目思过。

六字真言唵嘛呢叭咪哄,分别指的是地狱、恶鬼、畜牲、天、阿修罗和人,前三种叫作三恶趣,后三种叫作三善趣。

茫茫众生,苦海无涯,生死轮回,如果做恶,下世必投胎于三恶趣中;如果积善,下世才能投胎于三善趣中。但转生三善趣中,虽比三恶趣要好得多,其实仍没有摆脱生老病死或由生老病死带来的烦恼,所以想要超越这种生死的轮回,只有常常口念六字真经,并且心、口、意能够同时达到虔诚的境地,才能关闭身体上潜伏的通往三恶趣三善趣的脉道之门,这样,等到离开这个世界的时候,就会轻轻松松、自由自在地走向西天极乐世界。

闭斋的目的,是使人们在人世间体会地狱的苦难:

闭目,是让人体会黑暗的地狱之门。据说那里面阴森恐怖,恶事遍地,每一步,都可能有一个陷阱,都可能有一个意外的袭击,没有安全感,没有任何屏障可以保护你,你暴露在黑暗之中,每一寸肌肤都是那么软弱可欺……

不餐不食,是体会恶鬼。据说恶鬼长着硕大的嘴巴,硕大的肚皮,可是食道却纤弱细长,难以及时地将食物送入饥饿的胃囊，所以它永远都在吃，可是永远也吃不饱，它在饥饿中挣扎，它暴躁、愤怒、仰天长啸，却无法排解最根本的苦难。

不言不语，是体会畜牲。造物主把给了人的一切发声器官都给了畜牲：嘴唇、上下两列牙齿、牙龈、上颚、舌、小舌、口腔、气管、声带、鼻腔，等等，可是畜牲竟不能像人一样说话，它们具备了一切发声的条件，但却无法运用语言来表达情感，无法彼此间传递消息，无法叙述过去和未来，无以诉说的痛苦，犹如被人驭使的痛苦……

闭斋坐经，完德扎西在静寂之中，逐一地体会种种苦难。苦难的由来，在于被某种事物所拘束，好比一个绊子绊住了你，你无法获得自由的飘荡，你无法获得最终的解脱。

可怜的女人，措毛呵，我为你体会诸种苦难，我为你慈悲为怀，处处为善，我为你拒恶业于千里之外，我愿你摆脱轮回之苦，径往西天，慢享极乐——

那股黑烟，你就收回吧！

完德扎西闭斋坐经达到了登峰造极的地步，他一周接一周地不说话，不吃饭，骨肉渐消，心气郁结，瘦无人样，可他仍然坚持闭斋坐经，没有人能够劝住他。

终于有一天，他躺下了，并且蜷缩起来。

卓弥吓坏了，她端着饭碗跪在炕边，恳求父亲吃一点，可是完德扎西已经没有说话的力气了，他看看女儿，指指胸口，脸上的表情痛不欲生。

卓弥和妹妹卓嘎把父亲背到寺院里去。

姐妹俩哀求丹麻喇嘛给父亲看看病。丹麻喇嘛看到昔日风采超人的完德扎西竟然变成了这个样子，着实吃了一惊，他急忙把脉，询问情况，最后他明白是怎么回事了。

完德扎西躺在卡垫上，示意女儿们出去，然后他用柔弱的目光期冀地望着丹麻喇嘛，他说：

"丹麻喇嘛啦，帮帮我吧！"

"好的好的，我先给你吃点药。"

"你明白我的意思了吗？"

"我明白了，可是……"

"不要这样，求求你帮帮我，让我快一点吧！"

丹麻喇嘛不知所措地站在病人面前，他听到病人艰难地说："喇嘛啦，这是你的本分，帮助苦难的人早一点得到解脱！"

丹麻喇嘛转身进了另一间房子取药，这时，索白千户坐在那里等他的兄弟。丹麻喇嘛将完德扎西的病告诉哥哥，索白听到后也是吃惊不小，他说：

"怎么会这样呢？"

丹麻喇嘛说："你真是个虚情假意的人。"

丹麻喇嘛为完德扎西服了一丸药。完德扎西满足地望着他，他说："真不知该怎么感谢你……"

"快别这么说。"

"那么来世再报答吧！"

姐妹俩扶着父亲回到已经充满了衰败景象的院落中，她俩守在炕边，父亲躺在炕上，安安静静地望着柱子上挂着的一副珊瑚辫套,那是措毛做新娘的时候戴过的,珊瑚是他为了娶她而一颗一颗攒起来的,他还记得措毛第一次戴上它时的那副羞涩的样子,她是那么动人……

丈夫看着妻子的辫套,喃喃地说:"等着我……等着我……"

天没有亮的时候,完德扎西闭上了眼睛,他对这个世界毫无怨言,除了一双女儿,他再也没有什么可以留恋的了。

那个凌晨,晨霭还没有浮起,卓弥和卓嘎就成了孤儿,两个孤儿凄苦地依偎在一起。遥远的夜空,仿佛还在传唱着那支古老的歌谣:

我从遥远的地方来
脚下是陌生的土地
耳边是陌生的声音
没有一张熟悉的面孔
呵　我没有一个朋友
……

在清晨,村庄还沉浸在静谧之中,小学校的章子文校长沿着河岸去散步。他看着眼前的风景,背诵一些朝朝暮暮的诗句,诗句与景色毫不相干,他感到眼前景有道不得的奥妙。

他站在河岸的高处,心旷神怡,极目远眺,结果就远眺到一个女人,那个女人轻飘飘地落到了河水之中。

他暂时还没有分清落水与跳水的关键性区别,他只是想,有人落水了，是个女人。

于是他跑过去，费了不小的劲把落水者打捞起来。

他分开那一头湿漉漉的遮在女人脸上的头发，大吃一惊，原来女人是千户夫人！

落水者的确是耶喜，她满脸苍白，腮处呈蛋青色，她的神志还算清醒，听凭章子文把她摆在鹅卵石上。

章子文慌慌张张地问：

"你怎么到下面去了？"

他用下巴指指河水，然后帮耶喜拧干衣服上的水。

耶喜夫人像看着陌生人一样看着章子文。

章子文又说："大清早的！"

他用手帕拭干耶喜脸上的水珠，他刚拭干，那脸上又渗出一层水珠，他唉声叹气地说：

"好了好了，这不，天还是天嘛！"

耶喜似乎听懂了这个人说话的含义，她点点头，又摇摇头，却始终不发一声。

你脱了袈裟

你成了代扎最漂亮的小伙子

第七章

一、四月吉祥

藏历的四月，被称作神月，因为千年以前，伟大的佛子释迦牟尼从其母右肋下诞生时，正是四月。

四月是吉祥的，四月的天空一派蔚蓝，四月的土地饱满丰盈，四月的桑烟虚幻而又深刻，四月的心绪纯洁而又神秘。

自然，吉祥的日子里，人们便要做一些吉祥的事情，事情做多了，就成了不可更改的习惯。

四月里，代扎的宁玛派喇嘛们就集中在亚塞仓嘛呢堂里开始集体坐经，一直到四月结束。

这种坐经出自喇嘛的慈悲情怀。青苗时节，万物复苏，一切生灵都在茁壮成长，但相应的还会有一些邪气鬼怪滋生，在丰沃的土地上里作祟。这种坐经，正是针对着邪恶而来，以佛的力量，驱除妖魔，镇压邪气，保障人们的安宁生活，维护一年辛勤劳动的果实，因此，可以说，四月，才是一年真正的开始。

坐经期间，喇嘛的饮食由百姓挨门逐户地供给，这种供养完全出于自愿，因为坐经正是为了大众的利益，因而四月更增添了一层重要而又庄严的色彩。

阿卡奂是喇嘛之首。

此时，亚塞仓嘛呢堂内香火缭绕。这之前，索白千户特意从同仁请来了吾屯艺人，重新描绘了壁画，重新整理了塑像，因此，嘛呢堂焕然一新，院正中经幡林立，三色幡旗抚摸着拂来微风。七级台阶之上，是莲花座基的门廊四柱，描金绘银的斗供，楣上的梵文、藏文的横批，飞檐风铃，悬挂着莫测之神韵。

门两边，是怒目而视的四大天王。

据说，须弥山腰有一山名犍陀罗山，山有四峰，各有一王居住，各护一方天下，东方持国天王，身为白色，手持琵琶；南方增长天王，身为青色，手持宝剑；西方广目天王，身为红色，右手绕龙，左手持塔；北方多闻天王，身为绿色，右手持宝伞，左手持银鼠。四大天王各有一位侍者、九十一个儿子、八大名将辅佐，守护十方。

走过怒目而视的四大天王，进入堂内，红木地板上摆满了卡垫，卡垫上坐着以阿卡奂为首的诸方宁玛派喇嘛，他们正念念有词地捏着各式各样的糌粑。

当日诵赞词，表达吉祥、瑞兆、美妙、向往时，捏出的糌粑呈神状，体态优美、丰满，具有神的一切意韵。

当口诵咒语，表示痛恨、丑恶、驱逐、仇视时，捏出的糌粑成鬼状，体形模糊丑陋，不堪一击。

四月的最后一天，也就是坐经结束的那一天，阿卡㕯会将神状糌粑赐给大家分食，再将敬供的一壶净水，点洒在众人的头顶之上。这些经过赞美的东西，实际意义已超过它们本身，已经具有了和平、宁静、幸福、风调雨顺等所有美好、善良的象征了。

喇嘛们敲起法鼓，吹响法号，凄厉的叫声响彻云霄，他们捧起鬼状糌粑，一边舞，一边走出嘛呢堂，走上崎岖的山路，他们发出恐吓、厌恶的叫声，舞蹈里充满了威胁、驱逐的坚决意味，还要大声地呼唤护法神的名号，以彰正义的力量。

走上代扎最高的悬崖，阿卡㕯将鬼状糌粑扔下悬崖深处——
滚吧，你这邪恶之鬼！
滚吧，你这邪恶的一切！
因为鬼气、浊气已经被驱赶走了，因此可以相信这一年，将会有吉祥的阳光、丰硕的成果与收获，还有甜美的生活、宁静的情怀。

人们雀跃起来，他们确信阿卡㕯及众喇嘛们指引的方向，鬼走了，神就会来的，神会带来一切吉祥瑞兆。

人们雀跃起来，坐经圆满地结束了，即将开始的，是宏大的跳神场面，跳神已经从原始的驱鬼娱神的意义转变成百姓的集会了，因此说到跳神，便不单单为喇嘛们所专有，而成为百姓们娱乐的节日了。

人们从四面八方而来。

在整整一个冬天的期望里，神们终于姗姗地来了。

第一场：鸣炮……烟雾散了。二十六位喇嘛，戴着各式各样镶金镶银牛头面具，着各式各样披红挂绿牛脸裙，左手持碗或杵，右手拿月形刀，白色的僧靴，踏着一声声的鼓，旋转，旋转，摆袖，摆袖，高举法器，仿佛高举着驱魔的决心。

第二场：鸣枪。云雀飞走了。四具童年的骷髅，斑斑血渍，白骨上穿的是紫色莲花披肩，戴的紫色莲花帽。鼓与钹激越，四童子于尘中挣扎。

第三场：五米长的经号终于吹响，两位铁棒喇嘛出场喝道。旗队幡队，赤橙黄绿，八大吉祥尽其中。两列华盖，富贵雍容，日月星辰齐簇拥。一位钹，一位号，两位紫金香炉，香烟不尽。三位长经号，三位大皮鼓。三十面铜面锣，三十面铜面钹。风铃响处，是一位凡尘中人，牵一匹绿彩马，起步沉稳，举目四望，满世界都是红袈裟。

第四场：喇嘛们四面坐定，一童子进场点炮，二童子引来雪山雄狮，雄狮腾挪闪跃，如临敌，又如入无人之境。大眼亮丽，蓝鬃飘逸，脖系金银铃，额缠红璎珞，长尾流苏，行云流水。

第五场：号、鼓、钹、锣，整齐长鸣。二十名喇嘛应声入场，红袈裟，金滚袖，白哈达，彩腰带。

第六场：鸣枪……硝烟弥漫。十位清朝打扮，头戴红翎帽，身穿马褂衣，瘦腰叠彩绸，一声号鸣，一声鼓应，一声凝咽。

第七场：一双锣，一双钹，四只长号，两只小号，紫金香炉重新燃起。又是十人清朝打扮,大红衣,天蓝服,团寿裰,元宝帽,金绣鞋,龙纹汗巾。八童子上场欢舞,脚铃悦耳。乐队出,巡场一周,停留于侧,六支五米长号架于松木雕花架上,独吹独奏,沉决,忧郁,顿挫有致。钹轻拍,十七人入场,头顶红花翎,身着佛法衣,手执各色彩绸,起脚,旋转,轻舞曼蹈,如履薄冰。彩绸飘扬,裹身携影,月入云端。

第八场:留下的那人在舞,网状围裙,透溢出无限的风韵。八面旗旌,八面如意,二小号,二香炉,相继跟上。六具骷髅,头插四面白色幡,手执旗与剑,身着五彩莲,呼啸而上。一人黑面,黑帽,黑衣,黑靴,一手握黑绳鞭,一手握黑锦旗,扶摇而上。锣重击,复退下……

第九场:留下的那人在舞……

春日融融。

香萨穿过拥挤的人群走出来,她刚才看着喇嘛们翩翩起舞时,突然感到有些不自在,人们争相把哈达与纸币扔向场内,自己却不想扔,她想用怀里的钱为阿妈买一把新发梳。

香萨挤出人群,然后就在一个小摊贩的车上看中了一把镀银的铝质细齿梳。当她握着梳子告别小摊贩后,即刻后悔起来,母亲一定不喜欢这一类新玩艺儿,可是她又不好意思回去把它退掉,便想把梳子送给好朋友雪玛。

香萨朝山上走,她知道雪玛一定还在山上放羊。雪玛的父亲从来就不准女儿参加任何庆典,雪玛自己也不愿意参加,因为她没有一件像样、合适的衣服。

当香萨来到雪玛经常放羊的山坡上时，却意外地发现雪玛正和夏仲益西亲亲热热地坐在一起，想不到夏仲益西也没有去看跳神法会，他是来陪雪玛的吗？

香萨犹犹豫豫地停下脚步，自己的出现会不会打搅他们呢？

其实，大家都是一起玩大的少年伙伴，彼此不会有任何约束，只不过，随着年龄的增长，雪玛与夏仲益西有些异样的反应而已，这或许是正常的。

自从雪玛的母亲出走后，雪玛的父亲就开始无端地打骂雪玛，因为雪玛长得太像她的母亲了，无论走路的姿态，还是说话的腔调，简直和母亲一模一样。

父亲一见雪玛，就立刻联想到雪玛的母亲、他自己的妻子。他恨妻子的出走，但对此已毫无办法，只好将满腔的怒火泼到无辜的女儿身上。雪玛的美丽动人的确像她的母亲，但柔顺的性格却不是从母亲那里继承而来的。

雪玛柔顺，她对父亲的暴虐习以为常，她对香萨讲述父亲时，就仿佛在讲述另一个的父亲，她淡漠地对待父亲的打骂，是因为她觉得父亲非常可怜，她作为女儿，理应承担母亲的罪责。

香萨清楚这一点，夏仲益西也清楚这一点。因此，雪玛在山上时，并不是孤独的，要不然就是和香萨在一起，要不然就是和夏仲益西在一起，她不大记得母亲的模样，但她从来不提母亲，就好像她从来就没有母亲一样，她常对香萨说她有三条命，一条是自己的，一条是阿爸的，还有一条她没说，香萨起初以为她说的是她的母亲，但后来就渐渐明白，她说的最后一条也是最重要的一条，就是夏仲益西。

香萨转过身，悄悄离开了那一对毫无察觉的少男少女，她想这种时间对他们来说或许是最宝贵的，这种天色，不正是属于少年们的蔚蓝吗？

香萨一转身，就看见了夏仲益西的弟弟森巴仁庆，森巴仁庆正在朝山上探头探脑。

香萨一向对森巴仁庆没有好感，同胞兄弟竟有如此大的差别。她看见他的这种举动，更是厌烦，便上前挡住森巴仁庆的视线，问道："啊呀，这不是森巴仁庆吗？"

森巴仁庆遇到香萨，一脸的没料到，他说："原来是阿姐香萨呀，你在这里干什么？"

香萨说："我来找我的马，却找到了一头驴。"

森巴仁庆知道她的意思，可是他惹她不起，便嘿嘿了两声。

香萨又说："森巴仁庆，你到山上来找什么？"

森巴仁庆只好说："我来找我的哥哥。"

"你哥哥？"香萨露出很吃惊的样子。

"你哥哥学习那么用功，怎么会跑到山上呢？你们家是不是不让他上学，而让他到这山上来放羊了？"

"你真的不知道？"森巴仁庆神秘地说：

"我告诉你，可不准跟别人说，我哥哥一放学就往山上跑，我知道他是去找那个丫头片子去了。"

香萨对这个词汇非常不满："什么丫头片子！"

"就是雪玛嘛。"

森巴仁庆对于自己掌握的秘密颇为得意,他小声道:

"阿姐香萨,我知道你和雪玛好,但是我阿妈可不喜欢雪玛,她们家太穷了,如果我哥哥要娶雪玛,那我阿妈就气死了,你想我阿妈会干吗?"

"雪玛有什么不好?嫁到你们家,说不定她自己还不乐意呢。"香萨立刻为好朋友打抱不平。

森巴仁庆说:

"说真的,阿姐香萨,今天是我阿妈让我来的,她让我一看见夏仲益西和雪玛在一起,就立刻让他回家。要不是我阿妈赶我来,我才不来呢,我还有好玩的等着我呢。"

"你以后少管大人的事。"

"大人?"森巴仁庆大笑起来:

"你们就比我大个三四岁嘛,怎么能算大人?"

香萨忽而又和颜悦色道:

"森巴仁庆,你阿妈真的不喜欢雪玛吗?"

"我说的还有假?我阿妈说了,她坚决不让穷姑娘上门,要是雪玛来我家,那我哥哥的日子就不好过了。不过……"

森巴仁庆讨好道:"我知道我阿妈的心思,她想和丹增才巴百户结亲家哩!"

立刻明白了的香萨讥道:

"我早就应该想到这一点,哼,你们家和丹增才巴百户家真是世世代代有缘呵,只可惜,丹增才巴百户家只有一个公主,你阿妈亏了你了。"

森巴仁庆结结巴巴地说：

"你这是什么意思？"

二、红罂粟

这一夜，雪玛为躲避父亲的无端打骂，只好跑到草房里的草堆上，用一根木棍枕在脑袋下，过了一会，木棍滑到草堆下面，她的头歪到肩膀上，就睡着了。

等她醒来时，天已大亮，有些阴沉沉的，就像父亲的脸，她急忙悄悄地赶着羊群出了门。

她想起有很多人来跟她说话，母亲坐在门槛上，笑嘻嘻的，她笑着在说什么，她同女儿在一起，她笑着，倾听女儿的悄悄话，女儿对母亲说她喜欢的那个少年，就在隔壁，母亲笑着点点头，于是她也笑着，跑着离开她的母亲，到了隔壁，她和夏仲益西亲亲热热地坐在炕上，就像一对小夫妻一样，这时她一点也不怕父亲，父亲似乎就不存在，不！他存在！他就站在门背后，手里拿着棍子，面目模糊……

雪玛把羊群往山上赶，一想到梦里夏仲益西见到父亲时那惊骇的表情时，就禁不住满心欢喜，她想，这个傻乎乎的人，什么时候才能和自己坐在同一个炕上，同在一个锅里搅勺子呢？这个日子或许不会远了吧？

这样走着,就看见夏仲益西坐在山坡上,正在摆弄一支鹰骨笛,他也看见了雪玛。她向他走去,他吹起一支曲子,曲子的名字叫作迎新娘。

他吹着,曲儿很优美,可是他的样子却很滑稽,一点儿也不像梦中那样充满缱绻之情。

她说:"你这个傻瓜。"

然后就坐在他身边,他自顾自地吹,一点儿也不理会她。

她只好静静地等他把新娘迎来。

……新娘骑着马儿,帽子上插着红色的罂粟,马鞍上搭着有杨壮吉祥图案的新毡,新娘紧紧贴在新毡上,右手的宽袖捂着绯红的脸庞,马蹄踏在草尖的露珠上,露珠是新娘颤抖的啜泣……

……新娘骑着马儿,走过碧绿的山坡,新娘绕着庄廓走了三圈,新娘的新靴子,踩在了异乡的土地上……

……新娘不走了,人们告诉她到家了……

雪玛发觉笛手不再朝那奇妙的小孔里嘘气,而是把头埋在两个膝盖之间,鹰骨笛已变戏法似地收进某个看不见的地方,两只手则像轻风似地支在草尖上。

她看见他四周的草在瑟瑟而动,于是她问:

"怎么了?"

夏仲益西懊丧地说:"新娘到家了呗!"

"她有什么不高兴的吗?"

"可不是!"

雪玛一笑,表示否定。

她的手去碰近在咫尺的他的手，好冰凉的手！她立刻就像是没有碰到他一样去揪一根草放进嘴里。

"可不是。"夏仲益西继续说：

"我没听说过一个新娘是笑着进婆家的，她们都是哭哭啼啼被人强拽去，然后跟那个陌生的男子过一辈子。"

"瞧你这么说，可真够惨！"

"是呵，丈夫高兴了就坐在炕上，如果不高兴，他可以跑掉，她能把他怎么样？"

"给他生个孩子嘛。"雪玛说。

夏仲益西满脸认真，仿佛面临着的正是这样的难题。

"这不公平。"他终于说："这对新娘们不公平。"

"可是女人们本来如此，我没听说过有谁后悔。"

"那是因为你笨。"夏仲益西笑道。

雪玛腼腆起来，脸上染了两片羞红，她把手笼进袖内，沉浸在夏仲益西的怜惜之中。

夏仲益西感觉到了这一点，他诧异了，原本一直像姐姐般照顾自己的雪玛，曾经令自己万般崇拜的雪玛，不知何时，变成了一位眼波粼粼、神态矜持的大姑娘，而自己也紧跟着转换了角色，成为一个目光深远、具有责任感的保护人。

她需要保护吗？

"我不笨，你才是傻瓜。"雪玛羞答答地说。

"嗬，我傻？新娘们哭得鼻子都歪了，你还不知道呢。"

"那倒也不一定。"雪玛矜持地说：

"那要因人而异。"

"你别说得太早，总有一天，你要哭哭啼啼地出门。"

"那要看去谁家，如果去你家，我就不会哭哭啼啼地去。"

"你总不会笑嘻嘻地出嫁吧？"

夏仲益西立刻悟到了什么，他吓了一跳，直绷绷地看着她的眼睛："你刚才说什么？"

"嘿！"雪玛不理他，她仿佛突然抓住了快乐，她快乐地指着某个地方叫道：

"你猜我看见了什么？"

夏仲益西傻乎乎地问："什么？"

"地嘛，那块，那个山凹没拐进去，边上那一块，上面是油菜地，下面那块是歇地，黑黑的，就是中间那一块。"

他的眼睛跟着她飞舞的手费劲地望着远远那面山坡，山坡上的每块地都类似于雪玛所说的那一块，他的目光被动地、茫然地在山坡上逡巡了一遍，仍然不知所指。

"我在那里干活来着。"

雪玛放下她指引方向的手，意犹未尽的样子。

"什么时候？"

夏仲益西情不自禁地跟着她的思路探索下去。

"小时候。"她说：

"小时候我父亲让我替他去割青稞，那地是索白千户的地，小孩子四天的工才能顶大人一天的工，可是我刚干了一天，镰刀就割破了我的手。"

雪玛把刚刚放下去那只手重新抬起来,让他看清那上面的一条草绳般的刀痕,她继续说:

"手割破了,流了很多血,没办法,只好到千户家里去干家务活,反正得把派了活的天数干完。"

"唔。"夏仲益西以为她的故事讲完了,便舒了一口气。

"后来,我和阿莽少爷玩了一天,家务活也没干,完德扎西管家就让我回家了。"

雪玛无限神往地看着那块只有她能看见的土地,唏嘘了一番。

夏仲益西也看着那块他一直看不见的土地,暗想她和阿莽少爷玩得开心的时候,说不定正是自己最孤独的时候。

于是他脱口而出:

"可惜,阿莽少爷出家了。"

"是呵。"雪玛真心实意地说。

这时,雪玛忽然从幻境中醒来,因为她看见了一只蜗牛正在探头探脑地钻出自己的小巢,于是她伸出双臂,模仿蜗牛的两只触角,轻轻地唱了起来:

布阿拉拉——

当切呵拉角斯勒勒

当不切呵哇斗那拉拉

(蜗牛呵——

喜欢我就让触角亮闪闪

不喜欢我就让触角毛茸茸)

蜗牛怯生生地停在那里，它不停地把触角伸出来又缩回去，娇小柔软的头漫无目的地转向右又转向左，不一会儿，它就准确地确定了传来美妙声音的方位，并且迅速伸出了闪闪发光的触角，它把触角伸给了情意绵绵的姑娘，姑娘正在模仿它伸出来又缩回去的谨慎模样，这不能不使它为之侧目。

一旁的夏仲益西忧心忡忡地看了一会儿姑娘，再看一会儿蜗牛，天就黑了。

夜是不可捉摸的，你伸出手来，想摸到它，想抓住它，或是想安抚它，都是毫无意义的，它没有形体，却真实地存在，真实地布满我们的周围，甚至我们的身体内部都有它投下的幻雾。

你抓不住它，可是它却可以轻易地抓住我们，就像巨人抓住一只只动物，把玩一会儿，很快又抛弃了，它急着要去抓住山，抓住水，抓住一切它想要抓住的东西。

或许有时候黑夜是可爱的，你需要孤独时，它隔离了声音，你需要欢乐时，它带给你幻觉，它坚定不移地等在太阳后面，是因为你真的很需要虚无而又异常真实的它的存在，它非常清楚这一点，并且乐善好施，除非你是盲人，对此能做到视而不见。

可是他们两人却是能看得见的，夏仲益西与雪玛，这一对少男少女，此时，正手拉着手，并排躺在夜空下，感受着夜的无私的安抚。

她不愿意回家。

碰巧他也不愿意。

于是他们仍然躺着。

夜有时会散发出香气，当有人享受夜色时，香气就会袭来，草香，土香，宁谧之香，月华之香，混合而成的夜色之香，泛着淡蓝淡蓝的光芒，带着迷蒙而又清晰的足音，沿着陡峭的山坡，掠过不眠的草尖，一身华彩，向人袭来……

夏仲益西嗅着香气，慢慢给躺在身边的那人讲一个故事：从前，有一位青年，被人告诫必得背回一个死鬼才能摆脱罪孽。青年得知背鬼的途中不能说话，否则鬼便会哧溜一声跑回原地。

于是青年踌躇满志地去背鬼，他坚信自己在任何情况下都不会开口说话。他把鬼背在背上，很轻，鬼的体重很轻，可是鬼是个伶牙俐齿的家伙，它想方设法要让青年开口说话，鬼在青年的背上，给青年讲了一个惊心动魄的故事，故事讲到紧要处时便打住了，这时的青年已完完全全沉浸在故事当中，他发觉鬼不讲下去，便忍不住问：后来呢？青年一说话，鬼便哧溜一声，滑下他的背，跑回原地去了。

青年知道上了当，只好垂头丧气地跟回去再背，鬼又开始讲另一个惊心动魄的故事，到了关键时刻，鬼的悬念本领又使青年上了当……

夏仲益西讲这个永远也讲不完的故事，以此来打发漫漫长夜，可是他发觉雪玛有些心不在焉，她握着他的那只手湿漉漉的，她小心翼翼地握着他，犹犹豫豫地把他的手拉进她的袍子里。

夏仲益西开始紧张起来，他的皮肤僵硬而呆板，血液流到腕子时就似乎倒流回去了，被她握着的那只手是麻木的，没有知觉，任凭她摆布。

他不讲故事了，故事没有尽头，他不得不当中截断，等待她的片言只语。

但是她不讲话，她只是专心致志又有些犹犹豫豫地捉着他的手，把它放进自己的内衣里。

夏仲益西的手立刻恢复了知觉，他抚摸到了她年轻的、正在疯狂跳动的心！

他像是被灼痛了似地猛地缩回了手，雪玛睁大眼睛，晶莹的泪珠从那里汩汩而出。

"我要娶你！"夏仲益西紧紧地抱住她，冲动地说：

"我要明媒正娶，我要马儿把你驮到我的屋里，请人给你缝袍子，你不会哭哭啼啼的对吗？你刚才已经说了不哭的，你已经答应了我！"

雪玛点点头。

夏仲益西抹了抹她的脸，然后把她紧紧地抱在怀中。

她咽咽地说：

"我做梦老是梦见你，梦见你抱着一尊佛像，非常美，非常漂亮，你抱着佛像在前面走，我在后面追不到，我就说，夏仲啦，给我看看你的佛像好不好？你不理我，也不说好，也不说不好，可你就是不肯让我看看。后来，你真地就抱着佛像走了，走得那么快，我没办法跟上你。"

夏仲益西酸楚地说：

"不会的，不会的！"

三、柏木勺子

　　香萨不再理会森巴仁庆,她朝山下走去,暗自为雪玛打抱不平,他真的喜欢她吗?为什么喜欢她又不能带她去见自己的父母?真是不可理解。

　　难道感情上的事就那么难以有个了断吗?香萨正在想入非非,忽然就听到肩膀背后一声连着一声的急促呼吸,她吓了一跳,回头一看,是一匹马,雪白的身躯,卷曲的长鬃,高高大大,双眼里充满了温情。

　　白马低下头,轻轻咳一声,然后把一只耳朵塞进香萨的怀里。

　　香萨被这熟悉的动作惊呆了,这种动作,只有雪狮才能做到,雪狮——父亲的朋友,自己儿时的玩伴,已经分别得太久太久了,它怎么一下子就出现在这山脚下的?此时此刻,它的耳朵真实地存在于香萨的胸前,这种亲密,这匹白马竟然也做到了。

　　香萨悲喜交集——是雪狮!

　　香萨的手指触到雪狮的眼角,它的眼睛便温顺地低下来,那里湿湿的。她的手滑到它的脸颊上,她曾经打过它,就打在这,为了父亲……她心里一惊,迅速抬起头,既渴望又害怕,她觉得站在雪狮背后的人,应该是这匹马的真正主人。

　　可是她看到的却是一个陌生的年轻人。年轻人光着头,身披陈旧的暗红色袈裟,局促的大眼睛莫名其妙地看着她,他好像觉得这匹马伤害了这位姑娘,当姑娘注视他时,他显得满脸歉意。

香萨立刻问道:"这匹马是从哪里来的?"

他说:"这是我的马呀!"

她吃惊地看着他。

他耐心解释说:

"这匹马是我家里人买的。"

"从哪里?"

他说了一个地名,她没有听清楚,当他说第二遍时,她确信她知道了父亲的消息,是父亲卖掉了雪狮的孩子吗?

他说:"你熟悉它是自然的,它的父亲原先在赛马会上年年拿第一,这匹马简直和它父亲一模一样,谁见了都夸,不过它的父亲已经老了……"

"不老。"香萨神情恍惚地说:

"它永远也不会老的。"

他看着她,试探道:"你喜欢它?"

"是这么回事。"香萨觉得自己有些失态,就想解释解释,可是一下子又不知从何说起,面对着这个陌生人,她有些语塞。

年轻人忽然笑了,他说:

"那好,这匹马我送给你,就算是小时候你送给我许多根头发的报答。"

香萨惊讶地看着对方,那张陌生的脸上竟然有了一丝一丝的熟悉。

他仍然笑着说:"你是香萨吧?"

她立刻认出了他:"你是阿莽!"

阿莽笑着点点头,他发现姑娘在惊呼了一声他的俗名后双颊飞红。

他说:

"我还保存着你送给我的头发。"

"是吗?"香萨羞涩地说。

她当然记得自己小时候常送一些头发给阿莽,但她仍是说:"我不记得了。"

"你还打过我的。"

阿莽一心想激起她更多的童年记忆。

香萨又说:"我不记得了。"

阿莽笑嘻嘻地说:"你的忘性真大……不过也是,这么多年我们都没见过面,你阿妈还常去我家吗?"

"不常去。"香萨立刻说:"根本不去了。"

"怪不得见不着的。"

阿莽手里拿着缰绳,他看她看得有些发痴,十分不自然。他说:"你有点变了……"

香萨说:"我变了你怎么还会认得我?"

"样子没变,说话的口气变了,不像小时候凶煞煞的!"

"那是我对你客气嘛!"香萨稍稍自然一些。

两人笑起来,时光仿佛回到了从前,那一片芳草地,那一片融融的情怀。

香萨说:"你现在长大了。"

"你还像个大姐那样跟我说话吗?"阿莽痴笑道。

香萨却说：“寺上怎么样？”

阿莽愣了一下，说：“我待了很多年了，就那样。”

阿莽说着，继而发现自己的衣着特别古怪，他不知香萨是怎样看待自己的。

香萨梳着两条漂亮的辫子，耳朵上贴着两粒松石，与艳嫩的双唇相辉映，显得端庄而大方。

他说：“你要回家吗？”

"是呵。"她说：

"你要去坐坐吗？"

"不了不了。"

阿莽说不，可是又不愿意就这样一下子走开，他忽然又觉得自己挡着姑娘的路，样子一定非常可笑，他把白马的缰绳交给香萨，香萨羞涩地不肯接，她觉得他在开玩笑。白马的目光一直没有离开过香萨。

两人相视无语。

香萨认为路让开了，自己得走掉才像个大姑娘的样子，于是她点点头，迈着细碎的步子，走了。

香萨迈着碎步子，她知道阿莽正在后面注视着自己，她也知道那匹白马正在发出不安的咴咴声，但她没有回头，她觉得自己走路的样子一定非常难看。她越觉得难为情，走路姿态就越不自然，如果阿莽不是在看着她就好了，她忽然很想回转肩头证实一下自己的想法。当她转过一个弯后，顺势扭过肩膀，她刚回头，就看见阿莽痴痴地相望，她立刻像是什么也没有看到似地走了。

香萨尽管假装对阿莽的注视毫不在乎，但她对那匹白马的凝望却是难以抗拒的。

她见到白马，就仿佛见到了那匹自己日思夜想的雪狮，就仿佛见到了自己独一无二的父亲。她想念雪狮，其实只是在想念骑在雪狮背上的父亲。在这之前，她一直无法意识到这一点，可是，现在，她一下子就意识到了，她在怀念父亲，在怀念她的童年时代。

她怀念父亲，但她从不说出口，因为父亲没有和她告别，就离开了代扎。

她一直无法理解父亲的离开，她曾问过母亲，但母亲总是回避这个问题，那个冬天，她曾无数次地守候在父亲经常拴雪狮的地方，但是，父亲并没有回来。

那个冬天，落着雪，那是入冬后的第二场雪，院子里的花椒树，仿佛一株水晶树般昂然立于雪中，雪静静地落着。

那个冬天，家里唯一的一头犏牛生了一只牛犊，阿妈费了一夜的劲，帮助它站立起来。疲惫不堪的母牛一声不响地卧在干草中，湿润的大眼睛，看着自己陌生的孩子。

那一年，香萨只有两岁，只有两岁的香萨经常站在母牛的身后，公然与小牛犊抢吃牛奶，热热的牛奶是她全部的乐趣所在，她对正房里的父母的谈话常常充耳不闻。

忽然就有一只麦秸编的簸箕从那扇正房门里飞了出来，不偏不倚地砸在小香萨的头上，此时的香萨，刚刚喝足牛奶，她正惬意地躺在院子中间的青石板上，回味着牛奶的那种永远也品不透的清香，而簸箕却不合时宜地打断了她的畅想，使她从甜蜜的青石板上一跃而起，继而大哭起来。

听到女儿的哭声，桑丹卓玛立刻从房里奔出。她的脸色苍白，弄不清簸箕致伤女儿的准确程度，她抱着女儿，亲掉那张小脸上的泪水：

"我的宝贝，砸到哪儿了？这儿？嗯，好了好了，不哭，阿妈抱你去看小牛犊。"

香萨便停止哭泣，偎在阿妈的怀里，病了似地打不起精神。桑丹卓玛拍拍她的头，又拍拍她的肩，一边朝畜栏里走。

畜栏在正房的右侧，靠院门的是马厩，马厩里的雪狮倾听到了香萨的哭泣，它在不停地跺着前蹄。

香萨被阿妈抱着出现在畜栏门前时，看到站立不稳的小牛犊正在用劲地汲奶，母牛若有所思地低垂着头，这是它第一次做妈妈，好像还很不习惯，当小牛犊汲饱后跌跌撞撞地离开后，它的乳头还滴着乳汁。

阿妈放下香萨，从门后取过一个木质奶桶，一会儿工夫，就挤了半桶牛奶。

牛奶黏稠而喷香，热气腾腾，香萨把食指放进嘴里，这是她永远也离不开的东西。

母亲拉着香萨，走出院门，来到院后的山坡上。

这座山是桑丹卓玛家举行祭祀的地方，每逢过年过节，这里都会升起一股股的桑烟，煨桑的时候，香萨是不准上山的。

桑丹卓玛抓一把雪，仔细地擦擦双手，然后拿起奶桶里的勺子，舀起半勺牛奶，猛力向空中撒去，她一边撒，一边唱道：

柏木的勺子拿起来

牛奶就像白莲开

第一朵莲花献上天

上天永远赐甘露

第二朵莲花献三佛

三佛永远降吉祥

第三朵莲花献大地

大地永远保丰收

她吟诵完毕，就将剩下的牛奶舀到勺子里让香萨喝。香萨立刻一口气喝完，喝完后才闪着黑黑的长睫毛问：

"阿妈，你不渴么？"

"香萨喝了，就等于阿妈也喝了。"

阿妈抱着香萨，她清秀的双颊颤抖着，咬着下唇，低下头，肩上的长辫子滑过来挡住了她的脸，香萨的小手伸过去，把那根辫子放回肩后，她静静地等着阿妈哭完。

就在那一天，父亲骑着雪狮，带着他那只永远也不离身的银质护身符，走了。

香萨扑到窗前，其实她并不明白父亲真的在离去，但是她还是感觉到了自己正在失去某种再也得不到的东西。她扑到窗前，看到了雪过天晴的天空下，雪狮的胸铃哀哀不绝，而父亲头也未回,他甚至没有来和宝贝女儿告别,就走了。

香萨扒着窗子,把手指伸进了嘴里。

桑丹卓玛左肘抵着膝盖,支在下巴上,她看着背对着她的香萨,把手伸给了她:

"过来,我的好宝贝。"

香萨跪到母亲身边的卡垫上,桑丹卓玛从自己脖子上取下一串豌豆大小的透红玛瑙珠链,系到香萨细弱的脖子上:

"这是你阿妈在你这般大的时候戴到现在的,现在你已经长大了,轮到你戴了,好漂亮的小姑娘呀,怕是以后你会叫人踩塌这座房子呢。"

"不会的。"香萨一颗一颗地捏着玛瑙珠子说。

"香萨怕羞吗?阿妈也漂亮过的,那时候阿妈一个人上山去放羊,或者割青稞,或者就去拾蘑菇,一个人,爱干什么就干什么,想什么时候回家就什么时候回家,不过,现在又好了,阿妈有了你这个伴儿,什么都可以不要的。"

桑丹卓玛梳着女儿浓浓的黑发,微微地笑了,脸上顿时生出无限的光彩,仿佛一身的晦气已经一扫而光,剩下的,唯有心静宁气,唯有善,和美。

母亲在那个冬天的表情,此时已长大了的香萨仍然迷惑不解,但她在那个晴雪的日子里的美丽,是香萨一直都无法忽视的。是呵,母亲原来是那么地美丽过……

四、小沙弥

山坡下,留着女性的芬芳气息,因为这气息,阿莽的天空一下子就变得开阔而又晴朗了。

阿莽一直看着香萨走远,他望着她的背影,那纤细的、散发着灿烂阳光的背影,此时此刻,是那么让他留恋,他留恋她的芬芳气息,还有她那轻烟似的脚步,但他只能气恼地攥着自己的袖子,因为他已无法挽留姑娘了,他忽然觉得他们刚刚挨近的距离,一下子又扯远了,远得超出了追逐。

是什么使自己的双脚停止了追逐?

是什么使自己的双眼陷入了迷茫?

望着那个背影,阿莽怅然若失,如果说他们曾经有过一段暂聚之缘的话,那么,到底是什么,使两人突然分离了呢?

他不明白香萨会怎样看待自己,他在她的心目中,是否依然是那个跟在她后面的小尾巴?是否依然是为了一只铜铃而哭泣不止的小男孩?她是否依然会对他全无牵挂?她是否依然令他只能仰望不能平视?

他记得很小的时候,他还在保姆的怀中,香萨同她的母亲正从他家的大门中往外走,两岁的阿莽认为六岁的香萨站在千户城堡那精雕细镂的大门口时,那样子是那么的特别。

正是她的特别引起了他的注意,他注意她的时候,她正在注意自己手中的一只小铜铃,她那么关注地摆弄着那件法宝,甚至对他——未来的小千户视而不见,他立刻知道她的光芒已遮掩了整座千户城堡的威严,他也立刻明白自己需要引起这缕光芒的无私照射,于是,他威严地伸出手,以小千户的身份,无情地索要那只她爱不释手的小铜铃。

那只小铜铃终于通过香萨母亲的手和保姆的手,辗转到了阿莽的手中。他虽不知怎样摆弄它才显得具有大家风度,但他的目的已经达到了。他看到香萨正在注意自己,她的大眼睛抬起来,看见了自己心爱的玩物到了一个不懂得珍惜它的人的手中,她直视这人的眼睛。此时,这人的眼睛里充满了偷窃的欢愉,他正在为自己无端的霸占行为而吱吱偷笑。

被偷窃的小姑娘毫不犹豫地冲上前来,送给他一记终生难忘的耳光。他不再吱吱偷笑了,他羞愧地把小铜铃还给了主人。他知道自己真的错了。

后来他便跟在她身后,跌着跟头,但从不与她分离。她站在高高的院墙上,展开双臂,仿佛小鸟展开了双翼,她呼啸着,飘落而下,他紧跟在她的后面,尽管他知道那下面等待他们的是扎人的草料,但他不肯让自己离开她,他不能与她分离,哪怕是空气中落下的那一刹那。

可是后来,他不得不离开她,因为他成了一名寺院的小沙弥。

阿莽站在山坡下,他想看清自己的形象,一低头,便全然明白了,是袈裟,这暗淡的、袭满了尘土与苦涩的袈裟,正是两人突然分离的原因。

如果这沉重的袈裟不再披在自己年轻的肩上,而光洁的头上又长出崭新的黑发,如果自己能随心所欲,像所有的年轻男子那样自由地在月下高歌,那么自己是否有权利对她表白?

阿莽骑上白马,去找养育了他凡间肉体的父亲。

索白不在家,阿莽进了后院,后院的小花园里,坐着母亲与代扎小学校的章子文校长,章子文校长正在给侧耳倾听的母亲朗诵一种非常富有激情又富有忧伤感的诗句:

鼓已敲起来

笛已吹起来

你还在等什么

等那忧伤的脚铃

踏遍尘土

等那凋零的舞步渐渐丰满

在等我么

等我的祈祝么

神呵　神呵

神从你添油灯的手

早已把灵魂

置于你心

唱吧　我已看见

喜马拉雅的积雪　看见

我草地上的童年　看见

令人感慨的油菜地

还有那一轮

金黄金黄的太阳

唱吧　唱出

那一片无际中

永不消失的庙宇

神呵　神呵

耶喜夫人矜持地坐在高处,她目光柔和,脸上带着永不退却的骄傲,她在倾听,以女性的心怀,倾听男子的激情。

二十多岁来到代扎、同索白千户一起支撑起学校的章子文,如今已在这片地方待了十多年了。十多年间,他渐渐熟悉了这里的土地,熟悉了这里的男人和女人,熟悉了千户和千户夫人。

此时,面孔已经黝黑、声音已经深沉的章子文,这位来自遥远异乡的秀才,正在努力泗出耶喜夫人那双黑眸中隐隐而现的幽水之潭。

在这虔敬中

给一份温柔

以佛的眼睛

抚摸你的境界

唤醒我的幻界

这晦深的无数秘密

便在你的眉头舒展

便在我合什的掌中

一一滴落……

神呵　神呵

这是谁的泪珠

莫非你已经祭拜

轮到我了

这个我从没有过的偶然时刻

轮到我

我已颤栗——

神呵　神呵

　　阿莽听了一番，恍然觉得章子文先生虽然坐在低处，但他所表达的情感却是那么淡远，他所倾诉的，正是自己此刻想要倾听的，所不同的只是，章子文有一个世界上最美丽的听众，而自己却必须清静于心，敛欲于内，不得如此放松地抑扬顿挫。

　　这时，这种热烈、浪漫的气氛被忽然打断了，索白千户气呼呼地走进来。他无视章子文与阿莽的存在，直冲着妻子道："你还坐在这？你儿子在外面躺着呢！"

　　耶喜站起来。

　　章子文则呆了，他第一次发现索白千户大发脾气，他觉得走也不好，留也不好，便逐个地询问每张脸的表情。

　　阿莽平静地看着父亲，他早已习惯父亲的暴躁，也知道弟弟才扎经常在外面酗酒。

耶喜不解地看着丈夫。

索白怒道：

"你们都瞒着我，你们都知道才扎喝酒却不告诉我，今天那么大个集会场合，真让我丢尽了脸面！"

耶喜这才明白丈夫是为了才扎喝酒的事大光其火，她说："我以为有什么了不得的事呢。"

她觉得儿子搅搅会场有什么要紧，要紧的是丈夫搅了她愉悦的心境。

章子文连忙说："这事我一点儿也不知道。"

索白不看他，只管对妻子说："还不是大事情吗？这小子胡作非为，长大了还得了？一天干坏事，叫我如何管理代扎？真是不像话。"

耶喜似乎没在听索白的话，她只是失望地看了一眼章子文，然后重新坐下，她说："像话不像话，还不是你的儿子。"

"气死我了！"索白大叫：

"你养的儿子就是像你，专门和我作对，我没有这样的儿子，我的财产他也休想得到一根毫毛！"

耶喜说："嗤！"

索白被妻子嗤了一声，直气得团团转。这时，阿莽不紧不慢地说："阿爸，我要还俗！"

索白想也不想就说：

"正好，你回来我最高兴，我就要你这一个儿子。"

他说完就扭头进了他喜欢独自待着的小经堂。

阿莽没想到自己冲动得竟然要还俗,更没想到父亲答应得如此痛快,一时间喜形于色,高兴得不得了。耶喜吃惊地看着儿子,忧心忡忡地问:

"阿莽,你怎么忽然想到要还俗的?"

阿莽自己一时也无法理清头绪,他只好说:"我回到您身边您不高兴吗?"

"当然不是,你是我最珍爱的。"

耶喜去搂儿子的肩膀,可是儿子太高了,他反过来搂住母亲单薄的双肩,恻隐之心油然而生。

"阿妈,才几天,您好像又瘦了。"

"还是老样子,胖不了,说不定上辈子是个大胖子呢。"

耶喜快乐起来,只要儿子在身边,空悠悠的心就被填充得满满当当。

章子文站在一边,独自呆了好半天,他看着母子俩的亲密,觉得没趣,便悄悄退出了,母子俩竟毫无察觉。

耶喜的眼睛丝毫也不离开儿子,她说:"要是脱了这身袈裟,我的儿子是代扎最漂亮的小伙子。"

"阿妈!"

"害羞吗?"耶喜忧伤的眼睛里充满了慈祥的爱意。

阿莽说:

"阿妈,等我脱了袈裟,就在您身边好好侍候您。"

"男孩子家,最要紧的还不是成家立业吗?我可没福气让你侍奉呢。"

阿莽仿佛刚刚想起似地说：

"您还记得恰姜仓的阿妮桑丹卓玛吗？"

"当然记得，她还给才扎喂过奶。"

"是呀，我记得她给您梳过头发。"

"怎么问这个？"

"唔，我碰到她的女儿了，我们说了一会儿话，她不认得我了，日子过得真快呀……阿妈，我们进屋吧。"

耶喜看着儿子，她似乎一下子就看穿了他的心事：

"你说的是香萨吗？"

"是的，好像就叫香萨。"

"是个漂亮姑娘。"

母亲看着儿子低下去的眼睛："阿莽，告诉我，你怎么会一下子就想到要还俗的？"

"阿妈，您可别乱猜，父亲知道了可不会准的。"

儿子的神情里有些紧张，他唯恐刚刚得到的自由又会很快地失去，母亲已猜中了八九分，但她笑着保持了缄默。

母亲缄默着，可是儿子却忍不住，似乎不提到香萨就难以消磨这漫长但又充满了欢愉的时光。他看到母亲的笑容，便明白母亲是通灵的，但他却不能容忍母亲真的就缄口不语，他多么希望最亲密的人能和自己分享这种奇妙的甜蜜呵！

于是，忍不住要说话的儿子说道：

"阿妈，您刚才说那个姑娘叫什么来着？"

索白坐在小经堂里，在那方他独自拥有的天地里，吸了一瓶鼻烟后，胸中郁结的闷气便烟消云散了，他想着小儿子才扎，又想到已入佛门的大儿子阿莽，顿时紧张起来，阿莽要还俗？这可是方圆几百里闻所未闻的笑话！

他索白的儿子想进寺院就寺院，想还俗就还俗，这不叫人耻笑吗？可是自己竟然不知天高地厚地连口答应了下来，千户说话不算数，那就更叫人耻笑了，最要紧的是别看见妻子嘲讽的面孔，如果他失信，她不笑死他才怪！他整天对她大叫大嚷，可是他就怕她不吭一声，他为此伤透了脑筋，他不明白她娇小的身体里到底有多大的能量，他非常担心总会有他明白的一天。

你的前生
满脸飘着白胡须
满嘴没有牙

第八章

一、千户的儿子

才扎长得身材高大,颇具父亲之姿,他的粗壮远远超过了他的年龄,在他的父母全然不知的情况下,他学会了酗酒。

起初是几个少年出于炫耀自己的酒量而大喝特喝的,每次才扎都是众人皆醉我独醒,他为此而得意非凡,认为自己天生就是享受水酒的人。酒是什么?粮食之精华,饮食粮食精华的精华不是神也是个半仙。

其实,少年们劝才扎饮酒,是因为只有他能拿得出酒来。他们怂恿他,赞美他的酒量,甚至赞美他的饮酒方式,从而使他忘乎所以。才扎一向认为自己颇具大家风度,因此,无论少年们需要多少酒,他都会慷慨供给,当然,这要瞒着父母亲才行。

森巴仁庆则是这群少年中最殷勤的一个,他为才扎斟酒,然后双手奉上,他知道才扎总会大方地让他也来一碗,于是,森巴仁庆立刻毫不犹豫地把早就准备好的一大碗倒进自己的肚里。

自然,才扎是不会那么快就醉的,所以他有足够的清醒程度来嘲笑森巴仁庆,以及其他东倒西歪的酒友们,但是,后来有一次,醉意朦胧的森巴仁庆面对嘲笑的才扎,突然勇气大增,竟不知天高地厚地当众说道:

"我阿妈说你不是千户的儿子!"

才扎的头一歪,醉了。

从那以后,才扎每饮必醉,不管十碗也好,一碗也好,只要一进入才扎的肚子,这特殊的火焰似的液体,就把他的大脑翻了过来,进入非正常状态,一就是十,十就是一,这对他来说,就是最简单的真理。

每次醉后,才扎都要骑着马在亚塞仓转悠,他的整个身体在马上,就像一张没有拉满的弓,脸上是被人遗忘但却不甘寂寞的神情。

他有一条从不离手的马鞭,鞭上装饰着红璎珞,红璎珞常常被主人有意无意地贴在马的眼睛上,马也因此而变得异常焦躁,满亚塞仓乱转,最后不管主人愿不愿意便停在随便一户人家的门口,然后长嘶一声。

这时,昏睡在马背上的才扎立刻就会醒过来,同时醒过来的马鞭直直地指向那户人家的大门。

"出来!"他大吼。

但是没有人敢在此时出来。

才扎大怒，他在马背上暴跳如雷，使劲举着不听话的鞭子：
"出来，给我出来！你们不知道我是谁吗？"

然后他换一种腔调说：

"我是千户的儿子！"

才扎在朦胧之中听到了自己的话语，他对自己这种陌生的腔调感到迷惑不解，他的处于非正常状态的大脑费劲地思索了一番，仍然不得其解，于是他就更加暴怒起来，他在马上直立起身子，烦躁地肯定道：

"我就是千户的儿子！"

一条过路的狗对他狂吠不已。

当才扎血红的眼睛注视它时，它立即被一种巨大的恐惧攫住了，它嘤嘤地伏下身去，满脸都是哀求。

于是才扎满意地说：

"我就是千户的儿子嘛！"

心满意足的才扎牵转马头，走向另一户人家。这期间，他的脑子里又出现了短暂的记忆空白，当他的马停在另一户人家的门口时，他立刻重蹈覆辙，又将马鞭指向那一户人家的大门，大吼道："出来！"

自然没有人敢出来，自然需要他自己的声音确认他自己的身份，等他满意之后，他便又换个人家，再提出同样的问题，再等待自己的回答。

亚塞仓的人们吃尽了苦头，他们既不愿意请才扎进屋，又不敢把这千户之子教训一顿，只好听之任之，人们只要一听见才扎的马蹄声，家家关门，人人闭户，除了几条闲走的狗，连小孩也唯恐避之不及。

直到那一天，跳神法会的欢欣场面吸引了已醺醺然的才扎。他一走近围观的人群，人们立刻给他让开了一条通往场内的道路，他在众人静静地注视下，径直走向场内。

此时，场内仍有一位僧人在舞，网状围裙，透溢出无限风韵；莲叶披肩，飘浮着神气仙骨。舞者在舞，脸庞陷于面具之中，看不出悲哀，也看不出欢喜，但他的双臂似乎在推却，仿佛在推却那袭人的寒意和料峭的北风。就在这时，舞者突然停止了舞动，他放下手臂，呆若木鸡——

在舞者的位置上，站着才扎。

才扎手挥马鞭，谈笑风生。

众人大哗。

看台上是代扎所有的头面人物，索白千户是其中之一，他面对熟悉的儿子，气得一下子说不出话来。

但才扎却一直不紧不慢地说着什么，忽而慷慨激昂，忽而婉转低回，忽而又手挥马鞭指点潮水般涌来涌去的人群，仿佛在潇洒地指点江山。

索白疾立……

才扎则目中无人，他含笑指点江山，然后坐在地上。盘腿而坐的才扎怀抱着他那条有红璎珞的马鞭，就像怀抱着一个过于纤细的婴儿，他大唱道：

金眼睛的鱼呵

你没有父亲也没有母亲

谁是你的父母

江河才是你的父母

……

索白的忍耐已到了最后的限度："才扎,你给我滚回去!"

才扎说："我就不!"

索白气极而辞穷："好好,我没有你这个儿子!"

才扎说："我就是!"

索白无奈。

众人则看得有趣,窃窃自喜,脸上却表现得诚惶诚恐,索白可以管理井井有条的代扎,却无法管理将承袭他家产的儿子,真是天意。

才扎自顾自雀跃而唱,表演着让众人看来比跳神更千载难逢的好戏。

怒气冲天的索白拂袖而去。在短短的时间里,他重新估量了这个儿子的价值。他第一次发现才扎酗酒,而且那么无可救药,他一直认为,一个人有了某种恶习之后,是永远也无法改掉的,就像一只瓷碗,即使重新弥合,仍有一条永远清晰的裂痕,这裂痕会使所有爱他的人感到耻辱。

索白感到自己被深深伤害了,伤害他的不仅仅是才扎,还有那些整天围着自己转的人,他忽然不敢信任任何人了,因为这些在身边亲近他的人，竟不肯告诉他这么严重的事实，他恼怒，继而无奈，继而在失望中空发奇想，这想法变作一种潜意识，一下子就与阿莽还俗一拍即合。

才扎站在自家的门口，神情恍惚，他觉得这座高墙大院好生熟悉，可是瞅了半天也没瞅出个所以然来，他为了更深入地了解，便大喊："出来！"

索白出来说："滚！"

才扎的脖子没有力量支撑起他的头颅，所以他看不见对面痛心疾首的面孔，他只管耷拉着脑袋喊道：

"我是千户的儿子！"

"呸，我没有你这样的儿子，你滚吧，滚得越远越好！"

才扎便龇牙咧嘴地滚了。

准确地说，是走了。他手挥马鞭，遨游于门庭之间。等他精疲力竭的时候，已走在一面山坡上了。

他兴趣盎然地观望着这个新世界，冬草乍绿，野花含苞，一群羊在他的面前涌动，羊群的背部与地平线形成奇奇怪怪的组合，的确令他目不暇接。

才扎兴趣盎然地站在黄昏之下。

他看见羊群后面的一双惊惧的大眼睛。

夕阳下，身披金色的雪玛无处躲藏。

才扎显然被眼前的一切弄糊涂了，他觉得自己已走出代扎，走进了某个仙境里，这里没有人在乎他是否是千户的儿子，一切都是那么虚幻缥缈，他看到的不是别的，而是仙草、仙灵，还有一个仙子。

为了证实自己的存在，他对那个仙子说："喂！"

仙子不答，只是使劲把好看的脸埋进衣领中去。

于是才扎昏昏然的头颅转向羊群，他觉得羊们的神情都呈现出无比的幸福，这种神情正是他向往已久的，他说：

"这些羊，一定都是幸福又单纯的灵魂附身了，你说呢？"

仙子摇摇头。

"你居然不知道？那岂不是和我一样了吗？那么你知道你的前生是谁吗？"

仙子又摇摇头。

才扎扼腕叹息道："啊啊！不过没关系，告诉我我的前生是谁就行！"

仙子终于说："你的前生一定是个僧人，我想他一定滴酒不沾，身穿红袈裟，满脸飘着白胡须，满嘴没有牙。"

"那你一定知道他的名字。"

"我得算算才知道。"

仙子笑着掰掰手指说："好像叫才扎来着。"

才扎高兴起来，仙子到底是仙子，她既了解过去，又了解将来，她说出的名字，不是很熟悉吗？只是一下子想不起来了而已，才扎……才扎……在哪里听到过这个名字呢？一定是在梦里，要不然就是在记忆深处。

这个确信自己长过白胡须、满嘴没有牙的醉少年，把马鞭举起来，满怀着希望地继续发问：

"那么我前生出家前一定也是千户的儿子吧？"

"那当然了，少爷。"

才扎对这个回答非常满意，面对全知全觉的仙子，他有些忸怩，脸上带着跌过跤的斑斑青痕，开始神情专注地把马鞭上的红璎珞编成辫子，辫子编好了，没有东西捆扎，他捉着辫头，求助的目光看着仙子。

仙子无奈，拆下自己的辫绳给他。

才扎羞答答地去接，却接了个空，他看得准准的，可当他的手伸过去时，那条辫绳不是在手的左侧，就是在手的右侧，他惊奇不已。

仙子却满脸惊慌，她扔下辫绳，想夺路而逃。

才扎忽又惊奇地叹道："啧，仙子的羊群不见了，它们的灵魂飞走啦！"

他看到仙子扔下辫绳，便立刻也扔掉自己手中的马鞭，马鞭上的红璎珞扑散开来，梦一般飘向嫩绿的草地。

仙子四面张望，想找到灵魂飞走的羊群，它们三五成群，在山脚下茫然四顾，咩咩地叫个不停，原来头羊不见了。

仙子不再笑了，她的视野里失去了头羊的影子，便急于一走了之。可是才扎却对未来充满了未知，对未知又充满了恐惧，所以他不愿意放弃这个了解未来的好机会，因为这个机会对他来说，实在是侥幸的事，于是他便不屈不挠、锲而不舍地追问：

"喂，我以后怎么办？"

仙子一边跑,一边说:

"你会娶一个仙女。"

"什么时候?"

"明天吧。"

"明天我在这里等你……"

仙子跑远了,才扎兴味索然,但是有一件事情他记住了,他要娶一位仙女为妻,并且要同仙女住在这仙境里。

二、迷 羊

雪玛把羊群赶回家,却发现头羊不在,她眼前一黑,如果父亲知道她贪玩而丢了羊,那不要了她的命才怪,可她又不敢出门去找,她怕那个醉醺醺的谈兴颇浓的傻瓜会追到家门口,父亲虽然对她凶狠异常,但对那个傻瓜却会束手无策。

他是千户的儿子,这个事实,是任何人无法否定的绝对存在。

雪玛藏在羊圈里,不敢吭一声,怕吵醒了睡着的父亲。她对父亲充满了恐惧,她害怕面对暴跳如雷的那张面孔,甚至害怕他投在阳光下的影子。

很多年前,母亲离开了代扎,离开了丈夫和女儿。从那以后,父亲不再有欢乐的笑脸了,他酗酒,睡觉,有时不吃不喝,也不再下地或上山,他的生活除了咆哮,就是沉默,而沉默比咆哮更让人恐惧。

雪玛长大了，长得愈来愈像母亲，细长的眉眼、窈窕的身材，甚至走路的姿态、说话的神情，都无一例外地从母亲的身上承袭了下来。

她的美丽，使村里的姑娘们羡慕，却使她的父亲感到痛苦，他一看到女儿，就立刻会想到妻子，他仇恨出走的妻子，也因此开始怨恨女儿，不为别的，就因为她太像她的母亲，仅这一点，就足以使他有理由对自己的女儿拳脚相加了。

渐渐地，雪玛的生活里充满了永无止境的心惊肉跳，连一只老鼠的窜动都会使她大汗淋漓，她远离了无忧无虑，远离了一个少女正常的安全心境。

曾有一段时间，夏仲益西填补了她心中的空白，他使他感觉到自己的温柔，感觉到自己头发的美、皮肤的纯洁、心灵的激荡，甚至是微小的、细腻的冲动，感觉到自己不同于男性的难以忽视的女性存在。

她多么想把自己的芳香献给他，简单地、直接地、高贵地献给他，就像献给他自己的生命一样，奇怪的是，他却退却了，不知出于什么原因，她来不及献上她的一生，他就退却了。

他不再去山上找她。

她坐在他们曾经双双坐过的地方，等了一天又一天，她不懂得他为什么会突然消失，而且如此坚决。

她要等的人不来，却等来了令她丧魂落魄的才扎。

这是命。

或许不是，只是个偶然，但才扎的执着却使她惊魂不定，一个清醒的人，要去面对一个醉汉，真是荒唐至极。

这时，门板被一只羊角顶响了，迷途的羔羊终于找到了自己的归宿，它欣幸地咩咩直叫，雪玛则忘形地抱住了它，是它救了她的命，要不然，她会因为这个小东西，又要无端端地陷入一个无妄之灾。

第二天早上，扎西洛哲仍是在炕桌上拍痛了自己的巴掌，他听到夜里的羊叫声，但他不知原因，只因为那叫声吵了他的美梦。

梦里万玛措哭哭啼啼地伏在他的脚下，请求他的宽恕，然后重新做他的妻子，但一觉醒来，却看见雪玛长着一张万玛措的脸，这使他懊丧万分。

雪玛哭丧着脸，说今天不去放羊了。

扎西洛哲大怒，把女儿和羊群一起赶出了家门。

雪玛只好把羊群往另一座山上赶去，她想起前一天才扎留下的话，仍是心有余悸，让他在昨天的山坡上等着好了，她要到另一座山坡上去，他是找不到她的。

只是，夏仲益西今天会不会到山上去找自己呢？

雪玛的心里有些愀然。

她怏怏地赶羊上山，突然发现才扎坐在前方！

索白枯坐于榻上。

章子文刚走，对面桌子上的茶碗里还冒着热气，他是来向索白报告才扎的学习情况的,他来告诉这位父亲,他儿子的学习一塌糊涂。

索白其实早就预感到这一点,但当他从章子文严肃的口吻中得到证实后,仍是吃了一惊,他确信,才扎真的已无可救药了。

他默认了章子文拟定的一份优秀学生名单,这批学生是准备派往省城的一所中学继续升学的,其中有夏仲益西的名字。

索白原指望才扎能成为优秀学生中的一员,但这宝贝儿子却令父亲在一夜之间苍老了许多。

准确地说,索白不能理解才扎的所作所为,他认为酗酒是一种意志薄弱的行为,意志薄弱的人怎么能担当千户重任呢?千户需要理性、冷静需要缜密不漏,而酗酒的人,却散漫、自由、毫无节制……

索白发现自己对这种行为由仇恨发展成了妒恨,是的,才扎是自由的,他自由地玩乐,自由地享受年轻的岁月,自由并且轻松地面对未来。

甚至才扎以外的人,长期以来都享受着自由:拂袖而去的万玛措、养育了两个女儿的桑丹卓玛,还有将自己束之高阁的耶喜……所有生活在他身边的人,都那么不受约束,想哭就哭,想笑就笑,而自己,却生活在账目与责任的双重围困之中。

像个孤独的猛兽。

像个睡眼惺忪地出现在舞台上的老艺人。

像个为别人谋求幸福的傻瓜——因为你千方百计谋求来的,别人不一定认为是幸福。

索白觉得自己孤立无援，他举棋不定，坚强的意志消失在一片白茫茫中，仿佛脚下是无底的深渊，只要一迈步，就会陷入追悔莫及的地步。

他需要帮助，需要男人所需要的女人的安抚，于是他想到一双纤纤玉手，当他确定自己需要这双手时，便慢吞吞地来到耶喜的房中。

耶喜正在梳理她那永不厌倦的长发。

索白痴痴地看着自己的妻子。

多年以来，他一直在她面前扮演着公众角色，他无法认识到千户与丈夫有什么不同，当他发现她对自己的蔑视时，想改变现状已是晚了，他们双双陷入误区之中，借此以抗拒现实的存在。

他们从相同的出发点上，越走距离便越遥远，他认为夫妻之间，可以爱，可以恨，可以看轻，但绝不可以蔑视，蔑视意味着你比不存在还要可笑。可是，他们却一直存在着，当流逝的岁月使他们有所醒悟时，他们却双双地老了。

不老的是她的黑发。

不肯老去的还有她的蔑视。

索白去捧妻子的黑发，黑发就像一根根蛛丝一样一闪而灭。

索白捧着虚无，由衷地说："你真美！"

耶喜缓缓地转过身，她看见索白由千户幻变成一个男人，这个男人是自己的丈夫，是两个儿子的父亲。

丈夫柔情蜜意，他的手抚去她颊上的一颗冷泪。所有的阴霾，都随着窗外那离去的黄昏而离去了，剩下的，是暖暖的、缠绵的长夜。

男人在妻子的眸中急切地寻找着他渴望得到的,他终于找到了,那里是一泓安详、镇定、温暖的避风港,他心怀感激,他的热唇久久地停留在那里。

他的叹息般的声音说:"儿子……"

"你说我们的儿子么?"妻子纠正道。

"是的,我们的儿子,以后怎么办呢?"

"我知道你在为才扎担心。"

"我的漂亮女人,这儿子怕是难以给我们养老了,我拿他毫无办法。"

"是呵,我们都老了。"妻子说。

丈夫的唇去嗅妻子黑发上的馨香,他说:

"我猜你一定有好主意的。"

"是有一个主意,只不知你会不会反对。"

"说说看。"

"做母亲的嘛,自然要想得多一点。"

"那自然。"丈夫说。

于是妻子正眼看着丈夫,她说:

"我想我们的才扎该有一个帮手了。"

丈夫果然是妻子意料中的一脸惊愕,他说:

"什么什么?"

"你想想。"妻子说:

"才扎嘛,父亲管不住,母亲也管不住,只好叫妻子管了,一般的男人有了妻子总要有一点责任心的。"

丈夫斜眼看着妻子。

妻子说:"男人就这样,你不承认?"

丈夫立刻点头承认:"可是才扎年纪太小了吧?"

"那没关系,先订婚也行。"妻子说完,便等待丈夫的下文,丈夫果然说:"那谁家的姑娘合适呢?"

妻子说:"你要先依我!"

丈夫说:"嗬嗬嗬!"

妻子便说:

"我看措毛的大女儿就挺合适,父母都不在了,一切可以从简,那个妹妹带过来就是了,以后没有什么牵牵扯扯,多省心!"

千户的形象回到索白的身上,他狐疑地盯着女人,但难以从那张俏丽的脸上看出什么破绽,于是他说:

"那倒不一定,我看扎西洛哲的女儿,好像叫雪玛吧,不是挺合适吗?何况他们家穷,我们可以接济……"

耶喜立刻嗤道:

"嗤!我早就知道你会这么说,可惜人家姑娘早有意中人了,你儿子想娶也娶不到。"

丈夫不信。

耶喜便说出她知道的秘密。

丈夫释然,他说:"尕金才不会娶个穷媳妇。"

妻子说:

"人家儿子有骨气呀,谁像你儿子一样还需要父母操心!"

枯草返青的山坡上,两个年轻人四目相对。羊们则对着少年咩咩直叫。

才扎没有反应,也没有表情,他瞪着血红的眼睛看着雪玛,然后说:"你这个骗子,把马鞭还给我!"

这时的雪玛想躲已是来不及了。

才扎执着地继续说:

"你骗了我!"

雪玛颇为委屈:

"少爷,我没有呵!"

才扎说:

"不过幸好你还让我在这里等你。"

"我没有呵。"

今天的才扎已没有昨日的好心绪了,更没有昨日那么丰富的想象力,他烦躁不安地说:"别多说了,快把马鞭还给我!"

雪玛特别想变出一条马鞭还给他,可她急得什么也变不出来。

才扎摇摇晃晃地站直身子,他蓦地看见他的马鞭上的红璎珞,正在姑娘的腰间闪烁,他更加确定姑娘变作仙女,只是为了骗取他漂亮的红璎珞来装饰她丑陋的腰带。

于是他断然命令道:

"把腰带给我!"

雪玛立刻羞红了面颊，这个疯子，他又醉了！

才扎看出姑娘不乐意把红璎珞还给他，便索性一把捉住她。

雪玛顾不上害羞，便哇哇惊叫起来。

才扎用力一扯，那条红色的、束在姑娘纤纤细腰上的腰带便无声地垂落下来，由于用力过猛，姑娘的身体暴露在一双惊诧不已的眼睛里。

才扎惊诧地瞪着她，她的手裹着袍子，早已是泪流满面——夏仲益西不会原谅自己了。

此时，才扎懵懂未开的少年身体却一下子苏醒了，他第一次这么突然地就洞悉了女孩的秘密，他的有着红璎珞的马鞭早已不在脑子里，代之而来的是一种强有力的好奇，于是他更加用力捉住这个秘密，固执地不肯放手。

绝望的雪玛满脸哀求，无助的眼睛里泪雾迷蒙，她抗拒，挣扎，哀求，大声呼救，都无法抵御这少年的粗鲁和固执。青山依依，漠然而视，一切很快发生并且很快结束了。

醉中的少年在残酷的占有后成为一个男人，这个男人懂得了酗酒之外的另一种昏眩，他把姑娘推入深渊，而让自己走回家中。

三、露珠形的蓝色玛瑙

阳光下，代扎的每一片树叶都在窃窃私语。

贡尕河在流淌，飞跃而下，涛然有声。在一个山凹处，雪玛浸入光洁的水中沐浴。她洗浴每一寸肌肤、每一寸黑发，她看自己的影子，午后的影子修长而美丽，水里的肌肤纯洁、明净、透亮，并且那么富有光泽。

就在昨天，千户派人带着一匹布和几瓶酒，来她家登门道歉，父亲躬身送走客人后，转而即大骂起来："你这个脏丫头，你这个贱丫头，你勾引人家少爷，还要他们来道歉，架子好大呀，你怎么没福气生在富贵人家？真不知羞耻！"

雪玛觉得这样一来，这件事就算过去了，她假装什么事也没有发生，到河里洗得干干净净，她不是和从前一样干净么？她不是和夏仲益西爱她的时候一样干净么？

已不知多久没有见到夏仲益西了，她不能这样漫漫无期地等待下去，她要去找他，告诉他，一切都过去了，已经没事了，她只是爱他，不管发生了什么事，她只爱他一人，她要把他带到山上，告诉他关于她的一切心事。

还有那个梦——

……她奔跑，她在拼命奔跑，后面有一个男子在追逐，他的追逐笃实而沉重，她甚至能听得见他粗重的喘息声。

她的靴子早已走失，她的发辫也已散开，她感觉到后面的那人很快就要够到她披散的发梢了，她愈加拼命奔跑，可是赤裸的双脚却使她无法达到逃离的目的。

忽而她的发根变得异常僵硬,她明白是那人的指尖碰到了她的发梢。

她惊呼一声,继而感到精疲力尽。

就在此时,雪玛看到了父亲。

父亲站在离她不远的地方,虽然他面目模糊,但她知道这个穿着一身光板皮袄的男人就是自己的父亲,她也知道父亲曾经非常爱她,她是他唯一的孩子,所以她确信在关键时刻帮助自己的,理所当然应该是父亲。

于是,走投无路的雪玛伸出求助的手臂,朝父亲呼唤了一声。

父亲转过脸来,他似乎看到了雪玛,但对她的呼救表示出不理解的神情。

女儿立刻用手势加语言的方法使父亲明白了她的处境。可是令她大惑不解的是,父亲竟然一点也不惊讶或愤怒,他的冷静令她伤痛不已。

失望的女儿听到父亲说:"你再跑也是无用的,因为那人是你丈夫。"

女儿连忙摇头表示否认,那人怎么会是自己的丈夫呢?可是唯一能救她的父亲此时已消失不见了,她站在一堵高墙上面,悲痛欲绝。

她知道自己无路可走,便决心以死相拼。

她扒在墙垛上,把两条腿悬在空中,准备跳下去。这时,她抬眼看看晴空,空中有一抹淡淡的云影,她对那云影说:

"我要走了,我只想留下一件东西,那就是我的眼泪。"雪玛悲伤的脸上滚下一颗很大的泪珠,她说:

"我的眼睛是蓝色的,如果这颗眼泪泅入了尘土中,那么我还活着,如果有人看到眼泪变成了一颗蓝色的玛瑙,就是说我已经死了。"

雪玛说完,就松开了手,她沿着陡峭的高墙迅速滑了下去,当她最后朝上面看了一眼时,她看见自己的十指在墙上留下了十条鲜红的血印……

——关于这个梦,雪玛一直不知该作何解释,只是觉得已到了该告诉夏仲益西的时候。于是,雪玛装扮得整整齐齐,腰间别一只香气四溢的荷包,她袅袅婷婷地走在去亚浪仓的路上,擦肩而过的人无不对她纷纷侧目。

她敲响了夏仲益西的家门。

门没有挂上,说明家里有人。雪玛径直走进了屋里。

正房里的尕金与母亲阿多看到她时的惊讶无以比拟。

尕金终于说:"呀!"

当尕金的一声呀表示承认了姑娘的合法进入后,姑娘从怀里捧出一只绣了一半的香包,羞涩地说:

"阿依(奶奶)阿多,阿妮(阿姨)尕金,我的这只香包总是绣不好,您能教教我吗?"

尕金此时已缓过了气,她媚笑道:

"雪玛啦,你真是个大福大富的人,学绣东西干吗?以后自然会有人替你绣的。"

雪玛不懂,她信任地仰视着自以为是未来婆婆的笑脸。

此时的尕金忽又陡地放下脸：

"说，你到底来干什么？"

雪玛一下子便和盘托出：

"我看看夏仲········"

尕金复又笑得前仰后合，她说：

"我早知道，姑娘，你骗不了我，我可是过来人，只不过，夏仲益西他不在家。"

"他不在么？"

"即使他在又怎么样呢？"

"阿妮啦，我说两句话就走。"

"你已经说了不止两句话了，还要说什么？"

"我想跟他说——"

尕金立刻打断结结巴巴的姑娘：

"别跟这个说跟那个说了，事儿不是明摆着的么？我家夏仲益西命穷，没有那么好的福气。"

尕金转身对母亲说：

"记得夏仲益西小的时候，一个喇嘛就说过他不会有什么俗不可耐的福气的，他可是清白人，对吗，阿妈？"

阿多点点头，无奈地看着姑娘。

雪玛说："清白人？"

尕金见姑娘不懂，就想立刻送她出门，她一边扯姑娘的袖子，一边说：

"雪玛啦，等你做新娘的时候，别忘了请我为你缝辫套呵！"

雪玛痴点了一下头。

夏仲益西伏在西厢房的窗内，泪如雨下。

他这样躲在西厢房内不吃不喝，已经三天了。

他伏在窗下，听见了正房里所有的谈话，听见了那熟悉的行走姿态，听见了他吻过的那喉咙里被一种失望刺痛的哑然。

他毫无办法，除了痛哭……

那阵碎碎的脚步声在院中的石板上响起，充满了暖暖的眷恋，她的影子在他的木格窗上印下了一个问候，她知道他在那里，他也知道她已了解了这一点，但他的腿忽然残废了，无法支撑他的身体迈出西厢房的门槛；他的嗓子忽然哑了，无法喊出他心底最心爱的名字。

只有一种声音在说：

别了……别了……

在山上，是这个姑娘帮助他度过了寂寞的童年。那时，他是个被众人忽略了的小男孩，对那位骑在头羊背上得意扬扬的小姑娘倾慕不已，如果那是爱的话，那么，他在童年时代就爱上她了。

他崇拜，他倾倒，他爱，像崇拜一位高高在上的女神，像爱不可或缺的手足。他每晚回到自己的房里睡觉，只是为了明天的她赶快到来。

那时，她是他的母亲，她是他的兄长，是他的笑靥，是他的一切，他为此做过多少妙不可言的美梦呵，她是个跃跃飞去的小仙女，身后撒满了金光闪闪的光点，他跟在光点的后面，满心以为自己会对她永不厌倦。

可是后来他竟然学会了读书。

雪玛不再是他的唯一。

他的全身心投入到薄薄的半透明的纸张中，贪婪地吸吮着油墨的芳香，他完全忽略了自己也曾这样吸吮过雪玛走过的青草地，吸吮过她湿发的浓香，吸吮过她的手抚摸过的任何东西。

可是那些或弯曲或笔直而形成的字，那些简单的字组成的复杂的句子，那些句子排列成的深不可测的文章，都使他惊叹不已，他不由得一头扎进这神圣的奥秘之中，小心翼翼地开始探索那些先哲们留下来的永存的光芒。

他忽然明白，雪玛不再是永远了。

那次他吹着鹰骨笛，从笛孔中告诉她他的悲伤，他的悟得生活后的悲伤，他悲伤过后的不平与无奈。可是姑娘用有力的行动反驳了他的觉悟，她认定他的不悟，并且明确地给他指引了正确的方向和道路。

他是那么的傻……如果那天他回家请求母亲的话，那么今天的一切都不可能发生了，可是那天母亲却兴冲冲地告诉他，她要为他娶一个世界上最富有的姑娘，这个姑娘是松仁仓丹增才巴百户老爷的千金……

那时，他只有一个念头，那就是他要走出母亲的阴影。

是的，母亲从来就不懂得他，她甚至忽视他的存在，而这种求婚，除了维系一种与贵族通婚而得到了一些实利与虚荣外，对他一无所用。

他喜欢的是另一个姑娘,他原以为母亲会慢慢接纳他所接纳的这个穷姑娘,可是现在一切都晚了,事实让他的一切缓慢的、柔弱的、无助的希望化为乌有,他也必须使母亲攀贵附富的期望成为泡影——

这唯一的出路,便是出家。

除了死,就只有出家了!

一天傍晚时,扎西洛哲回到家中,他直接爬上炕,等着女儿把饭碗端上来。

可是等了半天也不见动静,他骂骂咧咧地把头伸到灶墙里看,只见雪玛蜷在柴禾堆上打盹,她的鼻翼一抽一抽地,好像在梦里哭泣。

扎西洛哲一看到灶膛里一点火星也见不到,顿时怒火中烧,他一把揪起女儿的耳朵,大骂起来:"你这个懒丫头,不知道吃饭的时间到了吗?"

雪玛立刻醒了,醒了的雪玛捂着胸口,直喊闷得慌。

扎西洛哲说:

"闷?那就到外面凉凉去,惯的毛病!"

雪玛不睬。

过一会儿,她忽地长啸一声,然后傻笑道:

"阿爸的身上有条蛇缠着呢!"

扎西洛哲大骇,他呆呆地看着女儿。

雪玛又说:"阿爸,你身上有条蛇缠着呢!"

她笑嘻嘻地拿一只碗,扔到父亲的身上,好像是在赶那条看不见的蛇。

扎西洛哲机械地躲开。

瓷碗摔到地上,碎碎的,雪玛拾起四瓣碎片,扔向东西南北:"咄!咄!你们这些坏东西!咄!咄!"

她扔了瓷片,拍拍巴掌,然后用手捂着面颊,脉脉含情的眸子盯着空中某个似乎实有的东西。

雪玛盯着空中,她看见一个年轻的男子站在一堵庄廓墙上,庄廓墙很高,也很陡峭,那上面长满了新鲜的苔藓,她甚至能闻得到那苔藓淡淡的苦味。

阳光正好照在那男子英俊的脸上,他低下头,他的手从那件绛紫色的袈裟里伸出来,伸向脚下。他从脚下捡起一样东西,然后将它举向空中,他对着阳光看,那是一颗露珠形状的蓝色玛瑙。

玛瑙在阳光的照射下散发着透明的光泽。

雪玛看到举着蓝色玛瑙的男子,看到那男子由于阳光的直射而眯起了眼睛。

她终于明白,那男子,正是夏仲益西。

雪玛认出夏仲益西,就立刻暗暗地笑了,她不在乎那颗透明的蓝色玛瑙就是自己的眼泪,也不在乎当他看到玛瑙时,她已远离了自己的生命。

雪玛笑了,继而轻轻唱起了一首古老的歌谣:

你就是那朵鲜花呵

我是绕你而飞的蜜蜂

可是我要走哩

摘下你时我就摘

摘不下我绕你飞三圈

好比我已摘到了手

雪玛唱的是拉伊情歌，藏族人把这种歌叫作山歌，绝不允许在家中乱唱，更不允许当着长辈的面唱……可是雪玛站在自己的父亲面前，脚下迈着羞涩的步子，舌头传扬着甜蜜的节奏，她在唱，唱得毫无顾忌，唱得田野茫茫，唱得四壁萧然……

扎西洛哲夺门而逃。

四、瓷　瓶

这匹白马被冠上英雄父亲的名字——雪狮。雪狮无声无息地把主人带到了河边，香萨正坐在那里看着夕阳。

牵着雪狮的阿莽说："香萨，你好！"

香萨早已听到了白马亲昵的呼吸，但她却漠然道："原来是少爷光临了！"

阿莽看着心爱姑娘的背影，有些不知所措，他说："香萨，是我。"

"这匹马真讨厌。"

香萨厌恶地拒绝了想要靠近她的雪狮,雪狮跺着草地,不知道发生了什么。

"香萨,我惹你生气了吗?"

"哎呀,少爷,你怎么能屈尊说这种话呢,我可是个穷姑娘,没有身份,没有地位,你说这样的话,不怕别人笑话吗?"

"别这样,香萨。"

阿莽极其诚恳地说:"有什么心事说出来就好了。"

"那倒不见得。"香萨傲然道。

"说说看嘛。"

"雪玛疯了,她可是我的好朋友。"

"可怜的姑娘……"

香萨忿忿地说:"不要假慈悲,她都告诉我了。"

香萨鄙夷地看着阿莽,她的眼睛告诉他一切都是他的所作所为。其实香萨听到风言风语后追问雪玛,雪玛只是哭哭啼啼地说是少爷,香萨一下子就断定是阿莽,她想都没想才扎,因为才扎的年龄似乎过小,让人难以想象是他。

阿莽却以为香萨知道事情的真相,只是因为他是才扎的亲哥哥而有点瞧不起他而已,他觉得他能理解姑娘此时此刻的心情,因而他一点也不想为弟弟辩解。

阿莽稀里糊涂地说:

"我们家里觉得对不起她,所以就去道歉了。"

香萨不以为然,她说:

"道个歉就算完了吗？依我看，应该把她娶进千户城堡，侍候她一辈子，给她吃好穿好才行。"

"倒也是。"阿莽傻乎乎地顺水推舟。

如果说在这之前香萨对阿莽仅仅是怨气冲天的话，那么在阿莽说了这句不知天高地厚的话后，她便怀上了十二分的刻骨仇恨，她无话可说，便对他怒目而视。

阿莽觉得不对，连忙说："香萨，我是说……"

"说什么？有什么好说？娶过去不就完了吗？你去侍候吧，每天给她穿绫罗绸缎，让她吃香喝辣，但我看你的心里就未必能得到安宁！"

香萨一阵唇枪舌剑，然后拂袖而去。

阿莽莫名其妙地呆立着，他不明白香萨怎么会对他发这么大的火，自己并没有做什么对不起她的事。他觉得香萨的性格火暴猛烈，不过，他就喜欢这种爽快，这个世界上，再没有比香萨更爽快的人了，上天不正是为了他而造就了这个姑娘吗？

他等待香萨回头看他一眼，就像那次，她在转弯的时候，仿佛很不经意地回头看了看他，他为此而感动颇深，因为不管她装得如何地不经意，他都知道那个回头是一种必然。然而，这次不管阿莽如何地翘首以待，远去的香萨到底没有回转肩头。

阿莽怏怏地回到家中。

大院里空无一人。阿莽在后院母亲的二楼卧房里找到了父亲。索白像一尊山神一样倚墙而立，他双目炯炯，注视着儿子。

索白指着一地的纸牌说：

"我的儿子,看起来你的心情不错嘛。"

阿莽不为所动。

他看着地上的五颜六色的纸牌,不明白父亲为什么会喜欢上这种荒诞不经的东西。

索白倚墙而立,仿佛悬在墙上的佛龛里。脸上的表情是神们惯常有的那种悲天悯人的神态。他悲悯地说:"阿莽,我看你是不是打算回到寺院里去?"

阿莽一惊:"为什么?"

"你满脸杀气,应该回寺院里去修炼修炼。"

山神开了第二个玩笑。

但阿莽仍然不为所动。

耶喜夫人半卧在榻上,看得出来,索白正在运用自己刚从纸牌上学来的智慧,为虚弱的妻子看相卜卦。耶喜见到儿子,立刻高兴起来。阿莽知道母亲同自己一样,对纸牌是没有兴趣的。

索白见儿子无趣,便一把收了纸牌,说:"好啦,你不是小孩子了。"

阿莽立刻说:

"当然不是小孩子了,我不应该成家立业吗?"

"这倒稀奇。"

这次轮到索白不为所动。

阿莽的还俗虽是自己同意了的,但心底里仍然留着一种羞耻,他认为阿莽给他丢了脸,这下好,祸不单行,才扎又接连出事,令他痛心疾首,已经还俗的阿莽看来又要捅什么娄子了,他简直没有兴趣听下去。

索白把已经收起来的纸牌重新摆在地上，他说：

"这张纸牌叫什么来着？你们看这种颜色配得多么漂亮呵，一点天蓝配上朱砂红，真是不得了，要是有这种颜色的缎子，你阿妈穿上一定好看。"

耶喜抿抿嘴唇，表示回答。

阿莽忍不住说：

"我想请阿爸去求亲。"

"是哪个好人家，要我去求亲？"

索白的山神形象丝毫没变。

耶喜夫人怜爱地看着儿子，她知道儿子心中的女孩，她把手放在儿子的胳膊上，那支胳膊正在颤抖不已。她说：

"我的宝贝，这个女孩能让你决定要娶她为妻，她一定不简单，慢慢说吧。"

阿莽一字一顿地说：

"她叫香萨，是恰姜仓的阿妮桑丹卓玛的女儿。"

索白一听到这个名字，便慢慢坐到卡垫上去，他忧郁地看一眼妻子，仿佛想搞清这母子俩是否早已商量好了。他脱口而出说："倒是好人家……"

耶喜知道丈夫会说出这句话来，她暗暗地宽宥了他无形中对自己的冒犯，看在儿子的份上，她默然接受了这个事实。

几乎就在听到这个名字的同时，索白已是毫无余地地同意了，他相信这就是命。命运总会变着法子跟人开玩笑，等开够了父亲的玩笑，又会接着开儿子的玩笑。

于是，媒人便敲响了桑丹卓玛的家门。

桑丹卓玛坐在院子里翻晒着鞭麻枝，她看到来客的手中捧着两条白毡、两瓷瓶水酒、两包茶砖，还有一条白色的丝质哈达。

桑丹卓玛聆听着媒人唱歌般的语言，一边回首注意房子里女儿的动静。

未等做母亲的有所表示，香萨早已从房子里冲出来，一把抢过两只瓷瓶子，一转身，就砸在院正中的石磨盘上，瓷瓶顿时清脆地纷纷落地，变成了瓷碴，酒香扑鼻而来……

这天晚上，香萨辗转了一夜，一直到快天明时才朦朦胧胧地睡去，这时，她看到一个小女孩在她前面走着，那样子非常可爱，她的内心里不由得充满了柔情，她对那磕磕绊绊地朝前走的小女孩说："喂，你停下来。"

女孩笑嘻嘻的，却不停下脚步，她的脸长得就像满月一样惹人怜爱，香萨一点也不想放弃对这个小女孩的好奇，她跟着女孩，一直走到一座塔下。

塔是白色的，上面镂刻着很多梵文。塔底有一个圆洞，小女孩一低头，就钻进去了，香萨费了很大的劲才钻进去，因为那个洞口实在太小了。

等香萨钻进去后，发现小女孩坐在一张宝座上，宝座四周镶满了各种各样的宝石，被宝石包围着的小女孩，身穿七彩服装，正在朝她笑呢。香萨觉得自己不但喜欢她的模样，而且还喜欢她的奇怪的衣着和笑声，她从来没有感受过这种奇妙的情感，仿佛那女孩是她身体的一部分，她实在舍不得离开她。

于是，香萨走上前，小女孩立刻把一只手给她，她拉着那只手，心里感到非常的快乐和富足。她紧紧地握着女孩的手，忽然发现女孩的左手上多出一根手指，当她抚摸那根手指时，她自己也感觉到了痛感。

香萨喜欢女孩喜欢得不得了，她忽然异想天开，对小女孩说："叫我一声阿妈，好不好？快叫呀快叫呀！"

小女孩扭扭捏捏地不肯叫，她的大眼睛看着对方，忽然说："我是活佛，难道你不知道吗？你看！"

香萨很窘，她朝女孩指的方向望去，原来，在她俩的身后，坐着很多老太太，她们每人手里都有一个嘛呢经筒，她们在转动嘛呢经筒时，口中念念有词，过一会儿，那些老太太们就集体向小女孩跪拜下去。

香萨惊讶地转过身来，小女孩已经不见了……

这时天已大亮，外面正下着大雨。香萨昏昏沉沉地起身，她走到灶膛一看，母亲正坐在那里。香萨不好意思把自己的梦讲给母亲听。只见桑丹卓玛把灶灰铺到地上，再在上面划拉出几个莫名其妙的图案，然后对着那图案，一脸的若有所思。

香萨不以为然道：

"阿妈，又要出什么事了吗？"

桑丹卓玛满脸惊慌，她说：

"我觉得不好,可能会发生什么事吧?"

正说着,香萨觉得自己眼前一黑,便昏了过去。

桑丹卓玛连忙抱起女儿,她摸女儿的额头,知道她昨夜里着凉了,现在正发着高烧。

五、了却俗缘

谁也没有想到香萨会如此轻易地完成这个壮举,很多姑娘恨不得把瓷瓶拼接起来,但是阿莽的心已是碎了。

索白笑道:"这么说你是单相思啊!"

他仿佛听到了瓷瓶的碎裂声,或许儿子只是一时走花了眼吧,年轻人,哪个没有走花过眼呢?

索白笑着看儿子,就像是在看很多年前的自己一样,那时,他也是这样的魂不守舍,后来也是这样被拒绝到千里之外。

耶喜夫人则不作一声,她忧郁地看着儿子,说着一些家常话,她企图以最快的速度使儿子恢复常态。

阿莽却一心想着那瓷片,他一直在想象香萨举起瓷瓶扔向磨盘的刹那,她的面容是那么模糊,身姿是那么僵硬,肌肤是那么朦胧,他无法确认砸瓷瓶的姑娘就是香萨,他的内心不能使二者等同起来,但是那瓷片却不由分说,深深地、真实地扎进了他的喉咙,使他难以发出一声。

天空中阴云密布,就要落雨了。

阿莽把雪狮牵出来，母亲立刻跟到窗沿前，紧张地问："去哪里？就要下雨了。"

"遛遛马。"

阿莽说。

父亲看着儿子的背影，对妻子说："随他去吧，过一段时间，总会好的，这也是常理。"

阿莽和雪狮朝山坡上走，路有些滑，雪狮的鬃毛紧紧地贴在耳朵后面，它的眼睛机警而忧伤，仿佛感知了主人所有的不幸，它忠实地贴着阿莽，似乎要替他分担这些不幸。

但阿莽的身体是麻木的，他的眼中除了香萨的笑脸之外一无所见。

——那么就是说，她不爱他了，她不愿意把终身托付给他，不愿意把她青春的笑脸转向他了——

美丽的向日葵在一夜之间凋零了。

这真是一个奇怪的转折。

这之前，他曾经跟随她牙牙学语，跟随她踏上危险的栅栏，跟随她一声高呼，就勇敢地跌入那扎人的草料之中……

他珍惜她的每一根黑发。

有时黑发是扁而宽的，发根还保留着一点圆润的女性的发脂，这滴发脂会一下子就粘在指甲上，扭动头发，就会突然发现那是一只腿，一只蜘蛛的、从身体上分离开来的腿，它正在指甲上挣扎、弯曲、绷直，然后号叫……

他曾经吱吱偷笑，在香萨怒发冲冠的时候，他忍不住吱吱偷笑，她发火的样子就像一只小山羊，那么可爱地高举着两根辫子，冲他直抵而来。

他从来不躲，他只是假装跌倒了，以此来使小姑娘的好胜心得到满足，也以此来博取小姑娘的怜悯心，小姑娘屡屡上当，她大声地笑，转向他，仿佛一朵转动的向日葵。

那时，他被父亲送到衮巴寺，叔叔丹麻喇嘛与经师用一种异样的目光看着他，他不明白为什么要在佛珠与经卷之间选择。那是些檀香木质、玉质和一般木质的佛珠，经卷的杏黄色硬封皮都变成了褐色。实际上他是爱慕那串木质佛珠与褐色经卷的，但是他忽然厌倦了，他想回家，想继续他俗世的童年生活。直到后来，他才明白明那位同龄的朋友噶丹成为一寺之主，而自己曾和他有同等的机会……

美丽的向日葵忽然低下头，被她母亲带走了。而他也从此不再吱吱叫，因为他成了一名衮巴寺的小沙弥。

小沙弥身穿布衣，吃着粗食，把双臂袒露在冷冷的冬天里。当光头上再度长出黑发时，他学会了挑水、洗衣、烧火、熬茶，学会了厌恶红尘俗世，厌恶暂寄肉体的凡生，厌恶为衣食奔忙的芸芸人海。

他把一颗清净心，完完全全献给了佛祖。

打开经卷，仿佛打开了光明的秘藏，他走过曲折的山路，利用心会神知的秘诀，打开了秘藏。假如你需要体察神灵的手段，这里有了。假如你需要通往神殿的钥匙，这里有了。假如你想打开你身上所有的窍穴，重新制造出一种完美，那么你需要的明镜，这里也有了。

可是正当他欣喜若狂地拥抱这个秘藏的时候，什么东西却硌痛了他的肋部，他伸手一摸，那里有几根枯草似的头发，仍然顽强地挺直着躯干，那样子，是那么地不甘心……

这么多年来，头发竟一直贴心地保存着，他不知道他在保存什么，是记忆吗？抑或是永难诠译的古梦？或者正是他了却俗缘的一个契机吧？

可是他却明显而强烈地感觉到这不是别的，而恰恰是他走入俗缘的开始，当他见到阔别多年的香萨时，就注定了这一点。

这是命中注定，是他孽缘未了。

他毫无余地。

雨意徘徊了一个午后，终于在黄昏时落下了最初的一朵雨。起初，雨落在远远的山峦上，形成一种苍苍的湿雾，缓慢地铺排过来，湿雾弥漫了整个山区，湿雾带来一场很大的雨。

雨意氤氲，雨声大得足以使人心惊肉跳，阿莽骑着雪狮奔走在雨中，痛恸欲绝。

她带来了什么？带来了庸俗却不可或缺的快乐吗？

正是如此，阿莽为了得到这种可爱的欢乐，耳膜里传来了瓷瓶的碎裂声。

雨声犹如精灵的喃喃自语，她们附在阿莽的耳畔，倾诉着寂寞，这寂寞，很容易过早地降临到一个少年的心中。

她们没有翅膀，却可以自由自在地飞翔，她们飞翔在阿莽的周围，她们对寂寞的人倾诉寂寞，对欢乐的人倾诉欢乐。

阿莽听懂了这种寂寞，他发现自己趴在雪狮的身上，好像早已精疲力尽、力不可支了。

雪狮往前冲，雪白的鬃毛在雨中渐渐变成金色，透明、轻盈、薄而发亮。雪狮扬着这样一种金色的长鬃，在湿雾里勃发出一种异样的生机，它奔跑，为了背上的主人，它义无反顾。

阿莽沉沉的。

雨使他改变了形状，改变了重量，他的双手去捉眼前飘浮着的金黄，大雨中，他们奔上了那条高高的山岗。

那座山岗，是代扎的孩子们都十分熟悉的，每年嘛呢堂的四月坐经后，都会有一支庞大的队伍敲锣打鼓地走上去，他们用各种愤怒的声音叫喊，试图把那些恶魔驱向山崖下无底的深渊之中，于是，糌粑捏成的小鬼们，无声地落下去了。

阿莽也曾捏过小鬼，那是用双掌抟成的，忌讳用手指捏，可是阿莽自认为捏的好看，就偷偷地留下来想做个纪念。

现在，长大了的阿莽促使雪狮走上了山崖，或许他无心保留下来的这个糌粑鬼，本来就不属于这个世界，而它所属的那个世界的空缺，却是需要阿莽的年轻肉体来填补的吧？

阿莽和雪狮，轻轻一跃，就跃下了悬崖。

阿莽的身体失去重心的时候，他喊了一声，喊出的声音是香萨的名字。

村人们都说，阿莽是鬼带走了。

索白却宁愿相信儿子的品质。

雨下了三天三夜……

从此，索白家族的人都听不得雨声，一旦雨声敲击耳膜，索白便心悸得厉害。

人们在谷地里找到了阿莽的尸体，狼群与野狗在附近嚎嗥，而远山，却拱起一条七色彩虹，仿佛是一条坦荡的通天大路。

尸体在千户庄园里停放了七天。

七天里，喇嘛们手持笨重的金刚铃，盘膝而坐，面对着酥油长明灯，面对着袅袅升起的檀香烟尘，反复地吟诵着平安升天经，那是一些美好的祝福，祝福死者径往西天，解脱生死的烦恼，永不再陷入世间的轮回。

重复的铃声响一遍，楼上的耶喜夫人就掩面失声一遍。

索白穿一件光板皮袄，神情萧然，他咳嗽得非常厉害，好像不仅仅是咽喉出了问题，他的整个肺部如同一双手，正在用力地撕扯着锦缎丝帛。

七天过去后，就是出殡的日子。因为阿莽不是自然死亡，所以索白只得为他选择一处墓地。这天一早，衮巴寺的噶丹嘉措活佛来到亚塞仓城堡，他的身后是丹麻喇嘛和经师。年轻的活佛面对西方喃喃诵着平安升天经，他那双细长的眼睛慈悲地看着躺着的身穿新衣的阿莽，忽然俯身下去，贴着阿莽的耳朵说了句什么。

丹麻与经师急急上前，接住活佛的双臂问道："什么？"

噶丹嘉措活佛说："他不该离开寺院的……"

阿莽被人抬到山上。他的灵魂将自由地飞出，灵魂要经七七四十九天后，才能真正地离开死者的肉体，开始飘浮，开始寻找下一世的暂栖之躯。

这个灵魂，或许仍回到人间，或许在畜类，或许在地狱，或许在非人类，或许在天界——往生到天界是善果吗？天界的神固然难以为生死而烦恼，可他们却以此为由，或降祸于人间，或施暴于同类，以此来捱过那漫长的岁月，这不是比人类的烦恼更多吗？

只有西天，藏族人能够安静地死去，只是因为西天在召唤这些极善的灵魂，他们不生不死，超越了永远的轮回，所以躯体之死，仅仅意味着痛苦的结束。

不知道阿莽选择了什么，恐怕谁也不知道了。

他悬在空中
凝视着她的脸
仿佛凝视着她的内心

第九章

一、温柔的暗夜

自从阿莽走后,香萨就开始怀疑自己的行为,她一会儿觉得自己不该摔那瓷酒瓶子,一会儿又认为那不是自己的错,不管怎么样,她不能原谅自己摔过瓷瓶的双手。

因为她的内疚,阿莽愈来愈完美;因为她的怀念,阿莽愈来愈接近了她;因为他的去而不归,他变得对她愈来愈重要。

去而不归的还有一人,那人曾经对她也是一样的重要,那就是父亲。

香萨立刻黯然神伤,父亲以及阿莽,他们不再回来了,她明知这一点,但却不敢面对这铁一般的事实,他们死了,或者在远方的某地活着。但是她感觉不到他们，他们的形象已渐渐模糊，并且被强行分离。他们同样感觉不到她，如同她不曾存在过。这一切，都那么空洞，那么没有坚强的依托，如同云，走着走着，就变了，消失了，连一点影子都未留下……香萨突然不明白，自己一直在苦苦等待，等待他们的归来，可是，他们真的不会回来了。

香萨在这种气氛中沉湎了两个月，每个夜里，她都被恶梦逐出睡眠，她哭着找到自己的母亲，可是，她除了痛哭之外，一句话也说不出来。

桑丹卓玛望着泪流满面的女儿，只能说："唉唉，这是天意，孩子，你得认命！"

每天，桑丹卓玛总是把炕烧得热热的，她用炕洞里的白灰描绘一个吉祥的图案，如果顺手，她就会认为那一天是圆满而无灾的，如果不顺手；她的心里就会充满恐惧，种种的不祥之兆会充斥她的大脑，使她盲目地相信某种倒霉的事情就会接踵而来。

每个夜里，做母亲的总会安排两个女儿先入睡，胆小的阿琼睡觉前不敢熄掉油灯，而香萨却在油灯下难以入眠。桑丹卓玛看着香萨疲惫失神的大眼睛，满心是说不出的心痛。

这天傍晚，桑丹卓玛又在炕灰上描着图案，她一心想着要描出一幅别出心裁的好东西，可是手底下一点都不听使唤，描出的东西和自己想象中的根本不是一回事，她黯然道，这下不太好，这是怎么回事呢？这种情况在平时少而又少，可是今天怎么会出现呢？她有些慌张。

桑丹卓玛把这归咎于天气,天就要下雨了,天要下雨的时候,任何东西都会失去灵性的。

尽管有所归咎,但是桑丹卓玛还是不能开颜,她想,今天夜里女儿香萨会不会醒呢?如果她醒了,会不会又来找自己呢?她还会哭吗?

桑丹卓玛已经管不了许多了,因为她听见了轻轻的敲门声。

敲门的是洛桑达吉。

他们已有很多年不在一起了,但是彼此的牵挂仍然没有减少一分。他至今仍不知她为他养育了一个女儿,那个女儿长着和他一样的大眼睛。

很多年后,他们对彼此的渴念与日俱深,再不能这样等待下去了,他把她堵在村口上,要她答应他晚上去看她。

洛桑达吉一时冲动,要在半夜来拜访他的情人,这是这么多年来他第一次主动提出的要求,因为是第一次,桑丹卓玛便不忍心拒绝他,她害怕她一旦拒绝,他便不会有再次要求的勇气了,而她又是那么地需要他。

他是那么的敏感,那么的脆弱,那么的小心翼翼,她不知道他害怕什么,因为他害怕,所以她也不自禁地害怕起来。

自从他们俩在一起,就开始害怕光,害怕声响,害怕不属于他们的一切。

所以,这黑暗之所,便是他们幽会的最好去处,他们迫不及待地等待天色大暗,等待所有相关与不相关的人离开,以便不再年轻的躯体能够重新体会丰沛的精力。

洛桑达吉就这样来了，他穿一件短式皮袄，颜色跟桑丹卓玛家院墙的颜色差不多，呈土灰色。她在为他打开自家的大门的时候，甚至没有看清他的表情，只是觉得他非常不自在。

桑丹卓玛也不自在起来，她一边把他引到厢房里，一边小声说："香萨和阿琼都睡了，你不要担心。"

她让他不要担心，自己却担心得厉害，她不能从自己描绘的那个图案中走出来，她相信她的预感，就像相信洛桑达吉会准时到来一样。

洛桑达吉凝视着厢房的四壁，想象不出她平时的生活是什么样的，他忽然觉得自己一点都不了解她，不知道她用什么样的碗吃饭，不知道她睡在哪个角落，不知道她做家务时的神态，甚至不知道她上炕时，会把颈项上的链子放在什么地方。

这么多年了……他叹一口气，把女人拉到身边来，把满腹的歉意化成一个紧紧的拥抱。他紧紧地拥抱了她，他是多么想永远地拥有她啊！可是，对他来说，这太难了，这需要勇气，可是这正是他不具备的东西。

桑丹卓玛温情地揪去他鬓边的一根白发，她说："你看，我有多久没这么近地看过你了？"

"我都长白头发了，还不久么？"

她笑了，日间劳累的躯体顿感轻松，有一个爱人，有一个日夜厮守的爱人，那是怎样的一种幸福，又是怎样的一种境界啊！

洛桑达吉忘情地答应着她默声的呼唤，她是他的主心骨，她是他少年时代吹奏着的鹰骨笛里的姑娘，她是他那几个笛孔中永不厌倦的清音。

洛桑达吉搂着女人，他的手去抚摸她，她的身体热烈地响应着，她那么急促，她在感受到洛桑达吉温存的悸动后，立刻就回应着，她不再像年轻时那么容易羞怯了，她敞开自己的期望，并且无私地报答着他。

他同样以热情报答她的热情，他面对这日思夜想的身体，惊讶于自己对它的熟悉，他感到自己的躯体正在鼓起一片片羽毛，就像一只鸟儿，乐观直接地、轻盈自在地飞进了自己那筑在深林中的巢，丛林由此而扩展成一片海洋，在阳光下缓慢而热情地荡起一阵又一阵冲天而来的潮水。

他不再像年轻时那么敏捷了，但是他的内心被一种甜蜜的情感包围着，那是他力量的源泉，他不断地把自己的体验传达给对方。

她不说喜欢，她从来都不对他这样说，但是她会让他体味到她的欢欣与愉悦。他总是应答着，他把不再年轻的嘴唇，紧紧地贴在她的肩膀上。

她的皮肤依然光滑，依然像绸缎一样放射着无以伦比的光泽，她那么热烈，把所有的寂寞时光都远远地抛在脑后，她不记得自己的寂寞了，只知道自己的身体正在疯狂地需要着他，她的寂寞的等待，就是为了这一刻的到来，她太需要他了，需要他的眼睛看着自己，需要他的热唇亲吻自己，需要他的身体来爱自己……

她迷醉的脸庞埋进他的颈窝，那里是她渴望了一生的最温暖的地方，她的狂乱的嘴唇走遍了他的眼睛、耳朵、鼻子、面颊和染满了沧桑气息的头发：

"我的好人呐……"

"呵！"他呻吟的声音里充满了不安："或许这是最后一次吧……"

她抱着那个深怀着不安的男子说：

"别这样，你不能说什么最后不最后的！"

她不喜欢他说出这种话，仿佛一个不好的预兆，她是绝对相信预兆的，她曾经感觉到的预兆每个都成为现实，但她不希望这次他所说的是真的。

她开始安抚他，他的紧张情绪一点一点地被她化解了，他的身体慢慢地苏醒，直到他又一次感觉到冲动，潮热的气息扑面而来，他知道她在等待着他的到来，她说：

"这样吧，你来么？你来了么？"

他们重新走向一致，前方那迷幻的景色在向他们招手，他们的身体被热情彻底地溶化成一体，他们是一体了，她是他的一切，而他也成为她的一切，他们打破了身体内部曾经设置的僵局，从窘困的沼泽里走出，完美地走向了一致！

他们内心深处的寂寞云飞雨散……

他们完美地溶化了……他们完美地成为一体……

这时，相亲相爱的一对情人，忽然就听到正房里一阵躁动，接着听到一个轻轻的脚步声跑到这边的厢房门前，脚步声停下来，接着是推门，门没有推开，因为门是从里面顶上的。

"阿妈，阿妈！"

是香萨的声音，她那么急躁，仿佛有谁正在追赶她，她大声地喊她的母亲，使她的母亲从洛桑达吉的怀抱中惊醒过来，慌张得不知所措。

"哎！"

做母亲的应了一声，然后示意洛桑达吉不要出声，她起身后，走到门板前，害怕那木板会突然裂开一个洞，那样她的女儿就会一下子看清自己，并且看清自己身后的那人。

值得庆幸的是木板没有裂开，只有香萨的声音继续从木板的那一面传来：

"阿妈，你怎么把门插上了？开门，我要进来……"

桑丹卓玛慌慌张张地应道：

"好，你等等，我就来，你等着。"

母亲让女儿等着，然后就去开门，她打开门后就立刻堵在门前，使她的女儿无法进入这道门。母亲说："走，到那边屋里去，说说，你又做什么梦了吧？"

她一边说，一边就拉女儿折回正房。

女儿哭声道："阿妈，您怎么了？阿琼还在那屋里睡着呢。"

桑丹卓玛说：

"没关系，我们说话声音可以小一点，她不会醒的。"

女儿稀里糊涂地跟着母亲回到正房，她穿着单衣，身上在瑟瑟发抖，当她像从前那样偎在母亲的怀里时，发现她的母亲也在瑟瑟发抖，甚至比她有过之而无不及。

女儿一到母亲的怀里，就开始轻声地啜泣了。

母亲问道："我的好宝贝，又做恶梦了么？你已经有两天没有做恶梦了。"

"阿妈，我又梦见了阿莽了。"

"上天收回了他，这是他的福气，你应该祝福他，他是个好孩子，他会早早投胎人世的。"

香萨一向不相信这些，可是现在，泪水涟涟的她竟然说："阿妈，他投胎后还会认识我么？如果他再来，我一定会嫁给他，他用不着来送瓷酒瓶的，也用不着送哈达，我要跟着他，把他的阿爸叫阿爸，把他的阿妈叫阿妈……"

桑丹卓玛不再吱声了，她看着女儿在怀中哭，禁不住也落下了眼泪。

正在母女俩相拥而哭的时候，突然听到院中一声刺耳的响声，是她们家放在门厅里的咸菜罐子被碰倒了的声音。此时的桑丹卓玛已完全沉浸在女儿的悲痛之中，竟把厢房里藏着的洛桑达吉忘了个一干二净。

罐子破裂的一声巨响，使母女二人同时吃了一惊，女儿立刻认为有贼，而母亲这才想起躲在厢房里的那人。

在母亲惊得全然没有反应的情况下，女儿早已敏捷地举起油灯，冲了出去。

香萨很快就在一堆干草丛中发现了洛桑达吉，洛桑达吉头上披着几根干草，极其惊愕地呆立在那里。

他是准备出门而去的,天就要亮了,他无法想象自己在天亮后怎么从恰姜仓回到亚浪仓,怎么从早起挑水的妇女们的眼皮底下走向自己的家。

于是,洛桑达吉就自作主张地准备出门,他在门厅里碰倒了咸菜罐子,立刻就真的像小偷一样企图隐蔽起来,他一眼看到干草堆,就一头钻了进去,他不知道香萨从小玩捉迷藏,第一个要找的地方就是干草堆。

这样,洛桑达吉就在一具油灯面前暴露无遗,或者说,他在自己情人的女儿面前暴露无遗,这个结果甚至比暴露给自己的妻子更让他感到可怕。

惊呆了的洛桑达吉听到香萨喊了一声,他听到她在喊捉贼,这样,不一会儿的工夫,庄廓院的两面墙上爬着邻居,他们问香萨,贼在哪里?

桑丹卓玛这时看到他的面部表情,恰恰如她在清晨描绘图案时,不小心描绘出来的那个样子,脆弱的、模糊的、线条不明朗的、容易被攻破的一座坛城。

那是一座城,你在里面找不到出来的路。

本来她是要绘一幅吉祥结的,一条丝质的哈达,轻柔飘逸地挽着,挽成一团不可分割的、稳定、圆满、持久的结子。

可是现在,她已无暇顾及这些,她把她满脑子的羞愧同吉祥结一起抛到九霄云外去,只是有气无力地从女儿那具油灯下面,把呆立不动的洛桑达吉救走。

洛桑达吉从大开着的门中出去了,墙上的邻居们也从哈欠中明白了这座庄廓里发生的一切，他们笑着对香萨说：

"傻丫头，那不是贼，你看花眼了。"

香萨手中油灯里的油已经深深地灼痛了她，她瞪着早已没有泪水的眼睛，看她的母亲，犹如看一个陌生人，她仿佛一下子就明白了，本来从不插门的母亲为何今夜里牢牢地插上了门……以及刚才她为何迟迟不开门……以及她开了门却为何不让自己进去……以及为何假惺惺地陪自己落泪……以及……

香萨把燃尽的灯具一扔，进了正房，任凭母亲喊破了嗓子，她也没有开门。

做母亲的，一点解释的余地都没有，她也无从解释。

从这天开始，桑丹卓玛一下子就老了，她不再精心梳洗，也不再理睬洛桑达吉，她只是每天催促小女儿把饭碗端给大女儿，香萨也总是一言不发地吃了，看不出有什么异常的反应。

终于有一天，香萨走出了正房，她面色苍白，身上穿着自己最心爱的袍子，手上挽着一只暗色的包裹，她简单地对曾经与自己共同生活过十八年的母亲说：

"我要去找我阿爸。"

桑丹卓玛迸声哭了出来。

二、风　马

不管母亲婉言相劝，还是声色俱厉，香萨仍是一意孤行，她的包裹里藏着一只木刻的风马，那是在她出生的时候，父亲塞到她怀里的第一件礼物。所谓风马，就是胜利的象征，包含了所有的美言与祝福。父亲送给女儿这个礼物后不久，他就离开了代扎。

在香萨心目中，父亲的形象总是那么高大英俊、剽悍异常。她曾隐隐约约听到过有关父亲的壮举和善行。在一个月黑风高的夜晚，父亲带一彪人马，劫掠了朵义才抢来的财物，还打伤了朵义才的坐骑，朵义才跑得快才保住了性命，父亲把财物全部分给了衮哇塘的穷人们。香萨为有这样的英雄父亲感到由衷的骄傲和自豪。

父亲一直没有回到恰姜仓。后来，她的母亲为她生了一个妹妹，她这才相信父亲来过了，父亲来了却没有来看她，这对她来说无疑是个沉重的打击，她经常在梦里见到他，梦里的父亲仍是很久以前的模样，他骑在马上，那匹马就是雪狮，雪狮一见到她，就立刻把耳朵伸到她怀里，父亲总是呵呵地笑，他说着什么，却不把马鞍卸到地上。

父亲重新绝尘而去，就像很多年前那样，他并不向香萨道别，仿佛他就会回来似的，可是他一去，就去了很多年，女儿就再也没有见到过他。

母亲也曾送过她礼物，那是一串珊瑚珠子，红色的，与木刻风马的风格迥然不同，但是香萨却悄悄地把它们挂在一起，她暗怀着希望，希望父亲能突然出现在代扎的土地上，重新和她们母女俩过上圆满的生活。

就像这珊瑚与木刻风马,它们那么完美地结合在女儿的颈项上。可是,就在香萨暗怀着无限希望的时候,突然就陷入了一个黑夜之中,那个黑夜使好的希望突然破灭在一个油灯下面,那是因为另一个人的介入,另一个男子就这样突然出现在惊恐的油灯下面,使她的世界顿时成为一片黑暗。

陷入黑暗之中的香萨几乎不能自拔,幸亏她还有个父亲,这个父亲虽然远在天边,但是他仍然是她的父亲,他重新成为香萨唯一能够信赖的人。

这样,女儿就毅然做出决定,她决定去寻找这个唯一能够信赖的人,这样,她便向埋葬有阿莽的骨骸的山岗告别,向少年时代的玩伴们告别,向养育了父亲与女儿的代扎告别,然后,十八岁的香萨踏上了旅程。

唯独没有告别的,就是母亲。

走上旅程的香萨这才明白,她曾向父亲道过别,那是因为阿莽的到来,阿莽到来后她暂时忘却了对父亲的怀念,后来,她又向已没有知觉的阿莽道别,那是因为她又要回到父亲的身边去。

她把那件心爱的木刻风马放进包裹,而把另一件同样心爱的珊瑚留在了恰姜仓,留在了母亲的庄廓里,她不知道自己何以这样做,但是她毫无顾忌地做了。

那件风马伴着她踏上旅程。一匹骏马背着所有的宝物,向着天空驰骋,人们喜欢把这匹马叫作风马,并且喜欢把它印在纸片上,在祭山、祭神时,把这种印着风马的纸片撒向天空,撒向山谷,人们吆喝着,把这当作一种无上的荣耀,他们把风马献给神，然后盼望神赐福于自己。

父亲天空雷声隆隆，
母亲大地闪电弯弯，
儿子骏马是雪山的精华。

  风马是天地所生之子，海螺一般白、大鹏一般快的骏马，从乐土而来，带着昌运，带着鹰一样的生命力，虎一样的强壮身体，龙一样的繁荣盛大，在每个房门、路口、山巅、关隘，在每个善良的灵魂里，留下昌运之神行云般奔驰的祝福。

  香萨手中握着的，正是这样一件宝物，它由一块上好的红松刻成，粗糙原始，线条奔放，透着一种誓与邪恶相抗争的力量，仿佛是一条生动的生命链。

  这么多年来，风马已被香萨的手抚摸成光滑细腻的精致之物，它同过去有一点不同，那就是它的身上也变得红润起来，变得有了某种玉的质感，有光泽，半透明，呈现出圆润细腻但又有些冰凉的玉的本质，就仿佛那一串珊瑚，仿佛它的色彩与它的本质。

  香萨自己也搞不清到底走了多少路，袍子的下摆早已磨出了粗糙的底面，她的脸上，则布满了尘埃。

  尘埃满面的香萨把风马握在手中，而把早已空无一物的包裹扔向身后。这时的她，变得一无所有，当她的发辫被风打散后，她成了一名彻底的流浪儿。

香萨走进一个镇子,当她走在那个镇子唯一的街道上时,她的饥肠辘辘使她对这个镇子毫无兴致,幸亏这个世界上有一位老太太动了恻隐之心。这位老太太送给香萨两块饼子,代价是香萨身上的一件衣服。香萨褪下衣服,交给老太太,并且对她满怀感激,是这位老太太救了自己这个小姑娘的命,老太太使她从饥饿之中走出,并且使她两袖空空。

这位开饭馆的老太太让香萨坐在临街的门口,香萨吃完这两块饼子,这时,她已从一个过路人的口中,证实了"汉子嘉措"就在衮哇塘的传闻。

于是,衣衫褴褛的香萨出现在去衮哇塘的路上。

关于衮哇塘,流传着很多的传说,其中有一个故事说,曾有一位财主路过衮哇塘的时候,被衮哇塘所在地的主人命令脱掉了身上的一件皮衣,那时正是冷冷的冬季,财主顿时对未来充满了绝望,他捂着瑟瑟发抖的双臂说:"早知道衮哇塘这么冷,我会穿上我的九件皮衣……"

衮哇塘就是这样一个杀富济贫的世界,衮哇塘。因为有了"汉子嘉措",就成为穷人向往的天堂;因为有了"孜孜桑杰",那里就成了富人谈虎色变的地狱。

"孜孜桑杰"——蝙蝠,意思是悟道成佛的老鼠,从人们给父亲的这个外号来看,他们既轻蔑地把他当作令人俯视的地狱类动物,但又不得不承认他的"得道",他们妒恨他,可又不得不承认他的真实存在。

去衮哇塘的路上,一提起"孜孜桑杰",简直无人不晓,无人不知，在妇女们的眼中，他是春天的绿荫，而在男子们的眼中，他则是升上天空的旗帜。

这样，香萨就向春天的绿荫走去，她心中多年的盼望就要成为现实，她想象她见到父亲时的种种情景，但没有一样能最后通过自己的关卡，这是不可能的，父亲总是出人意料地走在她的前面。

很久以前，当他还非常年轻的时候，他便毫不迟疑地从千户贵族的血统中走出，走出那个家族的深宅大院，就走出了那个家族的家谱。

他的名字后面失去了千户的头衔，正如他的头顶上失去了众人膜拜的光环，人们不再向这千户之子鞠躬，因为他们的头顶转向了别人的膝下。

嘉措出人意料地走出千户大院，又出人意料地走出了代扎，嘉措离开了妻子与女儿，就成了"汉子嘉措"，或者说就成了"孜孜桑杰"。

不管是嘉措，还是"孜孜桑杰"，他留在女儿瞳孔里的唯一形象，就是那个骑在马上正绝尘而去的英雄，雪狮长鸣一声，绝尘而去的英雄头也未回……

香萨走在去衮哇塘的路上，心里充满了兴奋，甚至充满了幸福的感觉，她看到路过的行人都行色匆匆，他们对姑娘示以友好的问候，然后便驭马而去，她觉得那是在暗示她赶快赶路，以便在天黑前到达衮哇塘。

傍晚时，香萨看到一队人马迅速地奔驰而来，他们都蒙着黑黑的面具，身着单色的衣服，马队后面升起滚滚烟尘，把能远视到的衮哇塘遮了个阴天蔽日。

香萨避到路边，她看见领首的那人雄壮威武，又不失儒雅风采，他的马走到香萨的身边便停了下来，马上的蒙面人问道："姑娘，天快要黑了，你上哪里去？"

香萨高昂着头说："我去衮哇塘。"

那人说："你去哪里干什么？"

姑娘骄傲地说："我去找我的父亲。"

那人摆摆手，把他身后的衮哇塘指给他看，他是刚从那里出来的，他说：

"你在天黑前就可以走到衮哇塘的。"

香萨点点头，那人的马鞭一策，便纵马而过，后面的人群纷纷跟上，这支马队便浩浩荡荡地驰出了香萨的视野，视野之外，是又一道新的地平线。

香萨走向那人所指的地方。

衮哇塘，在黄昏到来之际，显得非常宁静，这是一个村落，沿山坡而下，每一户人家都挂着特别鲜艳的经幡，与别的村落有所不同的是，衮哇塘的外围是一堵围起整个村落的高墙，就仿佛衮哇塘本身就是一座庄廓，那里面包含着周密和谐的、完整不可分的内在意义。

香萨遇到一位女人，女人好奇地看着她褴褛的装束，问道："呀，姑娘，来找人吗？"

香萨说："我找嘉措。"

女人笑了起来,她说:

"你说的是'孜孜桑杰'吗?嘀,又一个找他的人,找他的人太多了,'孜孜桑杰',嘀,上天保佑他!"

女人背着木水桶,那里面盛满了清冽冽的泉水,她让香萨把头伸到桶里喝,香萨照着喝了几口,甘甜的泉水一下子就去除了香萨心中的燥热,她感谢那个女人。

女人说:"不用谢了。"

香萨又问"孜孜桑杰"住在哪里,女人说:"你小小年纪,有什么冤仇值得跑这么远吗?"

香萨说:"他是我的父亲。"

女人这才明白过来,她顿足道:

"你怎么不早点来呢?他刚刚带着一批人走了,恐怕一时半会儿不会回来,如果你早一个时辰,就能碰到他的。"

香萨的眼前立刻出现了那位打马而过的蒙面人,她想那是不是自己的父亲呢?如果是自己的父亲,他怎么会不认得自己的女儿?

香萨说:

"我的父亲经常戴着黑面具么?"

女人说:

"那当然,那是他的防身工具,如果他没有那蒙面的面巾的话,那他就不是'孜孜桑杰'了,'孜孜桑杰'总是头戴面巾,身披斗篷,很多人都没有见过他的面孔,可是我却见过。"

香萨小心翼翼地问道:"你没有男人吗?"

"有呵,"女人说:

"我的男人跟着'孜孜桑杰'出门去了。"

香萨说:"你为什么对他这么好?"

女人说:

"他是我们家的恩人,他救了我的儿子,要不然我那儿子早被狼吃掉了。等我的儿子长大了,我要让他跟着'孜孜桑杰',让他的名字和'孜孜桑杰'一样,走到哪里都会受到最好的欢迎。"

女人讲着讲着激动起来,她要拉着香萨到她的家里去,她说香萨的父亲就住在她家里,她要让她看看她的父亲生活在怎样的一个家庭中,这个家庭对待他,就像对待自己的亲人一样。

香萨准备去她那里,她想在那里等待父亲的归来,如果父亲回来看到路上遇见的这个姑娘,就是自己的女儿时,他会有什么样的反应?

香萨伸出手,想帮女人扶住水桶,这时她听见女人说:

"'孜孜桑杰'暂时不会回来,不过你可以住在我那里等他。"

香萨急忙问道:"怎么回事?"

女人说:

"'孜孜桑杰'带着男人们出去了,到一个很远的地方,恐怕得要两个月才能回来,走吧,姑娘。"

香萨的脑子里轰的一声,她慢慢地坐到地上,半天才说:"阿妮,你先回吧,我再坐一会儿。"

女人奇怪地看了姑娘一眼,就背起水桶先走了。

香萨坐在地上，呆呆地握着那件风马，风马在姑娘的手中早已变得温暖而湿润。香萨一想到父亲，就满心悲哀，她原以为她的到来会改变一个事实，那就是她要带着父亲回家，回恰姜仓，回到那个曾经宽容地接纳了他的家中去。

可是她却看到了父亲的新家，或者说，她看到了天意，父亲早已在她到来之前就属于衮哇塘了，他属于这里的女人们，属于这里的男人们，他属于黑色面具，属于财主的冷冷的冬季。

不管怎么样，香萨已经见到了她想要见到的，那个黑色蒙面人，那个英姿勃发的、绝尘而去的男子，就是自己的父亲。

香萨从地上站起来，这时，天已经完全黑了，她拍拍袍子上的尘土，独自走上了回恰姜仓的路。

三、情与债

黄昏没有到来之前，桑丹卓玛又铺开了灶膛里的白灰，开始描绘某种图案。

她要描绘的是坛城，日月星辰拱围着的众神之山。江水滔滔。万劫不复。那周围有八大吉祥物，宝伞，法幢，金瓶，吉祥结，法轮，等等，还有风马……

一画到风马，桑丹卓玛的手就停止了，她的手停在那匹风马背上的喷焰摩尼上，准确地说，她的手停在了那喷起的火焰上。

桑丹卓玛仿佛被火点燃了，她嗤了一声，迅速地抽回了手，她看见自己的手上正冒出一缕缕的烟雾,那烟雾在空中化作香萨的脸庞,那脸庞上的表情是那么的模糊,那么的不可深知……

桑丹卓玛立刻知道了自己画着的,正是现在她想要见到的女儿,她那么想女儿,以至于不能完成那幅坛城,香萨怎么了?她怎么就走了?她不再为母亲分忧了吗?

事实正是如此,香萨走了。她不知道走了的女儿是否还会回来,不知道她那有着两涡发旋的脑袋里带走了什么。

桑丹卓玛一想到香萨,立刻就后怕起来。那个可怕的夜,不但使母女分离,也使情人分离了。自从香萨走后,桑丹卓玛再也没有离开过恰姜仓半步,再也没有见过洛桑达吉了。

那是永难忘怀的一幕,那一具油灯,那一堆干草堆,那高墙上的窃笑,还有那人惊骇的面孔,还有那天夜里稀薄的空气和逼人的热焰……

不管怎么样,桑丹卓玛想到香萨,一切的不满与怨气便都烟消云散,她不再埋怨洛桑达吉的心血来潮,也不再埋怨香萨的聪慧机敏,当洛桑达吉与香萨都已离她而去的时候,她只好重新开始寻找并描绘灰中的幻影。

有时候她能够找到它们,它们变换着行踪,使她难以轻易地越过它们设立的防线。但她找不到它们的时候居多,它们从她的手指下简单地溜走了。

幻影总是那么的不可捉摸,就像长大了的女儿的心。

描绘坛城的桑丹卓玛看到了窗外走动着的夕阳,便知道自己应该为另一个女儿做饭了,另一个女儿阿琼或许已经玩累了,她或许正走在回家的路上。

　　阿琼自从姐姐走了之后，便非常地孤独了。她孤独地行走在山岗上，孤独地与牛羊为伍，她发现自己是一只孤独的小羊，跟在别的牛羊的后面，它们只管自己吃草，一点也不在意落在最后的这只小羊，它们不在意她吃了没有，也不在意她在想些什么。

　　她初次体会孤独的意味，就像这天她突然发现了的夕阳。这种夕阳，每天都落下去的这种夕阳，今天却有着某种特殊的含意，或者说，她今天看到的夕阳，并不是昨天看到的那个夕阳。

　　夕阳如火，如隔着玻璃的冷冷的火。它仿佛在说，除了夕阳，你的身边没有任何东西。

　　阿琼的羊群自己会走回家去的，阿琼可以不必去管它们，她只管躺在碾场上，独自捉摸夕阳的那点独特的韵味。她知道，夕阳过一会儿，就会离开她，而去别的地方。

　　阿琼躺在碾场上，忽然突发奇想，自己为什么要躺在碾场上，而不是躺在别处？

　　她想了半天，没有想出个所以然来，于是她朝不远处的一只小麻雀扔颗石子，麻雀左跳右跳，却不飞开，为什么它不飞开，回到自己的父母亲身边去呢？或许它没有父母，那么，它从哪里来？树叶长大后会落到地上，那么人呢？

　　小阿琼不能从自己的脑袋中得到她想要的答案，于是她怏怏而起。从碾场上怏怏而起的阿琼，蓦地看到了一双眼睛。

　　那双眼睛盯着她拍掉袍子上的土，直到确认她发现为止，那双眼睛从开着紫色花与白色花的洋芋地里缓缓地升起，变成了一位满脸胡茬的男子。

男子是洛桑达吉。

洛桑达吉路过恰姜仓，在无意中，看见了阿琼。他知道这是桑丹卓玛的小女儿，桑丹卓玛曾经告诉过他，她说她的丈夫嘉措回来过了，她暗示他她与她的丈夫有了一个孩子，不久，她便生了这个阿琼。虽然洛桑达吉对此不置可否，但他的心里有一种说不出的感伤。

今天洛桑达吉突然从这个小姑娘的身上，发现了自己少年时的神态，比如在想入非非的时候，半张着的嘴与嘴角的口涎，再比如她的小小的心理活动被人识破后，紧张地眨巴着眼皮以及眼中的敌意，这一切他都熟悉得如同他自己的因素般，就在他缓缓地站起身来的时候，一个可怕的念头差点使他重新仆倒。

于是，从差点仆倒的晕眩中站稳脚跟的洛桑达吉，在怀里掏了半天，掏出几块塔状冰糖，跟跟跄跄地走到小阿琼的跟前，他把冰糖伸到她那充满了惊恐与敌意的下巴上。

他说："我是你阿爸！"

阿琼不置可否。

洛桑达吉又说："我是你阿爸，呀，叫一声阿爸，就给你吃这个，快叫呀！"

阿琼看着这块冰糖，不知道冰糖与阿爸之间有什么联系，她不懂，所以，她难以如此简单地做出选择，她艰难地看一眼冰糖，再艰难地看一眼从洋芋地里冒出来的父亲。

这时，一只鸟落到阿琼的肩膀上，鸟的爪子攫痛了阿琼，她去捂肩膀，却发现那是姐姐的手。

洛桑达吉一看见香萨，就不再说什么，他的举着冰糖的手放下来，他伤心地听见香萨厉声说："走！"

阿琼在没有任何反应的情况下，便被一阵风似地卷来的姐姐又一阵风似地卷走了。

洛桑达吉伤心地看着两个姑娘离他远去，然后他坚决地对自己说："这是我的女儿！一定没错，她是我的女儿！"

他为这个突然发现的事实震撼住了，他自己怎么从来没有想到过这一点呢？这个小小的花蝴蝶般的小女孩，她的骨子里流动着的竟然是他的血液，这太突然，太让人吃惊了，他简直不敢相信这是真的。

这个花蝴蝶般的女孩，她出生的时候自己在哪儿？他一下子记不太清了，只记得她的母亲曾用那双深潭似的眼睛，毫无怨言地望过他，当时他不懂，可是现在他懂的是否已经有些迟了？

她的母亲，为什么一直不肯告诉他？这么多年过去了，他一直背负着沉沉的情债，对她，对自己。如今，到底该有个了结了，这真是上天的恩赐，洛桑达吉，命不该断绝骨肉的……

洛桑达吉激动不安，想放声大哭，想悲号，想仰天长笑，想呼啸，想在月亮没有升上来之前，就奔走相告于先祖，然后在原野上驰骋双腿，呵，洛桑达吉终于有了自己的骨肉了——

于是，这位刚刚得知自己做了父亲的洛桑达吉，这位长满了胡茬的男子，对着晴空，大笑了两声。

他急忙往家奔，想立刻为这件事感谢佛祖，感谢莲花生，感谢白度母，感谢绿度母，感谢班丹拉毛，感谢所有的神佛赐福予他，感谢桑丹卓玛的子宫养育了他的血肉，感谢代扎的青山碧水美染了这血肉的容颜——

她是那么的娇小可爱，她是那么的美……

洛桑达吉一直朝亚浪仓奔去，或者说，他一直朝自己想象中的家奔去，因为他头昏脑涨地奔跑着，却完全搞反了方向。

他自己也搞不清他以什么样的热情，最终跑到了亚塞仓的后山上。

他远远地看见一座石堡，好奇使他暂时放下心中的欢乐，促使他走上前去仔细看看，他看见的是三角形的黑色石堡，石堡的边上镶着白色的镶边。

石堡在山坡上既神秘又自然地仰立着。

石堡的周围撒满了松柏树枝燃尽的灰烬，还有杂沓的足迹，一条神秘的小路消失在远方。山上的林子里，听不见鸟儿的鸣唱，也没有猎人的枪声。

洛桑达吉在石堡的周围走了一圈，没有发现什么动静。他不懂是谁把这样一座石堡修在这样一处偏僻的地方，更不懂这座石堡在这里会有什么用途。

于是，好奇的洛桑达吉在石堡的门前停了一会，便一低头，走了进去。

石堡里面黑得看不见任何东西，只有一方小得不能称其为窗口的小孔，正冷冷地指向山那一边的沃赛部落，那个部落如今冷落寂寞，他们的首领死去后，不知道现在有谁担当头人重任了。

石堡狭小得不容人转身，只能是怎么样进去的，还怎么样出来。洛桑达吉看了一会儿小孔里的沃赛部落，再看了一会儿黑漆漆的石堡内壁，他觉得此行毫无收获，便有些无趣。

觉得无趣的洛桑达吉准备走出石堡，他一低头，从石堡里出来，等待他的却是一支指向他的胸口的长枪。

长枪握在一个年轻的男子的手中，那男子笑着，示意他的俘虏走到另一个同样年轻的男子面前。

握长枪的男子说："嘎嘎头人，我们到底没有白等，今天就有一个来了。"

洛桑达吉这才明白自己落到了沃赛头人的儿子嘎嘎的手里。

原以为，沃赛既死，沃赛部落便早已作鸟兽散，只是那时索白千户的讨伐军没有找到沃赛的儿子，这小儿如今已经长大，并且自动替代了父亲的职位，做了沃赛部落的头人。

做了头人的嘎嘎没有忘记自己父母的死，他藏在炕柜里，亲眼看到了索白那张苍白的面孔，那张面孔朝向父亲，又朝向母亲，他们双双躺在地上，对索白的注视显得无动于衷。

聚集在嘎嘎麾下的都是些年轻一代，他们不怕死，因为他们的父亲们都已战死在索白的手下，他们同嘎嘎一样，对索白的杀父之仇念念不忘。

嘎嘎在仇恨之中长大，他懂得了他的父亲是死在石堡的神秘力量之下的，他对那座石堡恨之入骨，他决定带人包围那座石堡，只要有索白管辖下的人出入的话，他就要捉住他们，为死去的父母祭祀。

这样，恍恍惚惚的洛桑达吉正好成为嘎嘎的第一个牺牲品。

年轻英俊的嘎嘎对洛桑达吉说：

"你是哪个村的？怎么跑到这里来了？"

洛桑达吉一看都是一帮黄毛小儿，颇不以为然，他重新回味起阿琼带给他的欢乐，对嘎嘎的提问笑而不答。

嘎嘎说：

"我是沃赛头人的儿子，你们曾经血洗了沃赛部落，我今天是来复仇的，要不然就对不起我的父母双亲。"

洛桑达吉一听这话，立刻就来了气，他胡子拉茬地说：

"原来您是沃赛头人，失敬失敬，我只有一事相求，那一年我的马被你们的人夺走了，我想要回它。"

年轻的嘎嘎第一次遇到这种事，他想了一会儿，便命人先把洛桑达吉带回沃赛部落再说。

四、孜孜桑杰

快入冬了，北方来的寒风驱走了代扎部落的绿意，早已瘦削的群山舒展了苍苍容颜，等待着第一场冬雪的来临。

去代扎的路上，慢慢挪动着一支驮队，这是由二十几头牛和几匹乘马组成的。迎风的寒意使驮队举步维艰，几个男子在马上瑟瑟不已。

驮队经过了香萨的身边。

这时,正在马上打盹儿的一位男子抬起头,他抬起头就发现了香萨,他朝她叫了一声,驮队停了下来。

风尘满面的香萨认出那个叫她名字的男子,他是恰姜仓的,他认识香萨,所以,驮队的头儿就让这个姑娘骑上一头牛,一起往代扎走去。

男子看香萨的衣服破烂不堪,就把自己的大氅给了她披。香萨则一个劲地问驮队里的情况,她不想那男子有询问她的机会。

驮队是代扎千户索白的驮队,是去西宁府驮一些生活用品的。他们把代扎的牛皮与羊毛驮到西宁,再从西宁驮一些布匹、茶砖、盐、糖和其他东西回家。

香萨问驮子里有什么东西,那男子笑道:"有香粉,女人用的,像你这么黑的脸,一擦就白了。"

香萨有些恼,却不说什么,她把乱糟糟的头发捋到耳朵后面,听凭寒风吹红她的脸颊。

男子说:"我记得你的脸没有这么黑嘛,怎么出去了一趟就成了这个样子了?你阿妈见了还不心疼死了。"

这时,另一个男子插话道:

"那有啥心疼的,反正是去找她阿爸的。"

香萨说:

"我是出去玩的。"

"一个大姑娘家,这么大冷的天,有什么好玩的。"

另一个男子说:

"呵,去找阿爸还不承认么?你阿爸在衮哇塘,这不是谁都知道的吗？有什么可隐瞒的？只不过你阿爸还是不回来的好，不然家里可就麻烦了，反正总有一个人不高兴嘛。"

"嗨！"

那位给香萨大氅的男子立即制止了他的同伴："给一个姑娘家，你别胡说，没大没小的。"

那男子笑道：

"好，不说这个。香萨，刚才说你脸黑，那不要紧，反正这些香粉都是千户老爷的，到时候你要一盒，那还不简单么？你一擦香粉，就和你阿妈一样白了。"

又有旁人笑嘻嘻接口道：

"不对呀，应该和千户夫人一样白才对呀！"

马上的人们都呵呵地笑起来，这漫长的路途一下子就有了生机。在人们暧昧的笑声中，香萨听出了不少别样的意味。

香萨不懂他们在说什么，但是却看懂了那男子眼里的含意。

香萨不再吱声了，她把脸埋进大氅里，佯装睡去。

快黄昏时，驮队走到了亚塞仓与恰姜仓的交叉路口，香萨从牛上滑下来，向马上的人道了谢。驮队继续向亚塞仓的路上走了过去，香萨则走向恰姜仓。

香萨独自走向恰姜仓，心里渐渐就快乐起来，她就要见到母亲和妹妹了，这是这么多年来，她第一次离家，第一次从颈项上取下那串珊瑚珠子。

当她走到村口的碾场边上时，突然看到妹妹正在和一个男子对峙，妹妹阿琼满眼迷茫，而与她对峙的那高大瘦削的男子，竟是洛桑达吉。

黄昏的颜色立刻出现在香萨黑黑的眸子中了。

香萨顿时感到精疲力竭，并且在这种无力的状态下，奔向她的妹妹。

她不知道洛桑达吉要对她妹妹做什么，但是从阿琼那六神无主的样子来看，洛桑达吉一定对她说了什么，否则阿琼没有必要和他站在一起。

香萨冲上前，在两个对话着的人完全没有反应的情况下，她捉住妹妹的肩膀，强行使阿琼和那个可怕的男人分离。

她看到过那人的另一面，所以她了解他，但是妹妹却不知道那人的面目。在她高举着油灯，并且毫不费劲地发现那张惊恐的面庞时，妹妹却在甜蜜的梦中畅游。

她唯一不知道的是，母亲那个时候在哪儿，她在什么样的角落里，她在哭吗？自己似乎听到了她的哭声，来自某个角落，或者是个很远很远的地方，那哭声幽幽地穿透了女儿的胸窝，那哭声使女儿远离了母亲。

不不，那哭声依然停留在路上，曾经伴着女儿走了千里万里，现在，这哭声重新出现在她耳畔，是因为她又见到了使母亲哭泣的那人。

那人捧着几块冰糖，呆立不去。

香萨把妹妹从妖魔鬼怪的手中抢救过来，厉声嘱她不得再同那个男人说什么乱七八糟的鬼话。

阿琼一见是姐姐，高兴得不得了，她刚刚从夕阳那里得到的伤感早已烟消云散，而那个男子留给她的怪异感觉也被她全部抛到了脑后。

阿琼说：

"阿姐，你回来了吗？怎么去了这么长时间？阿妈整天都在想你，我也想你了，在这里。"

阿琼指着自己的胸口，使香萨感叹不已，她亲亲妹妹的脸颊，那里热热的，使她自己冰凉的脸庞恢复了对亲人的记忆。

香萨问道：

"阿妈在家里吗？"

阿琼说：

"阿妈整天都待在家里，哪儿也不去。她说你要回来了，她在等你回家。她说要是你不回来的话，她就去找你。"

香萨点点头，她觉得自己的脸上湿湿的。

阿琼接着说：

"阿妈每天晚上都哭呢！"

香萨看着妹妹的头顶，过了一会儿她说：

"阿琼，刚才那个人在跟你说什么？"

阿琼说："他说他是我阿爸。"

香萨不屑道：

"别听他的，他不是我们的阿爸，我们的阿爸名字叫嘉措，他去了一个很远的地方，不过他会回来的，我想他会回来的……"

"如果他不回来呢？"阿琼执意问道。

香萨沉吟道：

"那么等你长大了，就去找他吧。"

阿琼已经在想着那块冰糖了。

香萨继续说：

"他不是我们的父亲，他怎么会是我们的父亲呢？真是笑话。"

阿琼忽然说："我看他很像阿爸。"

香萨不知道妹妹怎么会有这种感觉，她立刻嗤道：

"这个男人是个坏蛋。"

阿琼便说：

"阿爸也是个男人嘛。"

香萨正色道：

"我们的阿爸在衮哇塘，那是个好地方，你去的时候，带上这个，他就知道是他的女儿来了，他知道你是他的女儿。"

香萨郑重其事地把自己从不离身的木刻风马交给了妹妹，她已穿了一条丝线，给妹妹戴在胸前，她说："这是风马，你看到马背上的火焰了吗？在这儿，对了，这火焰大的时候，你就能找到父亲了。"

"你说的是嘉措阿爸吗？"

香萨说：

"是汉子嘉措。你就说你叫阿琼，是'孜孜桑杰'的女儿，那里会有人带你去见他的，别忘了，那里叫衮哇塘，你的阿爸叫，孜孜桑杰。"

阿琼似懂非懂地点着头，她问：

"'孜孜桑杰'是什么意思？"

香萨毫不犹豫地说：

"是英雄的意思。"

"阿姐，你找到阿爸了吗？他说什么了？他问到我了吗？他怎么没跟你一块回来呢？"

香萨一时语塞，她忽然就想不起自己为什么一下子就离开了那里，那个叫作衮哇塘的美丽的地方，那个留着她英俊父亲的地方。她费了那么长的时间，费了那么大的精力，才找到的那个地方，为什么就这么简单地离开了？

香萨支支吾吾道：

"我见着他了。"

阿琼快乐地说：

"阿姐，你还去看他吗？下次你去看他的时候，记着一定要带上我。"

香萨沉默不语，她看着远天暗色的云，一直到走进村子，才开口说："阿姐再不去了，不过有另外的办法见到他，如果他知道了，他会高兴的，他会为有这样的女儿高兴，就像我们为有他这样的父亲高兴一样。"

香萨搂着妹妹的肩膀，阿琼则抱着姐姐的腰，她们在袅袅的炊烟中，走进了自己的家。

桑丹卓玛依然坐在灶膛前，就像香萨离开的时候那样，似乎她根本就没有挪动过地方。当她听到阿琼的叫喊声后，站起身来，她看到了阿琼的身边，站着香萨。

桑丹卓玛的脚立刻抹去了灶膛前的那片灰烬，香萨早已看清那灰烬上面，画满了风马，风马的前足抬起，就要飞去的样子。

桑丹卓玛看到了香萨，讷讷地说：

"香萨，你终于回来了。"

香萨从阿琼的身边走到母亲的身边，母亲抚摸女儿的破衣烂衫，悄声地哭了，香萨说：

"阿妈，我回来看您来了。"

母亲早已支撑不住，她抱住女儿大哭道：

"你这个没良心的东西，你把阿妈就这样扔下不管了吗？"

香萨从母亲的肩头望去，那串她走的时候摘下来的珊瑚珠子，仍然挂在柱子上，那串红色圆润的珠子，仿佛一颗颗圆圆的心，纤尘未染。

香萨拍着母亲的肩膀，她在离开家的日子里，学会了不再轻易地哭泣，她抱着此时此刻显得那么脆弱的母亲，明白了自己对她的伤害。

桑丹卓玛与香萨都不提嘉措——很多年前的这个家庭中的男主人，她们好像并不在意他，可是，两人又明显地感觉到，他其实就在她们身边，他似乎一直都没有离开，或者说，他离开了，然后又回来了。

母亲把女儿的破衣烂衫换掉，她说女儿的这一身衣服会让代扎的人们笑话半年的，又说女儿黑了，不像从前那么漂亮了。

女儿任母亲怎么说，她只是笑着，并不开口辩驳。

桑丹卓玛因为激动了大半夜，一直到天亮的时候才睡着。等她醒来的时候，天已经大亮了。她起身，穿上她喜欢的衣服，把身上弄得干干净净的，就像香萨出走前一样。她觉得今天的太阳特别的温暖，特别的吉祥，她把那些灰烬扫回灶膛里，只要女儿回来，她就不再需要这些灰烬了。

桑丹卓玛的早茶很快就烧好了，她把小炕桌立到炕上，然后就对着隔壁屋子喊起来，她喊她的两个宝贝女儿起床吃饭。

那边屋子半天也没有动静，桑丹卓玛赶过去一看，只有阿琼一个人还在炕上，她正在摆弄手里的木刻风马，香萨却不见了。

桑丹卓玛心里一沉，急问："香萨呢？"

阿琼不慌不忙地说：

"她到山里去了，她说她要去修行，阿爸让她去的，还说让您千万不要去找她。"

"什么什么？啥山？"

桑丹卓玛觉得眼前一黑。

阿琼说：

"玛冬玛山呗。"

桑丹卓玛反应过来后，就去找那串香萨曾留下来的珊瑚珠子，原来挂着珊瑚的地方，现在却空无一物，香萨已经把红色珊瑚链子带走了。

做母亲的立刻回想起傍晚时自己坐在灶灰边，手中的柴棍不由自主地画了那么多风马，那些风马全都展开了翅膀，似乎立刻就要飞去……

她知道女儿的心思，果然不出自己手下图画的兆相，她只能想，这是天意。

五、密　修

桑丹卓玛倚在门框上，阿琼倚在母亲的袍边，她们在注视着那座远远的山岗，那里正走着她们的亲人。

香萨高昂着头，她走向高高的玛冬玛。

在太阳出山的时候，她感到了身后的目光，母亲的目光如幽幽的火苗，灼痛了她的双肩，而妹妹的目光则像流淌而来的溪流，使她肌肤潮湿。

等她爬上坡，那种灼痛与潮湿的感觉渐渐消失，她知道她已经走入了一种崭新的开始。

当香萨远离了母亲与妹妹的目光，她便拐了一个弯，来到了阿莽的坟前。这座黑黑的坟茔，曾使她肝肠寸断，曾使她在无数个不眠之夜，看到了自己的懦弱。

香萨坐在坟前，准确地说，她坐在阿莽的对面，就像从前，她同阿莽在一起的时候，阿莽总是让她坐到对面，那样他正好可以正视着她的脸庞。

他曾看懂了她的眼睛，也看懂了那里面的泪光，但是，现在他不再这样看着她了，因为阿莽在那个雨夜之后，就远离了他心爱的姑娘。

现在,香萨对着那座黑色的坟茔说:

"我来看你来了,阿莽,你好吗?很好,我知道你很好,心中无牵无挂的人总会得到好结果的,阿莽……你在哪里?上面?还是下面?"

香萨听不到回答,于是她又说:

"在下面吗?下面一定很黑,但你不会再寂寞了,我给你带来一样礼物。"

香萨说:

"就算是我,我在陪你。"

她用一把小刀子绞了一把头发,那把乌黑发亮的黑发是香萨与生俱来的宝物,它现在被整齐地放在一根丝线上,无言地躺在阿莽的身边。

香萨抽出另一根丝线,然后紧紧地缠住自己左手的小指,这时,被缠住的小指泛白,接着泛青,香萨另一只手上的小刀子,一下子,就切了下去,小刀沿着那勒进肉里的丝线齐齐地挑下一截小指,鲜血被几片红花植物抑制住了。

香萨不紧不慢地把那截挑下的断指放在地上,那里有她黑黑的头发,她把断指包进头发里,丝带一扎,便是一个穿黑袍子的小姑娘。

香萨用刀在阿莽坟前剜了一个坑,把穿黑袍子的小姑娘放了进去,她等待一只手出来接,等了一会儿,没有,她想掩上土后,阿莽就会伸出一只手来把它接走的,于是,她掩上了土。

手上包着红色止血植物的香萨终于站起,她仿佛完成了她对

阿莽的诺言,她对阿莽说:

"别了。"

她真的别了,别了山下的村庄,别了母亲与妹妹,别了遥远的父亲,别了这土里埋着的亲人。她朝那依稀可辨的黑色森林走去,那后面有她此生的归宿,有她的未来的幸福,那里是她心驰神往的静修地。

玛冬玛。

雪色高原的玛冬玛。

她知道那儿有个神秘的小山洞。

小时候,阿妈带着她来过一次,阿妈指着洞中的岩壁问她看到了什么。她看到一点点的斑痕,那些斑痕在左右移动,那些斑痕透着黑色的反光,好像就是……她说是眼睛么?阿妈搂着她,轻轻地哭了。

后来她知道那的确是眼睛,不是别人的,而是自己外祖母的眼睛。

香萨的靴子已经湿透了,当她从丛林中找到那个山洞时,发现那个山洞尘封已久,洞口被一些树枝掩着,那些树枝早已干枯了,只是还有一种气息在流动,在拥挤着冲出洞口。

那是一种芬芳的香气。

香气自洞中来,带着甘甜的温馨,仿佛是一个难以破译的远古之梦。

香萨轻轻挪动脚步,把自己送进了一个归宿。

洞中平整洁净,岩壁光滑,是一个天然的小居室。香萨进了洞后，把随身带着的一些食物平放在一方石块上，当她适应了洞中的光线之后，她便把洞口用石块封了起来，只留下一扇半尺见方的小窗。

阳光从窗外射进来，投在岩壁上，香萨正好坐在那一缕光芒中，她褪下双袖，把衣物垫在盘膝坐着的腿下面，双手则叠在腿上，她的上身只有一件单薄的内衣，这样，她便沐浴在潮气之中，慢慢闭上眼睛。

阳光在睫毛上跳跃，红、绿、蓝，组成光环，妆扮着那张渐渐沉静下来的脸。

现在，我自由了。

最初的日子里，香萨的耳边仍然留着母亲的哭声，她不知道花费了多长的时间，母亲的声音终于从耳畔消失，香萨抚摸着胸前的那一串珊瑚珠子，知道自己已经与母亲永不分离了。

于是，香萨享受到了自由，她享受到了无所思想的境界，无所作为，无所思想，一切都是身外，这就是自由。她在自由的境界中，起初还能听到不远处玛冬玛溪流拍击卵石的声音，还能听见森林中的鸟儿尽情欢唱，它们在寻找情侣。

可是后来她什么也听不到了，洞内唯一的声音，就是自己的心脏撞击胸膛的咚咚声……

这个月里，香萨端坐着，偶尔也站起身，走到洞口呼吸一下新鲜空气，再侧耳倾听一番北风带着的瑞雪的消息。瑞雪是来了，瑞雪停留在高高的玛冬玛山上，瑞雪带着明年的好兆，瑞雪让香萨粗糙的皮肤有了些许湿润,瑞雪使香萨站起来身来,感觉到了自己的疲惫。

慢慢地,香萨的坐姿变成了斜倚,她斜倚在岩壁上,斜倚在外祖母的眼睛上,外祖母转动着她的灵眸,说,女孩子家,还能怎样呢?

香萨点点头,她不能再坚持端坐,她得到了外祖母的默许,她只能把瘦下来的脊背弓起来,像一只失眠了整整一个冬季的壁虎,紧紧地贴在墙上。她那么半靠半坐,一直到来年的春天,她都这样斜倚着。

阴寒的潮气使她的双膝麻痹,使她难以动弹,四壁的静默阻挡了岁月的流动,在这方寸之间,时光是停止的,没有时间,也没有季节,更没有喧嚣。

她的头发开始脱落……她慢慢闭上眼睛,听见发根脱离头皮时清脆的声音,她为什么要坐在这里?为什么不能在阳光下享受青春的欢乐?为什么要面对这些眼睛而不是面对活生生的人群?她不能诉说吗?她的心事在哪里?直到如今,她还想要什么?

一种人视美好的事物为邪恶
另一种人视邪恶为美善
虚假的视觉使两种人目无所见

是什么堵住了她的眼睛,使她目无所见?

香萨的手握着落下来的头发，就像小时候一样，她把这当作奖赏，递给崇拜她的阿莽，阿莽青春焕发，神采奕奕，可是他并不接受这馈赠之物，他只是出神地凝视着她……他穿着紫色衣裳，但他不是阿莽！

香萨紧张地睁开眼睛，她看着她的前方，她的前方站着的那人，的确不是阿莽。那人不是阿莽，可是她却误认为那人就是阿莽。她抬头看看洞口，洞口依然封着，不知他从何而入，也不知他要干什么。

香萨唯恐这是梦，她摇着脑袋，头发纷纷落地，她捏一捏地上的头发，头皮便隐隐作痛。

这时，洞口飘进一缕轻烟，缠绕在那人的身上，仿佛是轻烟带来了他，又仿佛他是轻烟化成，他站在那里，像阿莽一样年轻英俊，像阿莽一样气宇轩昂，他背着手，在洞中走了一圈。

他的走动没有声音，可是他走过的地方却深深地陷了下去，不一会儿，又平复了。

他盘腿打坐，他的手指向洞外，阳光从洞外被吸引进来，直接照亮了他光洁的额头，他的口中念念有词——

四壁顿时凉风嗖嗖。

是那人带来了一场寒风。他带来一场寒风，并且使岩洞很快结上了一层冰凌，仿佛洞中刚刚飘落了一场大雪。大雪从那人的身上飘落而下，然后飘向四周，岩壁上满是雪花，甚至香萨的眼睫毛上都挂满了冰凌。

那人带来了寒风，他知道洞内已飘满了雪花。那人盘着腿，没有动弹,却从平地上凹陷下去,一直凹陷下去,直到凹陷得从对面看不见他的双腿的时候,他转换了一种口气,双手的姿势换成相反状,于是,他又开始上升,上升,上升到地平线上。

那人恢复了刚来时的模样。这时,洞里的冰雪开始融化,香萨感到洞里春意融融。暖暖的阳光照耀着她湿湿的睫毛,她用这样一双眼睛看着那人,那人还在上升。

她看见他还在上升,上升到离地面半尺多高的时候,他忽然从洞中那方小小的窗口中飞了出去,在香萨完全没有意识的情况下,他又像飞去那样飞了回来,这时,他的念经才算停止。他悬在空中,凝视着她的脸,仿佛凝视到了她的内心。

然后,那人飘然落地。

那人不发一语。

香萨早已泪流满面,她颤抖着,发现自己生锈的骨节开始润滑如初,她感觉到自己身体的轻巧,垫在身下的衣服也已干燥柔软,变得十分舒适,她感到自己从没有过的愉悦,她感到潮湿的眼窝里流淌着幸福与宁静。

她并不为自己的苍白的面容和半裸的身体感到羞耻,她听到了发自自己嘴唇中的颂词,她在赞颂那人的功德,她在赞颂那人的功德的同时,身体伏了下去。

她只是泪流满面——她抛弃父母双亲,远离阿莽,她告别季节与青春,割舍尘缘,所要求的,或许就在这,就在她的身边。

香萨匍匐过去,去拥抱那人的裸着的脚……

阿琼每过七天，就要为姐姐送一次食物。对她来说，走一趟通往玛冬玛的山路，她就无比的快乐。她把见到姐姐的情况，必然详细描述给母亲听。她能使姐姐愉悦，又能使母亲高兴，这样，阿琼自己也就非常快乐了。

树林经过一冬的凋零，重新露出生机，枝叶蓬松、丰满，春日的阳光在上面泛出绿色的光泽，悦耳的溪流在上面叮咚跳跃。

阿琼的眼睛转向土地时，土地黑得透亮，转向森林时，森林绿得晶莹，转向蓝天时，蓝天蓝得清澈。她转动她的眼睛，使大地充满了生机。

这条路，母亲走过，阿姐也走过，如今，轮到她走了。

快乐的阿琼走到洞口时，晴朗的天空忽然变得浓云密布，滚雷隆隆，阿琼手中的篮子差点掉在地上，在山上碰到大雨，那可是倒霉透顶的事。

她抬起头看天空，却看到了一个骇人的场面：

树后面，一个人正急于离去，那人满面白须，长发披肩，两臂过膝，身上披着一块辨不清颜色的破布。他的身体拧着，上身前倾时，下身却在横行，背部以下有一截东西，就像是一条尾巴，裸着的双腿上满是绿毛，长可盈寸。

风送来他身上的气味，那是一种雨后森林中阴晦潮湿的特有的气味。他横行，突然回头盯了一眼阿琼，阿琼吓了一大跳，腿一软，跪了下去。

那人电光般射去。

雷声跟着那人迅疾而没。

这时，雨过天晴，阳光重新洒下万点金辉，森林中依然飘荡着诱人的松脂香味，而刚才的一幕，却虚假得仿佛是一场一闪而逝的恶梦。

哆哆嗦嗦的阿琼把篮子递到了洞内。

阿琼的手被里面的香萨一把抓住，香萨的手滚烫地颤抖着，她紧紧地抓住妹妹的手，过了一会，阿琼听到了姐姐虚弱、苍白、充满了不安的声音：

"你这有罪的人呵，你看到了什么？"

这是一个极致。

这是姐姐对她说过的最后一句话。

阿琼再也没有见到过姐姐。

第二次阿琼上山去送饭时，只见洞口豁然洞开，而香萨早已不知去向。

六、杀　生

这一天，亚塞仓的千户城堡里一片热闹，到处都洋溢着喜庆的气氛，这是因为这个家庭的小主人才扎就在今天举行结婚大典。门楣上早已张灯结彩，而前院的空地里，也已摆上了长长的宴客的食桌。

大堂正中，早早地挂上了吉祥的斯巴霍图（生死轮回图），图中央是藏人算学中著名的算学幻方：数字为 4 、 9 、 2 和 3 、

5、7，及 8、1、6，排成三排，不管横加还是竖加，得出的结果都是 15 这个奇妙的数字。

这九个数字分别代表了九宫，菱形环绕着九宫的是八卦图，外圈再梯形环绕以十二生肖：鼠、牛、虎、兔、龙、蛇、马、羊、猴、鸡、狗、猪，再环以周围喷着红色火焰的猛兽，龙睛獠牙，四掌摊开。

斯巴霍图的正上方为文殊菩萨、四臂观音和金刚手，藏族人称为"日松贡布"。

右上方绣的图案称作"兰扎"。"兰扎"是梵文，是十个字艺术地组合在一起，意为十相自在——朗久旺丹，十相自在也叫十相自在之权，即命自在、心自在、资具自在、业自在、解自在、授生自在、愿自在、神力自在、智自在、法自在。这种兰扎图案色彩缤纷，多可以单独出现。

斯巴霍图的右上方也是算学幻方，区别不过在于图中心的幻方以圆形图案出现，右上方的则以方形图案出现，右下方的却是菱形图案。

整幅斯巴霍图是以上等缎面、丝线绣成，还配以金箔、银箔，镶以钻石和红、蓝宝石，坠着圆润的大珍珠，这是千户家族的传世之宝，每逢喜庆，它就堂而皇之地出现在众人瞻仰的目光之中。

新娘子卓弥，是完德扎西与措毛的大女儿，她的妹妹卓嘎紧紧地跟在身后。卓弥站在羊毛毡的中央，肩上披满了各色的哈达，她的圆帽子上插着几枝红色的罂粟。就在早上，村里的妇女为新娘上了头。

所谓上头，是给少女的头发上戴上辫套，以示姑娘与媳妇的区别。

千户儿媳的辫套上坠满了名贵的珊瑚枝与绿松石，她的耳朵上戴上了珠宝，手指上套了红玛瑙戒指，胸前是琥珀项链与金质护身符。

新娘卓弥低着头，一声不吭，在很多妇女的帮助下，她从头到脚换上了夫家的衣着，红狐皮袄，镶以水獭皮边，漂亮的圆帽子，粉色的绸腰带，银链子，银针线盒，银奶钩，还有银腰刀。

新妇曾长年在牧场上，难得见到这位名扬远近的少爷。她只是从媒人那里知道了自己的父母曾在生前就把她许配给了这千户之子——才扎，她不明白父母怎么会这样做，但是，她知道父母总是对的，他们一前一后地离去，把这双女儿留下来，是因为已给她找好了另一个家庭。

如今，女儿就站在这个家庭的中央，别人为她披上了许多彩色的绸带，这叫作挂红。他们为新妇挂红，为她挂上了喜气洋洋的颜色，他们把她从一个破败的院落中带出来，带进了这个为她而举行的盛大的庆典。

此时，新妇看到了她的新郎，新郎坐在白毡的中央，人们为他献上了美酒。

她不敢看她的新郎，她只是看近在咫尺的他的袖子，和从袖子里伸出来的手。他的袖子是滚着金边绣花的织锦缎，二寸长的上等水獭皮，他的手指上没有珠宝，他的手在无力地抖瑟……

  喷香的酒曲已经唱出来
  就像悬崖上浓雾漫过来

  熬酒的银桶往锅盖上按
  就像骏马上备了黄金鞍

  甘露的美酒已经留下来
  就像温顺的新娘进门来

  温顺的新娘低着头,她看见身边即将同自己生活在一起的陌生人的手,频频地伸向矮桌上的酒碗,那手抖瑟、敏感,具有高度的灵性,它将满碗举起,再将空碗放下,立即就有人上来恭敬地再次添满。

  这个家庭因为失去了一个儿子而缄默了很长一段时间,在这段时间里,千户夫人几乎一病不起,好在时间是医治一切的良药,夫人终于从痛苦中挣扎出来,她明白了她与丈夫只有这一个儿子了,她为儿子的新妇选择了新衣。

  千户索白与夫人的心情别无二致,自从那个雨夜之后,他讨厌一切声音,讨厌雨声,讨厌僧侣们念平安经时的那种嗡嗡声,他在一件光板皮袄里呆着,一心想那孩子的脸,那孩子的摔下去的身体,他呆着,一直到不得不正视才扎的婚礼为止。

僧侣仍然是要请的，索白请了最好的敲钹能手，请了最好的唱经能手，于是，千户城堡里高高地飘起了赞颂词，同时飘起的，还有那暖暖的、幽幽的桑烟。

卓弥慢慢就轻松起来，她看着满院子载歌载舞的人群，仿佛都与自己无关，自己只是一个旁观者，偶然地、极不小心地闯进了这种浓烈的热闹气氛而已。她起初紧张、慌乱，无法与欢乐的人群保持谐调的关系，这样，她便把求助的目光投向了她的身边，投向了她托付终身的那个保护人。这时，她才蓦然发现才扎满脸通红地望着她的身后。他保持这个姿势早已良久，他望着他的新妇的身后，那里站着的，是新妇的妹妹卓嘎。

亚塞仓狂欢三天三夜，才扎目不转睛了三天三夜。

最终，新人被送进了洞房。洞房在千户城堡的后院，那里稍稍宁静些。新人进了洞房后，众人便散去了。

新妇与新郎面面相觑，面面相觑了一番的新妇坐在炕沿上，面面相觑了一番的才扎就醉了，他歪在凳子上，怎么也无法使自己上到炕上。

卓弥独自度过了一个漫长的长夜。她是个认命的姑娘，母亲去世时，她悲痛欲绝，几乎以为自己要跟母亲去了，可是一想到父亲与妹妹，可怜的姑娘低下了头，第一次认命了，只觉得这是上天的安排。

可是，悲痛欲绝的事很快又降临到她的头上，父亲过世了，她在这么短的时间里，接连失去了给了她生命的两个亲人，唯一留给她的，就是对妹妹的责任。

如今，做了新妇的卓弥把头侧向身边的丈夫，再把头侧向身后的妹妹，便一切都明白了，一切都明白了的新妇顿时知道妹妹四处顾盼着的美目已经寻求到了寄托。

既然如此，她不再犹豫不定了，妹妹的爽直、快乐正好与自己的沉默、忧郁成为对比。是啊，哪个男子能有意地对健康、快乐、充满勃勃生机的美目的顾盼视而不见呢？哪个男子能有法力对此进行半点抵抗呢？

是啊，又有谁会真正喜欢一个落落寡欢、整天对着虚空愁眉苦脸的人呢？

卓弥，这个认命的姑娘，转过身，再一次认命了。

她带着一只小花狗，离开了千户家的庄园，她仿佛已经完成了她的使命，她要去那遥远的牧场，并且准备在那里独自度过自己的一生。

索白已经有一年不曾打猎了，这天，他忽然来了兴致，对着万里晴空，他觉得非常惬意，他褪去光板皮袄，仿佛已渐渐从失去阿莽的悲痛中解脱了出来，他扛起猎枪，带上几个家丁，准备到山里去。

他在门口遇到才扎，这个新郎，还没有过三天的新婚生活，新妇就已经离开他去了牧场，而他对此全然没有反应。父亲看到儿子，就认为儿子也该出去散散心，于是他要才扎也带上枪。

索白与才扎进了山，他们刚好走进了玛冬玛。玛冬玛有很多的野兔和羚羊，而索白对獐子情有独钟。

索白一心想打一只獐子，他对才扎说他的母亲耶喜此时正需要这种东西，她老是头痛，年纪大了，少不了许多毛病，但是獐子是好东西，它能使头痛的人不再头痛，更能使不头痛的人得到意想不到的快乐。

才扎则心不在焉，他完全听不到父亲在说些什么，他只是把枪抱在怀里，没有想到野雉，也没有想到羚羊。

这时，索白的眼睛里出现了一只他想得到的獐子。獐子正在他们前方的林子里东张西望，它没有发现它的敌人，而索白早已举起了枪。

这时，才扎莽莽撞撞地走了过来，他的脚步声使机敏的獐子一下子就明白了自己的危险处境，它立刻左跳一下，然后右跳一下，就没有了踪影。

索白气得要大骂儿子，这时，却听到了远远的滚雷传到了他们俩的头顶。林子里就要有一场大雨来临了，于是，他们只好先找个避雨的地方。

才扎发现了一个山洞，他把父亲拉进去，免得父亲淋上一身的雨水。索白还没有从刚才的遗憾中走出来，他啧啧地埋怨才扎，一转身，发现洞内有一个襁褓。

襁褓里是一个女婴，女婴的衣服是黄绸的，这是只有活佛才能用的颜色，索白发现女婴睁着一双非常好看的眼睛，在看着自己，也看着才扎。

索白抱起女婴，说：

"哪个没良心的，把孩子扔到这么远的地方，这么漂亮的一个孩子。"

才扎说：

"她怎么穿这种颜色？"

索白逗着女婴，女婴无声地笑着，她朝向索白，把那张好看的脸庞完全显露出来。才扎仍有些心不在焉，他不太关心小女婴，只是不停地说："我们把她怎么办？阿爸，我们总不能把她扔在这里吧？"

"那当然。"

索白说着，心里就有了主意，他看一眼才扎，说："才扎，你看你要是有个妹妹会怎么样？"

才扎惊道：

"您别开玩笑。"

索白说：

"你阿妈肯定会高兴的，她现在又没有个伴儿，给她找个小伴儿，不是挺好吗？"

才扎不语，他不明白这个身穿黄绸的小东西怎么会在这个山洞里。

索白从女婴的脖子上发现了一串红色的珊瑚珠子，他说："你看这个，一定不是平凡人家的孩子，她有这么好的珊瑚珠子，这珠子的质地可是上乘的。"

才扎终于说：

"阿爸，我看还是放在这里，阿妈会不高兴的。再说，我们家里不需要女孩子。"

索白说：

"谁说的？你阿妈一直想要个女孩子，她要是知道我们没有带这个小东西回家，那她要埋怨我一辈子的。"

才扎抱着枪，他担心的是那枪会不会走火，从前这支枪是走过火的，它打穿了一个同伴的耳朵。

索白忽然笑道：

"这是上苍的恩赐，刚才我没有开枪打獐子，现在上天就赐福给我了，给了我这么漂亮的一个女儿，可见，有些人不杀生，是有道理的。"

索白的记忆中凸现出一件往事，那是很多年前，他陪同阿卡奂一同到山上去……

阿卡奂面孔庄严。

阿卡奂转过身去，神秘的身后留下了什么。

阿卡奂的黑色三角形石堡。

阿卡奂的三天三夜。

那人的倒下。那人额正中的箭簇。那人的血。那人院中的混乱。那人的美妇。那人的逃掉的男童。

那人的成群的牛羊。那人的牛羊的死去……

才扎这时看到了一只羚羊，那只羚羊像是在雨里迷路了，它的脊背上满是雨水，光滑得就像缎子一样，它的头高昂着，正企图走出雨地，走出这湿湿的陷阱。

才扎自己也不知道什么时候举起了枪，他那么机械，好像是为了别人才拿起了枪，他不情愿地瞄着羚羊，那羚羊正高贵地走向林子的深处。

索白制止了儿子,他拨开儿子的枪口,安详地说:"为了上天赐给我的这个女孩子,我起誓今后不再杀生了。"

这时,才扎看见女婴伸出襁褓的左手的小指边,奇怪地多长了一根小指。

你的看家狗拴好了吗
你的油灯点着了吗

第十章

一、复 仇

洛桑达吉在看到阿琼后,便从代扎消失了。人们对此有很多议论,男人们认为他是受不了尕金的叨扰而逃跑的,女人们则认为他是个地地道道的负心汉。

一直到几个月后的一个傍晚,一帮去远猎的人在回家途中,路过一条深沟,才在那里发现了洛桑达吉。他躺在丛林密布的山沟里,那里地处僻远,山路陡峭。洛桑达吉就躺在那片地方,昏迷不醒,他身上的衣服破烂不堪。此时,几只狼正在不远处徘徊,它们为发现食物而发出了愉悦的嗥叫。

尕金在失去丈夫的那几个月里,整天都在哭泣。她哭泣是因为她以为洛桑达吉已经不在这个世界了,可是当人们告诉她洛桑达吉出现在一条深沟里,并且在狼群的环绕下安然无恙时,她不觉大吃了一惊。

洛桑达吉就这样回到了自己在亚浪仓的家里,准确地说,他回到了尕金的家里。因为他一向认为他是这个家里的局外人,在他能走路的时候,他尽可能地离开一小会儿,可是现在,他已经不能选择了。

昏迷的洛桑达吉躺在自己家里,他在昏迷状态下依然不能忘却阿琼那张小小的笑脸,他说:你叫阿爸嘛。那个小女孩就甜甜地叫了一声。

洛桑达吉特别高兴,他连忙答应:哎!他答应了一声,便醒了。醒了的洛桑达吉一眼就看见了近在咫尺的尕金的脸,于是,他知道自己只是做了一个梦。

尕金说:

"呵,醒了?"

她问丈夫,丈夫是不必回答的,他们之间,这是一生的默契,她知道丈夫不会回答她,她只管自己说下去:

"你怎么会落到山沟底下去的?这么几个月,我一直等着,却不见你回来,我以为你丢下我们娘儿几个,不再回来了。你这个没良心的。"

尕金说到伤心处,就想起这几天她无数次哭过的自己的处境,禁不住又落下了眼泪。

洛桑达吉嗬嗬了两声,意思是他已经听到了她的哭泣,但是他并没有真的在意，因为在他梦醒后，他忽然想起了在出事前，他才知道了自己还有一个女儿。

那个女儿是那么的娇小可爱，是那么的美……

这样，即使他真的出什么事，也没有遗憾了。

尕金又说：

"你快说呀，急死人了，这几个月是怎么回事？人家说你在山沟底下昏迷了，身上的护身符呢？那是银子的……你到底怎么才到下面去的？"

尕金翻开丈夫的衣领，没有找到那只银制的护身符，她便把询问的目光重新对准了丈夫。

洛桑达吉艰难地说：

"给我一口水。"

尕金便起身给他倒了一碗茶，可是洛桑达吉要的是一碗开水，尕金只好倒掉茶水换上白水。她的银链子哗哗地响，洛桑达吉发现自己已经好久没有听到这种声音了。

现在，他又重新躺在自己这张舒适的大炕上，眼睛能看到对面的红松木柜，能看到精制的小矮桌上摆着细瓷茶具，房顶上的木椽子洁净清爽，一切都透着富裕的家庭气氛，尽管他看到这些又亲切又反感，内心里涌动着千般的情绪，但是，他知道这对于他来说，是命中注定。

洛桑达吉又说：

"给我一点馍。"

刚坐下的尕金只好又站起来给他取来一点馍，洛桑达吉起身很困难，他不能把馍馍放进嘴里，尕金便掰一点给他吃。

这时，尕金的小儿子森巴仁庆进了屋，他看见洛桑达吉躺在炕上，而母亲正在为他掰馍馍吃，他叫了一声阿爸，就站在门口，觉得自己不方便坐到炕边上去。

尕金吩咐道：

"你阿爸回来了，你也不帮一帮，快把你阿爸的衣服拿到外面去晒一晒。今天太阳好，晒晒可以祛祛晦气。"

森巴仁庆就把阿爸脱在门口的衣服拿了出去，尕金说："洛桑啦，你现在说说，到底是怎么回事。"

洛桑达吉有气无力地说：

"不用晒了，那件衣服扔了吧，我也不用再穿它了。其他的衣服，该收拾的都收拾了，以后再说吧。"

尕金连忙说：

"你怎么说开胡话了？病嘛，养养就好了，不要那么紧张。明天我去找丹麻喇嘛，我们平时放那么多的布施，现在他总该给我们一副好药的。"

洛桑达吉点点头，他知道这几个月来他最惦念的莫过于桑丹卓玛母女二人，而对于尕金，他没有任何需要交代的事情。

森巴仁庆晒了衣服回来，他吞吞吐吐地站在母亲身边，半天也不离开。这时，尕金的注意力已经被吸引到宝贝儿子的脸色上了，她看着儿子的脸色，说：

"怎么，有事？"

森巴仁庆说：

"我去了松仁仓，丹增才巴百长我也见到了，我刚提起退亲的事，他老婆就大叫大喊起来，说我们家嫌贫爱富，百长老爷很有钱的时候，我们家非得死乞白赖地和他们家结亲，现在他们家里财产没有了，我们就要退亲，她说她死也不同意。"

尕金正色道：

"什么话？这叫什么话？你这个不成器的，连这点事都办不了，退亲嘛，那还不简单？把我们家里的聘礼退还给我们就行了，谁还跟他们家来来往往？哼，什么都没了，让我的儿子以后咋过？"

森巴仁庆哭丧着脸说：

"阿妈，我们的那些东西不要了不就得了吗？反正我以后不娶那个姑娘就行了，什么退亲不退亲，烦死人了。"

尕金立刻跳起来，她大声地训斥儿子：

"你这个没脑子的，那些可都是好东西。当时为了让你娶个百长家的千金，我可费了不少周折，那么好的缎子，那么好的水獭皮，现在他们家能买得起么？"

躺在一边的洛桑达吉听着，非常不舒服，他说："尕金，丹增才巴百长家里怎么了？"

尕金余怒未消地说：

"你没在的时候，出的事情多着呢。丹增才巴那个老东西，年初的时候非要和县府的严总兵打什么牌，可好，他一下子就输了一大笔钱，平时他自己的一点现钱都拿去买烟吸，哪儿来那么一大笔钱？他赖账不给，那严总兵也不客气，忽拉拉来了十几个兵，到松仁仓把百长庄园翻了个底朝天，该带的不该带的都带走了，值钱的一样也没有留下。"

洛桑达吉说：

"那百长不还是百长么？以后会好起来的。"

尕金神态安详地说：

"丹增才巴已经酒精中毒，我看他没几天了。"

洛桑达吉吃惊地看着她那突然冷静下来的面孔，他是知道尕金从前与丹增才巴来往的经过，他忽而想到自己要是回不来了，她会有什么样的面孔？

洛桑达吉讷讷地说：

"不管怎样，婚事已经定下来了，再变就要叫人笑话了，还是叫森巴仁庆把那姑娘娶来，一家人好好过日子。"

尕金没好气道：

"跟你说你也不懂，不说了。"

森巴仁庆立刻说：

"我才不娶她呢，阿妈说了，她要给我再聘个好姑娘。"

洛桑达吉怒道：

"我看你和你阿妈一个样，都快钻到钱眼眼里去了。"

尕金被这顿好说，气得不行，她不甘示弱，立刻跳起来，那银链子啪啪地响，搞得炕头卧着的小猫心惊肉跳地逃下炕去，这时女主人早已把丈夫说了个狗血淋头：

"你说我钻到钱眼眼里去了，那你呢？当初还不是看中了我的房子和我的钱吗？那会儿你穷得叮当响，胳膊抬起来就能看见瘦肋巴，要不是我的粮食，你还有今天吗？哼，说我钻到钱眼眼里，也不看看你自己那个样子！"

洛桑达吉躺在炕上，就像是躺在那条深沟里，他不能动弹，只能呆呆地看着尕金的嘴巴一张一合，他是这样看惯她的，尕金的嘴巴一张，他的身上就披上了一层荆棘，他的肌肤越紧张，那荆棘就越钻到骨子里去了。

洛桑达吉无处藏身，等尕金出完气，他说道：

"尕金，你这么办，不怕以后遭报应吗？就像你的大儿子，他离开家，就是上天对你的报应，你还不接受教训。"

尕金一听洛桑达吉揭了她的心病，痛得不得了。夏仲益西一直不肯来看自己的母亲，尕金一到寺院去看他，夏仲益西就立刻跑到山里挖药去了，弄得她一点办法也没有。现在，洛桑达吉提到夏仲益西，无疑会使尕金暴跳如雷。

可是尕金忽然就不恼了，她转而朝儿子笑道：

"森巴仁庆，百长千金我们不要定了，你看阿妈给你娶个什么样的姑娘呢？对了，恰姜仓的阿琼怎么样？"

洛桑达吉的耳膜里一传来这个名字，就立刻坐了起来，但他动弹不得，只能低沉地喊道：

"我宰了你！"

尕金开心地笑了，她知道她一下子就击中了她丈夫的要害，能使她丈夫在大病中一下子就坐起来的人，还真不多，但她知道，与桑丹卓玛有关的事与人，都能使她丈夫有异乎寻常的反应。

开心地笑着的尕金拉起儿子的手说：

"走，阿妈帮你退了松仁仓的那门亲，再去替你把恰姜仓的阿琼娶进门。"

森巴仁庆则扮着诡谲的鬼脸，跟上了母亲。他知道继父的心思，当他的继父刚刚失踪的时候，他的母亲便开始怀疑丈夫跑到恰姜仓她的仇敌那里去了，因此，她打发她的儿子每天夜里都潜到桑丹卓玛的庄廓前探听消息。

后来，森巴仁庆真地去了。他喜欢这份冒险。他把耳朵贴在那块薄薄的门板上，一连几天都不亦乐乎。但他最终失望了，甚至比他母亲失望得还厉害，他的母亲知道她的丈夫不在此地，就放下心来，可是他一直不肯放下心，因为他太想知道他的继父从那扇门里出来时的样子了。

母子俩一走，屋子里便安静下来，洛桑达吉朝地上吐唾沫，可怎么也难消心头之气，正在他无力地翻来覆去的时候，就听到了院门上的铜铃铛轻轻地响了一声，他以为是那母子两人又回来了，便立刻翻过身去。

"洛桑！"

洛桑达吉转过身来，他惊呆了，他看见桑丹卓玛站在炕前，一副失魂落魄的样子。洛桑达吉叫道：

"天呐！"

他轻声叫了一声天，就伸出手抓住了桑丹卓玛，他抓住她的手，便看到了她的眼睛里储满了泪水，便看到她的双手在不停颤抖，他便知道这不是虚幻的梦境了。

桑丹卓玛一看到洛桑达吉躺在炕上的样子，哭着道：

"我一直等在外面，看见尕金和森巴仁庆走了，才敢进来。这么长时间都没有你的消息，这才听说你叫人抬回来了，我不放心，怎么成这个样子了？身上还有伤么？要紧么？"

桑丹卓玛说着又哭了，洛桑达吉一看到她，心里的宽慰已使他忘却了刚才的那阵吵闹，他抚去女人脸上的泪珠，笑道：

"自从香萨走后，你就不肯再见我了，这会儿怎么知道跑来看看我？"

桑丹卓玛哭着说不出话来。

洛桑达吉就说：

"那天我去恰姜仓，想看看你，可是不知怎的就碰上了沃赛部落的嘎嘎。他把我抓去，说要顶索白杀他父亲的仇，可是后来他却没杀我，而是让我在他庄园里干活。我一直无法跑出来，那天我瞅个空，溜出庄园，想抄近路回亚浪仓，可是脚下没留神，掉进了深沟里，醒来已经叫人抬回来了。"

桑丹卓玛哭道：

"那个天杀的！上天惩罚他吧！"

洛桑达吉心痛地看着女人，他说：

"别哭了，你看你，那么好看的眼睛，一哭就肿了，等我能下炕了，我再去看你，我还想带你去玛冬玛山洞呢！"

桑丹卓玛抹着泪说：

"我都老成这个样子了，再不能听你胡说。"

洛桑达吉说：

"又来了，我还不如就这样病着，你还能来看我，要不然，我这辈子都见不到你了！"

桑丹卓玛伤心欲绝，她哭着的这个人，曾给予她多少温暖啊！现在，他的力量正在化为灰烬，他的热情正在消失，他躺在炕上，知道自己就要得到解脱了。

她捂住他的嘴唇，不让他再说下去，他亲吻着她的那只粗糙的手，满心的满足，他看着她的眼睛，那里面，他知道他的影子曾经是那么地年轻过。

洛桑达吉说：

"桑丹，我的女人，你是我的女人吗？"

他看见桑丹卓玛使劲地点头，又说：

"我有一件事情一直不能放下心来，你能告诉我么？"

桑丹卓玛点点头，她哭着，都已经是现在了，还有什么事情不能告诉你呢？

躺着的男子说：

"我有一个女儿，名叫阿琼，对吗？你怎么一直不肯告诉我？我真笨啊，不过，现在我知道了，我太高兴了，桑丹，你真是个了不起的女人，我们的女儿那么漂亮，就像你，像极了，你是最好的女人，只是我们不能在一起了，我对不住你，让你吃了那么多苦……"

"快别说了。"

桑丹卓玛止不住的眼泪，重新流淌在脸颊上，她说：

"她是个好女儿，她长得那么像你，我要告诉她你是她的父亲。我们一起走吧,我们三个人,一起离开代扎吧,我们会有个好家的,她会叫你阿爸,你听了一定会高兴的。她很听话。等我们老了,就给她招个女婿,我们在一起,多好,我们三个人,哪儿也不用去了,不怕别人说什么,答应我了吗?"

桑丹卓玛抱着洛桑达吉的肩膀,她的泪水打湿了她的爱人,洛桑达吉使劲地吻着她的脸庞,他说:

"你知道吗?你的身上有一种香味,我一直都想着这种味道,怎么想也想不够。"

桑丹卓玛不听他打岔,又说:

"你答应了?"

洛桑达吉郑重其事地点点头,他说:

"答应了,我们三个人,在一起生活,这是我最大的梦想。我的身边有你的话,我已经非常满足了,如果再加上阿琼,这个小姑娘,会让她的阿爸每天都笑痛嗓子的吧?"

桑丹卓玛捧着他的脸,亲他的眼睛,亲他的耳朵,亲他的唇,她的眼泪流到他的皮肤上,他感到既伤感,又快慰。

她亲着,然后说:

"我该走了,碰到尕金就不好说了,你记住了吗?等你的病一好,你就来接我们,我和阿琼等你,我们三个人一起离开代扎,你记住了吗?"

洛桑达吉说:

"我记住了,我的好女人,我们会在一起的,我要听见阿琼叫我一声阿爸,我才能放心。"

桑丹卓玛从爱人的怀里挣扎出来。

躺着的男子说：

"你走好，你走好了！"

女人走到门口又回过头来，她泪眼蒙胧，她看不清躺着的那男子的脸。

洛桑达吉说："怎么？"

桑丹卓玛说："我再看一眼。"

洛桑达吉说："再见了，我的好女人，我们已经有了骨肉，我再也没有遗憾了。感谢上天吧！"

女人哭着说：

"感谢上天！"

她背过身去，洛桑达吉的眼泪就流满了脸庞。

几天后，桑丹卓玛看到亚浪山的背后升起了桑烟。桑烟过后，一群鹰鹫便从遥远的地方赶来，一只鹫王在高空安详地盘旋，而群鹫环绕着它，等待它落下。

那只鹫王却迟迟不肯落下……

当呜咽的经号传来时，那只鹫王忽然打了一个急旋，很快便俯冲下去。

桑丹卓玛穿着黑衣。她看到鹫群落到山的那一面。她一个人，静静地说道："感谢上天吧！"

穿着黑衣的女人，手里握着一只翡翠镯子，那是洛桑达吉从鲁沙尔镇回到代扎时送给她的礼物，是她的一生中得到的最珍贵的东西,他送这只漂亮的镯子时的神情,一直在她的记忆最深的地方保存着,他是那么地让她动情……是那么地让她迷醉……只是,那已是很多年前的往事了……

那是很多年前的往事了。

如今,曾穿着紫红袍子的女人换上了黑色的袍子,她拿出那只漂亮镯子,并用力把它碾碎,这翠绿的玉石粉末,一把把扬起来,在风中,被唱着最善最美的赞颂词的桑丹卓玛,撒进了秋天的玛冬玛河。

洛桑达吉死后,尕金的院落里一派秋色。再没有人为她打扫门厅,也没有人为她整理骡栏了。她的母亲阿多太老,已经没有精力替女儿分担忧愁,她的儿子森巴仁庆又太年轻,还不知道失去父亲意味着什么。

尕金取下她那支代扎最漂亮的珊瑚辫套,把头埋进深深的领子里。她第一个丈夫多丹本离开代扎后,有一段时间她就是这样度过的,现在,洛桑达吉也离开了她,她的寂寞生活又开始了。

但是一切都不像从前了,那时她还年轻,还可以重新鼓起生活的勇气,还可以再找个伴侣,可是如今她已经老了,她已经没有选择生活的权利了。

她曾经每天都抱怨他,认为他使她没有更多的财富与好运,他使她在众人面前羞愧、自卑、没有尊严,他使一直伴着她的好运气灰飞烟灭。

可是现在她不能再抱怨了,面对空空的炕头,她才感到自己早已经有气无力,才明白他真地走了,正如她抱怨的那样,他一句话都没有留下,就离开了她。

她有气无力,处处不顺心,她知道自己需要个伴儿,生活太寂寞了。于是她对儿子森巴仁庆说:

"把那个姑娘娶来吧,我要和她说说话儿。"

她说的姑娘是丹增才巴百长的女儿,那个她曾想千方百计地退掉的亲事,如今是她能够摆脱寂寞的唯一办法。

在母亲身边一向很乖巧的森巴仁庆一听,顿时竖起了眼睛,他说:

"您不是要退掉那门亲么?怎么又改主意了?您答应我要娶恰姜仓的阿琼的!"

被寂寞煎熬着的尕金立刻怒发冲冠,她说:

"你这没用的东西,恰姜仓的那一家全是害人精,害死了一个还不够,你还想害死你自己么?"

森巴仁庆才不管什么害人精,他只知道阿琼是代扎最漂亮的女孩,他的梦想就是把那个姑娘娶进自己的家门,现在,他知道梦想一下子就破灭了,于是他在母亲衣柜里找几样首饰一挟,一走了之,他到东科镇寻找自己的生父去了。

剩下阿多和尕金,一个人睡在正房,一个人睡在厢房,整座庄廓死气沉沉,度日如年。

有一天夜里,月辉静静地洒满了庄廓的院子里,这是阿多睡得最好的一觉，她梦见自己走在一条光洁的路上，行人都尊敬地向她问候，她问一个地名，有人告诉她，前面就是。

于是她一高兴，就把攥在怀里的手拿出来，自己也很惊奇，这是四十年前养成的习惯，那时她高举皮鞭，抽打白毡，抽打她与丈夫的新婚用品，然后就把手攥在怀里，仿佛仍然攥着一条虚无的鞭子，她就这样攥着拳头，一直攥了四十年，现在，她终于可以把手拿出来了……

就在这时，阿多的梦醒了，她看见自己的手果然如梦里般从怀里拿了出来，她还没来得及想想是怎么回事，就听到院子里响起了一阵奇怪的声音。

她急忙扒在窗子上一看，立刻昏死了过去。

月亮的清辉洒在院子里，亮如白昼，庄廓顶上的经幡在夜风里沙沙自语，高高的壁墙投下灰色的影子，在夜里，一切都显得那么神秘莫测。

在这种神秘的氛围中，只见尕金高举着一条皮鞭，朝立在廊柱上的一块白色羊毛毡抽打下去，她精神抖擞，痛快淋漓，她仔仔细细地鞭打每一处角落，那羊毛毡上的毛丝便纷纷落地。

这座庄廓开始重复四十年前的旧事，尕金手里高举着的皮鞭，眼前的毛毡是她与洛桑达吉的结婚用品，就像她四十年前的母亲。她鞭打，每一次落下都结实而有力，她继续鞭打，继而快乐无加……

二、噩　梦

千户城堡的新娘子卓弥独自去了遥远的牧场，她走后，才扎就名正言顺地同他新妇的妹妹卓嘎生活在一起了。

对于卓嘎来说，姐姐的离去，正是对她继续留在才扎身边的默许，当她从姐姐手中接过那象征着千户家主人的钥匙的时候，蓦地读懂了姐姐眼中的含意，那根本不是告别，而是永诀。

如果你对世界上其他事情还可以存住一点幻想的话，那么对卓弥不要怀有这样的幻想，因为她跨出门槛时的样子，已告诉了每一个人，她永不会回来了。

卓嘎是在姐姐一心一意呵护下长大的，她从小就明白，所有的好处，她都有比姐姐先得到的优先权利，姐姐的纵容，自己对自己魅力的过高估计，使她放任了自己的欲望，而卓弥对她又是有求必应，为她处处着想。当卓弥发现新婚丈夫把痴迷的脸庞转向妹妹而不是自己的时候，她又一次甘心情愿地做出了让步，对于卓弥，这是必然。

此时的卓嘎，正值豆蔻年华，她炯炯的目光，难以越过姐夫而投向他处，他是她狭隘生活圈子的中央，他站在阳光下，使她一下子就看清了他眼中的阴影，她立刻认定了那里就是她的归宿。

而才扎，正在向她走来，他垂下高傲的头颅，带给她不安，继而带给她欢乐。

她欢乐，对姐姐的歉意，便在柔情蜜意中烟消云散了。

才扎与卓嘎的相恋，索白老两口也无可奈何，才扎现在是他们唯一的儿子，而卓嘎与卓弥也没有本质的区别，最关键的一点在于，索白再也没有力气对他的儿子指手画脚了，在这个家庭中，他们只希望能快点抱上孙子。

索白最感欣慰的是，自从才扎搬到卓嘎的炕头上之后，他竟奇迹般地跟酒绝缘了。卓嘎代替酒，成为他的一切，她使他行为举止符合身份，她使他彬彬有礼，温柔无加，他的身后，常常是她千娇百媚的影子。

这一切，索白都看在眼里，作为父亲，他认为才扎已经使他有些满意了，他对妻子说："一个人一生一事无成，也总比惹事生非得好。"

耶喜点头称是，她比所有人更早地发现了卓嘎的腰身渐渐凸了出来，走路也有点八字脚，她说："一事无成倒也说不定，生个一男半女便是福气。"

夫人对卓嘎的热情是卓嘎无法理解的，她不知道夫人也曾有一个同她一样的名字。

夫人常常亲自下厨，别出心裁地熬了一碗羊脖子汤，加新鲜蕨麻，加少许野葱野蒜，然后端给卓嘎，她声称此物最有营养，最补女身，要卓嘎趁热喝下去。

卓嘎龇牙咧嘴，对婆婆的意外照顾颇为费解，她哪里知道，耶喜怀才扎的时候，最想吃的正是此物，但是厨子不知其意，羊脖子未煮烂就端了上来，害得耶喜在灶边守了一夜，只能听见锅里翻天覆地，却喝不到可口的羊肉汤。那滋味，耶喜如今想起仍觉得牙根奇痒,肚肠难耐。

耶喜由此断然得出结论,当年才扎需要的东西,正是现在才扎的孩子需要的,因此,她笑眯眯地嘱咐卓嘎,碗底的渣子不要紧,那是人家捎来的胡椒粉渣,养人。

但是卓嘎并不需要胡椒粉渣,她的胃里迫切地需要的是凉粉,她贪婪地在屋里摆上一盆盆自制的凉粉,凉粉盆排成队,她在这个盆里加几颗枣,在那个盆里加几块冰糖,然后把它们统统吃掉。

她吸食凉粉的声音,令才扎惊奇不已。

才扎惊奇地观察着妻子的一切,他看见她吸食凉粉,苍白的面容就变得格外地红润,红润的妻子把空盆摞成一个质问苍天的姿势,然后转身睡去。

他听见她在呓语。

通常,都是她告诉他,她听见了他昨夜的呓语,她说他在黑暗之中,发出断断续续但却执着的渴望。

他问那是什么。

她戏说那诱惑来自酒,"这火水,使你迷醉啦。"

他说:"使我迷醉的是你呀。"

看到他恍然想起酒,犹如恍然想起某件不值一提的小事时的可爱模样,她也便可爱地笑了。

他却是第一次听到她的呓语。

她在呓语,她呓语着的侧脸异常痛苦,她的一根头发,落到睫毛上,颤抖不停,她的手臂在拒绝被子的挤压,他看见她裸着的手臂在午后射窗而入的阳光中，陡地暴出许多僵硬的颗粒。

她是紧张，还是冷？这种起满鸡皮疙瘩的皮肤，他是见过的，在什么地方呢……平滑、细腻、光洁，长着可爱的黄色茸毛的少女独有的皮肤，只有在受到攻击时的危险处境时，才会如此僵硬，如此紧张。

这种皮肤他是见过的……这种皮肤没有保护层，只有陡然而起的鸡皮疙瘩才是她唯一的抵抗，当她的内心还没有完全意识到危险的时候，她的皮肤首先已经意识到了，而且很快做出这种抵抗的反应，这种手无寸铁而又坚决的抵抗，使皮肤的完美，遭到了彻底的损害。

才扎看到了午后阳光中这段裸着的手臂，和那上面的皮肤，立刻就在记忆之中搜寻到另一只裸着的手臂，和那上面的皮肤，和另一个午后的阳光中，手无寸铁但又坚持不懈的抵抗。

如果那只手臂曾经存在过，那么今天的一切都是失真的写照么？如果那次午后的阳光依然是真实，那么这个午后的阳光，是否就是虚幻？

午后的阳光中，卓嘎转过脸来，她的痛苦表情早已不复存在，代之而来的是宁静，犹如一泓静水。

才扎把挂在妻子睫毛上的那一根头发取下来，他看见她的两只小耳朵，透明的薄如蝉翼的小耳朵，晕染了暖洋洋的橘红色的光芒，俏然立于乌黑的浓发之中，仿佛在倾听丈夫的叹息。

薄命的小耳朵，那真实或不真实的存在，真的都已经过去了，真的都已经过去了吗？

我不知道，我不知道该不该叫醒你，该不该叫醒你的呓语，该不该复述你的梦态。

假如你愿意的话，我将告诉你，你不曾醒来时的、我的噩梦。

卓嘎就要临盆了，可是代扎部落却又与沃赛部落打了起来，这是一场械斗，流血是免不了的。

代扎的男人们磨刀霍霍。

代扎的女人们磨刀霍霍。

索白对儿子说：

"你是我的骄傲，我的儿子，如果你想成为全代扎的骄傲，那么你就应当站在队伍的最前列。"

可是才扎所担心的只有一人，那就是卓嘎。他一想到卓嘎在痛苦中煎熬，就根本无法对父亲点一点头。

父亲说：

"好儿子，我就在你身边，害怕什么，如果你想在将来成为你的百姓的头人，并且使他们服从于你，那么现在正是你一展雄风的时候。"

才扎听不进去，他只在反复地说："卓嘎就要生了，卓嘎就要生了。"

索白说：

"那些战士比卓嘎更需要你，女人生产，非常简单，每个女人都是这样过来的，何况你又帮不上什么忙。"

儿子哭丧着脸，他说：

"我在她身边，她会好一点。"

"真没用，拴在女人的袍子上，算什么男人！"

"她如果死了，我怎么办？"

"呸，别说这种不吉利的话……唉，你就不愿意成个真正的男人吗？别人找机会还找不上呢。"

才扎说：

"我做卓嘎的男人就够了。"

索白拂袖而去，他不但对儿子绝望，甚至对那个尚未出世的孩子也绝望了。

村里的男人，都已经成为战士，他们带着自制的武器，上了战场。

剩下才扎和几个老太太照顾卓嘎。

到了傍晚，女人们把才扎从嘶喊着的卓嘎身边扯开。才扎坐在院子里，心烦意乱，他不知道那些女人要对卓嘎做什么，他恐惧，但是毫无办法。

时间漫长，卓嘎的声音慢慢弱了下去，但是才扎听不到那早已应该迸发的婴孩的哭声，那个陌生的婴孩，为什么迟迟不来？

一个女人出来指挥他上到房顶去。

才扎半天才找到梯子，几次都险些摔下来。他上了房，然后走到卓嘎屋子的头顶上。

他的双脚开始轻轻地跺了跺。

女人在下面观看，她喊道：

"不行！那样不行！要使劲！"

才扎便咚咚咚地跺起来。

四周静极，才扎用劲地跺着屋顶，然后用劲地吼道："客人来了吗？"

下面的女人立刻回答：

"还没有！"

于是才扎继续跺房顶，继续问他家里的客人来了没有，下面的女人总是回答还没有。

才扎的脸上湿漉漉的，他不知道是汗水，还是泪，他的头发贴在额上，粘得难受，他又饿又累，可仍然不顾一切地跺着那笃实的房顶。

咚。咚。咚。

他跺房顶，听到的是远远地传来的战鼓声。他双脚的麻木，使他对那个即将出世的孩子怀上了戒心，为什么他要以这种方式出生？为什么他要出生在这个时候？为什么他要让他的母亲痛苦，而却又让他的父亲古怪地跺房顶？

咚。咚。咚。

客人来了吗？

还没有呢。

那么就让他滚蛋吧！

精疲力竭的才扎躺在房顶上，他似乎又听到了鼓声，听到了那片草原上残酷的嘶鸣。他哭起来，他不再跺了，甚至那几根木条钉起来的梯子，他都深恶痛绝。

深恶痛绝之后,他忽然感到一阵轻松,他轻松地痛哭起来,一哭而不可止。

就在这个时候,他听见了一声啼叫,那声啼叫仿佛是一只瓢虫举起翅膀的声音,那么微弱,那么纤细,以至于使他迷惑不解。

女人们在下面大喊:

"少爷!少爷!"

才扎迅速地从梯子上一滑而下,他跑进卓嘎的屋子里,在一瞬间,看见了他的骨肉。

这小东西,与其说婴儿,不如说骨肉更确切,除了骨与肉,他看不见更多的意味。

女人们纷纷说:

"少爷,恭喜了,您得了个公子!"

才扎迟疑地不敢去碰这个使他妻子差点送掉性命的公子,当他确认那声似瓢虫举起翅膀的声音,就是出自这个婴儿之口时,他把所有的关注都集中到脸庞,这脸庞转向妻子,这脸庞上的每一个毛孔都在向这个了不起的女人致意。

他去握她的手,他在炕头柜的木渣里找到了她的双手。她的手上挂满了血丝,她伸出那双挂满了血丝的手,拭去了她丈夫眼角的泪。

他一边哭,一边笑,他说:"你看你把炕柜都捣破了,我得给你做更结实的柜子了。"

她说:"我疼嘛!"

卓嘎说"我疼嘛"的时候,那娇媚的表情即刻便停留在脸上,但是她的眼睛却慢慢地闭上了。才扎急了,身边的女人却安慰他说,这只是大出血引起的,慢慢就会好的。

三、阿妈君日神山

索白和夫人耶喜都非常喜欢那个从山野里带来的小女婴,他们认为这是上天对他们半生无女的补偿。索白请他的兄弟,在衮巴寺当喇嘛的丹麻给女婴起个名字,以示吉利,也表达了他与夫人对她的看重。

于是,丹麻喇嘛背着女婴,在代扎的一座名叫阿妈君日的神山上转了一圈。回来后,他就知道这个女孩的名字了,他把索白和耶喜叫到佛堂里,让他的哥哥与嫂嫂跪在佛祖的面前,他郑重其事地说:

"从今以后,你们要善待这个女孩,她的名字叫安。"

耶喜对丹麻的话非常不满,她说:"喇嘛啦,难道我们对这孩子不好吗?"

平心而论,她的话是非常有道理的,她的一生中,一直想要个女孩子,无奈她却生了两个儿子,现在,她的丈夫从山里带来一个如此清秀的女孩,她高兴还来不及呢,她早已把所有的母性情感,全部投入到这个女孩的身上。

如果说年轻的时候她不会照顾孩子的话,那么现在她已经有足够的经验来照顾这个非亲生的女孩了，更何况她对这个女孩充满了特别的爱。

丹麻喇嘛看着自己的嫂嫂，他知道这个女人，真的已经老了，但是他看着她的眼神，仿佛她依然年轻，依然是很多年前，那个从天而降的，使他们兄弟为之动容的年轻女人。

丹麻看着他的嫂嫂，他的心思被他脸上的严峻的神色覆盖住了，他严厉地对他的嫂嫂说：

"你不必表达你的善意，你所做的一切，佛祖都会看到。至于说到这个孩子，这真是你们夫妻二人的造化，也将是我们代扎的造化，她叫安，但是她以后会有一个新的名字。"

索白一心想知道他从山野里抱来的这个女孩是否能给他们老两口带来欢乐，但是他看到丹麻莫测高深的神态，便把想问的话咽了回去。

这天，耶喜意外地见到了丹麻，丹麻是来向她告别的。

耶喜一见他就知道是怎么回事了。

她问他为什么要走，要到哪里去。

丹麻第一次直视着他的嫂子，他说：

"我也不知道，我想是去云游吧，现在只剩下这把不大的力气，我不能耽搁了。"

他看见她看着自己的眼睛。

此时，耶喜的心中涌动着某种情绪，同丹麻一样，她为这种突然而来的分离感到不安，虽然她看到的是他冷峻的面孔，但她心里明白他在掩藏着什么，她的心微微地颤抖了，他这一走，不知他为什么而走，不知他什么时候才能回来，不知她还能不能再见到回来的他。

她说：

"不走不行么？"

丹麻看着她的眼睛，他看到了她的内心，他说：

"耶喜，说真的，我最近感觉不好，我总觉得要出什么事，衮巴寺里有一些珍贵的经卷，我要把它们带到别的地方去。"

耶喜第一次听到丹麻直呼她的名字，她说：

"我叫卓嘎，你叫我卓嘎吧！"

"卓嘎！"

丹麻深深地看着她，他说：

"我告辞了，卓嘎，你多珍重！"

如今，安已经四岁了，千户夫人对她的疼爱，简直到了无以复加的地步，安走到哪里，夫人就要跟到哪里，一直到夫人走不动了，安才有了独自在千户城堡内转悠的权利。

四岁的安在城堡里转悠，她有一条又黄又焦的小辫子，还有一副让千户府里的厨师无可奈何的瘦弱身材，她细长的黑眼睛里储满了冬天的冷雾，而脚底下的步伐则使她如风摆之杨柳。

安除了适应嫩黄色的绸缎外，她的皮肤对任何别的颜色的绸缎都有反应，否则，她的身上会长满小颗粒状的斑点，如果一脱去那些衣服，皮肤就会恢复如初，所以，尽管夫人明知道黄色绸缎非凡人所用，但也只好将就女儿了。

安穿着这样的黄色绸缎,她看见千户家里的牛群被牛倌赶出了门,她便跟在那人的身后,第一次走出了千户城堡的大门。

他们往深山里走,安仰望着前面那人的背后,她仰望得太久,然后就把仰望得又困又酸的脖颈放到了胸前。她由此看见了自己嫩黄色的绸衣,看见了那上面绣着的同色的花纹,她看见自己的红色小靴子,踏在了代扎青青的草地上。

然后,四周静极。

然后,安抬起她疲惫的头颅,发现她独自站在静寂的山林中,她的脚下是高可盈尺的碧草,而身边是人迹罕至的丛林,安便哭了起来。

当她从自己未成熟的哭声中得到了不少安慰之后,便继续向前走去。

那天晚上,安没有回到千户城堡。

此时的千户城堡内,早已是灯火灼灼,家丁们在索白的痛骂声中,翻遍了城堡里大大小小的角落,耶喜则跪在佛堂里,她把双手抱在胸前,向唐卡上盘腿叠坐、笑而不语的佛祖哭道:

"把安还给我们吧!把安还给我们吧!"

索白虽然声嘶力竭地要人们去找,但是他自己已经没有一点信心了,那么瘦小、那么毫无力气的小姑娘,怎么会有保护自己的力量呢?

后来就听到有人看见安走出了城堡,看见安走过缓坡,进了深山。

人们便去找……

去代扎的大大小小的河流、丛林,甚至荒山。

直到三天后,索白忽然异想天开地想到,当年他与才扎打猎避雨时的那一片丛林,那一个山洞,安会不会就在那个他们看到她的地方呢?

于是,大队人马朝山林里寻去,最后在那个山洞前,在那片僻远的丛林中,他们终于看到了安。

凹进去的那个山洞里,索白心痛地看到安倦睡着,她的脸上安宁平和,憨态可掬,周围是浓密的难以立足的矮小树丛。被唤醒的安,费了很大力气才走了出来,这使索白和他的家丁们难以想象她是怎么进去的。

索白问她是怎么回事。

安说她在睡觉。

长睡了三天三夜的安,满面红光,神采飘然,她的头发中散发着树脂的芳香,而身上的黄绸袍子依然干净清爽。

回到千户城堡的安使劲埋怨把她从沉睡中唤醒的父亲,她说:"我在那里可好了,他们对我好,给我吃的,我在这儿可吃不到,我们一块儿跳舞,一块儿唱歌,等我睡觉时,他们给我盖上最好的羊毛毯……"

安的话像一颗子弹,使索白刹那间与她保持了一定的距离。

身边的人们面面相觑。

耶喜则说:

"不管怎样,回来就好!"

她抱着她三天没有抱着的安,空空的心里就充满了慰藉。小孩子的话，还那么认真么？谁不都是从孩子长大的，又有谁没有说过胡话呢？

这之后，每隔一段日子，恍惚憔悴的安就必然独自进山，三天三夜之后，这位千户小姐又会红光满面、神采飘然、不声不响地回到千户城堡。

索白两口子认定他们的女儿中了邪，夫人说：

"我们家乡老人们都说，这世上有一种叫作猫魇的东西，人若碰上它，那就自己管不住自己了。"

索白说：

"什么鬼话！"

耶喜又说：

"猫魇，谁碰上谁就倒霉，你看不见它，它能看见你，你要是想喝点打拉水，它就扑通一声跳进去，你马上就会闹肚子，不疼死你才怪！"

索白说：

"这跟安有什么关系？"

耶喜说：

"我不就是想起来才说的么？反正我想，我们的安一定遇上类似的东西了。记得老人们说，猫魇这东西，尾巴特别大，它跑起来一点声音都没有，只有它的主人能看见它，要是主人不喜欢谁，那它就跑去魇住谁，那滋味，想想都害怕！"

耶喜一席话，说得索白毛骨悚然，他审视妻子，犹如审视着一个陌生人，他说：

"那怎么办？安，我们的宝贝女儿，总不能让她叫猫魔什么的抓去了吧？"

"那倒不会。"耶喜烦道：

"你那个烟少吸点好不好？自从有了安，你不是已经戒了么？怎么又吸上了？"

索白把鼻烟壶收起来，他半信半疑道：

"我没见安有什么不舒服的样子，不过她到底是中了邪了，我们得想个法子，不然，以后总要出事的。"

耶喜看着丈夫发了一会呆，然后她说：

"那咱们上山修座峨堡，煨个桑，请喇嘛爷念个经，把鬼赶一赶，安就会好了吧？"

索白欣然道：

"阿妈君日神山？"

耶喜说：

"那当然是阿妈君日神山，安的名字就是阿妈君日神山赐的，只要我们虔诚，神山总会显灵的。"

这样，就有一本历书到了索白的案头，他翻了这本书，挑中了一个日子：藏历六月十五日。

索白找到自己的儿子才扎，才扎正在为卓嘎熬着草药，卓嘎自从生孩子大出血后，一直不见好转。索白说：

"过几天我要上阿妈君日神山修座峨堡，你也去，给老阿爸做个伴，好吗？"

才扎神情专注地看着药锅，他说：

"阿爸，我不能去，卓嘎的病不好，我哪儿也不去。"

"就一天的工夫，不会耽误什么的。"

才扎说："我还得到亚浪沟去采药，卓嘎只能吃我采的药，别人去采我不放心。"

做父亲的说：

"难道你只关心你的女人，一点也不关心你的妹妹么？"

"关心安的人够多了，"儿子说，"卓嘎只有我一人关心。"

藏历六月十五日，这是个吉祥的日子，也正是人们背经转神山的日子。

衮巴寺的僧人们刚刚结束了在大经堂里的祈祷，他们沐浴、斋戒，然后走向了田野。

僧人们走向田野。他们每人都背着一条神圣的经卷，身着正规的举行仪式时才穿的袈裟，脚上是红色的软底僧靴。他们目不斜视，口中念念有词。

代扎的老老少少等在田头，田野里的油菜花盛开着金黄的光晕，青稞穗子迎风点头，而麦子则直指青天。

僧人们走在队伍的前列。很快，代扎的老老少少都尾随于僧人们的身后，形成一个庞大的阵容，僧人们的面孔神圣而庄严，他们要带领众人绕代扎的土地边缘步行三圈。

这是很久以前流传下来的传统，绕着土地的边缘，把所有的邪恶驱除于境外，恳求佛光普照这块土地，恳求赐给吉祥的岁月，恳求保佑吉祥的收获，恳求这一年，以及这一年后，都有最完美的圆满。

在这样的日子里,在代扎的边缘地带,那座名叫阿妈君日的神山,敞开了她那神秘的怀抱,等待着一座新的峨堡矗立在她那宽广的肩头之上。

所谓峨堡,就是祭祀山神的一种简单的建筑,在喇嘛们念过优美的赞颂词之后,就在预先选定的一块地方破土,挖出一个方形的深坑,然后由一位在村里德高望重的人下到坑里,并在坑里摆上一排排的利刃,等他出坑后,再由众人将早已准备好的白桦杆插进深坑,树杆上挂上各色各样的经幡,那上面写满了祈祷词或经文,然后,再在一边点火煨桑,把柏枝点燃,等桑烟升起的时候,就说明峨堡就修成了。

阿妈君日神山是一位女性神山,但却绝对禁止女人上去参加祭祀活动,祭山是神圣的,而女人只能带来晦气,只有男人才能完成这种既崇高又神秘的活动,所以在代扎的女人,几乎没有人上过阿妈君日神山。

这天,索白请了几位衮巴寺的僧人,另外带了一帮家丁,一早就上了神山。

修峨堡的位置是由僧人决定的,他们在山上费了很长一段时间,才算是找到了一块好地,这块地方既要有一方平台,又要让人远远就能一眼望见。破土的时间也是有讲究的,不然就会惹恼山神,驱邪不成反而有可能导致灾祸。

坑总算挖好了,现在由索白亲自下到坑里摆上利刃。索白早已净了手,他穿着朴素的衣服,走下扶梯,他下到坑里,让人把利刃递下来。

他站在坑里，突然就感到心里乱糟糟的，他担心今天会出什么事，可是那么大老远的，会出什么事呢，只要安，只要这个中了邪的女儿好了，那么他对于一切都可以不在乎的，他这样想着，就摆开了利刃。

这种利刃是从一个叫作张快刀的店里买的，那个店很有名。索白年轻的时候，曾经修过一次峨堡，那时，他就知道有个张快刀，专卖利刃的。这次，他为了讨个吉利，便特地派人到那个店里买了这种张快刀。

不出他所料，这种刀特别锋利，能劈开好几层银元呢。索白把刀从刀鞘里抽出来，插刀时，要将刀把插进土里，让锋利的刀尖朝上才行，索白开始插第一排。

第一排插了七把。第二排插同样的数字，一直按这个数字插到第七排，这样，整个插刀仪式就结束了。索白暗暗舒了一口气，他知道这已经很顺利了，不再会有什么事发生了。

索白爬上了扶梯。当他爬上扶梯的时候，突然站住了，他听见坑的上面一阵躁动，就像海水起了一层大潮一样，那大潮向他涌来，他听见坑上面的僧人们在低声说：

"不得了啦！不得了啦！"

原来是雪玛，她神不知鬼不觉地出现在山坡上，她那张好看的脸上早已涂抹了一层层的污垢，嘴里那两列曾经非常美丽的牙齿，现在遗失得干干净净，她就那样张着黑洞洞的嘴巴，朝着喇嘛们无声地笑着。

不知什么时候，她一眼看见了其中的一位喇嘛，那位喇嘛有着骷髅似的身躯和灰白的胡茬，可是在她眼里，他却是世上独一无二的英俊青年，英俊青年的名字叫作夏仲益西，虽然夏仲益西已经穿上了红色袈裟，但是她要尽力挽留住他。

于是雪玛拿定了主意，她娉娉婷婷地走来，她朝那位年老的喇嘛走来，她眯着眼睛，脸上微微泛起一丝羞红，她走上前，捉住惊慌失措的喇嘛便千娇百媚地唱了起来：

阿哥你貌若山神
妹妹我美如天仙
……

索白站在扶梯上，他听到了女人的声音，女人是雪玛，她在唱拉伊情歌，唱得神山萧瑟，天穹茫茫，索白立刻就觉得不妙，他一觉出不妙，腿已是先软了，于是，站在扶梯上的索白腿一软，就掉进了那插满了利刃的坑内。

人们把索白抬到家里，他的一条腿已彻底失去了知觉，他只能坐在炕上，或是在别人的帮助下站立起来。他唯一感到欣慰的是，他付出了一条腿的代价，而他的宝贝女儿，那个名叫安的小姑娘，真的不再独自出门了。

几乎与索白同时，他的儿子才扎在采药时掉进了亚浪山的深沟，他为了妻子，同样付出了一条腿的代价……

有一天，千户城堡里来了一伙异乡的女喇嘛，她们看到安后，激动的表情令人吃惊，她们齐齐地跪在安的脚下，争抢着去吻安的裙裾，她们说，她们在这大千世界里寻找了四年，今天终于找到了，她们寺里那位已经西去的女活佛的灵魂，如今正附在活佛转世灵童的身上，这位灵童，就是安。

僧人说：

只要生灵还在喘息
不管他出现在哪里
释迦牟尼与他同在
给他同情
给他怜惜

四、拉伊情歌

八月到了，人们盼望了一年的赛马会也到了。

阿琼穿过麦地。她和她的年轻女伴们穿着最好的衣服去赛马场上看赛马。路边金灿灿的麦尖上，有两只火红的瓢虫。

阿琼说："你们看！"

女伴们叽叽喳喳地朝兴奋的手指望去，这时，叠在一起的两只瓢虫软绵绵地滚落下来，惊醒了一场好梦。

女孩子们大声地笑着，她们喜欢这火红的颜色，就像新娘的圆帽子上那火红的罂粟一样。

赛马会在黑滩上举行。

黑滩是一处远近闻名的最好牧场,三面环山,山影绰约,从那里流淌而来的是一条清澈的河流。在开阔的视野里,长着茂密的草丛。

上千顶帐篷扎在碧茵茵的草地上,帐篷大多装饰着华丽的顶罩与流苏,色彩艳丽,还有的在垂帘上绣着吉祥物,诸如宝伞、宝瓶、吉祥结、金轮、胜利幢、宝镜、右旋海螺、金鱼、长寿草,等等。每一顶帐篷在晴空下,都闪烁着熠熠的生机。

远乡近邻蜂拥而来,每家扎两顶帐篷,一顶用来招待客人,一顶则是自家生火做饭的地方。清涓的溪流由西向东而去,人们在溪边宰杀牛羊,把欢声笑语送上遥远的黛色青山。

炊烟缭绕在这五彩的幽谷之中,如梦如幻。鼓点已经兴奋地响起来了,年轻的男子们穿着华贵的服装,在空场内旋转起来。

妇女们围地而坐。

阿琼与她的女伴们刚刚到来时,勇士舞的鼓乐已经奏响。

百名男子,在场中站成一种阵形,这阵形叫作杨壮,意义在于驱鬼避邪,它是从遥远的喜马拉雅山麓传来的,已在这片草原舞了百年。舞了一会,杨壮阵形换成了两条平行的直线,在两位旗手、两位持盾牌者、一名吹号小童的带领下,逶迤而动。忽然,另一男子持枪进场,他朝空中奏响惊心动魄的枪声,硝烟中,百名勇士举起了沉重的弓……

一百顶殷红流苏的帽,一百支铮铮出鞘的剑,一百张紧锣密鼓的弓……

经号长鸣——

一百双云纹藏靴抬起，放下，旋转，在绿草中进退得意，把虚拟的敌人打了个落花流水。

一边的勇士舞还没有结束，另一边的乘马表演就开始了，在人们的喝彩声中，乘马陆续进场。

骏马早已装备整齐，额佩红花，身披彩饰，连缰绳也是黑白两色牛毛绳精心编织而成的。一声吆喝，骏马一匹匹跃入场中，乘马者身背猎枪，纵情呼喊，快近人群时，他们忽而取枪，转过头顶，穿过马脖，就近一击，击得草木迸飞，浓烟四起，然后从容绕肩背枪。

领队打马而来，他扯一面迎风招展的吉祥旗，在场中安排了十条哈达，每隔几米就横陈一条。

一支骑队飞奔绕场一周，风梳马鬃，日卷长袖，骑手敞怀舒臂仿佛要揽天地精神于一身，远看雄鹰展翅，近视身影皆无，原来他们一个个镫里藏身，引起众人浪潮似的欢呼。

忽而骑手脱离马镫，平仰在飞驰的马背上，长袖拂地，泛起一阵绝尘的惊嘘，手落处，一条条哈达从地上腾空而起，一甩，就被甩到观者群中，孩子们哄哄地去抢勇者的纪念。

八宝旗又得意而来，橙黄、姹紫，八位骑手威严肃穆，可是被自家的小孩认出后，便个个喜笑颜开，欢呼而去。

欢呼声中，夜已经不知不觉地降临了，没有尽兴的年轻人，点燃了篝火。

篝火点燃了傍晚，青年男女围在火旁跳起了卓。卓是一种舞蹈的名字。青年们拉起圈,男子舒袖,女子摆腰,银饰叮当,欢呼声穿越云霄。

欢呼声中,有人唱起了第一支拉伊情歌:

人说代扎山岗在天边
要越过它比登天还难
如果我的情侣在那边
我每天都要走三遍

那年轻的歌者一边唱,一边把一条洁白的哈达扔给了阿琼,阿琼接过哈达,又羞涩又惊慌,她已经被众姑娘推到了前面,便不得已接唱了起来:

你要观赏代扎的奇景
不要把目光放在花丛
那林海茫茫的松柏树
才是我们代扎的出众

阿琼把哈达扔回去,引起了一阵哄笑,但那个被拒绝的青年一点也不气馁,他又唱道:

黑滩丛生的报春花
把代扎照得彤红

恰姜仓最姣美的阿琼呵
你迷乱了青年们的眼睛

阿琼初长成人，在黑滩的赛马会上，她听到了第一支献给自己的情歌，平生第一首歌，使她懂得了来自陌生地方的青年的心意，他的缠绵的歌声，使她迷醉了。她用宽宽的袖筒，捂着十七岁的面颊。

阿琼看那青年，英俊魁伟，气度不凡，便不由自主地款移莲步，接过了那歌者情意绵绵的盛在青紫龙碗里的青稞琼浆。在旁人的吆喝怂恿声中，一条洁白的哈达缠在俩人的颈项上，绿松石戒指与红玛瑙戒指，从自己的手指上摘下，戴给对方，然后饮下那青紫龙碗里的美酒，额上承接了温柔的亲吻，然后，双双走上山岗。

那里是情人的栖息地。

那里长着白杨与松柏，在月亮下，透着迷人的光泽。每一声夜鸟的鸣叫，都会带来一片片树叶的低语。那朦胧的、令人心荡神驰的晚风，捎来山峦间黛色的气息。跳跃在年轻心灵上的光点，同样神秘、醉人地跳跃在这一片情人的栖息地。

青年的手臂不知不觉间就放在了阿琼的肩上，阿琼青春的芳唇，已经接受了少年的亲吻，他们愿意单独在月亮的淡淡光芒下，享受奇异地到来并且散发着暖暖春意的美妙爱情。

阿琼半低着她那张迷人的面孔，青年的双臂使劲地环抱着她，这是她有生以来第一次如此近地面对一个男子，她的内心里一半欢喜一半紧张,她的面孔左右转动,对男子热烈的亲吻半推半就,临出门时母亲的诫言早已成为夜深中的微风,轻轻地,轻轻地,滑过了她的耳畔。

青年缓缓地引导她,他在耐心地等待她的到来。她的面庞挂着羞赧的红晕,美丽无瑕的眼睛半开半合,长长的眼睫遮掩着内心里的悸动。

第一次的体验使她充满了羞赧和不安,但是对方耐心地、久久地安抚着她,他使她懂得了男子与女子,懂得了这种神秘而充满了诱惑的愉悦。

他深深地呼吸着她的芬芳。月光下,她是一位从天而降的神仙,神秘而动人,她的光彩迷乱了他的眼睛,他动情地呼唤着她的到来。

她的心灵之门,为他而开。

五、女儿心

阿琼没有想到,献给她第一首情歌的青年竟是沃赛部落的头人嘎嘎,嘎嘎似乎已认定了他终生的伴侣就是阿琼,他不顾沃赛部落的老人们的冷嘲热讽,独自跑到恰姜仓来求亲。

桑丹卓玛冷冷地看着嘎嘎。

对她来说,最坏的事情已经来过了,那正是眼前的这位嘎嘎一手导致的,她恨这个初出茅庐的年轻人,是他使自己失去了一生都在等待着的幸福。

可是他却如此不知天高地厚地跑来求婚,她便知道这是他的报应到了。

桑丹卓玛没有递茶,也没有摆上碗筷,她只是端端正正地坐在堂前,双手叠在膝上。她说:

"嘎嘎头人,你没有必要把东西留在这里,我现在只有阿琼这么一个女儿,她的年龄还小,我不打算把她嫁到那么远的地方去。你请回吧。"

嘎嘎笑道:

"并不远呵,骑马也只是大半天的功夫,您看,如果阿琼想回家,什么时候都可以。"

嘎嘎把贵重的求婚礼物摆在屋里,那是一些松潘茶、瓷瓶酒、七张上好的水獭皮,以及一些绸缎衣料,上面挂着一条蓝色的绸制哈达。

嘎嘎认为他的求婚是不会成问题的,问题在于阿琼什么时候才能成为自己的新娘,他都等不及了,年轻人的心里焦急万分。

他说:

"您看,我已经把新娘要穿的衣服都带来了,她穿上这样的颜色,一定比现在更漂亮。"

嘎嘎觉得自己是以正式的女婿身份与岳母说话的,语气里禁不住充满了放松与得意。他年轻气盛,自信十足,又从没有过被拒绝的经验,因此他认为这次他一定会把他心爱的姑娘娶进沃赛部落的大门,过上相亲相爱永不分离的好日子。

可是桑丹卓玛却不这样想,她说:

"年轻人,你着急了点,我不想把我唯一的女儿嫁出去,除非你能招赘到我家来当女婿。"

嘎嘎根本没有想到这一点,他不假思索地说:

"那不可能,我到了恰姜仓,那么沃赛部落怎么办?"

"那倒是。"桑丹卓玛说:

"要是沃赛部落没有头人,那部落就不称其为部落了,所以我想不出更好的办法,看来你的求婚我无法成全。年轻人,我看你就算了吧!"

嘎嘎仰望着他自认为是未来岳母的桑丹卓玛,不知道该用什么办法来使她同意她的女儿成为他的妻子。

搜肠刮肚地思索着的嘎嘎忽然就高兴了,他说:

"那么干脆这样吧,您跟着阿琼到沃赛部落来吧,我们在一起生活,那样,您和阿琼不分开,我又能和她在一起。"

桑丹卓玛冷笑道:

"你真是个聪明的年轻人,只不过,我不想离开恰姜仓,我在这里生活了一辈子,难道让我老了以后还背井离乡么?"

此时的阿琼,正在厢房里坐卧不宁,她知道嘎嘎来求亲了,但是她听不到那边正屋里的动静,她非常着急,但是少女的羞涩使她不能大大方方地走到正屋里去,去旁听母亲与那人的谈话。

这之前,她曾暗示过母亲,她让母亲知道她有了意中人,那意中人就是沃赛部落年轻的头人嘎嘎。当时母亲的脸上没有任何表情，她觉得母亲默许了，她觉得母亲为自己女儿的终身大事，暗暗地高兴了。

可是，她在厢房的窗下听到了嘎嘎失望的脚步声渐渐远去，她便去见母亲。母亲的表情极其安详，仿佛什么事也没有发生，她依然像昨天那样，走进乔康，在神佛的像前添了净水，燃了檀香，嘴里依然是那些简单的颂词，只不过，与昨天不同的是，母亲燃起一铁锹柏枝，让那柏枝的香烟熏遍家中的每个角落。

阿琼忍不住问道：

"阿妈，您这是干什么呢？"

桑丹卓玛说：

"阿琼，阿妈点上柏香，把邪气赶一赶，刚才家里来了不干净的人，一定带来了不干净的东西。"

阿琼一听，就知道母亲已经拒绝了嘎嘎的求婚，但是她不知道母亲为什么会这样，她羞红的脸上挂着两行清泪，跑出了家门。

她在与嘎嘎幽会的地方见到了嘎嘎，他正在那里等她，两个年轻人抱头痛哭，阿琼说：

"嘎嘎，今后你不要再来这里了，我们没有缘分，等我死了，等我转到下世里，再嫁给你做妻子吧！"

嘎嘎说：

"你不能这样说，我们生在一起，死也在一起，我要娶你做我的妻子，这是命中注定，你不要乱说了。阿琼，如果你真心想跟我在一起，那么你听我一次话好吗？"

阿琼点点头，她已经对她的未来充满了绝望，她不知道嘎嘎想要做什么，她只是觉得自己没有一点力气了。

嘎嘎说：

"阿琼，今天晚上你别睡着好吗？等天黑下来，我就去接你，你把你阿妈给你缝的袍子脱在门口，换上我给你缝的袍子，跟我到沃赛，我们开始过幸福的生活。"

嘎嘎见阿琼茫然的样子，继续耐心地说：

"等天一亮，你阿妈看见你的袍子在门口，她就知道你已经被抢走了，那样，她不得不同意我们的婚事，再过一阵，我们再回来看她老人家，或者把她也接到沃赛部落去，那样，你也高兴，我也高兴，你阿妈也一定会高兴的，你说呢？"

阿琼点点头，她在嘎嘎的描绘中，重新看到了一个辉煌的色彩斑斓的新世界，她将和自己的心上人生活在一起，那里有她至爱的母亲，有草地，也有牧场，所有的一切，他们都会有的。

那天晚上，母亲早早就睡下了，可是阿琼还在自己生活了十几年的院子里徘徊。良久之后，便在门口脱下了她的母亲一针一线为她缝制的袍子，她穿上嘎嘎从墙外扔进来的衣服，她穿上嘎嘎的衣服，就是嘎嘎的妻子了。

嘎嘎等在外面，他一句话也不说，就把阿琼抱上了一匹披红的大马，一顶别着红色罂粟的小圆帽戴到阿琼的头上，她是嘎嘎的新娘了。

村口等着嘎嘎的大队人马，他们拥着这一对新人，朝沃赛方向呼啸而去。

六、抢　婚

　　桑丹卓玛一早起来，就看到了门口那一堆衣服，那是她为阿琼参加赛马会而精心赶制的女式长袍，领子和袖口都有寸长的水獭皮镶边，还加了一道织锦缎的装饰。袍子穿在阿琼的身上，颇具风采。现在，就是这件袍子，被扔在门口，就像是一个弃儿。

　　桑丹卓玛一下子就明白了，她的女儿，她的宝贝阿琼，已经被人抢走了，抢她的、使她们母女分离的人，一定是那个白天来说过亲而没有被应允的人。

　　那是仇人，那个仇人使她对自己的青春丧失了记忆，使她立刻从一种渴望着的姿态中醒来，明白了自己的处境，他使她再没有回忆，再没有回忆中的那种缠绵的意韵，他使她失去了爱人之后，又使她失去了女儿。

　　桑丹卓玛从门口站起来，她的手里拿着女儿的衣服，那上面似乎还留着女儿那姣小身材里蕴含着的体温，她是怎么走的？她被欺负了吗？她呼号了吗？抑或她正在马上，早已哭断了她那细细的声音？

　　这不可能，衣服是好好地放在门口的，从那上面的叠痕来看，她是从容地离去了的，做母亲的立刻看到台阶上撒满了女儿的歉意，那歉意，来自一行尚不懂事但却勇敢的少女脚印。

　　桑丹卓玛站起身，她那历尽沧桑的眼睛里充满了愤怒与悲伤，她抱着女儿的衣服，看到空空的院落里已经没有自己留恋的东西了，内心里一种特别的疯狂渐渐膨胀，充盈了整个胸腔，她疯狂地举起火把,在这个雾霭还没有退去的清晨,点燃了自己的庄廓。

熊熊大火燃烧起来,恰姜仓的上空被一种淡粉色的烟雾笼罩着,就像一个个梦境,像她从前在灶灰里绘制的无数图案一样,梦境的上空,燃烧着淡粉色的烟雾,而图案的上方,往往是淡灰色、瓷白色和珊瑚色的烟雾。

那是她在失去情人与大女儿时所拥有的神秘世界。那些图案,是神灵帮助她绘制的,是神圣的灵性安慰了她的寂寞。她从中寻找寄托,从中遥感情人的一笑一颦、大女儿的一举一动。她一直十分相信自己的手附合神秘的兆相,那是神灵显灵的结果,神灵通过她的手,把未来绘制在这一幅幅或精美或模糊的图案上。

现在,那幅火焰的图案就出现在她的身后,出现在她生活了几十年的庄廓里。那座庄廓,是倔强的父亲同他的父亲一锹一锹地建造起来的。庄廓高高的壁墙上,有母亲的黑发变成的青苔。

岁月在火焰的高处流逝……

岁月的沧桑在火焰低泣着的光芒里变幻蜃景……

那是玛冬玛岩洞,母亲闪现着湿润的眼睛,她说,就这样,好吧,女人家,还能怎样呢?!

桑丹卓玛背对着她的正在燃烧着熊熊大火的庄廓,怀里紧紧地抱着阿琼的衣服。现在,她的身边只有这样东西了,她除了它外一无所有。

当恰姜仓的那座庄廓颓然成为废墟之后,桑丹卓玛明白了自己的信念，她失去了一切，但是她不能再失去她的宝贝女儿阿琼。

桑丹卓玛抱着女儿的衣服，头也未回地走向亚塞仓。

在这个被大火染红了的清晨里，桑丹卓玛走到亚塞仓，走到了亚塞仓千户的城堡里，她求见索白。

她躬下腰去。桑丹卓玛深深地躬下腰，她朝她躲避了一生的这个男人躬下了腰。

索白说：

"呵，是桑丹，真让人想不到！"

千户没有想到桑丹卓玛会来城堡，自从她生了女儿阿琼之后，索白便知道自己对她的情感不会有什么结果了，他不再在深夜去恰姜仓转悠，也不再在任何一个可能遇到她的地方等候她了。

这么多年已经过去，她从不给他一个正面的机会，她回避他，使他对她绝望已极。

可是今天，她却站在他的面前，她虽然已经老去，可是依然不能使索白忽视她的端庄之美。索白面对她，恍然觉得自己已经死去多年。

桑丹卓玛说：

"索白老爷，我来是想请求您一件事情。"

索白苦笑道：

"桑丹，如果我年轻的话，你的一切要求我都会照办的，可是你看我已经老了，而且成了残废，我不能再帮你做什么了，我真遗憾!"

桑丹卓玛说：

"我只能求您了，我现在一个亲人都没有，我的可怜的阿琼叫人给抢走了，抢她的人是我们代扎的仇人，他的名字叫嘎嘎。"

索白听到这个名字，非常吃惊，他知道那个名叫嘎嘎的年轻人翅膀终于长硬了，翅膀长硬了的鸟，总要做出各种各样的飞翔姿势的。

他说：

"你要怎样？"

对面的女人说：

"我只要我的女儿，我得让她回到我的身边，帮帮我吧，我求您了。"

索白万分沮丧，他说：

"呵，桑丹，你是个好女人，可是我怎么帮你呢？我有什么办法让阿琼回到你的身边呢？我已经老了，无能为力了，这个世界，该属于嘎嘎了。"

桑丹卓玛跪了下去，她哭了。哭着的女人说：

"索白，我的一生都没有求过你任何一件事，但是，你要帮我这一次，你的任何条件我都答应，只要你能想办法把我的女儿救回来，让她回到我的身边。"

索白低下头，他听见桑丹卓玛在呼唤他的名字，他听见她仿佛在说，索白，等着我，我这就来。

索白把他的手放在女人的肩上，女人颤抖了一下，索白的手就拿开了,他说:"桑丹,我等你这句话等了这么多年,可是一直到今天你才肯说出口,如果不是为了你的女儿,我恐怕永远也等不到的。"

桑丹卓玛哭着,她已经说不出话来了。

——你的院子的门是开着的吗?你的院门上的铁链子去掉了吗?你的看家狗拴好了吗?你的油灯点着了吗?——

索白把手拿开,他说:

"不要紧的,如果你真的要她回来,我们总会想个办法的。只是,我觉得,你要是早一点来了多好,不过对我也不晚。我说过我要等你一生的,你终于来了。人的一生总有个满足的时候,现在我就满足了。"

桑丹卓玛不知道他会怎么使她的女儿回来,但是她却相信索白的力量,她知道他的力量曾使沃赛闻风丧胆,现在,也一定会使沃赛的儿子就范的。

索白回到了他的客厅,那里坐着他的客人,县府的严总兵和他的部下。

严总兵说:

"几天前,县府往西宁送的一批良种马被全部劫走,没有留下任何痕迹。押送马匹的士兵们说,是一伙蒙面大盗干的,他们手脚干净利落,没有花什么功夫,就全部劫走了良马。那可是西宁府点名要的良马呀,现在一匹也没了。我急得抓耳挠腮,却苦于无从下手。"

索白静静地听着，没有一点反应。

严总兵继续说：

"后来就有人提醒我，说几年前也出过这种事。那件事是好像是沃赛部落的人干的。这样，我只好来找索白大人，我想请您为我引个路，您的枪手都是方圆几百里出了名的，精精干干，又熟悉地形，我们俩联合起来，把沃赛部落干一下子。"

索白之所以答应了桑丹卓玛的请求，是因为他想起了他的客厅里，还坐着这位来求助他的严总兵，索白起初已经拒绝了他的要求，可是严总兵还希望他能够考虑一下，他在等索白的回答。

于是，已经见过桑丹卓玛的索白，回头告诉严总兵，他答应了他的要求，借出他的精锐枪队，同严总兵的部队合二为一，一同到沃赛部落找丢失的良种马，如果遇到反抗，那么就有足够的兵力同他们拼一仗。

严总兵笑道：

"还是索白千户痛快，难怪我的舅舅常夸您大气、豪爽，有大将风度，的确与众不同。"

索白说：

"朵义才将军有你这样的外甥真是难得，可惜我操劳一生，到头来却没有一个可以帮助我的后辈，现在，我已经成了一个无用的人了。"

严总兵大笑说：

"千户太谦虚啦！"

索白说：

"我有一个条件,你们攻取了沃赛部落后,别的任凭严总兵处置,我只要一个姑娘,她的名字叫阿琼。"

严总兵使劲点头,他认为他了解到了索白的秘密,这位朵义才将军的外甥大笑而去。

其实,索白知道抢劫军马的人绝不是沃赛部落头人嘎嘎,他知道那人是谁,就像很多年前一样,他知道在他庄园里抢劫枪支的人不是嘎嘎的父亲一样。

一想到嘉措,索白左手食指就会立刻出现一种不可言状的痛楚,那枚硕大的太阳石戒指就戴在这根手指上。自从他戴上这枚戒指之后,只要一想到嘉措,戴着戒指的食指就会痛不可言。那种痛楚是索白所无法理解的,更无法言传。他把这种痛楚深深地埋在内心深处,每当痛楚袭来,他的眼睛里总会出现嘉措的影子,他知道,那是老千户醒了。

老千户从自己的手指上捋下来的,金光灿灿的、洋溢着神秘色彩的太阳石戒指,在老千户的手指上戴了几十年,它都快长在他的手指上了。他捋它的时候,用了很大的劲,以至于戴着戒指的那截手指淌出了血。

老千户拿着这枚太阳石戒指,把它举到阳光里,阳光透过木格窗,把所有的光泽都给了它。它是千户权利的象征,是开启亚塞仓千户城堡的钥匙。

老千户举着从自己手指上捋下来的这枚戒指,想把它交给儿子嘉措,可是身边只有外甥索白,嘉措还在遥远的牧场,他想最后看一眼儿子。

可是他等不及了,他睡着了。

太阳石戒指到了索白的手里后,就再也没有离开过。每当他想起嘉措,戴着戒指的那根食指就会痛不可言。

现在,他就沉浸在这种痛楚中,眼前是他渴慕了一生的女人,她不了解他的痛楚,但是她是医治他一切创痛的良药。

他将给予她,他知道,这就是一个机会,他如果失去这个机会,那么这个世界对于他来说,就如同一个深不可知的陷阱,你站在陷阱的附近,不知道什么时候或是什么地方,将有一个什么样的陷阱将你紧紧捆住,你再没有叫喊的机会了,你也再没有存在下去的机会了。

年轻时的索白明白这一点,老了的索白没有忘记这一点。现在,老了的索白满头华发,两鬓沧桑,他把过早衰老的面庞转向桑丹卓玛。

这个他一生都在渴求的女人,此时,向他伸出了双手,他把自己仅剩下的一块护身符给了她,他知道他给予了什么,也知道除此而外,他再也没有机会没有东西能给予她了。

这时,多日不见的章子文先生来拜访亚塞仓千户城堡,他是来向索白辞行的,他要离开代扎,回到他的家乡去。

索白苍白的声音说:

"难道代扎不能留住你了么?"

章子文老气横秋地说:

"叶落总要归根的,我老了,我请求你准许我告别。"

他想起很多年前,他还是个年轻人的时候,就来到这片神秘的土地上,他喜欢这片名叫代扎的土地,喜欢这里的女人和男子,喜欢这里从未被污染过的天空和草原,那时,他以为,自己会一辈子都留在这里的,他是这里众人中的一员。

那时候,他和千户夫人保持着一种高尚的感情交流,自从他在河水里救了她的性命,她就开始对他另眼相待起来,可是他自己却又胆怯得后退了。他无法表白自己的情感,没有勇气,更没有足够的理由。

她自从得到那个名叫安的小姑娘后,便对一切都不放在心上,她疏远了他,使他重新孤独起来。

他一生独来独往,如今,又要独自回到他阔别多年的家乡,过他的晚年生活。他现在就像一片秋天的落叶一样孤独,没有爱侣,没有家,年轻时的漂泊是一种理想主义的潇洒,而现在,人老了,老了的人总要找个归宿,找个适合自己死去的地方。

索白在他的脸上看到了只有老年人才能看到的沧桑与宁静,他说:

"你好自为之吧!"

被那只硕大的太阳石戒指折磨着的索白使劲捋下戒指。就像多年前老千户一样,由于几十年的佩戴,戒指都快要长到肉里去了。

我问心无愧。索白这样想。

捋那戒指需要费很大的劲儿,索白蓦地想到老千户,那老人也曾经带着这样绝望的神情,把太阳石戒指使劲儿捋了下来,要不是费那么大的劲,戒指和手指就成为一体了。

索白看到自己曾戴着戒指的地方渗出了血珠。没有佩戴戒指的手是奇怪的，但也是自然的了。

他把戒指交给章子文，说：

"你现在离开代扎正是时候。严总兵很快就会带兵前来，我知道他不会善罢甘休，代扎部落一直是他垂涎欲滴的好地方。何况，还有这枚戒指，他是多么贪心呵，太阳石是他觊觎已久的宝物。他想拿走我们所有的东西，可我们还有年轻人呢，还有阿琼呢！拜托了，我只想请求你把这枚太阳石戒指交给阿琼。这戒指应该和她在一起，她能让它重新放射光芒。你会在代扎部落和沃赛部落的岔路口遇到她，请告诉她……呵，就说我会照顾好她母亲，让她放心去吧！"

章子文关注的目光须臾都没有离开索白：

"那么，这里会怎样？"

索白最后看一眼太阳石戒指，挥挥手，手是轻松的，就像回到了从前，还没有戴上它时的年轻时光。

"我当尽力。"他说。

章子文仔细包好戒指，他感觉到那太阳石的分量。放妥戒指的章子文喟然叹道：

"我们俩，都好自为之吧！"

七、劫

此时的沃赛部落头人庄园内,正是张灯结彩之时,他们的首领带来了他的新娘。人们跳舞唱歌,为他们的头人庆祝新婚,为那被抢来的新娘,献上熏人的美酒。

红色的绸缎一条条甩上了新人的肩膀。

篝火点起来了。

夜色被喜气洋洋的气氛感染了,天边的月晕,是新娘颊上的羞红,新娘幸福的笑脸,偎在她丈夫的胸前。

当他们最初降生的时候

他们是单独降生的

而后他们各自成长起来

最后他们结为一体

让我们把他们托付给神

让我们使他们依附于众神

……

大半的人,都被这一对如愿以偿的新人所迷醉了,他们跳,他们唱,直到真的醉了,直到醉倒在快要燃尽的篝火旁。

新郎的镶嵌宝石的生命箭

新娘的镶嵌玉叶的金纺锤

当他们最初降生的时候

他们是单独降生的

而后他们各自成长起来

让我们把他们托付给众神

让人和神永不分开

愿男人生命的宝箭永不折断

愿女人生命的金锤永不坍塌

……

人们簇拥着两位新人走向新房。

新人被关在新房里，房门外是热闹的人群在打趣，有人说，他们两个怎么样了？我们进去看看……

新郎嘎嘎正在热烈地亲吻着他的新娘，崭新的白毡为他们的新婚献上纯洁的祝福。

新娘羞赧的红晕再一次涂上面颊，她是他的妻子了，她的丈夫正在亲吻她的嘴唇，她知道他的激情为她而来，知道他动情的心怀正在为她开启。

她动情了，她呢喃的话语，描绘着未来生活的美好，描绘着她无私的献出，描绘着他的给予。

她紧紧地拥抱他，她得到了他，她接受了他的给予，同样把自己给予了对方，她发现他们很快就融合了，仿佛两条溪流，一起欢跃地、愉悦地奔向了同一个港湾。

外面的人们说：

他们怎么样啦？我们要进去啦！

新郎被叫出去继续喝酒了，他的男伴们戏谑他，用最大的碗给他盛酒。

这时，早已被巨大的幸福所填满的嘎嘎，已被美酒招引到另一个美妙的世界里去了，他不知道此时正有一个可怕的阴影在向他逼来，他不知道他幸福的醉眼即将需要面对一个残酷的事实。

沃赛部落再一次在毫无防备的情况下，落到了他人的手中。当嘎嘎被人推醒后，发现自己的双手被反绑着，而他的新娘则在他的身后泣不成声。

篝火已经熄灭了。

新郎嘎嘎与新娘阿琼的面前，站着严总兵。

严总兵哈哈地笑着，他笑自己没有损兵折将就捉住了嘎嘎，他笑精明了一生的索白竟然也有马失前蹄的时候，现在，这个胜利得来得太容易了。

哈哈大笑着的严总兵说：

"嘎嘎，你这个强盗，你把县府里的骏马全都偷到沃赛部落来，你想造反吗？好大的胆子，县府早就盯上你了。现在，不要自作聪明，快把你偷去的马全部如数交还，好减轻点罪过。不然，我这个当总兵的，也不好向上面交待。"

早已没有了自由的嘎嘎愤怒已极，他说："你们真卑鄙，用这种方法来占领沃赛，太没有本事了，正大光明地来比比，那才是英雄！"

严总兵说：

"不要废话,快把良种马交出来,免你一死!"

嘎嘎说:

"你不要如此蛮不讲理,什么良种马,你想来占领沃赛,也要找个让人信得过的借口,不然就不要讲什么借口,直接把我们杀了不就行了吗?"

严总兵说:

"好样的,你既不肯交出马匹,那么你就是咎由自取。到了县府,我可管不了你的死活。"

嘎嘎说:

"到了县府,我一个堂堂男人,敢做敢当,但是我没有干的事,也休想赖到我的头上。到了县府,我会给县长说清楚的。"

严总兵大笑道:

"哈哈,到了县府,还有你说话的地方么?"

他说完,一声令下,把嘎嘎和所有的人犯押往县府。人犯中,有嘎嘎的新娘阿琼。

押解途中,嘎嘎看到,嘛呢堂里的所有贵重东西全部被带出了部落,所有的金银器皿、唐卡、雕塑,还有女人头上身上的装饰,诸如珊瑚、玛瑙、松耳石、象牙,以及金银首饰。

后来,嘎嘎就看到了部落嘛呢堂里的镇寺之宝,一只碧绿碧绿的翡翠右旋海螺。这件价值连城的宝物,现在却真实地存在于严总兵的手掌之间。严总兵说:"我想要的就是这个,早就听说它了!哈哈哈……"

这一夜驻扎到一片荒地中，严总兵及他的手下扎了一个大帐篷，而让人犯们睡在露天里。队伍停下来后，严总兵想起了那个名叫阿琼的姑娘。

严总兵站在众人面前，他让名叫阿琼的姑娘站出来。阿琼心惊胆战地站在他面前，他看清了姑娘，然后说："原来是个漂亮姑娘，怪不得！"

嘎嘎急忙说：

"你要干什么？"

严总兵说：

"我不干什么，是索白千户点名要这个姑娘的，怪不得嘛，这么漂亮，索白何等精明，他一不要牧场，二不要牛羊，就专门要这个姑娘，我看划算，要是我，我也会这么干的。"

嘎嘎怒道：

"我早就该想到那个老东西的，他害了我的父母，还要害我的妻子，我要他的命！"

严总兵说：

"让阿琼到大帐篷里来，我有话问她。"

嘎嘎和众人躺在大帐外面，他们看到大帐里升起了火，然后听到严总兵与手下们喝酒猜拳的声音。过了一会儿，正在为妻子担心的嘎嘎听到了严总兵在逼阿琼唱歌，阿琼不肯，严总兵就说要杀了嘎嘎，于是，阿琼就唱了起来：

生长在沙漠的沙柳

不怕飞沙走石的搏击
飞翔在峰顶的雄鹰
不怕雪暴骤风的侵袭

　　严总兵不听这首歌，他要阿琼为他跳一支舞。阿琼的身影映在帐篷上，仿佛她在火中舞蹈。
　　嘎嘎气愤已极，他原来还抱着一线希望，希望到了县府会说清一切，然后好好地回到家乡。他有了阿琼，不想再与任何人结仇，他只想平平静静地过安宁日子，想和阿琼生很多孩子，做个好丈夫，然后做个好父亲。
　　可是，现在，他的一切幻想都不存在了。随着妻子那委屈的身影的每一次摆动，他的胸膛里就少了一分幻想，多了一分仇恨。他的新娘，嘎嘎的新娘，怎么能为她自己不情愿的人跳舞呢？
　　嘎嘎气愤地一跃，跃了起来，他发现缚住他的双手的绳子已经被他挣断了。他连忙蹲下身，把身边的几个人的绳索都解开了。
　　这时，严总兵走出大帐篷，他对他手下的一位副官说：
　　"现在到了我和他们约好的时间了。真是个好天气，上天既要让沃赛部落完蛋，也要让代扎部落完蛋哩！大概他们已经开始攻打代扎了，我要亲自去打开亚塞仓千户城堡，把那个索白抓住，他已经老得没用啦！"
　　副官说："你要杀死他么？"

"这个索白!"

严总兵恨恨道：

"他抗拒县府的土地新界定，仍然占用已经划给严家庄的土地，就这件事让县长大为恼火。这还不算，他劫枪杀人，最后连尕排长的命钱都不付，说得好听，什么五十匹好马，最后连一根马毛都没见着。这个老不死的，还带头闹着要什么修筑公路工程的费用，哪有那么多钱给他的老百姓？哼，就是有也不会给他。"

"不过这次劫抢良种马的确不是他干的。"副官说。

"废话!"

严总兵大笑道：

"我当然知道那是谁干的，等我收拾完了索白，再去收拾那个衮哇塘的土匪。"

此时，严总兵的眼前浮现出的是代扎的山山水水，那是他即将要去的地方。他要让代扎部落同沃赛部落一样，那集中着所有宝物的嘛呢堂，将是第一个受他膜拜的地方，然后他会把嘛呢堂搬到县城他的家里去。

那座小学校将成为一片火海。

而亚塞仓千户城堡，那座幽灵四处走动的、阴气森森的庄园，将是他最好的驯马基地……

得意扬扬的严总兵忽然眼珠一转，悄声说道：

"你知道吗，索白有一样什么宝物？"

副官不知就里地摇摇头。

"那可是我多年梦寐以求的宝物啊!"

严总兵早已按捺不住心头的秘密，那双攫取的手在空中划出一个莫须有的光环。

"他手上的戒指呵，你这笨蛋！那戒指可是代扎最好的东西，太阳石，非金非银，非玉非石，但金银的光泽、玉石的质地，亚塞仓城堡的钥匙、代扎千户的权利，全在他一个人的手上！几百年传下来的宝贝，再也不可能有第二枚的太阳石，我能不见识一下吗？我可是非常非常喜欢它的呀，我已经想了很多年了。现在他快要完蛋啦，那戒指也该归我啦，我的梦想也就要实现啦。太阳石戒指一归我，那亚塞仓千户城堡也归了我，嘛呢堂所有一切都归了我，代扎的草场、土地、牛羊，就全都是我的啦……"

严总兵游荡在想象中，畅美不可言，要不是他的副官提醒他进攻代扎的时间已到，他还会站在原地朝着天空发出空洞的大笑。

被副官提醒了的严总兵立刻带着大队人马朝代扎方向奔去。剩下副官和少数几个人看守嘎嘎及其他俘虏，在原地等待严总兵的到来。

严总兵走后不到一刻钟，他的副官及手下早已酒气熏天，醉眼蒙眬，在他们东倒西歪的时候，阿琼跑出大帐，她找到嘎嘎，把那一张惊慌的脸埋进了丈夫的怀中。

嘎嘎说：

"不要紧，你看着你丈夫，怎么为你雪恨！"

大帐内早已鼾声大作。

几个年轻的男子,慢慢地靠近了大帐篷。

他们靠近大帐篷,然后悄无声息地拔去了扎帐篷的铁角子,一声闷响,顶帐篷用的柱子倒了下来,严总兵的副官以及他的手下被全部压入了轰塌的帐篷里。

里面乱作一团。

而外面的人,不慌不忙地找来大石头,把帐篷和帐篷里的人砸了个稀巴烂。

那唯一的珍宝

只有通过死亡的门才能得到

结 局

寻找香巴拉

天大亮了，嘎嘎与众人站在荒野里，面面相觑，现在，怎么办？沃赛部落是回不去了，那么到哪里去呢？

这时，他们看到远远的有一群人向这里奔来，近前一看，原来都是代扎部落的人，大多是妇女和孩子，他们带着惊慌与疲惫，看到阿琼和沃赛部落的年轻人后，都失声痛哭起来。

原来，声称没有兵力的严总兵，早早就把自己的精锐队伍安排在代扎的附近。他要求索白让代扎的精壮男子组成的枪队去攻击沃赛部落，实际上他是在实施他的调虎离山计。他佯装和索白联手攻打嘎嘎头人，其实他的精锐兵力趁代扎空虚时毫不费力地来了个袭击。在沃赛部落毁灭的同时，代扎部落也蒙受到了灾难性的打击。

代扎正在饱尝洗劫……

代扎部落同沃赛部落一样,即将成为一片废墟……

大家面面相觑,然后把希望的目光投向嘎嘎,而嘎嘎则把他的眼睛转向了他的新娘阿琼。这时的阿琼,仿佛刚从一个噩梦里醒来,她的红肿的眼睛低向胸前,她看见了自己脖子上挂着的那件木刻风马。

阿琼看到了自己胸前的风马,风马的前蹄高高举起,它张扬着背在它身后的一面旗帜,那是一面火的旗帜,在辉煌的背景前,正发出猎猎的风声,那火焰的高处,正喷吐出蓬勃有力的呼啸,仿佛在振臂高呼着一种精神:

胜利胜利胜利!

阿琼看到风马,就看到这种精神,同时也看到了香萨姐姐,看到了远在衮哇塘的、正在那里徐徐升起的一个光点。

这时,从人群中走出章子文先生,他衣衫褴褛,面目憔悴,他是在离开代扎的时候遇到袭击的,但是他没有忘记索白千户对他的嘱托。

他说:

"索白千户托我转交一样东西,他说请你不要挂念你的母亲,他会照顾好她的,他说你放心去吧!"

交到阿琼手里的是一枚灼灼夺目的太阳石戒指,亚塞仓千户城堡权利的象征,这把开启代扎部落大门的钥匙,带着冰凉的神秘光芒,沉沉地躺在阿琼的双手里。

这枚黯淡了多年的太阳石,忽然慢慢地放射出逼人的光芒,它与阿琼胸前的风马一样，周围散发着灼热的火焰，那仿佛是一个方向，火焰的方向指向远方。

阿琼看到了火焰，火焰所指的方向使她迷茫的双眼豁然开朗，她把那张受过考验的脸庞，转向了衮哇塘。

她说：

"我们去找我的父亲，他在衮哇塘。"

嘎嘎随着妻子的目光看去，他看到了衮哇塘，那里有阿琼的，也将是他自己的父亲。